한국일본기독교문학연구총서 11

일본문학 속의 기독교 XI

한국일본기독교문학회

●●● 지난 5월에는 일본 ICU(국제연합대학)에서 개최된 일본기독교문학회에 참석하였습니다. 일본 유학시절 그 대학에 간 적이 있었습니다만, 약 20년 만에 다시 가게 된 것이지요. 그동안 벚꽃 나무가 많이 자라고 잘 정리 되어 있어서 대학 캠퍼스가 벚꽃 명소가 되었다고 합니다. 세월이 많이 흐른 것을 실감하였습니다.

일본기독교문학회에서 만나 뵈었던 일본문학연구의 거장들이 한 분 한 분 소천 하셔서 그리워졌습니다. 사코 준이치로 선생님, 사토 야스마사 선생님, 타카도 카나메 선생님, 이 분들의 모습을 보고 책으로 읽으며 문학을 공부하는 방법을 배웠습니다. 여든을 넘은 연세임에도 불구하고 학회에 참석하시고 지금도 왕성한 저술 활동을 하시는 세키구치 야스요시 선생님, 일흔을 훌쩍 넘기시고도 처음부터 끝까지 함께 참석하시는 미야사카 사토루 선생님, 멀리 나가사키에서 학회 참석을 위해 오신 오쿠노 마사모토 선생님, 이분들이 저의 사표이시구나 하는 생각이 들었습니다.

한국에서 기독교문학이라는 용어를 별로 쓰지 않던 시절부터 우리는 근현대문학 속에서 기독교와의 관련성에 대해서 연구해 왔습니다. 일본에 유학하던 중 1990년에 제가 일본기독교문학회에 참가하는 행

운을 얻었습니다. 그때는 일본의 저명한 연구자들과의 교류를 통해서 기독교문학연구의 방법을 배웠습니다. 그 이후 한국에서도 기독교문학회가 필요하다고 생각하여 한국일본기독교문학회를 만들어 지난 2월에는 제16회 대회를 인천대학교에서 개최하였습니다. 변함없이 미야사카사토루, 오쿠노마사모토, 나가하마타쿠마 선생님과 일본 분들이 일본에서 오시고 한국의 많은 연구자들이 참석하셔서 강연과 발표를 해 주셨습니다. 특별히 젊은 연구자들이 많이 참석하여 진지한 토론을 한 것을 기쁘게 생각합니다.

기독교사상을 가지고 있는 작가 혹은 기독교를 소재로 한 작품에 기독교는 어떤 영향을 미치고 있는지를 생각하는 것, 또는 한국문학과 일본문학과의 비교연구가 이 학회의 큰 목적이었습니다. 그 성과로서 지금까지 학회가 편집한 논문집을 10권 책으로 출판하였습니다. 또한 작년에는 학회를 초월한 큰 사업으로서 『아쿠타가와류노스케 전집(芥川龍之介全集)』 8권의 번역을 완성하여 일본에서도 큰 화제를 불러 일으켰습니다.

이제 학회 창설 당시의 회원들은 점점 나이가 들어가지만, 그분들이 남긴 업적은 빛을 발하고 있어서 후배 연구자들에게 자극을 주고 있습니다. 금번 『일본문학 속의 기독교』 제 11권을 출판하게 되어 기쁘게 생각합니다. 이후에도 한국과 일본의 기독교문학연구가 계속 이어지기를 기원합니다.

2019년 7월

한국일본기독교문학회 회장 조 사 옥

목 차

목 차

엔도 슈사쿠 문학연구
- 모성기억이 모성적 신상 변용과정에 미친 영향을 중심으로 -

김 은 영

1. 서론

일본의 근・현대문학에서 작가와 새로이 유입된 기독교의 관계를 연구하는 것은 쉽게 간과할 수 없는 중요한 테마 중의 하나이다. 이는 대다수의 근・현대문학 작가들이 기독교에 직접 귀의하거나 혹은 서양에서 유입된 문학작품을 통해, 작품의 기저를 흐르고 있는 기독교에서 많은 영향을 받고 있었기 때문이다. 하지만 처음에는 사랑과 평등을 기조로 한 인도주의를 찾아 기독교에 귀의했던 이들은 곧 기독교의 수용에 냉담해져 버리고 만다.[1] 그러나 엔도 슈사쿠(遠藤周作, 이하 엔도라 함)의 경우, 그가 다른 문학자들과는 구별되는 가장 큰 특징은 범신론적인 일본의 풍토와 유일신만을 강요하는 기독교 사상의 근본적인 엇갈림 속에서 끊임없이 갈등하면서도 그가 일생동안 독실한 기독교 신자이자, 기독교작가로서의 삶을 포기하려 하지 않았다는 점에 있다. 그는 마치 '몸에 맞지 않는 양복'과 같다며 기독교에 대한 위화감을 토로하면서도, 오히려 그러한 기독교를 자신의 몸에 맞는 와후쿠(和

服)로, 즉 일본인이 받아들일 수 있는 일본적 기독교로 새롭게 고치는 것에, 작가로서의 역량을 모두 발휘하고자 창작의지를 불사르고 있었다. 이처럼 엔도문학의 가장 큰 특징은 모성적인 신상(神像, Imago dei)의 구축에 있다고 할 수 있으며, 기존의 선행연구들 또한 이 사실에 주목하여 엔도가 부성성은 철저히 거부하고 신의 모성적인 면만을 취사선택하여 신을 표상화하고 있었음을 밝히는 작업에 천착하여 왔다.

한편, 현재 일본에서 엔도문학연구를 선도하고 있는 연구자인 야마네 미치히로(山根道広)는 엔도와 그의 어머니의 관계를 빼고 "엔도의 문학적 생애는 있을 수 없다고 생각될 정도"이며, 이 둘의 관계를 연구하는 것은 "엔도문학의 진수(真髄)에 직결된다"라고까지 평하고 있는데 이 말의 의미는 결코 가볍지 않다.[2] 이는 비단 야마네의 지적뿐만이 아니다. 어머니의 사후, 아내이면서 때로는 어머니와도 같았던 평생의 동반자 엔도 준코(遠藤順子) 역시 어머니 이쿠(郁)가 엔도의 생애전반을 통해 그의 인생과 문학적 세계관 전반에 미친 영향에 대해 증언하고 있다. 그러나 현재 어머니 이쿠에 대한 연구는 단편적으로만 이루어지고 있을 뿐으로, 실생활에서 엔도와 어머니의 관계를 추적, 분석하여 그의 모성체험이 엔도문학 전반에 끼친 영향에 대해 구체적으로 언급하고 있는 논문은 전무하다고 할 수 있다.[3] 이 점에 착안하여 본고에서는 엔도 문학의 원점으로 회귀하여 엔도의 원체험으로서의 모성체험에 대해 살펴보고, 모성에 대한 그의 기억이 모성적인 신의 조형화 과정에 끼친 영향과, 모성적 신의 표상이 시간적 추이에 따라 점진적으로 변용되어가는 과정에 주목하며 논을 전개해가고자 한다.

2. 엔도의 여인들과 어머니 이쿠(郁)

엔도에게는 그의 인생과 문학적 생애에 지울 수 없는 큰 족적을 남긴 3명의 여성이 있다. 어머니 이쿠와 그의 아내 엔도 준코, 마지막으로 프랑스 유학시절 연인이었던 프랑수와즈 파스틀이 그들이다. 그런데 한 가지 흥미로운 것은 이들이 매우 비슷한 성향을 지닌 성격의 소유자들이었다는 점이다. 결론부터 말하자면 어머니 이쿠는 물론이고, 41년간의 결혼생활 동안 엔도 전담의 간호사와 같은 삶을 살았다고 술회하는 준코도, 또 엔도와의 인연으로 일본에서 교편을 잡고 살다가 암의 발병으로 운명을 달리한 프랑수와즈도 모두 남달리 강인한 면모를 지닌 여성들이었다는 점에서 공통점이 있다. 특히 준코는 이쿠와 자신을 모두 아는 지인들 사이에서 그들의 성격이 매우 비슷해서 만일 이쿠가 살아 있었더라면 둘은 분명 고부갈등을 겪었을 거라는 중론이 있었음을 증언하며, 스스로도 "대신 둘이 서로 죽이 잘 맞고 이해하는 면도 분명 있었을 거라는" 말로 서로의 성격적 유사점을 인정하고 있었다.[4] 더불어 그녀는 스스로의 삶을 엔도의 '광적인' 팬클럽 회원 제1호로서 "자기가 반해버린 사람과 평생 붙어 살면서 마지막까지 매료된 채로" 살 수 있었음에 행복했었다고도 말하고 있는데, 동시에 어머니 이쿠의 삶도 또한 자신처럼 "엔도슈사쿠 팬 제1호"로서 살아간 삶이었다고 규정하고 있다.[5]

한편, 연인이었던 프랑수와즈의 경우, 그녀는 엔도에게서 별다른 이별의 통보조차 받지 못하고 헤어진 이후에도 일본어를 습득하여 머나

먼 이국으로 건너와 일본에 정착했다. 그녀는 한때 엔도의 권유로 『침묵』을 프랑스어로 번역하려고도 했으나, 작품을 둘러싼 서로간의 견해의 차이를 좁히지 못하고 격렬한 토론 끝에 결국 번역일은 유아무야해지고 말았다. 이 일화는 작품에 대한 의견의 옳고 그름은 차치하고, 마찬가지로 뚜렷한 주관의 소유자였던 그녀도 또한 엔도문학에 대한 관심과 애정으로 그의 문학에 대한 관심의 끈을 놓지 않고 있었음을 방증하는 에피소드라고 할 수 있다.[6] 이처럼 엔도의 여인들은 아내이자 어머니로써 뿐만 아니라 엔도의 삶과 문학적 생애에 엔도문학의 지지자이자 진정한 의미에서의 이해자이기도 했으며, 동시에 엔도가 어머니를 연상시키는 여성들을 아내나, 혹은 연인으로 삼았다는 점은 반대로 그의 모성컴플렉스와 관련해서도 앞으로도 충분히 주목할 가치가 있다고 여겨진다.

그런데 엔도의 신앙적 출발이 독실한 가톨릭 신자였던 모친의 영향으로 시작된 것은 주지의 사실이다. 이쿠는 바이올린과 출신 음악가이자 안도 코오(安藤幸)와 모기레프스키[7] 등 유명 연주가에게서 가르침을 받은 재원으로, 현 도쿄예술대학의 전신인 도쿄음악학교 재학시절 두 살 연하의 엔도 쓰네히사(常久)와 연애결혼을 하게 되어, 결혼과 동시에 남편을 따라 만주로 건너갔다. 하지만 쓰네히사의 외도로 1932년부터 부부 사이는 급속도로 냉각되었고, 이듬해인 1933년 평탄지 않았던 결혼생활에 종지부를 찍게 된다. 당시 10대였던 엔도와 그의 형 쇼스케(正介)를 데리고 일본으로 귀국한 후에는 언니가 살던 고베에 정착하여, 1935년 오바야시(小林)성심여자학원의 음악교사로 취임한다. 이후 학교의 원장수녀님과 당시 이미 신자였던 언니의 영향으로 가톨릭을 만나 종교에 귀의한 후 독실한 신자가 되는데, 어머니를 따라 엔도 형제도 고베시 니가와(仁川)의 슈쿠가와(夙川)성당에서 세례를 받았다. 이후 이쿠는 성심학원의 수도회 미사를 통해 젊고 학식이 뛰어난 독일인 신부 페트로 헤르초크[8]의 영향으로 엄격한 기도로 신앙생활을 걷게 되었으며, 헤르초크 신부가 가톨릭 다이제스트 일본어판 편집장이 되었던 1948년부터는 음악교사를 그만두고 도쿄로 상경하여 잡지 편집간행의 주임을 맡았다.

엔도는 유년시절 교회에 가는 것이 싫어 언제나 "교회의 가장 뒤편에 있는 의자에 앉아" 억지로 "교리교육을 받았던" 자신이 그럼에도 불구하고 세례를 받게 된 이유를 절실한 신앙심의 발로에 의한 것이 아닌, 단순히 어머니를 기쁘게 해드리기 위한 무자각적인 세례에 불과했다고 밝히고 있다. 심지어는 세례식 당일에도 신을 믿느냐고 묻는 신부의 질문에 대해, 아무런 신앙적 자각도 없이 "네"라고 대답했을 뿐인 자신이, 그럼에도 불구하고 일생동안 기독교에서 벗어날 수 없었던 이유를 어머니에 대한 그리움과 강한 애착심에서 기인한 것으로 말하고 있었다. 그리고 이러한 기분은 어머니의 죽음 이후 더욱더 강해져만 갔다.[9]

> 이것도 신앙이라고 말할 수 있다면 나의 신앙은 어머니에게 갖는 애착심과 이어져 있다고 나는 굳게 믿고 있다. 아버지와 이혼한 후 어머니가 믿고 나에게 믿도록 하려고 노력하신 기독교가 아닌가. 어머니에 대한 그리움이나 애정을 빼놓고는 아무것도 생각할 수 없는 나였

다.[10] (밑줄은 인용자. 이하 같음)

> 후년에 나는 기독교를 모친에 대한 애착에서 공부하거나 생각하거나 하게 되었다. 〈중략〉 여하튼 내가 기독교로부터 벗어날 수 없다고 한다면 그 중 50%는 어머니에 대한 애착에서 유래하는 것은 아닐까 생각한다. 어머니는 기독교 신자로서 죽었다.[11]

그렇다면 이처럼 자칫 도가 지나친 것으로도 보이는 압도적인 어머니에 대한 애착은 과연 어떻게 형성된 것일까. 이에 대한 해답은 사토 야스마사(佐藤泰正)와의 대담에서 그 실마리를 찾을 수 있다.

> 제게 있어서『어머니이신 분』이라는 것은 성모마리아와 가쿠레 기리시탄의 관계와 닮아 있습니다. 가쿠레 기리시탄이 성모 마리아를 찾는 것은, 가쿠레 기리시탄은 확실히 말하자면 전부 배반자이죠. 매년 매년 후미에를 밟지 않으면 살아갈 수 없습니다. …〈중략〉… 때문에 그들은 그런 자신의 비겁함과 약함을 용서해줄 것을 절실하게 원하고 있었을 거라 생각합니다. 동시에 이와 반대로 자신의 뒤가 켕기는 마음을 언제나 느끼고 있었습니다. …〈중략〉… 그와 같이 뒤가 켕기는 마음은 제가 제 자신을 투영하여 느꼈던 것일지도 모릅니다.[12]

이에 따르면 엔도는 어머니에 대한 자신의 기분을 가쿠레 기리시탄의 심정에 빗대어 일종의 자책감과도 같다고 설명하고 있다. 뿐만 아니라 자신이 기독교를 버리지 못한 것은 "기독교라는 양복의 단추를 풀다가도 고인이 된 어머니의 모습을 떠올리면 어머니가 슬퍼하는 모습이 생생하게 떠올라"서 버릴 수 없었기 때문이라고 설명한다. 엔도에게 배교란 곧 어머니에 대한 불효[13]의 의미가 되어, 이런 딜레마를 끊임없이 등에 짊어지고 살아야 했던 자신을 그는 "형편없는 신자이며 지금도 역시 그러하다",[14] 나는 "가짜 기독교인"[15]이라는 말로 자책한다. 다시 말하자면 어머니에 대한 엔도의 애착은 '자책감'이라는 감정과 얽혀 있다고 볼 수 있는데, 그렇다면 그에게 있어서 어머니와 자책감은 과연 어떤 상관관계가 있는 것인가. 이에 대한 해답을 찾기 위해서는 다시 원체험으로서의 엔도의 모성체험을 좀 더 살펴볼 필요가 있다.

준코는 엔도와 결혼하기 전에 이쿠가 돌연 사망한 관계로 자신은 이쿠의 얼굴을 마주한 적도 고부갈등을 겪은 적도 없지만, 이쿠와 함께 생활한 적이 있는 큰며느리에게서 이쿠가 워낙 엄격한 탓에 무척 고생을 시키는 그런 시어머니였음을 들은 적이 있었다. 실제로 이쿠는 음악가로서는 예술에 관해 결코 타협을 모르는 "격렬한 성질"의 "열녀(烈女)"[16]로, 본인뿐만 아니라 타인에게도 무척 엄격한 편이었다. 엔도와 어머니는 여느 모자와 다름없어 서로 자주 다투기도 하고, 다툼 끝에는 엔도가 집을 뛰쳐나가기도 하는 등 둘은 꽤나 티격태격하는 사이였다고 한다. 이런 점에서 볼 때 자신에게 엄격했던 이쿠가 아들들에도 같은 정도의 엄격함을 요구하고, 또한 그런 것들이 서로 부딪치며 어느 정도 트러블도 있었으리라는 것을 상상하기에는 어렵지 않다.

엔도가 가장 인상 깊게 기억하는 어머니의 모습도 학교 중퇴 후 결혼하고 건너오게 된 만주에서 홀로 바이올린 연주를 독학하는 등 자기관리가 철저한 여성의 모습으로, "상당한 연습벌레로, 하루에 네, 다섯 시간은 끊임없이 바이올린을 연습하고 추운 겨울에는 바이올린 줄에 손이 찢어져 피를 뚝뚝 흘리는" 어머니의 모습에서 그는 예술이란 그토록 처절한 것임을 깨달았다고 한다. 실제로 그녀는 예술을 위해서라면 생활의 어려움을 감내하는 가치관의 소유자여서, 홀몸으로 두 아들을 양육하는 어려움 속에서도 세계적인 음악가들이 일본공연을 오면 특석을 예약하고 자식들을 데리고 갈 정도로 열혈 음악가였다. 이러한 어머니의 영향으로 엔도 형제는 예술가에 대한 존경심을 품게 되었다.[17] 그녀는 엄격한 기도로 매일매일의 신앙생활을 지속했으며, 아들들에게는 세상 무엇보다 소중한 것은 '성스러움'임을 강조하여, 엔도 형제들이 가장 두려워 한 말은 "그건 성스럽지 못한 일이야"일 정도였다.[18] 이처럼 현실의 이쿠는 너무나 치열하게 살아간 여성이자, 엄격한 청교도적인 신앙심으로 자신의 소신과 어긋나는 것과는 좀처럼 타협하지 않는 고집스러운 면을 지닌 인물이었다.

그러나 다른 한편으로는 자식들에게 너무나 헌신적이고 극진했던 어머니로서 그녀는 아들들에게 지극한 사랑을 받는 행복한 모친이기도 했다. 종종 엔도는 어린 시절의 자신을 가리켜 '지숙아(知孰児)' 혹은 '낙제생(落第坊主)'이라고 회상하곤 하였다. 특히 화분에 물을 주라는 어머니의 말에 비가 올 때도 물을 주는 우직함과 수학시험 중에 삼단논법으로 증명을 하라는 말에 '그렇다, 정말 그렇다, 나도 그렇다고 생각한다' 등의 대답을 적는 엉뚱한 언행 등은 특히 유명한 에피소드인데, 이런 엔도의 행동에 잘못된 대답이라며 따귀를 때리는 선생이나 황당해서 웃던 수재인 형과는 달리 "슈짱은 대기만성형이다", "형은 수재지만, 슈사쿠는 천재"라며 언제나 그를 격려하고 용기를 북돋워 준 것은 어머니 이쿠였다. 그에게 책을 읽는 즐거움을 알려준 것도, 그에게 소설가가 되면 좋을 거라고 말해준 사람도 다름 아닌 어머니로, 그녀는 언제나 엔도의 재능을 믿어 의심치 않았으며, 죽을 때까지 그에게 '강한 의지'가 되어주는 존재였다. 사망 당시 이쿠의 지갑에는 엔도 가족이 만주에서 살던 어린 시절 엔도가 쓴 시가 실렸던 당시의 신문 쪽지가 들어 있었다고 한다.[19]

> 어머니가 나의 한 가지 장점을 인정하고 칭찬하며, 지금은 다른 사람들이 너를 바보 취급하지만 나중에는 네가 좋아하는 일로 인생에 맞서게 될 거라고 말해준 것이 나에게는 무엇보다 강한 의지가 되었다고 말할 수 있다. 실제로 소설가가 된 지금 그 때 어머니가 없었다면 소설가는 되지 않았을 것임에 틀림없다고 생각한다.[20]

그런데 엔도의 든든한 지원자였던 어머니의 죽음은 너무나도 돌연한 것으로 1953년 12월 29일 58세라는 젊은 나이에 이쿠는 사망했다. 평소 그녀 자신이 존경해 마지않았던 헤르초크 신부와 말다툼을 하고 집으로 돌아와 그 길로 뇌일혈로 쓰러진 것이 원인이었다. 엔도는 물론이고 가족들 중 누구 하나 마지막을 함께 할 수 없었던 고독하고 쓸쓸한 죽음으로, 누구보다 자신에게 극진했던 어머니의 임종을 지키지 못했다는 것은 이후 엔도에게 크나큰 충격과 함께 자책감을 불러일으키게 되었다. 그리고 이러한 자책감은 일종의 뒤가 켕기는 것 같은 마음의 앙금으로 남게 된다. 후에 엔도는 아버지의 임종 시에도 '어머니의 임종을 보지 못하고 외롭게 돌아가시게 한 자기가 아버지의 임종을 지켜볼 수는 없다'며, '아버지를 뵈러 가는 것이 곧 돌아가신 어머니를 배신하는 것'이라고 여길 정도였다고 하니, 어머니의 죽음에 대해 그가 지녔던 자책감이 얼마나 컸을지는 쉽게 헤아리고도 남음이 있다.[21)]

이와 함께 자책감의 원인으로 하나 더 주목하고 싶은 것은 19세이던 1942년 엔도가 어머니를 떠나 아버지의 곁으로 간 경력이 있다는 점이다. 엔도의 사후 비로서 그간의 사정이 다소 밝혀지게 되었는데, 당시 재수생이던 엔도가 학자금 문제로 어머니에게 더 이상의 부담을 주지 않기 위해 결정한 일이었다.[22)] 비록 형과 의논하여 한 결정이었다고는 하나 어머니를 버리고 재혼한 상태였던 아버지 집으로 들어가는 것에 대한 죄책감은 상당히 컸던 듯하다. 엔도는 만년에도 어머니를 버린 아버지를 절대 용서할 수 없는 존재로 평생 철저하게 부정했다. 재혼한 계모에 대해서도 늘 아버지의 아내라는 호칭으로 불렀으며, 아들인 류노스케가 그녀를 할머니라 부르는 것조차 허락하지 않았다. 세월이 흘러 엔도가 작가로 성공한 이후, 서로 가루이자와(軽井沢)에 별장을 소유하고 있던 엔도 부자는 어느 날 산책을 하던 중 우연히 마주치게 된 적도 있다. 그런데 이때도 엔도는 멀리서 다가오는 이가 자신의 아버지임을 알면서도 일부러 고개를 돌리고 스쳐 지나갈 정도였다고 하니, 아무리 경제적인 사정 때문이었지만 아버지에게 돌아 갈 수밖에 없었던 젊은 날의 엔도가 당시 느꼈을 죄책감의 정도가 얼마나 크고,

자책감이 얼마나 깊었을 지는 상상하고도 남음이 있다.

준코는 결혼 생활에서 겪었던 어머니에 대한 엔도의 절절했던 사랑을 증언하며, 아마도 어머니의 죽음이 세월이 흐름에 따라 엔도 형제에게 어머니를 순화하고 미화시키는 원인이 되었으리라고 추측하고 있는데, 그녀의 말처럼 형인 쇼스케는 유언으로 자신을 어머니와 함께 묻어달라는 말을 남길 정도였으며, 엔도 자신은 문학상을 수상할 때 언제나 어머니의 사진을 주머니에 넣고 시상식으로 향했다고 한다. 책을 읽는 것을 가르쳐 준 것도 책을 읽는 즐거움을 가르쳐 주던 것도 어머니였기에 순수문학을 쓸 때는 항상 어머니의 사진을 윗도리 주머니에 넣고 다녔고, 평소에도 돌아가신 어머니가 부른 찬송가의 녹음테이프를 즐겨 들었다. 어머니의 유품을 그는 죽을 때까지 소중하게 간직하고 있었는데, 사후 20여년이 지나 가족 납골묘의 이장을 위해 이쿠의 유해가 잠시 집에서 모셔졌을 때는 마치 살아있는 어머니가 돌아온 듯 기뻐했다고 한다. 어머니의 유해가 든 유골항아리를 소중히 품에 안고 음악회를 다녀 온 적도 있고, 가루이자와에 별장을 샀을 때는 준코에게 어머니의 유골을 모시고 가도록 부탁하여 하룻밤을 자고 오게끔 한 적도 있다고 한다. 이처럼 어머니의 힘은 '압도적'인 것으로, 그는 기쁠 때는 '어머니가 계셨더라면 좋았을 걸', 괴로울 때는 '어머니가 안 계서서 다행이다.'라며 삶의 중요한 순간마다 늘 이쿠를 떠올렸다. 틀림없는 사실임을 강조할 때는 엔도 집안의 양심[23]의 상징과도 같았던 "어머니께 맹세코 이건 사실"이라고 말했으며, 결핵으로 투병 중일 때는 어머니에게 기도를 올렸다. 만년의 긴 투병생활 동안 그의 병실 침대 머리맡 가장 잘 보이는 장소에는 언제나 어머니의 사진이 놓여 있었다. 몸이 아프고 괴로울 때 그의 생각은 '어머니는 어째서 나를 구해주지 않으시는 걸까'. 어머니는 '지금도 날 지켜보고 계실까', '내가 이렇게 하느님께 불평을 하면 어머니가 화를 내시겠지' 등 늘 어머니에게로 귀결되었다. 저 세상에서는 어머니와 형님을 만날 수 있을 거라는 믿음이 있었기에 그는 생의 마지막 순간에도 죽음을 편안히 받아들이고 있었다. 이같이 볼 때, 어머니를 그리워하는 그의 마음은 세월이 흐르면 흐를수록 어머니를 미화시키고 순화(純化)시키는 동력으로 작용하여, 차차 엔도의 내면에서 이쿠는 현실 속 어머니의 모습이 아닌 "개인적인 차원을 넘어서 무언가 보편적인 거대한 사랑의 상징"으로, "추상적이고 순화된 모성적인 존재"이자, "인간의 존재를 넘어선 더욱 큰 존재"[24]라고 하는 이상적 모성의 표상으로 승화되어 갔다고 할 수 있다.

3. 이상적인 모성으로서의 성모마리아

이상적인 모성상에 대한 엔도의 사유을 살펴 볼 수 있는 것으로 그의 수필 『예수를 만난 여자들』, 『성서 속의 여성들』이 있는데, 이를 보면 엔도는 여성을 성모마리아형, 이브형, 비너스형의 세 종류로 분류하고 있다.[25] 그는 이중에서 성서와 관련이 없는 비너스형은 제외하고, 성모마리아와 이브를 가리켜 특히 서양인의 마음속에 오늘날까지도 많은 영향과 흔적을 남긴 여성상이라고 지적하고 있는데, 단순히 서양인만 이 아니라 엔도 역시 이들 여성들에서 많은 영향을 받고 있었음은 자명하다. 왜냐하면 그의 작품 속에 등장하는 여성 인물들을 살펴보면, 그의 작품에는 언제나 성서와 관련된 인물인 성모마리아와 이브 두 가지 유형의 여성들이 등장하고 있기 때문이다. 예를 들어 『바다와 독약』에 등장하는 독일여성 힐더나 『내가 버린 여자』의 모리타 미츠가 신의 숭고한 사랑을 실천하며 살아가는 성모 마리아형의 여성에 속한다면, 이와 반대로 『바다와 독약』의 우에다 노부, 『스캔들』의 나루세 마리코, 『한낮의 악마』의 여의사 오코치, 『깊은 강』의 나루세 미츠코 등은 모두 자신의 심리내부에 있는 어두운 그림자에 이끌리는, 즉 악으로의 이끌림을 지니고 있는 이브형 여성들이다.[26] 반면 성모마리아형의 여성의 경우, 엔도는 이들을 사랑이나 모성, 순결의 상징이자 신의 존재 등을 믿는 빛의 세계에 속한 존재로 그려낸다. 『내가 버린 여자』의 모리타 미츠가 대표적이라고 할 수 있다.

> 신약성서 속에는 거의 27, 28명의 여성이 등장합니다만, 그들 한 사람 한 사람은 잘 생각해 보면 결국은 「여성이라는 존재」의 상징적 분신인 것 같은 기분이 듭니다. 〈중략〉그리고 최후에 이들 성서 속의 여인들을 모두 통합한 한 여성이 ──요컨대 성모마리아가 부상하겠지요. 성서 속에서는 그녀들의 괴로움, 탄식, 방황, 행복, 이런 모든 것들이 성모 마리아 속에 아주 뛰어나게 집중되어 결정(結晶)지어져 있는 것 같습니다.[27]

그는 성서 속에 등장하는 다양한 여인들이 실은 성모 마리아의 요소를 개별적으로 구상화한 존재들이며, 성모 마리아는 이들 여성을 대표하는 상징이자, 결정체라고 간주하고 있었는데, 더불어 중요한 것은 성서 속에 등장하는 여성들이 하나같이 너무나 인간적인 존재로서 슬픔과 괴로움을 많이 맛본 여성들이었다는 점에 주목하고 있었다는 점이다. 그리고 이것은 성모 마리아의 경우에도 예외는 아니었다. 오히려 엔도는 마리아를 성모나 성녀로서만 단순화시키고 단락화(短絡化)[28]하는 것을 경계하며, 그녀가 어디에서도 볼 수 있던 흔한 보통의 아가씨였던 점, 일반 여성이자 모든 어머니와 마찬가지로 약하고 미혹도 많은 여성이었던 것에 더 방점을 두고 있었다. 말하자면 마리아는 예수를 낳았지만, 그것은 곧 그녀가 성모로써 모든 인간적 고뇌에서 벗어날 수 있는 특권적 존재가 되었다는 것을 의미하는 것이 아닌, 오히려 그리스도를 낳음으로써 그녀가 누구보다도 혹독하게 인간적 고뇌를 부여받았다고 하는 구조에 엔도는 더 큰 매력을 느끼고 있는 것이다. 마리아가 성모가 될 수 있었던 것은 그녀가 어머니로서 감내하기 어려운 최대의 괴로움과 고통을 맛보아야만 했던, 누구보다도 완전하게 인간으로서의 슬픔을 감내해야만 했던 인간 그 자체였기 때문이었다.

자식의 극적인 운명을 통해 모든 인간의 모친이 되었겠지요. 마리아는 무엇보다 어머니인 점, …이것은 구약의 이브가 무엇보다도 여자였던 것과 대비되어 분명하게 우리들 앞에 떠오르는 사실입니다. 이날부터 그녀는 역사가 계속되는 한 슬픔과 고뇌에 괴로워하는 사람들의

모친이 되었겠지요. 손을 뻗어 우리들의 눈에서 흘러넘치는 눈물을 닦아 줄 여성이 되었겠지요.[29)]

이상과 같이 보면 엔도에게 있어 가장 이상적인 성모상은 다음의 세 조건을 갖추고 있어야 했다. 먼저, 마리아는 처음부터 성모로 신격화 된 존재가 아닌, 반대로 누구보다 인간적인 삶을 산 불완전한 인간 그 자체이어야만 했다. 다음으로 죽은 예수의 시신을 안고 있는 피에타상이 상징하듯, 마리아는 가장 참혹하고 혹독한 통과의례를 거쳐야만 했다. 참척(慘慽), 상명(喪明)의 고통마저 인내하고 수용함으로서 비로소 마리아는 모든 인간의 고통을 이해하고 포용하는 성모가 될 수 있다고 보았기 때문이었다. 마지막으로 마리아는 고통 받고 괴로워하는 인간에게 기적으로 신성성(神聖性)을 드러내는 신적 존재이기 보다는 이미 큰 괴로움을 겪은 존재로서 한 발짝 앞서 인간의 고통을 함께 괴로워하는 성모이어야만 했다. 자식의 죽음에 어찌할 도리도 없이 지켜볼 수밖에 없었던 '괴로워하는 어머니'의 이미지가 엔도에게는 가장 '모성적인 존재'로서 성모의 본질을 관통하고 있다고 여겨졌기 때문이었다.[30)] 누구보다도 인간다운 삶을 산 인간으로서 불완전한 인간의 아픔에 공감하고 포용해주며 함께 괴로워하는 모성으로서의 성모마리아. 그리고 엔도가 가장 이상적이라 생각한 이 성모상의 조건 속에는 현실의 모친 이쿠의 이미지가 투영되어 있었음은 두말할 나위도 없다.

4. 변용되어가는 모성 표상

4.1. 초기작 『백인』과 『바다와 독약』의 경우

이상과 같이 모친 이쿠가 엔도에게 미친 영향과 엔도 특유의 이상적 성모상에 대한 사유를 염두에 두고 작품 속 모성의 표상화 과정을 살펴보면, 우선 먼저 눈에 띄는 특징은 특히 초기작에 등장하는 성모형 여성들에 대한 작가의 시선이 그저 너그럽지만은 않다는 것이다. 아니, 오히려 이들 여성들에 대한 엔도의 평가는 상당히 엄격하고 비판적인 자세를 견지하고 있었다. 특히 이쿠 사후 발표된 『백인』(1955)이나 『바다와 독약』(1958)에 등장하는 여성인물들을 보면 화자 '나'의 어머니와, 독일인 힐더와 같은 여성들이 매우 엄격하고 청교도적인 신앙심을 지닌 모성의 모습으로 그려지고 있어서, 엄격한 신앙인이었던 모친 이쿠의 모습이 상당 부분에서 중첩되고 있음을 알 수 있다. 특히 엔도에게 아쿠다가와 상을 안겨준 『백인』 속 주인공의 어머니는 남편의 방탕에 대한 혐오에서 독실한 청교도가 된 독일인 여성이다. 그런데 주인공은 자신이 무신론자가 된 것은 아버지의 교육 때문도, 혹은 아버지의 외도 때문도 아닌, 청교도였던 어머니에 대한 반항에서 시작되었다고 고백한다. 그는 자신이 사디스트가 된 것은 프로이트의 말을 빌자면 어머니에 대한 콤플렉스에서 기인한 것일지도 모른다고 통렬히 비판한다. 어머니는 그저 공부를 잘하던 자신의 아들이 장래에 변호사가 되기만을 바라던 남편에게 버림받은 가련한 여성일 뿐이었음에도, 반대로 아들은 사팔뜨기인 탓에 여성의 사랑을 받을 수 없다는 열등감에 괴로워했음에도, 모자는 서로의 고뇌와 괴로움을 이해하지 못하고 엇나간다. 때문에 주인공인 나는 자신을 조롱하고 상처 준 아버지보다 자신이 잘 되기를 빌며 엄격한 신앙심을 강요하고, 금욕을 강제한 어머니에게 더 큰 반발을 느끼는 것이다.

한편, 『바다와 독약』에서는 역시 독실한 신자인 힐더가 등장한다. 독일인 여성 힐더는 외과부장 하시모토가 유학 중 만나 연애결혼한 상대로, 지금은 전쟁 중인 일본에서 남편의 근무지인 병원을 주기적으로 방문하여 직접 구운 비스켓을 환자에게 나누어주거나, 환자들의 더러워진 세탁물을 수거하여 세탁해서 갖다 주는 등 자원봉사를 하고 있다. 그러나 "성모의 낯(聖母づら)"을 하고 "남자아이처럼 성큼성큼 병원을 걸으며 비스킷을 나눠주거나, 환자를 다그쳐서 더러워진 옷을 빨래바구니에 넣는"[31] 그녀는 일본인 간호사나 환자들에게 고맙기보다는 번거롭고 부담스러운 존재에 불과하다. 여성임에도 불구하고 아이를 마치 "강아지를 부르듯 휘파람을 불어" 부르는 등 힐더는 씩씩한 남성 같은 여성으로 묘사되고 있는데, 특기할 것은 남성의 풍모를 지닌 힐더에게 처음에는 아무런 반감도 가지고 있지 않았던 우에다 노부가 결정적으로 반감을 갖게 되는 계기가 바로 그녀에게서 엄격한 모성을 느낀 순간이었다는 점이다. 간호사인 노부는 결혼 후 남편을 따라 만주로 건너갔지만, 유산 후에 아이를 가질 수 없는 몸이 되자 남편의 외도로 버림받고 일본으로 돌아왔다.[32] 복귀한 병원에서 어느날 힐더의 아이를 만난 노부는 무심코 아이를 만지려고 손을 뻗는데, 그 순간 만지지 말라며 자신의 행위를 강하게 제어하는 힐더의 목소리에서 "모

친의 엄한 목소리"[33]를 느낀다. 이때부터 노부는 강한 반감을 드러내게 되는데, 그것은 남성적인 모습과 행동에도 불구하고 힐더가 노부 자신은 결코 될 수 없었던 어머니였다는 점에 있었다. 이후에 노부는 아사히 조수의 지시로 환자에게 위험한 약을 투여하려 하다 그만 힐더에게 발각되어 결국 병원을 휴직하게 되는데, 이 사건을 둘러싼 일련의 일처리에서도 힐더는 노부의 여성으로서의 고통과 괴로움에 대해서 이해와 포용을 나타내기보다는 단지 엄격한 신앙적 잣대로 '신의 벌이 무섭지 않냐'고 힐난할 뿐이다. 결국 노부는 힐더에 대한 증오심으로 포로의 생체실험이라는 파국으로 치닫는다.

이처럼 초기작에서 모성을 상징하는 여성들은 모두 신실한 신앙심의 소유자들임에도 오히려 그들이 지닌 종교적 엄격함이 상대방을 반발시키고 악행으로 내달리게 하는 어머니들로 그려지고 있는 것이 특징적이다. 그리고 반발의 이유로서 먼저 지적할 수 있는 것은 이들 모친들이 상대방의 괴로움과 고뇌에 대한 이해와 배려가 없이 무조건적으로 본인들이 옳다고 생각하는 신념을 강요하고 있었다는 점이다. 불행한 결혼생활이라는 인간적 번민의 세계에 살면서도 고통을 오로지 금욕적 신앙심으로 극복하려 했던 『백인』의 독일인 어머니와 일본인의 사정에 대한 이해의 부족으로 자기류의 봉사만을 행하며 상대방을 엄격한 신앙적 잣대로 비난하고 처벌하는 『바다와 독약』속 힐더의 모습에서는 생전의 이쿠가 지닌 청교도적이고 엄격한 신앙관에 대해 젊은 엔도가 느꼈을 답답함과 함께 비판의 목소리가 고스란히 드러나고 있다.

4.2. 중기작 『침묵』과 『어머니이신 분』

중기작인 『침묵』, 『어머니이신 분』은 엔도가 어머니를 잃은 지 10여 년의 세월이 지나 발표된 작품들이다. 특히 『어머니이신 분』의 주인공은 모친의 임종을 지키지 못한 인물로, 그가 처한 상황과 모습은 실제 엔도의 삶에서 일어난 상황과 상당히 유사하며, 따라서 엔도의 체험이 상당히 짙게 반영되었다고 할 수 있다. 모친에 대한 죄책감 형성이 모티브를 이루고 있는 이들 작품은 어머니, 즉 모성에 대한 미화가 시작되기 시작한 시기의 작품이라고도 볼 수 있는데, 이를 보다 극명하게 증명해 주는 것이 그의 대표작 『침묵』이다. 엔도가 본격적으로 신을 모성화하기 시작한 것은 병상체험 이후에 쓴 『침묵』부터라고 보는 것이 일반적인 견해인데, 실제로 병상체험 중 엔도의 뇌리에 떠오른 것은 나가사키에서 본 후미에(踏絵)에 그려진 예수의 얼굴뿐이었다고 한다. 세 차례의 대수술을 통해 죽음을 목격한 작가가 병상에서 생각한 신은 사람들에게 밟혀 일그러지면서도 이들을 이해하고 슬픈 눈으로 응시하는 예수의 얼굴이었다. 예수의 사랑이 담긴 시선은 곧 모성과 연결되어 후미에의 예수의 얼굴에서 발견한 사랑의 시선을 통해 엔도는 신을 모성적인 모습으로 변용시킬 수 있었다. 특히 이와 관련해서 한 가지 지적하고 싶은 것은 2004년에 발견되어 책으로 출판된 엔도의 『침묵』 초고에서 가장 눈에 띄는 것으로 로드리고가 생각하는 예수의 얼굴에 대한 기술에 크게 변화가 생겼다는 것이다. 초고에서 처음 로드리고가 머릿속에 그려내던 신의 모습은 그야말로 늠름하고 자신에 넘치던 청년 예수의 얼굴이었으나, 후에 많은 가필을 거치며 조형된 신은 '많은 사람의 발에 밟혀' 피곤하고 지친 후미에 속 예수의 얼굴로 바뀌었고, 어느덧 인간과 마찬가지로 괴로워하며 '상냥한 눈'을 한 일본적인 모친의 얼굴로 다시금 변화를 거치고 있었다.[34] 그리고 이러한 변화는 다음 작품인 『어머니이신 분』에서 더욱 뚜렷하게 나타난다.

> 그들은 자신들의 약함이 성모의 중재로 용서받게 될 것만을 기도했던 것이다. 왜냐하면 가쿠레들에게 제우스는 엄격한 아버지와 같은 존재였기 때문에 아이가 어머니에게 아버지와의 중재를 부탁하듯 가쿠레들은 산타마리아에게 중재를 기도한 것이다. 가쿠레들에게 마리아 신앙이 강하고, 마리아 관음을 특히 예배하는 것도 그 때문이라고 나는 생각하게 되었다.[35]

자신들의 죄, 즉 후미에를 밟고 신을 부정하는 배교의 죄를 용서받기 위해 가쿠레 기리시탄들은 모든 사람들의 어머니, 즉 모성의 상징인 성모마리아에게 바치는 기도를 올리고 있다. 이들의 기도는 가톨릭에서 올리는 기도인 성모송을 연상시키지만, 그럼에도 그들의 기도가 일종의 미신과도 같이 여겨지는 것은 이들이 기독교를 지도자도 교회도 없이 믿고 있는 사이에, 어느덧 자기류(自己流)의 종교로 굴절시켜 버리게 된 탓이다. 다시 말해, 가쿠레 기리시탄들의 종교는 정통 기독교가 아닌, 토속미신이나 불교, 신도가 혼합되어 변용되어진 종교에 다름 아니었다. 그리고 그 변용의 가장 큰 특징은 가쿠레들이 믿고 있던 신이 어느 사이에 토착신으로의, 더 나아가 성모 마리아를 본딴

산타마리아에 대한 숭배로 바뀐 점이다. 실제로 일본의 가쿠레 기리시탄들에게서는 성모마리아의 그림과 마리아관음이 다수 보여지는데,[36] 마찬가지로 작품에서 가쿠레 기리시탄들이 오랜 동안 소중하게 보관해 온 난도신(納戸神) 역시 예수의 상이 아닌 성모 마리아 상이 대부분이다. 그나마 난도신에서 볼 수 있는 성모마리아의 모습도 성(聖)화된 성모 마리아라기보다는 지극히 조잡하고 치졸한 그림으로 그려진, 어디에서고 흔히 볼 수 있는 여성, 모친의 모습으로 변질된 시골 아낙의 그림에 불과하다. 하지만 난도신을 보기 위해 일부러 가쿠레 기리시탄이 살고 있는 섬을 방문한 '나'는 이 조잡한 그림에서 "그들도 또한 나와 마찬가지 생각이었던가"라며 감개에 젖는다.

> 머나먼 옛날 선교사들은 아버지 하나님의 교리를 가지고 바다를 건너 이역만리 떨어진 이 나라에 왔지만, 아버지 하나님의 가르침도 선교사들이 추방되고 교회가 훼손된 뒤 오랜 세월이 가면서 일본의 가쿠레들 사이에서 어느샌가 몸에 맞지 않는 모든 것을 버리고 가장 일본의 종교에 맞는 본질적인 것, 어머니에 대한 사모로 변해버리고 만 것이다.[37]

『어머니이신 분』의 주인공은 작가로, 어머니에 의해 가톨릭에 입신(入信)했지만, 가톨릭도 잘 모를뿐더러 어릴 때부터 어머니를 기쁘게 해 드리는 아이가 아닌, 거짓말을 해서 어머니에게 상처를 주고 어머니의 기분을 울적하게 만드는 그러한 아이였다. 하지만 심장마비로 급작스럽게 어머니가 돌아가시고 난 후, 남겨진 유품 속에서 '슬픔의 성모

(哀しみの聖母)'상을 발견한 그는 그것을 20여년이 넘은 지금도 소중하게 간직하고 있다. 전쟁의 공습으로 인해 타버린 성모상은 세월이 흘러 이제 얼굴의 표정도 없어지고 남아있는 것은 단지 슬픔뿐이다. 그런 성모상을 그는 어느덧 임종 시 괴로운 표정으로 눈을 감고 있던 모친의 이미지와 중첩시켜 바라보게 되었다. 그것은 그가 현실 속 기억에서는 본 적이 없는 슬픈 눈을 한 어머니의 모습이었다. 그리고 이제 유명 작가가 되어 취재차 찾은 가쿠레 기리시탄들의 섬에서 그들의 난도신을 보게 된 그는 치졸한 그림 속에 담긴 평범한 모친의 모습에서 오랫 동안 죄책감[38]에 휩싸여 살아온 자신의 아픔을 이해해주는 슬픔의 성모상을 다시 발견한다. 그리고 그 순간 그의 뒤에서 합장을 하고 슬픔에 찬 눈으로 '나'를 응시하는 어머니를 느끼게 된다. 얼굴의 표정은 지워지고 슬픔만이 남은 성모상과 난도신으로 전해져 내려온 농부(農婦)의 그림에서 그가 본 것은 신과 인간의 중재자이자, 용서와 이해의 신으로서의 성모마리아이자, 동시에 어머니를 아프게 하고 외롭게 돌아가시게 했다는 죄책감으로 오랜 시간 괴로워했던 자신의 아픔을 이해하고 함께 슬퍼하는 슬픔의 성모였다.

4.3. 후기작 『깊은 강』의 경우

『깊은 강』에도 모성적인 존재로서의 신이 등장하고 있으나, 이전까지의 모성적인 신보다 좀 더 독특하게 묘사되고 있다. 중기작 『어머니이신 분』에서의 성모가 인간들의 죄를 용서하는 중재자로서 기능하며, 이들의 아픔에 함께 아파하던 일본적인 모친의 모습을 한 슬픔의 성모였다면, 『깊은 강』에서의 성모는 인도의 성모, 힌두교의 여신 차문다[39]를 모성적인 존재로 선택하여 이상적인 모성의 이미지를 조형하고 있었다. 이처럼 기독교적 성모, 일본화된 성모의 성격을 더욱 확대하여 힌두교의 여신의 모습에게서 이상적인 모성을 표상화하고 있었던 것은 후기작의 가장 큰 특징이라고 할 수 있다. 실제의 힌두교에서는 광폭한 여신으로서의 이미지가 강한 차문다를 엔도는 인간의 고통을 함께 나누기 위해서라면 온갖 고난과 고통까지도 감내하며 고통을 분담하는 헌신적인 여신으로 재탄생시키고 있다. 차문다는 인간의 고통을 나눈다는 점에서 엔도가 생각한 이상적 모성의 본질에 가장 접근한 신이라고 할 수 있는데, 여신 차문다는 모든 인도인이 겪고 있는 고통을 자신도 직접 몸으로 겪으며 신음하면서도 한발 더 나아가 고통받는 인도의 사람들에게 스스로를 헌신하고 있기 때문이다.

> "그녀의 가슴은 이미 노파처럼 쪼그라져 있습니다. 하지만 그 쪼그라든 가슴에서 젖을 짜서, 줄지어 있는 아이들에게 먹이고 있습니다. 그녀의 오른발은 한센씨병으로 인해 짓물러 있는 것이 보입니까? 복부도 굶어서 움푹움푹. 게다가 그곳에는 전갈이 달라붙어 있지요. 그녀는 이러한 고통이나 아픔을 참아가면서 쪼그라든 가슴에서 인간에게 젖을 먹이고 있는 것입니다. (중략) <u>그녀는 ……인도인들의 모든 괴로움을 나타내고 있는 것입니다. 오랜 동안 인도인이 맛볼 수밖에 없었던 고통이나 죽음, 기아가 모두 이 상(像)에 나타나고 있습니다. 오랜 동안 그들이 괴로워해온 모든 질병에 이 여신이 걸려 있습니다. 코브라나 전갈의 독도 참아내고 있습니다. 그런데도 그녀는 ……신음하면서 쪼그라든 가슴으로 젖을 먹이고 있습니다</u>."[40]

고통받는 인간과 함께 슬퍼하고 괴로워하는 어머니야말로 모든 인류의 모친이자, 가장 본질적인 모성으로서 성모로서의 조건에 부합한다고 한 엔도의 말대로라면 차문다는 함께 괴로워하는 모성이라는 점에서 말 그대로 이상적 모성의 표상에 다름 아니다 . 게다가 서양에서는 오랜 세월 신격화되어 아름답게 숭배의 대상이 되어버린 성모 마리아와는 달리 엔도에 의해 구현된 차문다는 결코 아름다운 모습이 아니다. 아니 오히려 늙고 추해져 무섭기조차 한 노파이기에, 아름다고 신성한 존재와는 거리가 멀어 보인다.

> "인도의 성모 마리아와 같은 존재입니까?" "그렇게 생각하셔도 괜찮습니다. 하지만 그녀는 성모마리아처럼 청순하지도 우아하지도 않습니다. 아름다운 의상도 걸치고 있지 않습니다. 반대로 추하게 늙은 끝에 괴로움에 신음하고, 그것을 참고 견디고 있습니다. 이 치켜 올라간 고통에 찬 눈을 봐 주십시오. 그녀는 인도인과 함께 괴로워하고 있습니다. ……괴로움은 지금도 변하지 않고 있습니다. 유럽의 성모 마리아와는 다른 인도의 어머니되시는 차문다인 것입니다."[41]

인도철학을 연구한 지식인으로 4년간의 고학 끝에 학위를 취득하고 일본에 돌아갔지만, 대학의 연구실에는 자리가 없어 지금은 할 수 없이 생계를 위해 관광가이드를 하고 있는 등장인물 에나미의 말이다. 차문다에게 깊이 매료되어 있는 그가 차문다가 모셔진 동굴에서 이 초라한 인도의 여신에 대해 관광객에게 열변을 토할 때마다 마음 속 깊은 곳에서 연상하는 것은 남편에게 버림받고 갖은 고생을 참아내면서 자신을

키워준 어머니이다. 그런 그의 안내로 차문다를 보게 된 미츠코도 또한 갠지스강을 어머니되시는 강이라고 소개하는 에나미의 안내를 들으면서 "인도의 어머니, 모성이 지닌 푸근함이나 상냥함이 아닌, 허덕이며 살아 있는 뼈와 가죽만 남은 노파의 이미지. 그럼에도 불구하고 그녀는 역시 모친이었다"며 차문다를 떠올린다. 유럽에서 성모마리아가 모든 인류의 모친이자, 모성애의 대표적인 상징으로 오랜 세월 신격화되어 숭배의 대상이 되어 왔다면, 엔도는 굳이 이러한 성모의 고상함을 거부하고 오히려 더욱더 낮은 곳에 임한 성모에 눈을 돌린다. 자신이 지닌 모든 것을 인간에게 모두 주는 "수난의 여신(受難の女神)"[42]으로서 차문다는 비록 외형은 초라해지고 신으로서의 신성성은 다소 떨어질지 모르지만, 그러나 가장 낮은 곳에 임한 모성으로서 그녀가 지닌 사랑의 의미는 그 어떤 모성적인 존재보다도 더욱더 확대되고 심화되고 있었다. 이처럼 엔도는 중기작 이후부터 조형해온 모성적인 존재로서의 신의 표상을 늙고 추한 인도의 성모 차문다에게로까지 투영하여 확장하여 보여줌으로써 모성적인 신이 가진 사랑의 의미를 보다 전인류적인 것으로 보편화할 수 있었다. 이런 점에서 『깊은 강』에서의 모성은 이상적 모성의 완결판이이라고 해도 과언이 아닌 것이다.

5. 결론

이상으로 소설 속에 나타난 모성적인 존재와 그들이 지니고 있는 의미를 살펴보았다. 초기작 『백인』, 『바다와 독약』에서 엄격한 신앙관의 소유자로 등장한 모성은 병상체험 후 쓰여진 『침묵』과 『어머니이신 분』등의 중기작품을 통해 일본의 가쿠레 기리시탄들이 믿는 지모신적인 신과 결합되어 자식의 고통을 이해하고 슬퍼하는 모성으로 변화되어 있다. 엔도는 중기이후 조형해온 모성적인 존재로서의 신을 후기작 『깊은 강』을 통해서는 인도의 어머니 차문다로까지 확대시켜 마침내 스스로가 생각하고 있던 바람직한 신의 모습, 모성적인 존재로서의 신의 이미지를 표상화하고 있었다. 모성적 신의 이미지는 초기의 엄격한 모성에서 중기의 슬픔의 모성으로, 그리고 후기의 극적인 모성으로 변용이 이루어졌다고 볼 수 있는데, 이처럼 모성적 신상(神像)이 극적으로 변화되어 가는 이유는 분명하다. 이것은 실로 엔도 자신의 모친에 대한 기억의 변화와도 관계된 것이라 할 수 있다. 앞에서도 소개한 바와 같이 현실에서의 이쿠는 타협을 모르는 강하고 엄격한 성격의 소유자였고, 그런 어머니의 청교도적인 엄격함에 대한 반발심은 초기작 『백인』, 『바다와 독약』 등에 투영되었다. 하지만 이후 어머니의 갑작스런 사망이라는 사건을 겪은 후 10여년이 지나면서 실제의 어머니에 대한 엔도의 기억은 많이 희석되고 미화되어가는 한편, 어머니의 쓸쓸한 삶과 죽음에 대한 죄책감만이 더욱더 확대되는데, 이것은 중기작품들에 잘 나타나고 있다. 특히 『어머니이신 분』과 같은 작품에서 엔도는 가쿠레 키리시탄들에 대한 심정적 공감을 보이고 있으며, 이러한 공감이 『침묵』에서 초기에는 젊고 남성적이었던 예수의 이미지를 본격적으로 모성적인 신상으로 변용시키는 추진력으로 작용하게 되었다. 마지막으로 어머니 사후 40여년이 지난 『깊은 강』에서는 모성적 신의 이미지는 더욱 심화되어 인도의 여신 차문다는 신성성은 사라지고 극도로 모성원리에 충실한 헌신적 모성의 이미지로 확대되어 간다.

이렇게 볼 때 청교도적인 어머니의 모습에 대한 부정적인 영향으로 어머니의 모습을 부정적으로 그려내던 초기의 작품에서 어머니의 사후 어머니에 대한 기억이 점차 미화되어 가며 이것이 작품 속에서도 모성을 긍정하는 힘으로 작용, 엔도문학 특유의 모성적 신상을 완성시키는 원동력이 되었다고 하는 가설도 성립되는 것이다.

【주】

1) 시가나오야, 시마자키 도송 등이 대표적으로 이들은 청년기에 기독교와 사상적 접촉이 있었음에도 일정한 시간이 흐르면 기독교에 대한 결정적 배교심리도 없이 일상적으로 배교해 버린다. 다케다 기요코는 이처럼 기독교에서 자연스레 멀어져가는 일본의 문학자들의 배교를 가리켜 '통과의례적 배교'라 칭한다(武田清子, 『背教者の系譜』, 岩波書店, 1973).

2) 山根道弘, 『落第坊主を愛した母』, 海竜社, 2006, p.5.

3) 엔도 준이나 사토 야스마사와 같은 논자는 모처럼 『침묵』이 엔도의 모성체험에서 기인하고 있음을 주목하고 있으나, 엔도의 문학작품에 끼친 모친 이쿠의 영향력 여부에 관한 조사로까지 연구의 범위가 확대되지는 못했으며, 그저 일반론적인 수준에서 모성이론에 기초한 분석을 하는데 그치고 있다.

4) 遠藤順子, 『夫・遠藤周作を語る』, 文春文庫, 2000, p.40-41.

5) 遠藤順子, 『夫の宿題』, PHP文庫, 2000, p.83.

6) 프랑수와즈 파스틀과 관련해서는 논문 「엔도 슈사쿠 문학의 여성관 연구-『내가 버린 여자』의 여주인공 모리타 미츠를 중심으로-」가 자세하다(김은영, 「일본문화연구」48집, 동아시아일본학회, 2013, pp.87-105).

7) 안도 코오(安藤幸)는 고오다 로항(幸田露伴)의 여동생으로 일본에서 서양음악 요람기를 대표하는 바이올리니스트로 독일의 베를린국립음악학교에서 유학 후 귀국하여 교수로 활동하였다. 1958년 문화공로자로 인정되었다. 모기레프스키는 러시아인 음악가로 도쿄음악학교교수, 삿포로교향악단 초대상임지휘자 등을 역임했다.

8) 엔도는 물론, 그의 형, 이쿠에게 신앙적으로 큰 감화를 주었던 신부였으나 이쿠 사후 엔도 집안의 여자 친척과 불미스러운 일로 1957년 배교, 환속하여 그 여성과 결혼했다. 이쿠의 생전에도 이것이 문제가 되어 교회 내에서 스캔들이 있었다. 후에 『影法師』, 『沈黙』, 『火山』에 등장하는 배교신부의 모델이 된 인물이다.

9) 遠藤周作, 『私のイエス』, 祥傳社, 1988, pp.3-4.

10) 遠藤周作, 『心の夜想曲』, 文春文庫, 1989, p.28.

11) 遠藤周作, 「母と私」『遠藤周作文学全集』12, 2000, pp.392-393.

12) 佐藤泰正, 『人生の同伴者』, 新潮社, 1993, p.26. 1969년에 발표된 『어머니이신 분(母なるもの)』는 신을 모성화하기 시작한 엔도가 본격적으로 모친과 신앙의 관계를 교차하며 쓴 작품으로, 엔도와 어머니의 원체험이 가장 많이 투영된 작품이라고 할 수 있다.

13) 遠藤周作, 『私にとって神とは』, 光文社, 1983, p.10.

14) 遠藤周作, 『心の夜想曲』, 文芸春愁, 1986, p.13.

15) 加賀乙彦, 「最新作『深い河』魂の問題」『国文学』, 学燈社, 1993.

16) 앞의 책, 遠藤順子, PHP文庫, 2000, p.80.

17) 遠藤周作, 『ほんとうの私を求めて』, 集英社, 1995, pp.108-148 및 앞의 책, 「母と私」, 2000, p.392 참조.

18) 앞의 책, 遠藤順子, 文春文庫, 2000, p.35.

19) 시의 내용은 다음과 같다. 「슉, 성냥. 훅, 연기. 담배 마시고 싶네(シュッツ、マッチ。ポッ、ケムリ。タバコ、ノミタイナ)」(遠藤周作, 遠藤周作文学全集 15, 2000, 新潮社, p.332).

20) 앞의 책, 遠藤周作, 全集12, 2000, p.392.

21) 앞의 책, 遠藤順子, 文春文庫, 2000, pp.36-38.

22) 山根道公, 年譜, 『遠藤周作文学全集』15, 2000, p.334.

23) 앞의 책, 遠藤順子, 文春文庫, 2000, p.50와 앞의 책, 遠藤周作, 全集12, 2000, p.393 참조.

24) 앞의 책, 遠藤順子, 文春文庫, 2000, pp40-41.

25) 엔도는 성모마리아형을 여성의 정신적 깨끗함, 순결, 모성을 상징하는 여성상으로, 이브형의 여성은 여성이 지닌 어두운 부분 즉 사악한 부분의 원형으로, 그리고 비너스형은 여성의 육체적 아름다움, 예술적인 미의 이상형을 나타내는 여성상으로 구분한다.

26) 특기할 만한 것은 엔도가 이브형 여성의 경우에는 이들에게 대부분 병원에서 근무하는 간호사나 혹은 의사, 자원봉사자의 형태로 현대의학에 종사하는 직업을 부여하고 있었다는 점이다. 다시 말해 이들은 과학적이고 합리적인 사고방식을 지닌 여성들로 묘사되고 있다. 또한 이들은 모두 신의 존재를 부정하거나 신에게 반발하는 성향을 지닌 인물들이라는 공통점이 있다.

27) 遠藤周作, 『聖書の中の女性たち』, 1972, 講談社, p.9.

28) 遠藤周作, 『イエスに邂った女たち』, 講談社文庫, 1990, p.120.

29) 앞의 책, 遠藤周作, 講談社, 1972, p.82-83.

30) 앞의 책, 遠藤周作, 講談社文庫, 1990, p.130.

31) 遠藤周作, 『海と毒薬』, 新潮文庫, 1971, p.91-98.

32) 노부는 한 번 결혼하여 임신도 했었지만 태아는 뱃속에서 사산되고, 모체를 구하기 위해 그녀는 여자의 생리를 뿌리째 적출하는 수술을 받지 않으면 안 되었다. 이후 그녀는 아이를 낳을 수 없는 몸이 되었다. 그런데 비록 노부와 세세한 설정은 다르지만 연애결혼 후 만주로 간 결혼생활과 남편의 외도에 의한 결혼생활의 파탄이라는 결혼생활의 수순 속에도 불행했던 이쿠의 결혼생활이 투영되어 있던 것은 말할 필요도 없다.

33) 앞의 책, 遠藤周作, 1971, p.92.

34) 山根道弘, 『遠藤周作『沈黙』草稿翻刻』, 長崎文献社, 2004, pp.355-358.

35) 遠藤周作, 『母なるもの』, 新潮文庫, 1975, p.40.

36) マンジェラ・ヴォルペ, 『隠れキリシタン』, 1995, 南窓社.

37) 앞의 책, 遠藤周作, 1975, pp.48-49.

38) 마치 작가 엔도를 떠오르게 하는 소설속 주인공 '나역시 직업은 소설가로, 그'는

친구의 집에서 음란한 그림을 보느라 어머니의 임종을 지키지 못했다는 죄책감을 짊어지고 평생을 살아온 인물이다.

39) 힌두교에서 실제의 차문다는 찬다와 문다라고 하여 악마를 죽인 여신을 뜻한다. 차문다는 칼리, 칼라야와 함께 광폭하고 무서운 여신으로도 알려져 있다.

40) 遠藤周作,『深い河』, 講談社, 1996, p.226.

41) 앞의 책, 遠藤周作, 1996, p.226.

42) 앞의 책, 遠藤周作, 1996, p.226.

【참고문헌】

江藤淳, 「成熟と喪失」, 『遠藤周作(群像日本の作家)』22, 小学館.
遠藤周作, 『白い人』, 新潮文庫, 1955.
_______, 『沈黙』, 新潮文庫, 1966.
_______, 『海と毒薬』, 新潮文庫, 1971.
_______, 『聖書の中の女性たち』, 講談社, 1972.
_______, 『母なるもの』, 新潮文庫, 1975.
_______, 『私にとって神とは』, 光文社, 1983.
_______, 『心の夜想曲』, 文芸春愁, 1986.
_______, 『私のイエス』, 祥傳社, 1988.
_______, 『心の夜想曲』, 文春文庫, 1989.
_______, 『深い河』, 講談社, 1993.
_______, 『イエスに邂った女たち』, 講談社文庫, 1990.
_______, 『ほんとうの私を求めて』, 集英社, 1995.
_______, 「母と私」『遠藤周作文学全集』12, 2000.
遠藤順子, 『夫・遠藤周作を語る』, 文春文庫, 2000.
_______, 『夫の宿題』, PHP文庫, 2000.
加賀乙彦, 「最新作『深い河』 魂の問題」『国文学』, 学燈社, 1995.
佐藤泰正, 「遠藤周作における母のイメージ―「母なるもの」の原像をめぐって」, 『遠藤周作 (群像日本の作家)』22, 小学館, 1991.
_______, 『人生の同伴者』, 新潮社, 1993.
武田清子, 『背教者の系譜』, 岩波書店, 1993.
マンジェラ・ヴォルペ, 『隠れキリシタン』, 南窓社, 1995.
山根道公, 年譜, 『遠藤周作文学全集』15, 2000.
山根道弘, 『遠藤周作『沈黙』草稿翻刻』, 長崎文献社, 2004.
_______, 『落第坊主を愛した母』, 海竜社, 2006.
김은영, 「엔도 슈사쿠 문학의 여성관 연구―『내가 버린 여자』의 여주인공 모리타 미츠를 중심으로―」, 「일본문화연구」48집, 동아시아일본학회, 2013.

唐代 小説『杜子春伝』과 芥川의 童話『杜子春』
- 소재활용 방법을 중심으로 -

●●●

김 정 희

1. 서론

아쿠타가와 류노스케(芥川竜之介)의 동화『두자춘(杜子春)』은 1920(大正9)년 7월 나쓰메 소세키(夏目漱石) 門下의 선배 스즈키 미에키치(鈴木三重吉)의 권유로 동화 잡지『붉은 새(赤い鳥)』에 발표한 4번째 동화이다. 이 작품은 1927(昭和2)년 아쿠타가와가 가와니시 신조(河西信三)에게 보내는 서간에「졸작『두자춘』은 당나라 소설 두자춘전의 주인공을 인용했지만, 이야기의 3분의 2이상 창작입니다」[1)]라고 쓰고 있다.

아쿠타가와의『두자춘』에 대한 평가는 다양하다. 당시의 비평은 주로「흔한 人情에 雷同하여 作為된 것」(正宗白鳥),[2)]「아쿠타가와는 한 시대 한 계급의 도덕률을 뛰어넘지 못한 모랄리스트였다」(宮本顕治),[3)]「동화이기 때문에 평범한 인정, 세속적인 도덕에서 결말을 구하고 있다」(吉田精一)[4)] 등 평가의 초점이 주로 이야기의 도덕성이나 평범함에 놓여 있었다. 이후「인간의 선의를 긍정하고, 밝고 용기를 주려고 하는 작품」(恩田逸夫),[5)]「좋은 성장과 고귀한 성격이 잘 드러나 있다」(中村真

一郎),[6] 「두자춘은 大正의 소시민의 기원을 대표하고 있는 인물」(山敷和男)[7]이라는 평으로 이어졌다. 하지만 『두자춘』에 대한 많은 선행 연구는, 미지에 대한 호기심과 꿈을 키워주며 용기를 북돋아 주는 동화의 조건을 충족시키면서, 성인을 대상으로 한 중국의 고전소설을 근대 아동문학작품으로 바꾸고자 작가가 노력하고 창의력을 발휘했는지에 대한 충분한 고찰이 이루어지지 않았다고 판단된다. 본고에서는 중국의 고전 『두자춘전』과 동화 『두자춘』의 인물 및 이야기 전개의 비교 분석을 통하여 아쿠타가와의 소재활용 방법을 고찰하고자 한다.

2. 『두자춘전』과 『두자춘』의 冒頭

동화 『두자춘』의 출전은 가와니시 신조에게 보낸 서간(1927.2.3)에서 알 수 있듯이 唐代의 두자춘의 이야기가 바탕이 된 것이다. 두자춘이 수록된 서적을 정리하면 다음과 같다.

李昉編 『太平広記』 권16 『두자춘』
李復言編 『続玄怪録』 수록의 『두자춘』
鄭還古撰 『唐人説薈』(一名, 『唐代叢書』, 『두자춘전』)
鄭還古撰 『五朝小説』(唐人白家小説伝奇, 『두자춘전』)
鄭還古撰 『古今説海』(説淵部別伝家, 『두자춘전』)
鄭還古撰 『龍威秘書』(晉唐小説暢観第三冊, 『두자춘전』)

이외에도 풍몽용(馮夢龍)편 『성세항언(醒世恒言)』에 「杜子春三入長安」[8]이 수록되어 있기도 하다. 각 서적에 수록된 두자춘 이야기는 대동소이하고, 조사(助詞) 「於」나 「于」등의 표기상의 차이가 나는 정도이나, 아쿠타가와가 어떤 책을 활용했는가는 간과할 수 없는 문제이다. 지금까지 많은 연구자가 이 문제 때문에 곤혹스러웠고, 각자의 판단에 따라서 『태평광기』『오조소설』『당인설회』 등의 이름을 열거했기 때문이다. 이에 필자는 아쿠타가와의 旧장서목록을 살펴보았고, 장서목록 중 두자춘과 관련이 있는 『태평광기(太平広記)』(도광병오년전(道光丙午年鐫), 三讓睦記蔵板, 1846)와 『당대총서』(初集, 天門渤海家蔵原本)가 있음을 확인했다. 또한 목록의 안내문에 아쿠타가와가 「무엇이든 메모를 한 도서에는 서명 앞에 ☆표를 붙였다」라고 되어있어 『당대총서』에 별표가 있어, 아쿠타가와가 『두자춘』을 집필할 때 『당대총서』를 읽었을 것이고, 동화 『두자춘』의 원전은 『당대총서』라고 판단했다. 하지만 『두자춘』의 세부적인 내용을 살펴보면, 『全唐詩』권858, 『楊文公談苑』(呂洞賓詩), 『支那仙人列伝』(東海林辰三郎) 등 다양한 서적이 참고된 것으로 확인된다. 이하 내용을 살펴보면서 작가의 소재활용 방법에 대해 논하고자 한다.

우선, 『두자춘전』·『두자춘』의 순서로 冒頭를 살펴보겠다.

> 두자춘은 주에서 수나라까지의 사람으로 젊었을 때 가업을 돌보지 않은데다 술로 지새웠기 때문에 재산을 탕진하여. 친척, 친구 모두에게 버림을 받았다. 바야흐로 옷은 떨어지고 배는 고픈 채로 장안을 이리저리 다녀보지만, 날은 저물어가도 빈속을 채우지도 못하고 어디로 갈지

몰라 방황하다가 동시 서문에 이르러 배고픔과 추위에 떠는 모습으로 하늘을 우러러 긴 한숨을 쉬었다.(杜子春者周隋間人少落魄不事家産以志気閒縦嗜酒邪遊資産蕩尽投於親故皆以不事事之故見棄方知衣破腹空徒行長安中日晩未食彷徨不知所往於東市西門饑寒之色可掬仰天長吁.)

–『두자춘전』[9)]

어느 봄날의 저녁 무렵이었습니다.

당나라의 도읍인 낙양(洛陽)의 서문(西門) 아래에 멍하니 하늘을 올려다보고 있는 한 젊은이가 있었습니다. 젊은이의 이름은 두자춘으로, 원래는 부잣집 아들이었지만 지금은 재산을 탕진하여 하루하루 먹고 살기도 힘든 처량한 신세였습니다. 더군다나 그 당시 낙양이라고 하면 천하에 견줄 바가 없는 번화한 도시로, 길거리에는 사람들과 마차들이 끊임없이 왕래했습니다. 문안 가득 비치는 기름 같은 석양빛에, 노인이 쓰고 있는 비단 모자나 터키여인의 금귀고리, 백마에 장식한 색실의 말고삐가 쉴 새 없이 지나가는 모습은 마치 한 폭의 아름다운 그림 같았습니다. 그러나 두자춘은 여전히 서문 벽에 몸을 기대고 멍하니 하늘만 바라보고 있었습니다. 하늘에는 마치 손톱자국 같은 가느다란 달이 유유히 깔린 안개 속에 희미하게 떠 있었습니다. 「날은 저물어가고, 배는 고프고, 게다가 이젠 어디에 가도 재워줄 만한 곳은 없고–이런 생각이나 하며 살 바엔 차라리 강물에 뛰어들어 죽어버리는 게 나을지도 모르겠다.」 두자춘은 아까부터 혼자서 이런 부질없는 일을 곰곰이 생각하고 있었습니다.

–『두자춘』

이 두 작품의 冒頭는 주인공 두자춘이 살았던 시대, 인품, 생활태도, 현재의 처지 등을 소개하고 있다. 두자춘전』의 두자춘은 주(周)나라

말기부터 수(隨)나라까지의 인물로 설정되어 있고, 그 성격이 대범, 호쾌하여 술로 가산을 탕진했다고 한다.[10] 『두자춘전』에는 도착한 곳이 「장안 東市의 西門」이고, 『두자춘』은 「낙양의 西門」으로 되어 있다. 『두자춘전』의 두 장소 지정은 중요한 의미가 있지만, 아쿠타가와는 간소화시키고 있다. 이는 소설에서 「東市의 西門」이 갖는 의미가 크고, 동화에서는 별로 중요하지 않기 때문이리라. 장소가 「장안」과 「낙양」으로 되어 있지만, 아쿠타가와의 야마나시현립문학관(山梨県立文学館)의 소장 『두자춘』의 처음 원고는 長安[11]이었는데, 1921(大正10)년의 제5단편집 『야라이의 꽃(夜来の花)』에 수록될 때는 「洛陽」으로 바뀌었다.

다음은 계절이 겨울에서 봄으로 바뀌어 있다. 여기에도 아쿠타가와의 퇴고(推敲)의 필적이 보인다. 야마나시현립문학관의 소장 원고에는 최초 원고대로 쓰인 것이, 어떤 이유에서인지 겨울이 봄으로 고쳐져 있었다. 그 결과 『두자춘』에는 「낙양의 봄」에서 감지되는 여유로움과 대비되어 「차라리 강에라도 몸을 던져 죽어 버리는 편이 나을는지 모른다」라는 두자춘의 절망감이 두드러지게 잘 표현되었다.

흥미로운 점은 『두자춘전』의 두자춘은 비참한 상황임에도 불구하고 「죽음」을 한 번도 생각하지 않는데 반하여, 『두자춘』의 자춘은 자살충동을 느끼고 있다는 점이다. 이는 자살을 선택한 아쿠타가와의 개인적 취향에 대한 문제임과 동시에 중국인과 일본인의 사생관의 차이일 가능성도 배제할 수 없다.

중국인의 사생관은 현세주의이기 때문에, 사후 세계의 극락을 믿는 것보다도 비록 深山에 은둔할 지라도 장수하기를 바란다.[12] 이상향에

서 불멸의 생을 누리는 선인을 동경하게 되는 것도 이 때문인 것으로 살 수 있는 만큼 살려고 하는 것이 중국인의 사생관이라 할 수 있다. 그러나 이에 반해 일본인의 사생관은 도날드 · 킹도 지적하듯 「죽음의 미의식(ほろびの美意識)」때문에 고결한 죽음을 원하고,[13] 마쓰무라 다케시(松村剛)가 도망치느니 살해당하기를 원한 『헤이케 이야기(平家物語)』의 아쓰모리(敦盛)의 행동을 서양인은 미스터리한 심리라고 지적하듯이 죽음을 서두르는 경향이 있다.[14] 이 견해는 비참하게 살아서 치욕을 당하느니 「차라리 강물에 뛰어들어 죽어버리는 게 나을지도 모르겠다」고 생각하는 『두자춘』에서의 자춘의 행동을 이해하는 데에 도움이 된다.

3. 노인과의 만남

『두자춘전』에서는, 어찌할 바를 몰라 동시의 서문 밑에서 하늘을 우러러 탄식하고 있는 두자춘 앞에 한 노인이 나타나, 두자춘에게 그 이유를 묻고, 그날 밤은 1민(緡)을 주고, 明日 午時 300전을 주겠다고 약속한다. 그래서 두자춘이 약속대로 다음 날 정오에 페르시아 저택에 가보니, 과연 노인은 300전을 주면서 이름도 고하지 않고 사라졌다. 이리하여 일확천금을 얻은 두자춘은 또 원래의 방탕심이 생겨 살찐 말을 타고, 가벼운 옷을 입고, 술친구와 만나 창루(倡楼)에서 가무를 즐겼다. 금세 재산을 탕진하여 다시 가난해진 두자춘은 시장 문에서 탄식한다.

- 『두자춘전』

한편 동화 『두자춘』의 위 장면과 대응하는 부분을 인용한다.

그때, 어디에서 왔는지 외사시(外斜視) 노인이 갑자기 그의 앞에서 걸음을 멈추었습니다. 그 노인은 석양을 등지고 서문에 큰 그림자를 드리운 채 두자춘의 얼굴을 지긋이 바라보며, “자네는 무슨 생각을 하고 있는가?”라고 거만하게 말을 걸었습니다. “저 말입니까? 저는 오늘 밤 잘 곳도 없어 어떻게 할까 생각중입니다.” 노인이 갑자기 물어오는지라 두자춘도 무심결에 고개를 숙이고 솔직하게 대답했습니다. “그렇군. 그거 참 불쌍하군.” 노인은 한동안 무언가를 생각하는 듯하더니, 이윽고 길거리를 비추고 있는 석양빛을 가리키며 이렇게 말했습니다. “그럼 내가 좋은 것을 하나 알려주지. 지금 이 석양 속에 서서 땅에 자네의 그림자가 생기거든 그 머리에 닿는 곳을 밤중에 파보도록 하게. 분명 마차 가득 실을 황금이 묻혀 있을 테니까.” “정말입니까?” 두자춘은 놀라 고개를 들었습니다. 그러자 더욱 신기하게도 그 노인은 어딜 갔는지 이미 주변에는 흔적도 보이지 않았습니다. 그 대신 하늘에 뜬 달빛이 전보다 더 하얗고, 쉴 새 없이 오고 가는 사람 위에는 벌써 성급한 두세 마리의 박쥐가 펄럭 펄럭 날아다니고 있었습니다.

두자춘은 하루 만에 낙양에서 제일가는 부자가 되었습니다. 그 노인의 말대로 석양에 비친 그림자를 보고 그 머리 부분을 살짝 파보니 큰 수레에 가득 찰 정도의 황금이 한 무더기 나왔습니다. (중략) 그러자 지금까지는 길에서 마주쳐도 인사조차 하지 않던 친구들이 이런 소문을 듣고 밤낮으로 놀러왔습니다. (중략) 그러나 엄청난 부자라도 돈은 한정되어 있으니, 제아무리 사치에 빠진 두자춘도 한두 해가 지나자 점점가난해지기 시작했습니다. (중략) 3년 째 되는 해의 봄, 두자춘은 다시 예전처럼 무일푼이 되니 넓은 낙양 땅에서 그를 머물게 해 줄한 칸의 집도 없었습니다. 어느 날 저녁, 또다시 낙양 서문 아래로 가서 멍하니 하늘을 바라보며 어찌 할 바를 몰라 서있었습니다.

– 『두자춘』[15)]

위 기술을 비교해보면 아쿠타가와가 소설 『두자춘전』을 동화로 각색했다는 특징을 잘 알 수 있다. 즉 금전 교섭에서 중국 작품은 노인과 두자춘 사이에서 実数가 교환되고 돈을 건네는 방법도 『두자춘전』에서는 당일 1민만, 다음 날은 약속한 액수가 건네지고 있다. 한편 『두자춘』에서는 그림자가 비추는 부분을 파 보면, 「수레에 가득 실을 황금」이 나온다고 하여 동화로서의 환상적인 모습을 보여주고 있다.

흥미로운 점은 『두자춘전』은 당시의 시대상을 반영하고 있다는 점이다. 당대의 장안은 조석으로 성문을 열고 닫을 때 북을 치고, 시장문은 정오에 장구를 300회 쳐서 開市되고 일몰 전에는 징을 300회 울려 閉市를 알렸다. 야간은 영업이 금지되고, 또 시외에서의 상업행위도 금지되었다.[16)] 이처럼 당시 長安 시장의 실상이 작품에 반영되어 처음 노인이 두자춘을 만났을 때 원조금 액수는 정하면서, 그날 밤 소매 속에 있는 것만을 건넨 것도 납득이 간다. 그 시각은 이미 閉市가 되어 야간에 금전을 주고받음이 불가능했으며, 그래서 다음날 정오 페르시아 저택으로 오라고 했던 것이다.

다음은 『두자춘전』과 『두자춘』에서의 노인에 대한 묘사를 살펴보고자 한다. 아쿠타가와는 출전의 「지팡이를 짚은 노인」을 「외사시 노인」으로 묘사했다.[17)] 노인과 지팡이의 조합은 특이하지는 않지만 도인의 이미지를 강조하는 표현이다. 『논어』(「微子篇」)에는 공자의 제자 자로

(子路)가 지팡이에 대바구니를 멘 노인과 길에서 만난이야기가 기술되어 있다. 다음 날 자로가 공자에게 이 노인의 행동에 대해 고하자 공자는 「은자(隱者)」라며 다시 만나러 가게 했지만 결국 만날 수 없었다고 한다.[18] 또한 『道教故事物語』[19]의 삽화를 살펴보면 중국의 도사는 대게 「지팡이를 짚고」있음을 확인할 수 있다.

한편 『두자춘』에서는 지팡이에 대한 언급은 없고, 외모상의 특징으로 「외사시」라 하고 있다. 이는 원전에도 없는 것으로 『삼국지연의(三国志演義)』(제68회 감영은 기병 백여 기를 거느리고 위의 병영을 습격하고 좌자는 조조에게 술잔을 던지고 희롱하다)에 등장하는 선인 좌자(左慈)의 외모를 연상하게 한다.[20]

후술하는데 아쿠타가와는 가와니시 신조 앞의 편지(1927.2.3)에서 쇼지 다쓰사브로가 저술한 『지나선인열전』에 대해 언급하였는데 「左慈」항목에 左慈는 「眇目」즉 斜視였다고 한다.[21] 아쿠타가와는 『삼국지연의』와 『지나선인열전』에 등장하는 선인 「左慈」의 눈이 사시였음을 알고 이를 『두자춘』의 노인의 용모로 활용했던 것이다.

한편, 그림자 머리 부분을 밤중에 파보니 「수레 가득 황금」이 나왔다고 되어 있는데, 「땅을 파보니 황금(보물)이 나왔다」라는 모티브는 당 현종시대의 도사 형화박(邢和璞)이 방관(房琯)의 운세를 예언하는 이야기에도 등장한다. 「형화박이 지팡이로 땅을 쿡쿡 찌르며 깊이 파니 질그릇 병이 나왔다.」[22]라고 기술되어 있다. 또한 『삼국지연의』제33회에도 조조가 황금빛이 솟는 땅을 파보니 구리참새가 나왔다는 비슷한 모티브가 등장한다.[23]

아쿠타가와는 한문 원전 『삼국지연의』를 소장하고 있었고, 작품 『오이시그라노스케의 어느 하루(惑日の大石内蔵助)」』[24]에서 그라노스케에게 『삼국지』를 읽으라는 장면을 통해 작가가 『삼국지』의 내용을 숙지하고 있었다는 사실은 확실하다. 필자는 아쿠타가와가 『삼국지연의』에서 모티브를 가져온 것이라고 단정 짓는 것은 아니지만 그 가능성은 배제할 수 없다고 생각된다.

또한 『두자춘전』의 노인이 서시의 문에 출현한 것도 나름의 의미를 찾을 수 있다. 새로운 장안성의 도시계획의 기본은 자문개(宇文愷, 555~602)의 発案으로 이루어졌는데, 동서를 주작문(朱雀門)이 가르고 이 거리를 사이에 두고 총 110방 지역이 동쪽으로는 사람들의 거주지인 54坊과 東市, 서쪽으로는 54방과 西市가 위치한다. 종교시설은 동쪽에 절을 대표한 大興善寺가 一坊전체를 점하고, 서쪽에 道館을 대표한 玄都館이 대칭적으로 배치되었다. 開元十年(772)에 만들어진 『양경신기(両京新記)』(「長安志」巻七)에 의하면, 「僧寺 64, 尼寺27, 道士館 10, 女館 6, 페르시아절(波斯寺) 2, 호천사(胡天祠) 4」[25]라는 기사가 보이는데, 「페르시아절」은 네스토리우스(Nestorius. 시리아의 성직자. ?−451?)파의 그리스도교, 호천사는 조로아스터교(배화교)의 예배장소이다.

이처럼 서시에는 도사의 거처인 도관과 페르시아 절이 있고, 서시 부근에 서역에서 온 상인들의 거주지가 형성되었다는 역사적 사실을 비추어 볼 때 『두자춘전』의 도사 출현이 西市이며 또 두자춘에게 「내일 정오에 페르시아 저택(波斯邸)에 오라고」한 것은 당시의 시대상을 반영한 부분이라 할 수 있다.

4. 수련장으로 가는 도정과 정경묘사

다음은 자춘이 선인을 따라 華山 운대봉의 신선의 거처에 간 『두자춘전』의 장면이다.

> 노인은 두 노송나무 그늘에서 노래를 부르고 있었다. 華山의 운대봉에 올라가, 40여리 들어가니 집 한 채가 있었다. 이 집은 엄숙하고 정결하여 보통 사람은 살지 않는 것 같았다. 채운이 널리 드리우고, 놀란 학이 날아오른다. 안쪽의 안방 안에는 약로가 놓여 있다. 화로 높이는 9척 남짓, 보랏빛을 발하며 창문을 비추고 있다. 옥녀 몇 명이 약로를 둘러싸 서있었고, 청룡과 백호가 그 전후에 있었다. 그 때 해가 지려고 했다. 노인은 속세 옷이 아닌, 즉 황관에 붉은 겉옷을 걸친 도사의 복장이다. 하얀 돌 같은 환약 세 알과 술 한 잔을 자춘에게 주면서 바로 마시라고 命했다. 방 안 서쪽에 호랑이 가죽 하나를 깔고 동쪽을 향해 앉게 하고 "삼가 말하지 말라, 존신, 악귀, 야차, 맹수, 지옥이 나타나 너의 친족이 결박당해 온갖 괴로움을 겪어도, 모두 현실이 아니다. 너는 움직이지도, 말 하지도 말고 마음을 편히 하여 두려워하지 않으면, 어떤 고통도 없다. 열심히 내가 말한 것을 지켜라"고 말하면서 떠났다.
>
> – 『두자춘전』[26)]

무대가 되는 화산은, 산시 성(陝西省) 화인 현(華陰県)에 있고, 恒山, 형산, 泰山, 숭산과 함께 오대명산의 하나이다. 「황관봉피(黄冠縫皮)」로 표현된 노인의 복장도 그가 도교와 관계가 깊은 사람임을 암시한다.[27)]

한편 동화 『두자춘』에서는 「華山」이 「아미산(峨眉山)」으로 바뀌었다. 또한 『두자춘』에서는 출전과는 달리 철관자(鉄冠子)라고 하는 선인이 자신의 이름을 밝히고 있다.[28)]

아미산(峨眉山)으로 가는 장면도 부연 각색되었다. 철관자라는 선인은 「떨어져 있던 대나무 지팡이」를 타고 허공을 비행했다고 한다. 왜 굳이 「떨어져 있던」 것이라고 했을까. 이는 『두자춘전』에서는 처음 만났을 때 「有一老人策杖(지팡이를 짚은 한 노인)」으로 되어 있어 지팡이가 나중에 등장하더라도 이상하지 않은데, 『두자춘』은 「외사시」를 강조한 탓에 한 번도 노인이 「지팡이를 짚고 있는」 상태를 묘사하지 않았기 때문이다. 그래서 비행할 때가 되서야 소도구가 필요했고 우연히 떨어져 있던 대나무 지팡이에 올라타서 비행했다. 선인은 비행하며 다음과 같은 노래를 읊는데 출전에는 「華山의 운대봉에 올라가」라는 기사만 있고 이 장면은 없다.

> 아침에 북해에서 놀고, 저녁에는 창오.(朝に北海に遊び、暮には蒼梧。)
> 소맷자락 속 푸른 뱀, 담력도 세구나.(袖裏の青蛇、胆気粗なり。)
> 세 번 악양에 들어가도 사람은 알지 못하고.(三たび嶽陽に入れども、人識らず。)
> 낭음하며 날아가는 동정호.(朗吟して、飛過す洞庭湖。)
>
> –『두자춘』[29)]

이 시는 『전당시(全唐詩)』(권858)에 있는 것으로, 선인이 푸른 뱀을 소매에 넣고 남모르게 3번 악양에 들어가 유유히 시를 읊으며 천하 절경인 동정호를 날아가는 것이다. 동정호는 양자강(楊子江) 중류 후난

성(湖南省)에 있으며, 『수경(水経)』에 「호수가 넓고 둥글어 500여리이다. 만약 해와 달이 진다면 그 안에서 진다(湖水広円五百余里, 若日月没其中)」[30]라고 할 정도로 스케일이 큰 호수이다. 비행중의 선인 철관자의 즐거운 기분을 충분히 대변하고, 또 유명한 동정호를 소개하면서 이국적인 분위기를 자아내고 있다. 『全唐詩』수록의 시와 철관자에 대해서 아쿠타가와는 가와니시 신조 앞의 편지(1927.2.3)에서 다음과 같이 설명하고 있다.

> 그 詩는 唐의 포주(蒲州) 영락현(永楽県) 사람, 여암(呂巌), 字는 동빈(洞賓)이라 하는 선인이 지은 것입니다. 어린 학생들에게 한자의 뜻까지 설명하시지 않아도 되겠죠. (중략) 또한 그 이야기에 나오는 철관자는 삼국시대의 좌자(左玆)라고 하는 선인의 도호(道号)입니다. 삼국시대라고는 하나 어찌 되었든 長生不死의 선인이기에, 唐代에 나타나는 것도 문제는 없을 것입니다. 여동빈이나 좌자에 대한 것은 여러 책에 나와 있었습니다만, 현대의 책에서는 쇼지 다쓰사브로(東海林長三郎)가 저술한 지나선인열전(支那仙人列伝)을 읽어보시면 좋을 것입니다.

위의 詩는 여암(여동빈)이 쓴 것이라는 것을 알 수 있다. 그러나 나루세 데쓰오(成瀬哲生)는 논고 「芥川竜之介の『杜子春』－鉄冠子七絶考－」에서, 여동빈의 作詩라고는 하나 대부분의 경우처럼, 「이 시도 실로 字句에 異同이 있는 시이다」라고 하며 민간전승일 가능성에 대해 다루고 있다. 그리고 아쿠타가와가 인용한 시의 「아침에 북해에서 놀고, 저녁에는 창오」는 『全唐詩』에서는 「朝遊北越暮蒼梧」로 「北越」과 「북해」의 차이가 보인다. 나루세는 아쿠타가와가 참고로 한 것은 『全唐詩』가 아닌 「인용한 원전이 중국의 俗文学의 텍스트였을 가능성도 검토할 필요가 있다」고 하며, 이 시를 통해 바로 떠올린 것이 원곡(元曲)의 「여동빈이 세 번 악양루에 취하다(呂洞賓三酔岳陽楼)」가 아니었을까 라고 한다. 작자는 마치원(馬致遠)이다.[31]

朝遊北海暮蒼梧	아침에 북해에서 놀고 저녁에는 창오
袖裏青蛇胆気粗	소맷자락 속 푸른 뱀, 담력도 세구나
三酔岳陽人不識	세 번 악양에 취하여도 사람은 모르고
朗吟飛過洞庭湖	낭음하며 날아가는 동정호

철관자가 읊은 시는 이 「呂洞賓三酔岳陽楼」와 한字가 다르다. 「酔」가 『全唐詩』의 「入」으로, 즉 「취하여도」가 「들어가도」로 변경되었다. 이를 종합하여 생각할 때, 아쿠타가와가 「呂洞賓三酔岳陽楼」의 첫 행 앞부분 4글자(朝遊北海)와 『全唐詩』의 내용을 조합한 것으로 여겨진다.

한편 서간에서 철관자가 좌자의 도호라고 하였는데 이는 잘못된 것이다. 앞서 『삼국지연의』의 좌자에 대한 기술에서 알 수 있듯이 도호는 「오각선생(烏角先生)」인 것이다. 좌자 이외의 인물로 元代 말기에 주원장(朱元璋)의 幕客인 장중(張中)이라는 인물이 있는데, 늘 鉄製冠을 쓰고 있어서 「철관도인(鉄冠道人)」이라 불렀다고 한다.[32] 편지의 내용을 통해 알 수 있듯이 아쿠타가와는 좌자와 철관자를 동일한 인물로 혼동하고 있었을 것이다.

이어서 아미산 선인의 거처에 대한 기술인데, 출전과는 다른 모습이 묘사되고 있다.

> 그곳은 깊은 계곡에 면한 폭이 넓은 통반석 위였지만 매우 높은 곳으로 보여, 하늘에 떠있는 북두칠성이 밥공기만한 크기로 빛나고 있었습니다. 원래부터 인적이 끊긴 산인지라 근처는 쥐 죽은 듯 조용했고, 간신히 귀에 들려오는 것은 뒤 절벽에 서 있는, 구불구불 구부러진 한 그루의 소나무가 밤바람에 흔들리는 소리뿐입니다. －『두자춘』[33)]

『두자춘전』에서는 도사의 거처의 묘사가 「안쪽의 안방 안에는 약로가 놓여 있다. 화로 높이는 9척 남짓, 보랏빛을 발하며 창문을 비추고 있다. 옥녀 몇 명이 약로를 둘러싸 서있었고」에서 알 수 있듯이 수련의 목적이 仙薬을 만드는 데에 있고 따라서 도사의 거처의 묘사도 선약과 관련된 기술이 두드러져 있다. 이에 반해 아쿠타가와는 자춘의 수련이 선약을 통한 선인의 경지에 이르는 것이 아니라 수련 자체를 통해 선인이 될 수 있다는 설정을 하고 있기 때문에, 선약과 관련된 장면묘사를 생략했던 것으로 판단된다.

아쿠타가와의 위의 수행 장소의 묘사는 『道教故事物語』의 삽화와 매우 흡사하여 흥미롭다. 이 책에 수록된 선인 이야기의 삽화를 보게 되면 많은 경우 절벽 같은 곳의 통반석 위에 선인이 앉아있고, 그 옆에는 소나무 한, 두 그루가 구부러져 자라고 있는 모습을 확인할 수 있다.

이어서 『두자춘』의 선인은 다음과 같이 당부 후, 아미산을 떠난다.

> 나는 지금부터 천상에 가서 서왕모를 뵙고 올 터이니, 너는 그동안 여기에 앉아서 내가 돌아오는 것을 기다리는 것이 좋겠다. 아마도 내가

> 없으면 이런저런 마성이 나타나 너를 홀리려고 할 텐데, 설령 어떤 일이 일어나도 절대 소리를 내서는 안 된다. 만약 한 마디라도 말을 한다면 너는 결코 선인이 될 수 없다는 것을 각오하라. 알겠느냐? 천지가 개벽한다 해도 입을 다물고 있어라. – 『두자춘』[34)]

출전인 『두자춘전』과 다른 부분은 전술한 바와 같이 선약과 관련된 기술이 생략되었고, 「만약 한 마디라도 말을 한다면 너는 결코 선인이 될 수 없다는 것을 각오하라.」에서 알 수 있듯이 無言을 통해 仙人이 될 수 있음을 강조한다. 아쿠타가와가 독창적으로 부가한 표현으로 전술한 「북두칠성」[35)]과 「서왕모」[36)]가 주목된다. 도교 신화에 나오는 서왕모는 그 형상이 인간 같고 표범 꼬리와 호랑이 이빨에 휘파람을 잘 불며 텁수룩한 머리에 머리장식을 꽂고 있다. 그녀는 하늘의 재앙과 형벌을 주관하고 있다(『山海経』'서차삼경(西次三經)'). 이러한 서왕모는 후에 아름다운 모습으로 不死의 여신이 된다. 서왕모의 궁궐 옆에는 요지(瑶池)라는 호수와 반도원(蟠桃園)이라는 복숭아밭이 있었다고 한다. 서왕모와 복숭아와의 관련성은 작품 말미에서 두자춘이 태산 기슭의 복사꽃 피는 집에 살게 되는 부분을 예고하고 있다.

5. 시련과 파계

두자춘의 시련과 파계 · 결말의 차이점에 관해 살펴보겠다. 우선 『두자춘전』의 내용이다.

운대봉에 혼자 남은 두자춘은 천지가 개벽하는 불, 눈과 비, 무수한 기마, 번개, 대장군이나 우두(牛頭) 등에게 생명의 위협을 받았어도 입을 열지 않았는데 끝으로 두자춘의 부인이 끌려왔다. 고통을 참기 어려웠던 부인은 통곡을 하며 두자춘에게 한마디라도 말하라고 애원한다. 부인의 다리는 절단되고, 비명소리는 더욱 커졌지만 자춘은 어떠한 말도 하지 않았다. 그러자 장군은, 「이 놈은 이미 요술을 완성하였기 때문에, 오랫동안 이 세상에 살려두어서는 안 된다(此賊妖術已成不可使久在世間)」라며 좌우의 옥졸에게 명하여 자춘을 베어버렸다. 죽음을 당한 자춘의 혼은 지옥의 염라대왕 앞에 끌려갔다. 염라왕은 두자춘을 투옥시켜, 온갖 고통을 겪게 하지만, 자춘은 도사의 말을 되새기며 끝내 말하지 않았다. 옥졸이 시련이 끝났다고 고하자, 왕은 「이 자는 음기를 받은 놈이기 때문에 남자로 둘 수는 없다. 여자로 송주 단부현(単父県)의 부지사 왕근의 집에 태어나게 하라(此人陰賊, 不合得作男, 宜令作女人, 配生宋州単父県丞王勧家)」고 자춘을 여자로 환생시켰다. 「陰賊」으로 「女人」이 되는 벌은 당나라 시대의 음양관에다 남존여비사상이 가미된 발상이리라.

5회에 이르는 운대봉에서의 시련 장면 묘사에서 가장 현저한 특징은 도교와 불교의 영향이다. 청룡백호는 오행설에서 동서를 나타내고, 지옥이나 염라대왕 · 야차 등은 도교와 불교의 습합이다.[37] 현세의 도덕규범이 근본인 유교, 미래세(未来世)를 말하는 불교, 수행으로 선경에 들어가길 기원하는 도교는 서로 영향을 미치며, 중국인의 사상을 형성해 갔다. 특히 불교와 도교는 일찍이 습합하여, 당나라 시대 비호를 받아 융성했고, 이 시대의 소설인 『두자춘전』은 그런 사상적 모습을 반영하고 있는 것 같다.

王勧가에 벙어리 딸로 환생한 자춘이 성장하여 노규(盧珪)라는 진사(進士)와 결혼하게 된다. 부부는 금슬이 좋았고, 아들까지 낳았다. 어느 날 노규는 아이를 안고 부인에게 말을 걸었다. 그러나 아무리 말을 걸어도 벙어리 아내가 대답이 없자 바보 취급을 당했다고 생각한 노규는 격노하며 아들의 머리를 돌로 치니 피가 사방으로 튀었다. 그 순간, 자춘은 엉겁결에 「앗!」하고 소리를 질렀다. 원문에서는 「자춘은 사랑의 마음이 생겨 무심코 도사와의 약속을 잊어버리고 앗! 하고 소리를 질렀다(子春愛生于心, 忽忘其約, 不覚失声云噫)」고 기술하고 있다. 어떤 시련도 잘 참아왔던 자춘은 자식의 비극을 목격하고 모성애 때문에 결국 도사와의 약속을 어겨버렸던 것이다. 장면은 바뀌어서, 자춘은 원래의 운대봉 수련 장소에 단정히 앉아 있었고, 그 앞에 서 있던 도사가 화를 내며 다음과 같이 말하는 것이었다.

> 너의 마음은 기쁨·분노·슬픔·두려움·악·욕은 모두 잊어버렸다. 아직 잊지 못하는 것은 '사랑'뿐이다. 전처럼 네가 만약 '앗'하고 소리를 내지 않았더라면 나의 약은 완성되고, 너 또한 선인이 되었을 것이다. 아, 선인의 재능은 얻기 어려운 것이구나. 나의 약은 다시 만들 수는 있지만, 너의 몸은 역시 속세에 있게 될 것이다. 잘 가거라.
>
> – 『두자춘전』[38)]

두자춘을 시험한 것은 '좌망(坐忘)'이라는 수행으로, 사마승정(司馬承

禎)의 『坐忘論』에 따르면, 인간관계의 간소화, 무욕, 모든 감정에서 자신을 해방, 마음을 조용히 통일하는 것이다. 부모자식도 知己도 없고, 喜怒哀楽悪懼愛 등의 常情에서 벗어나 어떤 것에도 지배받지 않는 심적 상태를 유지, 선인이 되는 수행을 더해가는 것이다.

결국 도사는 자신의 계명을 어긴 자춘을 돌려보냈다. 자춘은 약속을 지키지 못한 자괴감을 견디지 못해 노력해 보려고 다시 한 번 운대봉에 올라갔지만, 그 길을 찾을 수 없어 탄식하며 되돌아 올 수밖에 없었다.

이상, 『두자춘전』의 시련 · 파계 · 결말의 내용과 사상성에 관해 살펴보았다. 중요한 내용은 ①장군이 자춘의 처에게 고통을 가하며 말하기를 명령했으나 끝내 자춘은 아무 말도 하지 않는다. ②죽은 후 지옥에 떨어져 모든 고초를 당하나 말을 하지 않아 인간계의 여자로 환생하게 된다. ③환생한 여자는 아들을 낳지만 아들이 죽게 되자 입을 열게 된다. ④도사의 계명을 어긴 자춘은 결국 도사로부터 버림을 받고 속세로 돌아온다.

다음은 『두자춘』에서 아쿠타가와에 의해 변경된 부분이다.

첫째, 출전의 ①에 해당하는 자춘의 처의 고문 장면이 생략되고 두자춘은 바로 지옥으로 떨어지게 되는 부분이다. 단 자춘의 처의 고문 장면은 자춘의 어머니의 고문으로 「고문상황」이 활용되고 있다.

둘째, 출전의 ②③에서 보이는 「여자로의 환생」 모티브가 『두자춘』에서는 생략되었다. 자춘을 왕가에 환생시킨 것은 불교의 윤회사상과 음양설에 의한 것이다.[39] 아쿠타가와가 이러한 '여자로의 환생' 모티브를 생략한 이유는 우선 이 작품이 동화이기 때문에 어려운 불교교리의 윤회사상으로 性의 뒤바뀜, 및 남존여비 사상과도 관련된 음양설 부분은 이해시키기 어렵고 내용상 걸맞지 않다고 생각했기 때문으로 판단된다.

셋째, 출전의 ③에서는 여자로 환생한 자춘이 아들의 죽음을 목격하고 계명을 파계한 것에 반해 『두자춘』에서는 자춘이 부모, 특히 어머니의 고통을 목격하고 계명을 파계한 것으로 바뀌었다. 지옥에 떨어진 두자춘은 귀신이나 염마대왕 앞에 끌려가 무서운 협박을 받지만, 지옥의 고통에도 견디며 한 마디도 하지 않았다. 자춘의 앞에 돌아가신 부모님이 야윈 말의 모습으로 끌려와 채찍질에 살이 찢어지고, 뼈는 부서져 간신히 숨이 붙어있을 정도였다. 필사적으로 철관자의 말을 지키려는 두자춘의 귀에 희미하게 어머니의 목소리가 들린다.

> 걱정하지 말라. 우리들은 어떻게 되어도 너만 행복해진다면 그것보다 좋은 건 없으니까. 대왕이 뭐라 해도 말하고 싶지 않으면 입을 다물고 있어라. – 『두자춘』[40)]

그리운 어머니의 자애와 희생이 담긴 목소리를 들은 순간 ,자춘은 계명을 잊어버리고 “어머니!”라고 외친다. 이는 자식에 대한 모정 앞에서는 어떤 '좌망'도 불가능하다는 인간의 한계를 보여준다. 출전인 『두자춘전』에서도 자식에 대한 애정 때문에 계명을 파계하는 바, 두 작품 모두 모자간의 애정이 강조되었다는 점은 동일하다.

넷째, 출전의 ④에서는 도사의 계명을 어긴 자춘은 결국 도사로부터 버림을 받고 후회하나, 『두자춘』에서는 비록 선인은 되지 못했으나 철관자의 상을 받은 자춘은 평화로운 속세 생활을 하게 되었다는 점이다.

자춘이 정신을 차리고 보니, 그는 석양을 맞으며 낙양 서문 아래에 서있었다. 모든 것이 아미산에 가기 전과 똑같았다. 그 때 외사시 노인이 나타나 「어떤가? 내 제자는 물론이고 도저히 선인이 되지는 못하겠군.」라고 웃으며 말한다. 이 미소는 철관자의 예상대로 두자춘이 파계한 것에 대한 긍정의 미소이리라. 『두자춘전』의 도사가 수행에 실패한 두자춘에게 실망하여, 분노를 표현하는 것과는 대조적이다.

노인의 질문에 두자춘은 지옥에서 목격한 부모님을 외면하면서까지 선인이 되고 싶지는 않다고 한다. 노인은 만족스러운 듯 만약 자춘이 마지막까지 입을 열지 않았다면 목숨을 빼앗을 생각이었다고 말한다. 그리고 앞으로 정직하게 살아갈 것이라고 다짐하는 자춘에게 노인은 「그 말을 잊지 말라. 두 번 다시 너와 만나지 않을 태니」라고 하면서, 泰山 남쪽 기슭에 있는, 복사꽃으로 둘러싸인 집을 한 채 준다고 하였다.

『두자춘전』의 두자춘은 시련에 실패한 것을 한탄, 좌절감에 빠지지만, 『두자춘』의 주인공은 인간답게 사는 길을 택했기 때문에 선인이 되지 못한 것에 미련을 갖고 있지 않다. 여기서 인간의 존엄을 확인한 두자춘의 모습을 볼 수 있으며, 작가는 속세에서 인간성을 유지하면서 살아가는 존귀함을 독자에게 강조하고 있다.

흥미로운 대목은 노인이 두자춘에게 「泰山 남쪽 기슭에 있는, 복사꽃으로 둘러싸인 집」을 주겠다는 장면이다. 태산은 인간의 수명을 관장하는 동악신(東嶽神)의 거처로, 3월 18일부터 28일까지 축제가 있고, 중국인이 평소 부모의 장수를 기원하거나, 죽은 자가 나온 집에서는 진혼을 위해 기도를 하러 가는 곳이기도 하다. 복숭아는 『회남자(淮南子)』詮言訓의 허신(許愼)의 注에 「귀신은 복숭아를 두려워한다.」[41]고 했다. 『형초세시기(荊楚歲時記)』에도 「정월 초하루에 복숭아 탕을 복용한다. 복숭아는 오행의 情, 邪鬼를 물리치고 百鬼를 제어한다.」라고 했다. 또 도연명(陶淵明)의 작품 『도화원기(桃花源記)』의 무릉도원은 복숭아꽃이 만발한 별천지이다.

복사꽃에 둘러싸인 집은 사대부 · 문인들이 동경하는 幽玄 · 淸閑한 이상향의 상징이다. 아동독자는 「泰山 기슭에 복사꽃으로 둘러싸인 집」이 무엇을 의미하는지는 모를 것이다. 아쿠타가와가 선인이 되지 못한 두자춘에게 이 같은 생활 기반을 준 이유는 자춘처럼 「인간답게」살면, 행복한 미래가 있을 것이라는 꿈을 아동들에게 전하고 싶었기 때문이리라.

6. 결론

이상, 『두자춘전』과 『두자춘』을 비교, 작가의 소재활용을 분석하였다. 다음은 그 결과를 정리하였다.

첫째, 원전인 『두자춘전』은 여러 판본이 있어, 아쿠타가와가 어떤 『두자춘전』자료를 출전으로 삼았는지를 밝히는 문제가 중요하다. 이에 필자는 아쿠타가와의 구 장서목록 중 『두자춘전』이 수록되어 있는 『당대총서』(初集, 天門渤海家藏原本)를 출전으로 판단하였고, 또한 『당대총서』의 내용과 한국국립중앙도서관에 소장된 淸나라 1792(乾隆57)년 山陰 蓮塘居士가 편찬한 『唐人説薈』가 동일한 것임을 확인하였다.

둘째, 동화 『두자춘』의 원전은 『당대총서』(『唐人説薈』)이지만 『두자춘』의 세부적인 내용을 살펴보면, 『全唐詩』권858, 『楊文公談苑』(呂洞賓詩), 『支那仙人列伝』(東海林辰三郎) 등 작가가 다양한 서적도 참고, 인용한 것을 확인할 수 있었다.

셋째, 소재 활용에 관해서이다. 주요 장면을 열거하면 먼저 출전의 고문 장면이 생략되고(단 자춘의 처의 고문 장면은 어머니의 고문으로 바뀜), 출전의 「여자로의 환생」 모티브가 『두자춘』에서는 생략되었다. 생략한 이유는 작가가 동화라는 장르를 의식하여 이해하기 어렵고 동화로서 걸맞지 않은 내용으로 간주했기 때문인 것으로 판단된다. 또한 출전에서는 여자로 환생한 자춘이 아들 때문에 파계한 것에 반해 『두자춘』에서는 어머니 때문에 파계한 것으로 변경되었다. 마지막으로 출전은 선인으로부터 버림을 받으나 『두자춘』에서는 오히려 선인으로부터 칭찬을 받아 집을 얻게 된다는 점 등을 들 수 있다.

넷째, 소재활용을 통해 아쿠타가와는 현세의 인간애를 더욱 강조했다는 점이다. 출전인 『두자춘전』은 두자춘이 모진 시련을 겪으며 실패하는 과정을 통해 결국 선인이 되는 것은 보통 사람에게는 지극히 어려운 일이라는 것을 이야기 해주고, 모성애야말로 인간의 감정 속에서 가장 끊기 어려운 본능이라는 것을 암시하고 있다. 이에 반해 동화 『두자춘』에서 아쿠타가와는 부모가 모진 고통을 당하는 장면에서 파계한 두자춘에 대해 선인의 입을 빌려 「그 때 만약 말을 하지 않았다면 죽이려 했다」라고 한다. 그리고 마지막에서도 선인은 「인간답게 정직하게 살아가겠다」고 선언한 두자춘에게 泰山 남쪽 기슭의 복사꽃으로 둘러싸인 집을 준다. 결국 아쿠타가와는 현실을 떠난 개인이 득도한 仙界대신, 어울려 사는 인간 세계로 무게중심을 바꾸었고, 구체적으로는 모성애, 어머니에 대한 孝의 관점을 부각하여 강조하였다. 상기의 소재활용, 주제의 변화 등에 관해 공통적으로 이야기할 수 있는 것은 역시 작가가 출전인 소설을 '동화'로 의식하여 집필했다고 하는 점이다. 원작의 寒気를 느끼게 하는 冒頭와 후회로 가득한 두자춘을, 각각 봄의 冒頭로 시작하여 복사꽃 피는 집에서 행복한 미래를 영위하게 될 두자춘으로 변경한 부분에서 우리는 아쿠타가와가 동화에 대한 장르를 얼마나 의식하고 있었는지를 실감할 수 있었다. 기존의 『두자춘』에 대한 부정적 평가는 출전과의 비교가 철저하지 못했거나, 혹은 동화라는 장르를 염두에 두지 않았던 것으로 보이며 더욱 더 적극적인 재평가가 이루어져야 할 것이다.

【주】

1) 拙作「杜子春」は唐の小説杜子春伝の主人公を用ひをり候へども、話は2/3 以上創作に有之候。『芥川龍之介全集 第二十巻』, 岩波書店, 1997, p.278. 이후 『芥川全集』으로 표기함.

2) 正宗白鳥(1927・10), 「芥川龍之介を評す」『中央公論』.

3) 1929년 8월, 雑誌『改造』의 현상논문. 宮本顯治(1975) 『敗北の文学』, 新日本出版社, 1975, p.27.

4) 吉田精一(1942・12), 『芥川龍之介』, 三省堂.

5) 恩田逸夫(1954), 「芥川龍之介の年少文学」, 『明治大正文学研究』, 東京堂.

6) 中村真一郎(1958), 『現代作家全集8 芥川龍之介』, 五月書房, p.136.

7) 山敷和男(1961・9), 「『杜子春』論考」, 早稲田大学, 『漢文学研究』.

8) 馮夢龍編(1958), 『醒世恒言』, 中華書局股份有限公司, p.785.

9) 陳蓮塘編, 『唐人説薈』一名, 『唐代叢書』 把秀軒藏板 p.48. 이하 원문 인용으로 인해 지면이 많아져 『두자춘전』과(『芥川全集第六巻』, pp.255-257.) 『두자춘』 이하의 원문은 생략하고 페이지만을 적기로 함.

10) 馮夢龍編(1958), 『醒世恒言』, 中華書局股份有限公司, p.785.「杜子春三入長安」에는 「話說隋文帝開皇年間, 長安城中, 有個子弟姓杜雙名子春」라 되어있어, 수나라 시대의 인물로 묘사되었다.

11) 山梨県立文学館所蔵의 『두자춘』 원고 「赤い鳥」 1920(大正9)년 7월호.

12) 小尾郊一(1988), 『中国の隠遁思想』, 中央公論社.

13) 도날드・킹, 金関寿夫 역(1990), 『日本人の美意識』, 中央公論社, p.10.

14) 松村剛(1975), 『死の日本文学史』, 新潮社, p.10, p.232.

15) 『芥川全集 第六巻』, pp.255-257.

16) 陳舜臣 감수(1996), 『中國歷史紀行 第3巻 隋・唐』, 学研.

17) 天隨訳本에는 「다 죽어가는 노인」이라 동화와 일치하지 않는다.

18) 小尾郊一(1988), 「陶淵明の心の軌跡」『中国の隠遁思想』, 中央公論社, p.33.

19) 褚亞丁, 楊麗編(1994), 『道教故事物語』, 青土社.

20) 羅貫中 저, 立間祥介 역(1972), 『三國志演義』下, 平凡社, pp.74-77.

21) 東海林長三郎(1911), 『支那仙人列傳』, 聚精堂, pp.167-171.

22) 褚亞丁, 楊麗編(1994), 『道教故事物語』, 青土社, p.189.

23) 羅貫中 저, 立間祥介 역(1972), 『三國志演義』上, 平凡社, pp.300-301.

24) 『芥川龍之介全集 第二巻』(1995), 岩波書店, p.248.

25) 砺波護 外1名(2008), 『世界の歴史6 隋唐帝国と古代朝鮮』, 中公文庫, p.171.

26) 陳蓮塘編『唐人說薈』一名, 『唐代叢書』, 把秀軒藏板, pp.50-51.

27) 『서양잡조』나 『당인설회』권15서도 도사의 모습을 「黃冠縫皮」로 표현하고 있다. 노인이 「黃冠縫皮」의 복장으로 출현하는 사실은, 그가 도교와 관계가 깊은 도사이거나 선인이라는 것을 간접적으로 설명하고 있다.

28) 중국의 선인들은 대개 자신의 이름을 밝히지 않고 주위 사람들이 「ㅇㅇ라는 선인(도사)이다」라는 신분을 공개하는 것이 일반적이다. 이는 上仙이 목적인 수행중의 도사가 속세에서도 연을 끊은 채 행동하는 것을 이야기하고 있다.

29) 『芥川全集第 六巻』, p.261.

30) 堀江忠道・大地式編(1994), 『研究資料漢文学(4)詩Ⅱ』, 明治書院, p.202.

31) 成瀬哲生(1989), 「芥川龍之介の『杜子春』ー鐵冠子七絶考ー」, 徳島大学国語国文学 2號

32) 褚亞丁・楊麗 編(1994), 『道教故事物語』, p.274.

33) 『芥川全集第 六巻』, p.262.

34) 『芥川全集第 六巻』, p.262.

35) 葛兆光(1993), 『道教と中国文化』, pp.60~62. 「北辰(北斗) -太-」에 대한 신앙은 楚의 문화권내에서는 보편적인 신앙으로, 북두는 오직 움직이지 않는 하나의 恒星이라는 점에서 우주의 중심이라 여겨졌으며, 이를 숭배하는 것과 도교, 즉 유일한 종교를 결부시켰다.

36) 서방의 仙境인 곤륜산(崑崙山)에 산다는 중국 신선사상에서 가장 중요한 여신. 옛날에는 지명 또는 민족명이었던 듯하나, 점차 선인으로서 여겨지기 시작하여, 더 나아가 신격화 되었다.

37) 村山修一(1993)『本地垂迹』, 吉川弘文館, p.40.

38) 陳蓮塘編, 『唐人說薈』一名, 『唐代叢書』, 把秀軒藏板 pp.51-51.

39) 하늘은 양의 성질이기 때문에 높다. 땅은 음의 성질이기 때문에 낮다. 하늘은 양에 속해서 같은 양에 속하는 君・父・夫・男과 관련된다. 땅은 음에 속한다. 그러므로 같은 음에 속하는 地・母・婦・女와 관련이 있다. 葛兆光(1993), 『道教と中国文化』, 東方書店, p.40.

40) 『芥川全集第 六巻』, p.269.

41) 葛兆光(1993), 『道教と中国文化』, 東方書店 p.91.

【참고문헌】

■ 텍스트

陳蓮塘編, 『唐人說薈』一名, 『唐代叢書』, 把秀軒藏板.
『芥川全集第 六巻』, 岩波書店, 1996.
馮夢龍編, 『醒世恒言』, 中華書局股份有限公司, 1972.
羅貫中 저, 立間祥介 역, 『三國志演義』下, 平凡社, 1972.

■ 저서 및 논문

褚亞丁, 楊麗編, 『道教故事物語』, 青土社, 1994.
小尾郊一, 「陶淵明の心の軌跡」『中国の隱遁思想』, 中央公論社, 1988, p.33.
도날드・킹, 金関寿夫 역, 『日本人の美意識』, 中央公論社, 1990, p.10.
松村剛, 『死の日本文学史』, 新潮社, 1975, p.10, p.232.
正宗白鳥, 「芥川龍之介を評す」『中央公論』, 1927.10.
宮本顯治, 『敗北の文学』, 新日本出版社, 1975, p.27.
吉田精一, 『芥川龍之介』, 三省堂, 1942.
恩田逸夫, 「芥川龍之介の年少文学」,『明治大正文学研究』, 東京堂, 1954.
中村真一郎, 『現代作家全集8 芥川龍之介』, 五月書房, 1954.
小尾郊一, 『中国の隱遁思想』, 中央公論社, 1988.
陳舜臣 감수, 『中國歷史紀行 第3巻 隋・唐』, 学研, 1996.
砺波護 外1名, 『世界の歴史6隋唐帝国と古代朝鮮』, 中公文庫, 2008, p.171.
東海林長三郎, 『支那仙人列傳』, 聚精堂, 1911, pp.167-171.
堀江忠道・大地式編, 『研究資料漢文学(4)詩Ⅱ』, 明治書院, 1994, p.202.
成瀬哲生, 「芥川龍之介の『杜子春』一鐵冠子七絶考一」, 徳島大学国語国文学 2號, 1989.
村山修一, 『本地垂迹』, 吉川弘文館, 1993, p.40.

경계의 미학과 기독교 수용
- 일본근대문학 속의 한 시점 -

●●●

박 상 도

1. 들어가며

"일본에는 왜 기독교 인구가 적어요?" 라는 질문은 일본과 기독교의 상관성을 생각할 때 일반적인 것이 되었다. 이러한 의문을 해소하고자 학계에서 많이 연구되고 논의되는 것이 이른바 "일본문화의 풍토론"이라고 할 수 있다. 엔도 슈사쿠는 그의 저서 『침묵』에서 일본의 풍토에 대해 "이 나라는 늪지야. 이윽고 너도 알게 될 거야. 이 나라는 생각한 것보다 더 무서운 늪지였어. 어떠한 묘목도 그 늪지에 심긴다면 뿌리가 썩기 시작하지. 잎은 변하고 시들어가는 거야. 우리들은 이 늪지에 기독교라고 하는 묘목을 심은 거야."라고 말하면서 일본의 기독교 수용의 지체 현상을 짐작하게 하고 있다. 그러나 주지하다시피 근대 개화 이후 특히 메이지기의 한 시기에 일본은 많은 젊은이들이 기독교에 영향을 받았다. 기타무라 도코쿠, 시마자키 도손을 중심으로 하는 『문학계』의 동인들은 대부분이 세례받은 신자였으며, 이외의 도쿠토미 로카, 기노시타 나오에, 구니키다 돗보, 마사무네 하쿠초, 야마지 아이잔, 야마무라 보초등도 크리스찬이었다. 메이지기 청년들의 사상적 지주였던 우에무라 마사오, 우치무라 간조도 빼놓을 수 없는 인물이다. 그리고 백화파의 아리시마 다케오, 시가나오야도 우치무라에게 성경을 배웠으며, 『사선을 넘어서』의 저자 가가와 도요히코도 유명하다. 다이쇼기에 들어서는 나가요 요시로, 아쿠다가와 류노스케, 다자이 오사무등의 작품에 뚜렷하게 성경이나 그리스도의 흔적이 보이고 있으며 2차 세계대전 이후에는 시이나 린조, 엔도 슈사쿠, 그리고 우리에게 가장 잘 알려진 미우라 아야코 또한 기독교 작가로 알려져 있다. 하지만 이렇게 많은 지성인들이 기독교의 영향을 받으면서도 기독교 신앙을 제대로 수용하고 자신의 가치관 속에 정착시킨 사람은 소수라고 하는 사실에 우리는 늘 주목해 왔다. 메이지 이후의 일본의 작가들은 기독교의 영향을 받으면서도 진지하게 "죄"와 "하나님"에 대해서 고민하고 "자기 발견"과 "회개"에 이르기보다 결국은 허무적 상태에 빠져 비극적 결말을 맞이한 경우가 많았다. 여기에 우리는 일본적 기독교의 특이성을 읽을 수 있는 것이다.

본고에서는 이러한 기독교와 관련된 일본의 문화풍토를 이야기하고자 한다. 이를 위해서 일본 근대화의 초기에 기독교문학을 접했던 문학자들의 사례를 살펴보고, 나아가 일본근대문학 속의 한 시점을 제시할 것이다. 특히 엔도 슈사쿠의 사례를 들어 일본의 문화풍토에 대한 이야기를 구체화하고자 한다.

엔도 슈사쿠는 2017년에 개봉된 "사일런스"라는 영화의 원작자로도 유명하다. 무엇보다 그는 "침묵"의 작가로서 국내에서 인지도가 있는 작가이다. 엔도를 중심으로 한 언급을 통해 그의 작품경향이 일본적 문화풍토와 어떤 관련성을 가지고 있으며, 나아가 일본의 기독교 수용 문제를 어떻게 고민하면 좋을지에 대해서 고찰하고자 한다.

2. 일본근대문학 속의 기독교

2.1. 구원의 갈망과 허무함

1868년 메이지 신정부에 의해서 근대화의 개혁이 시작되었다. 일반적으로 일본의 근대문학은 이러한 정부 개혁에 비해 20년 정도 늦게 시작되었다고 말해지고 있다. 기독교 사상이 문학에 영향을 미쳤을 때 사람들이 가장 먼저 눈을 뜬 것은 자유연애였는데 사랑하는 이에게 자신의 진심을 고백하고 남녀가 연애를 한다고 하는 것은 문학자들에게 많은 깨달음을 주었다. 이러한 자유연애는 봉건시대를 지나온 그들에게 있어서 다름 아닌 '인간해방'을 경험하는 사건이었고, 인간에 대한 자각을 가져다 준 사건이었다. 그 중의 대표적 문학자 중에 구니키다 돗보라고 하는 사람이 있다. 그는 기독교에 입신한 후 사랑에 고뇌하며 하나님께 다음과 같은 기도를 드렸다.

> 하나님이여, 나의 죄를 용서 하소서/ 하나님이여 사람 앞에서 두려움 없이/ 먼저 하나님 앞에 엎드리는 것을 가르쳐 주소서/ 하나님이여, 전능하신 하나님이여, 사랑의 하나님이여
>
> – 「欺かざるの記」(1895년 6월 23일)

이러한 기도는 누가 보더라도 경건한 크리스천의 기도로 여겨진다. 하지만 하나님 앞에 완전히 굴복한 것처럼 보였던 이러한 기도도 그의 젊은 날의 연인 사사키 노부코와의 연애를 성공시키기 위한 뜨거운 매개물에 불과했음이 나중에 밝혀지게 된다. 한 때의 뜨거웠던 그의 신앙은 환상과도 같은 것이었다. 1908년 죽을 때가 가까이 되었을 때 돗보는 병으로 입원하여 병고와 싸우면서 지난 청춘의 기억들을 떠올리게 된다. 그리고 그에게 세례를 주었던 스승 우에무라 마사히사를 병상으로 불렀다. 돗보는 자신을 찾아온 옛 스승의 손을 부여잡고 울면서 말했다. "어떻게 하면 이 고통으로부터 구원받을 수 있겠습니까?" 이는 단지 그의 육체적 고통만을 호소한 것은 아니었다. 그의 영혼의 구원을 바라는 처절한 고백이었다. 이에 우에무라는 조용히 그에게 한 마디 말을 건넸다. "기도해라" 하지만 돗보는 끝내 하나님께 기도할 수가 없었다고 한다. 한 때 신앙에 불탔던 청춘의 그 시절을 그리워하면서도 말이다. 그로부터 1개월이 지난 1908년 6월 23일 돗보는 38세의 인생을 마감하게 된다.

젊은 시절 사랑하는 연인과 헤어지며 신앙을 버렸을 때 그는 다음과 같은 고백을 남기고 있다. "자연은 점차로 나에게 친밀해지고 사람은 점차로 나에게서 멀어져가는 것 같다"(1896년 8월 14일) "내가 아름다움(美)을 느끼는 것이 지금과 같았던 적은 없었다. 나는 아름다움을 믿기 시작했다. 아름다움을 신성시하기에 이르렀다"(1896년 8월 16일).

이러한 고백은 비단 돗보만의 전유물은 아니었다. 이외에도 메이지 시대의 크리스찬 문학자들 중에는 이와 비슷한 경로를 보인 사람들이

많다. 메이지 시대의 낭만주의 기독교와 문학의 교섭은 이렇게 "믿음(信)에서부터 아름다움(美)의 추구라는 변화 과정을 겪었다"라고 사코 준이치로씨는 말하고 있다(『近代日本文学とキリスト教』1964).

메이지 시대의 저명한 문학자 나쓰메 소세키(1867~1916)는 그의 저작 『행인』의 주인공 이치로로 하여금 "미치든지 자살하든지 종교에 들어가든지 셋 중 하나 밖에 구원이 없다"라고 말하게 했다. 물론 이는 소세키의 내면을 대변한 말이라 할 수 있다. 그는 그의 내면의 죄 문제로 고통하면서도 또 이렇게까지 절규하면서도 끝끝내 하나님을 받아들이지는 못했다. 소세키뿐 아니라 그의 계보를 잇는 아쿠다가와 류노스케(1892~1927)는 일본의 기독교문학을 전공하는 자들이 가장 많이 연구하는 작가 중의 하나이다. 그는 "에고이즘을 떠난 사랑은 없다" "인생은 한 줄의 보들레드만한 가치도 없다" "인생은 지옥보다 더 지옥적이다" 라는 말을 남겼다. 그만큼 인간 내면의 죄악에 대한 통찰이 있었고, 하나님을 떠난 인간의 삶이 고통스럽다는 것을 알았던 사람이다. 그래서 그는 누구보다도 성경을 깊이 연구했다. 그가 자살을 결심하고 남긴 마지막 작품이 예수 그리스도를 주제로 한 『서방의 사람』 『속서방의 사람』이라는 사실만 놓고 보더라도 그가 예수 그리스도에 대해 얼마만한 열정을 가진 사람인가 하는 것을 알게 된다. 하지만 그는 예수 그리스도를 주제로 한 이 작품을 쓰고 나서 자살을 하였다.

『인간실격』이라고 하는 유명한 작품을 쓴 다자이 오사무(1909~1948)라고 하는 작가도 다음과 같은 말을 남겼다. "아 하나님이 나와 같은 자의 기도를 들어주신다면 한 번이라도 좋으니까 내 인생에 한 번이라도 기도하고 싶다."(「인간실격」(1948)) 그렇지만 그의 이러한 소원은 성취되지 않았다. 기도하기를 원했지만 기도할 수 없었던 것이다. 그는 아쿠다가와와 같이 자살로 인생을 마감한다. 하지만 이러한 그 또한 누구보다도 성경을 더 열심히 연구한 사람이라고 하는 사실을 우리는 간과해서는 안 된다. 다음은 그가 남긴 말이다. "성서 한 권에 의해서 일본의 문학사는 전에 없었던 선명함을 가지고 분명히 양분되어 있다. 마태복음 28장. 다 읽는데 3년 걸렸다, 마가, 누가, 요한, 아아 요한복음의 날개를 얻는 것은 언제일까?"(「Human Lost」1937).

이렇듯 일본의 근대문학은 인간의 내면의 문제를 다루고 또 죄의 문제를 언급하고 있지만 성경의 하나님을 수용 하는데 까지는 이르지 못하고 있는 것을 알게 된다. 니이체가 "신은 죽었다"라고 선언한 이후로, 메이지 일본의 근대화와 더불어 시작한 일본의 근대문학은 기독교 사상을 받아들이는 과정에서조차 하나님을 배제시킨 것을 알게 된다.

그리고 자신의 내면의 문제의 귀착점은 결국 자기 자신이며, 문학과 예술로 이를 포장하고 있는 것이다. 영국의 시인인 로렌스 다렐(1912-1990)은 "예술에 무언가 메시지가 있다고 한다면 그것은 인간은 바르게 살 수 없으며, 죽음을 향해 조금씩 다가가고 있다는 것을 인간에게 생각나게 하는 것 이외에는 없다"라고 말했다고 한다. 일본의 근대문학자들은 작품 활동을 통해 자신의 한계를 뼈저리게 인식하면서도 왜 하나님 앞에 서지 못했을까?

하나님을 저버린 그들의 내면에 찾아드는 것은 공허감과 절망과 체념뿐이었다. 이는 비단 문학자들에게만 국한 것이 아니었다. 1950년대에 크게 히트한 우치무라 나오야(内村直也)라고 하는 사람의 유명한 동요에 다음과 같은 가사가 있다.

> 눈 오는 거리를/눈 오는 거리를/ 숨소리와 함께 차 올라오는/ 눈 오는 거리를/ 누구도 알지 못하는 나의 마음/ 이 허무함을 이 허무함을/ 언젠가 기도하리/ 새로운 빛 비추는 종 소리

모든 국민들이 공감하며 부른 평이한 이 노래의 가사는 참 된 하나님을 저버린 일본 서민들의 "허무감"과 "구원의 갈망"을 여실히 보여주고 있다고 여겨진다.

지금까지 메이지기에 시작한 일본의 근대문학과 기독교의 관계에 대해서 간략하게나마 살펴보았다. 엔도 슈사쿠의 『침묵』이라고 하는 작품에서 배교한 선교사 페레이라가 이러한 일본을 향해서 "일본인은 인간과는 전혀 다른 하나님을 생각할 능력을 갖고 있지 않아. 일본인은 인간을 초월한 존재를 생각할 힘도 가지고 있지 않아"라고 말하는 장면이 있다. 과연 그럴까? 일본인들은 하나님을 생각할 능력을 갖고 있지 않은 것일까? 그들이 하나님을 찾으면서도 결국 하나님을 수용하지 못했던 이유는 무엇일까? 이 문제를 생각하기 위해서 앞에서 언급한 아쿠다가와 류노스케를 잠시 생각해 보고자 한다.

2.2. 일본적 전통, 경계의 미학

아쿠다가와 류노스케는 자살로 인생을 마친 사람이었다. 그는 자신

이 죽는 이유에 대해서 '막연한 불안감' 때문이라고 했다. 아쿠다가와의 죽음으로 다이쇼 시기(1912~1926)의 종말을 이야기하는 사람이 있을 정도로 그의 죽음은 상징적인 것이었다. '세기말의 죽음'이라고도 할 수 있다. 오늘날도 그렇지만 당시도 격변의 시대, 과도기의 시대였으며, 살아가는 현실은 아주 힘들었고, 사람들의 내면은 고독과 불안으로 가득찬 시대였다. "막연한 불안감"을 상징하는 그의 내면은 이미 그의 초기 작품에서 보이기 시작한다. 그의 대표작 『라쇼몽』을 보면 주인한테 해고당해서 갈 곳을 잃은 하인이 등장한다. 그는 비오는 날 오후 라쇼몽 아래에서 비를 피하고 있었다. 『라쇼몽』의 첫 장면은 이렇게 시작한다. "어느 날 저녁 무렵이었다. 한 사나이가 라쇼몽 아래에서 비가 그치기를 기다리고 있었다" 저녁은 모두가 따뜻한 집으로 돌아가는 시간이다. 하지만 이 시간에 하인은 갈 곳을 잃어 시체를 모아두는 가장 열악한 장소인 라쇼몽에 고독하게 있었다. 저녁 무렵 내리는 비를 바라보는 그의 심경이 어떠했을까? 아쿠다가와는 하인이 "비가 오는 것을 멍하니 바라보고 있었다"라고 묘사하고 있다. 하인은 무엇을 어떻게 해야 할지 몰랐다. 당장 내일을 살아가야 할 일이 걱정이지만 현실적으로 아무런 손쓸 방도가 없었던 것이다. 이는 '막연한 불안감'을 가졌던 아쿠다가와의 내면을 그대로 보여주는 것이기도 하다. 작품의 가장 마지막 부분도 애매하게 끝난다. "사나이의 행방은 아무도 알지 못했다" 이 작품은 내용적으로 분명한 스토리성을 갖고 명확하게 사건전개가 되고 있지만 한 번 더 냉정하게 작품을 살펴본다면 명확한 것은 아무것도 없다. 처음부터 중간 그리고 마지막에 이르기까지 모든 것이 애매하고 불확실하다.

아쿠다가와는 이러한 "막연한 불안감"을 작가생활 초기부터 간직하고 있었고 마지막 죽는 순간까지 변함없었던 것 같다. 아쿠다가와가 우리에게 보여주는 것은 명확한 것은 아무것도 없다고 하는 것이다. 그에게 있어 진리와 진실은 확실하게 손에 잡히는 개념이 아니었다. 하나님의 존재 또한 그러했다.

그런데 막연하다는 것은 경계가 불분명할 때 오는 감정이다. 한 번 더 이 작품을 '경계'라고 하는 개념에 유의해서 살펴보도록 하겠다. 우선 시간적으로는 낮에서 밤으로 가는 황혼 무렵이다. 그리고 날씨는 비가 오긴 하지만 아주 심하게 폭풍우가 몰아치는 것도 아닌 흐린 날씨이다. 계절도 추운 겨울로 가기 직전의 늦가을이다. 경계에 위치한 지점이라 볼 수 있다. 무엇보다 이 하인이 있는 곳은 시체를 모아두는 곳이다. 하인은 비록 숨을 쉬는 생물체이긴 하지만 경제적으로 파탄하고 고립되어 하루 앞을 알 수 없는 절망감에 사로잡혀 있다. 자칫 잘못하면 죽음의 건너편으로 건너갈 수 도 있는 경계지점에 있다고 할 수 있다. 아쿠다가와는 이렇게 이 작품을 경계의 한 가운데 애매하게 위치시키고 있다. 둘 중의 어느 하나를 선택하지 않은 채 아쿠다가와는 이 경계를 그대로 유지한다. 마지막까지 이 체제를 흩트리지 않는다. 애매한 처지에 있는 하인이 결국 황혼녘에 어디로 가서 무엇을 했는지 알 수 없는 결말이다. 이쪽에도 소속하지 않고 저쪽에도 소속하지 않은 애매한 불안감을 가진 아쿠다가와의 영혼의 현주소가 작품에 잘 반영되었다고 할 수 있다.

그의 작품 중에 『톱니바퀴』라고 하는 작품이 있다. 이 안에 '비행기병'에 걸린 사람의 모습이 그려져 있다. '비행기병'이란 "비행기를 타고 있는 사람은 높은 하늘의 공기만 마시고 있기 때문에 점점 이 지면의 공기에 견딜 수 없게 되어버린" 사람을 가리킨다. 지면에 있는 사람의 입장에서는 하늘이 그리울 수 있고, 또 비행기를 타고 하늘을 오래 난 사람의 입장에서는 지면이 그리울 수 있다. 그러나 이 병에 걸린 사람은 이러지도 저러지도 못하는 처지에 있는 사람이다. 그 중간의 경계에서 고통하고 불안해하는 것이 그가 할 수 있는 최선인 것이다.

그러면 아쿠다가와는 궁극적으로 무엇과 무엇의 경계에 있었을까? 삶과 죽음, 선과 악, 고통과 기쁨, 하나님과 마귀, 등등 다양한 측면에서 말할 수 있다. 다만 분명한 것은 그는 인생의 진리를 나름대로 추구한 사람이었다는 것이다. 그는 무엇인가 확실한 인생의 진리를 추구했던 사람이었다. 하지만 그는 어느 쪽에도 소속하지 못하고 경계에 머무르는 것에 만족해야 하는 사람이었다. 하나님을 전혀 찾지 않는 사람이 하나님을 수용하지 않는 것에는 안타까움이 덜 하다. 그런데 열심히 하나님을 찾는 것 같은데 하나님께 이르지 못하는 사람을 볼 때는 그 안타까움이 더 하다. 하나님의 이름을 부르면서도 하나님께 이르지 못하고 경계의 장소에 머물러 버린 일본문학의 단면에 대해서 깊이 고민하지 않을 수 없다.

3. 전통의 경계에 위치한 『침묵』

이러한 논의의 연장선상에서 지금부터는 엔도 슈사쿠에 대해서 생각해 보기로 하겠다. 우선 엔도 슈사쿠의 기독교 신앙에 대해서 살펴보고, 그의 대표작품을 중심으로 기독교와 관련한 그의 생각들을 알아보고자 한다.

3.1. 경계에 선 신앙

엔도는 고베의 나다중학교 시절(1935) 어머니가 다니던 성당에서 세례를 받았다. 이것은 자신의 의지와 무관한 것이었으며 독실한 카톨릭 신자였던 어머님의 영향으로 인한 것이었다. 하지만 이때부터 부여된 기독교신앙은 그에게 몸에 맞지 않는 옷과도 같은 것이었다. 그가 어떤 점에서 기독교 신앙을 몸에 맞지 않는 옷으로 여겼을까? 여러 가지 요인을 생각해 볼 수 있겠으나 우선은 기독교의 교리적 특징이라고 여겨질 수 있는 배타성을 들 수 있다. 기독교신앙의 원리적인 측면 즉 천국과 지옥, 신자와 불신자 등을 나누는 이러한 이분법적이고 배타적인 사고방식이 엔도에게는 부담스러웠던 것 같다. 그에게 있어 기독교의 사고방식이란 "자신이 세워놓은 기준에 맞지 않으면 틀린 것으로 판단하고 배제하는 것"으로 비추어진 것 같다. 그는 이렇게 하나의 틀을 가지고 그 틀에 들어맞지 않는 것을 재단하는 것 같은 기독교 신앙이 자신과 맞지 않는 것이라고 생각했던 것이다.

그는 18세 때 발표한 「형이상학적 신, 종교적 신」이라고 하는 논문을 발표하여 "신은 존재하는가? 존재한다면 이 세상의 부조리에 대해 어째서 침묵한 채로 있는가"라고 하는 의문을 제기하기도 했다. 24세 때인 1947년에는 평론 「신들과 신과」를 발표하여 기독교의 신앙적 문제를 다루고 있다. 그리고 1950년 전후 첫 번째 유학생이자 기독교 신자의 신분으로 프랑스의 리옹 대학에서 기독교 문학을 공부했다. 세례를 받은 이후부터의 그의 인생의 궤적을 쫓아가다 보면 그는 기독교 신앙에 상당히 조예가 깊은 것처럼 생각되어 진다.

그런데 그는 처녀 소설 『아덴까지』(1954)를 썼을 때를 회고하면서 다음과 같이 말했다.

> 그 때의 제 생각을 말씀드리면 기독교라고 하면 기독교라고 하는 것 안으로 들어가야 되는데 이것은 역시 개인적인 '신앙'의 문제가 되겠는데요. 도저히 들어갈 수가 없었어요. 그렇다고 버릴 수가 없는 거예요. 벌써 오랫동안 들어갈 수 없었어요.
>
> – 「国文学 特集・遠藤周作と北杜夫」(学灯社, 1973年 3月号)

1954년이면 그의 나이 31세 때이다. 12세에 세례를 받은 이후 신학적 수준의 논문까지 발표하고 기독교 신자의 신분으로 프랑스 유학까지 다녀왔지만, 그때까지도 그는 기독교 신앙을 받아들이지 못하고 있었던 것이다. "도저히 들어갈 수가 없었어요" "그렇다고 버릴 수가 없는 거예요" 이러한 그의 생생한 내적인 번민, 진실된 영혼의 고백은 하나님을 찾고자 갈등하는 전형적인 일본지식인의 모습이라고 볼 수 있다.

그런데 엔도는 37세에서 39세(1960~62년)까지의 병원생활을 통해 인생을 보는 관점이 크게 바뀌게 되었다. 생사의 고비를 넘나드는 과정을 통해서 그리스도의 시선을 느끼게 되었고 고통의 그 순간에 하나님이 함께 하신다고 하는 신앙의 변화 과정을 거친 것 같다. 이러한 병원생활을 통한 엔도의 신앙의 변화에 대해서 히사마츠는 다음과 같이 말한다.

> 그때까지는 신앙의 밖으로 나갈 것인가 그만 둘 것인가 즉 「신앙을 버릴까」「버리지 않고 그냥 있을까」하는 양자택일의 상황이었다. 자신이 디뎌야하는 신앙적 기반이 분명치 않은 가운데 실체가 동반되지 않은 회의를 내포한 믿음을 품은 채, 카톨릭 작가를 연기하고 있었다고 할 수 있다. 하지만 「신앙 가운데 있으면서 하나님에게 질문하는」 길도 있다는 것을 엔도는 깨닫는다.
>
> – 久松健一「遠藤周作の秘密(下)」『明治大学教養論集』(2006年 3月)

"신앙을 버려야 하는 것이 맞지 않은가?"하고 고민했던 그의 입장에서 본다면 "신앙가운데 있으면서"라고 결심한 태도변화는 신앙의 진전이라고 말할 수 있습니다. 히시마츠는 이러한 엔도의 태도변화를 "하나님을 소유하고 있기 때문에 하나님을 갈구하는 것"이라고 스스로 위안을 한 것으로 인식한다.

그렇다고 하나님과 엔도의 관계가 명확하게 어떤 해결을 본 것이라고 보기는 어렵다. 신앙적 태도가 다소 변화되었다고 여겨지는 1965년에 그는 문체와 작가의 스타일과의 관련성에 관해서 다음과 같이 말했다.

나의 경우, 외부적으로 여러 가지가 각각 다른 형태로 내 안에 모순되어 있다. (중략) 예를 들면, 카톨릭. 카톨릭을 믿고 있는 자신과 카톨릭을 믿고 있지 않은 자신. 솔직하게 말해서 문장의 전체 스타일이 정해지기 위해서는 내가 나 자신의 전체를 파악하지 않으면 안 되는데. 문체라고 하는 것에 자신이 없어.

– 「文芸」7月号(1965年, 第三の新人特集)

'카톨릭을 믿고 있는 자신'과 '카톨릭을 믿지 않고 있는 자신'의 모순된 양면이 자신의 내면에 동시에 존재한다고 하는 이 발언은 아직 이때까지도 자신의 신앙이 분명치 않다고 하는 것을 말해주는 것이다. 무엇보다 자신의 내면적 가치, 즉 정체성에 대한 불분명성은 그의 작품활동에도 고뇌를 안겨 주었다는 것을 읽을 수가 있다.

이후의 엔도의 작가생활은 이러한 그의 의문을 해소하기 위한 창작과 표현의 과정이었다고 볼 수 있다. 분명한 신앙의 기초 위에서 작품을 쓴 것이 아니라 자신의 내면의 갈등, 신앙적 문제들을 어떻게 해결할 수 있을까? 하며 고뇌한 흔적이 고스란히 작품을 통해서 나타난 것이다. 그가 만일 분명한 신앙을 전제로 작품을 썼다고 한다면 오늘날 이렇게 많은 대중들을 흡입하는 유명작가가 되기는 어려웠을 것이다. 회의하고 고뇌하는 독자들의 심정을 그대로 반영한 작품을 쓸 수 있었던 것은 본인이 그러한 고민의 당사자였기 때문에 가능한 것이었다. 그리고 이러한 그의 고뇌의 결정체가 그의 대표작 『침묵』(1966)과 죽기 바로 전에 유작으로 남긴 『깊은 강』(1997)이라고 할 수 있다.

3.2. 『침묵』의 신앙

3.2.1 경계를 흐리는 일본적 감성

앞에서 아쿠다가와를 예를 들어서 경계의 미학에 대해 언급한 바 있다. 아쿠다가와는 삶과 죽음, 선과 악, 하나님과 사람, 천사와 마귀 등의 경계에서 상당히 고민했던 사람으로 보여진다. 그가 죽기 전에 남겼던 "막연한 불안"이라고 하는 말도 모든 것이 불확실하다고 하는 그의 가치관을 반영한 것이다. 어디에도 소속하지 않은 사람은 안정이 없다. 그런데 잠시 살펴보았듯이 엔도 또한 이러한 경계선에서 고민하고 있었던 사람이었다. 그는 서구 기독교와 일본적 풍토 사이에 있었다. 그러면 지금부터는 그가 이러한 경계에서 어떠한 자세를 취했는지 그의 대표작 『침묵』을 통해서 살펴보고자 한다. 그 전에 잠시 그가 '일본적 감성'이라고 하면서 쓴 다음 문장을 보도록 하겠다.

> 범신성에 의해 길러진 일본적 감성은 모든 경계나 한계를 나타내는 것을 싫어했다. 대비, 상이, 구별의 검증을 거절했다. 대비, 상이, 구별이 있는 곳에서는 저절로 거리가 생기고 거리는 저항을 만들고 거기에서 논리와 운동이 발생한다. 인간과 자연과의 사이에 존재적인 차별이나 대립을 설정하지 않고 외부세계와 자기와의 경계선을 모두 흐릿하게 하겠다는 열망, 이것이 잿빛의 비에 젖은 풍경이나 안개에 뿌옇게 된 경치에 대한 이상한 기호를 만들어낸 것이다.
>
> – 「일본적 감성의 저변에 있는 것」(1963년 7월)

차별이나 대립을 싫어하는 이러한 일본적 감성은 일찍부터 엔도의 심장 깊은 곳에서도 자리잡고 있는 것이었다. 그래서 그는 차별과 대립을 조장하는 것 같은 기독교가 자신과 맞지 않은 것처럼 여겨왔던 것이다. 그런데 일단 기독교를 받아들이기로 한 이상, 이러한 차별을 만드는 기독교를 어떻게 해야 하느냐? 하는 문제가 남는다. 자신의 내부에서 스스로를 설득할 논리를 개발해야 하는 문제인 것이다. 위 문장의 표현을 빌리자면 "외부세계와 자기와의 경계선을 모두 흐릿하게 하겠다는 열망" 이것이 일본인의 열망이라면 그 또한 스스로 이에 따르지 않았겠는가? 하는 추측을 해 볼 수 있다. 실제로 그의 작품들을 보면 중요한 순간에 경계를 흐리는 뿌연 비가 내리는 풍경이 많이 연출된다. 이는 단순한 풍경묘사를 넘은 그 이상의 의미를 지니는 것이다. 이러한 부분은 일본적 감성을 지녔던 엔도가 차별과 대립을 특징으로 하는 서구 기독교를 어떠한 프로세스를 거쳐서 받아들였는가를 짐작해 볼 수 있는 부분이라고 할 수 있다.

3.2.2 절대적 기독교의 좌절

그러면 지금부터 『침묵』을 살펴보도록 하겠다. 주지하다시피 이 작품은 17세기 일본의 사실(史実)에 기초해 창작한 역사소설이다. 엔도 문학의 최고봉으로 일컫는 작품으로 엔도는 이 소설에서 '약자의 신' '동반자 예수' 라고 하는 생각을 구체화시키고 있다. 세계 13개국에 번역 되었고 그레이엄 그린은 엔도를 일컬어 "엔도는 20세기 기독교 문학에서 가장 중요한 작가이다"라고 말하기도 했다. 이 작품은 일본적 범신론적 풍토에서의 기독교의 토착화 문제를 주요한 주제로 다루고 있다. 엔도가 기독교 신앙을 받아들인 후 몸에 맞지 않다고 느꼈던 그 서구 기독교를 자신의 몸에 맞게 재단해서 입은 일본적 기독교를 보여주는 작품이다.

줄거리를 간단히 정리하면 기독교 박해가 심한 일본에서 페레이라 신부가 고문에 의해서 믿음을 버렸다는 보고가 로마 교회에 전달된다. 이에 전에 페레이라의 교육을 받은 포르투칼의 젊은 사제 로드리고는 동료 가르페와 함께 일본에 잠복하지만 체포된다. 체포된 로드리고는 기리시탄의 처형을 목격하고, 침묵을 계속하는 하나님에 대해 의심을 갖게 되지만 결국 후미에를 밟고 배교를 하게 된다는 내용이다.

여기서 페레이라가 로드리고의 배교를 권유하는 과정에서 일본은 기독교가 도저히 뿌리를 내릴 수 없는 늪지대와 같은 곳이라고 말하는 장면이 인상적이다. 이것을 '일본 늪지대론'이라고 부른다. 그는 일본에서는 서양의 기독교가 도저히 뿌리를 내릴 수 없다고 하면서 이 때 "우리들의 하나님"이라는 말을 언급한다. 이는 "우리들 서구의 하나님"이라는 의미이며, 이 하나님이야말로 기독교의 유일한 기준이고 절대적 가치라고 하는 믿음에서 말하는 것이다. 로드리고가 한 때 일본인들도 하나님을 믿었다면서 초기 기독교 부흥의 때를 이야기하자 페레이라는 그 때 일본인들이 믿었던 것은 "기독교에서 가르치는 하나님이 아니었다"고 말한다. 페레이라의 입장에서 볼 때 일본은 자신들이 하나님을 믿는다고 하지만 결국 "우리의 하나님" 즉 "서구의 하나님"을 믿는 것이 아니라 "그들만의 하나님"을 믿는 것이었다. 결론적으로 페레이라가 보기에 "일본인은 인간과는 전혀 다른 하나님을 생각할 능력을 갖고 있지 않은 민족"이며 "인간을 초월한 존재를 생각할 힘도 없는 민족"인 것이었다.

페레이라가 절대적으로 신봉하는 가치관에 입각해서 볼 때 이 생각은 틀린 것이 아니다. "모든 국가와 지리적인 관계를 초월한 기독교와 교회라고 하는 진실"의 입장에서 일본의 기독교는 인정할 수 없는 것이었다. 하지만 이러한 페레이라의 일본 비판은 엔도가 늘 부담으로 여겨왔던 서구기독교의 일방적인 관점이기도 하다. 그래서 엔도는 페레이라를 통해 평소에 부담이었던 서구 기독교를 그대로 드러내고 있는 것이다. 하지만 페레이라가 말한 "서구의 기독교"라고 하는 것은 일본인의 입장에서 볼 때 "그들만의 일방적인 기독교"일 수도 있다는 것이 엔도의 입장이다. 절대적인 것이 아니라 상대적인 것이라는 것이다. 왜냐하면 서구의 기독교라고 하는 것도 어찌 보면 오랜 서구의 전통과 문화 가운데 기독교라고 하는 씨앗이 뿌려져서 성장해 온 역사적 배경을 가지고 있기 때문이다. 서구의 기독교가 과연 일본의 기독교를 일방적으로 판단하고 재단할 만한 위치에 있는 절대적이고 보편적인 가치인가? 엔도는 이에 의문을 가졌던 것 같다. 나중에 페레이라는 배교를 하고 일본에서 안정적인 삶을 살았지만, 선교사의 입장에서만 놓고 보면 그는 절망을 했다고 볼 수 있다. 이는 자신이 절대적으로 여기던 가치가 받아들여지지 않았기 때문이다.

3.2.3 상대화의 과정

이와는 반대로 로드리고는 위에서 언급한 페레이라의 갈등과 고민을 동일하게 겪으면서도 배교하는 과정을 통해서 일본적 기독교를 인정하게 된다. 일본에도 또 다른 기독교신앙이 있을 수 있다는 생각을 하게 된 것이다. 서구의 기독교 신앙이 하나의 형태이듯 일본의 기독교 신앙 또한 겉모습은 다소 다를지라도 무시할 수 없는 한 형태의 기독교라고 하는 사실에 대해 생각하게 된 것이다. 로드리고는 배교 후 일본에 정착해서 살면서 자신의 배교의 순간을 떠올리며 다음과 같이 말한다. "저 기치지로와 제가 어느 정도의 차이가 있다고 말할 수 있겠습니까? 하지만 그보다도 저는 성직자들이 교회에서 가르치고 있는 하나님과 제 주님을 다르다고 생각하고 있습니다" 로드리고가 말하는 "성직자들이 교회에서 가르치고 있는 하나님"이란 서구 기독교가 오랜 전통과 문화가운데 축적해 온 기독교의 하나님을 말한다. 일본에 와서 잠복기간을 거치면서 또 투옥되어 고난을 당하고, 결국에는 배교하는 과정을 겪으면서 로드리고는 약자의 하나님을 만나게 되었다. 그 때까지 그가 간직해 온 로마 교황청을 비롯한 서구의 기독교의 가치기준으로 보면 배교하는 자들은 용납할 수 없는 존재들이었지만 막상 일본에 와서 보니 배교한 그 자들과 하나님이 함께 하신 것을 알게 된 것이다. 엔도식으로 말하면 구약의 엄위하신 하나님이 아니라 신약의 무한한 사랑을 지니신 하나님을 만난 것이라 하겠다.

로드리고가 이렇게 약자의 하나님을 체험하게 되었을 때 서구기독교의 가치가 반드시 옳지 만은 않다는 것을 생각하게 되었고, 그동안 자신이 몸담아 왔던 서구의 기독교에 대해서도 자연스럽게 비판도 할 수 있게 되었다. "유럽에 있는 마카오의 상사들이여. 그들을 향해 그는 어둠 속에서 항변한다. 당신들은 평온무사한 곳, 박해와 고문의 거센 폭풍우가 불어 닥치지 않는 곳에서 자유롭게 살면서 선교하고 있다. 당신들은 피안에 있기 때문에 훌륭한 성직자로서 존경받는다. 격렬한 전쟁터에 병사를 보내 놓고 막사에서 태연히 불을 쬐고 있는 장군들 그 장군들이 어떻게 포로가 된 병사를 문책할 수 있겠는가" 물론 이어지는 문장에서 로드리고는 이렇게 자신을 보낸 서구 기독교에 대해 비판하는 것이 자신의 배교에 대한 변명일 수 있다고 자인한다. 하지만 지금껏 절대적 가치로 여기던 서구 기독교의 본거지에 대해서 이러한 생각이 싹텄다고 하는 것은 그의 신앙적 내용이 바뀌었다고 하는 것을 의미하는 것이다. 서구기독교가 절대적 가치를 주장하며 함부로 일본의 기독교에 대해서 말하는 것은 합당하지 않다고 하는 인식이 싹튼 것이다. 그는 후미에를 밟고 배교한 후 다시 이노우에 지쿠고가미를 만났을 때 "내가 싸운 것은 내 마음 속에 있는 기독교의 가르침이었습니다"라고 말한다. 지금껏 절대적 가치로 여겨왔던 그 가르침이 과연 진리인가? 하는 고민의 흔적을 엿볼 수 있다.

로드리고는 앞서 언급한 페레이라의 경우와 다르다. 엔도의 심정적 이입이 된 인물로 생각할 수 있다. 페레이라와 다르게 그는 배교한 이후에도 완전히 절망하지 않았다. 과연 무엇이 절대적인가? 누가 누구를 판단하고 비판할 수 있단 말인가? 하는 것을 생각했을 때 자신이 체험한 이 일본의 하나님을 판단하고 비판할 수 있는 사람은 없다고 생각한 것이다.

무엇보다 신앙이라는 명목 하에 누가 누구를 비판하는 것에 대해

회의감을 드러낸다. 기치지로가 찾아와서 나가사키의 사람들이 페레이라를 '배교자 베드라'로 부르고 자신을 '배교자 바오로'라고 부른다는 일종의 인정하기 싫은 뼈아픈 소리를 듣는다. 하지만 그는 속으로 이렇게 생각한다. '재판하는 것은 인간이 아닌데…' 이러한 비판은 그가 과거 배교하기 전 페레이라를 향해 일시적으로 품었던 일시적 생각이었다. "이미 당신은 제가 알고 있는 페레이라 신부가 아닙니다"하고 그는 배교한 페레이라를 향해 무의식 가운데 판단을 했었다.

그리고 이노우에 지쿠고가미가 자신이 생각하는 신앙이란 "하나님께 의지하는 것뿐 아니라 신도가 가능한 한 지켜야 할 강인한 마음이 수반되는 것"이라고 하며 로드리고를 비판했을 때도 속으로 '기독교란 당신이 말하는 그런 것이 아니다'라고 생각한다. 기독교와 신앙에 대해서 어떠한 절대적 가치기준을 설정하고 그 기준에서 벗어난 사람을 판단하는 서구적 기독교에 대한 엔도 스스로의 생각을 반영한 것이라 볼 수 있다.

엔도는 배교 후의 로드리고의 모습을 이렇게 묘사함으로 스스로가 가져야 하는 기독교 신앙을 다시 확립했다고 할 수 있다. 즉 서구의 기독교를 절대화하지 않는 다는 것이다. 서구의 기독교도 상대적으로 바라볼 수 있다는 것이다. 서구의 기독교가 상대화 될 때 일본의 기독교 또한 자연스럽게 인정될 수 있다고 하는 것이 엔도의 구상이었던 것 같다.

엔도의 가치 개념 중에서 서구의 기독교는 상대적일 수 있다고 하는 이러한 깨달음은 그에게 큰 해방감을 주었던 것 같다. 이렇듯 절대적인 것을 상대화함으로 분명한 경계의 선을 지워버리는 작업을 엔도는 평생에 걸쳐 추구했다고 볼 수 있다.

3.2.4 일본적 기독교의 성취

앞에서 언급하였지만 엔도는 서구적 기독교와 일본적 기독교의 사이에서 이 경계를 흐리는 작업을 성공적으로 수행한 것 같다. 그러면 여기서 절대적 서구적 기독교를 상대화하는 장면을 살펴보도록 하자. 결론부터 말하면 비판하고 판단하는 쪽과 비판받고 판단 받는 쪽의 경계선을 흐리는 것이다. 엔도는 이 작업을 주인공의 시점의 전환에 의해서 수행한다. 비판하는 위치에 있던 로드리고가 비판받는 위치에서 감정적 일치를 체험하게 됨으로 심경의 변화를 맞이하게 되는 것이다. 그것은 두말할 것도 없이 『침묵』의 가장 결정적 장면이라고 할 수 있는 후미에를 밟는 순간이다. 결국 로드리고는 배교를 결심하고 후미에를 밟게 되는데, 작품에는 이 장면이 다음과 같이 묘사되고 있다.

> 신부는 발을 들었다. 발이 저린 듯한 무거운 통증을 느꼈다. 그것은 단순히 형식만은 아니었다. 지금까지 자신의 전 생애를 통해 가장 아름답다고 생각해 온 것, 가장 맑고 깨끗하다고 믿었던 것, 인간의 이상과 꿈이 담긴 것을 밟은 것이었다. 이 발의 아픔, 그때 밟아도 좋다고 동판에 새겨진 그분은 신부에게 말했다. 밟아도 좋다. 네 발의 아픔을 내가 제일 잘 알고 있다. 밟아도 좋다. 나는 너희에게 밟히기 위해 이 세상에 태어났고 너희의 아픔을 나누기 위해 십자가를 짊어진 것이다. 이렇게 해서 신부가 성화에 발을 올려놓았을 때 아침이 왔다. 멀리서 닭이 울었다.

로드리고가 고통스러웠던 것은 자신이 "전 생애를 통해" "가장 아름답다고 생각해 온 것" "가장 맑고 깨끗하다고 믿었던 것" "인간의 이상과 꿈이 담긴 것"이라고 생각한 것을 배신해야 하는 데서 오는 괴로움이었다고 할 수 있다. 하지만 페레이라의 지적대로 로드리고의 이러한 신념 때문에 많은 이들이 고통을 당하는 것 또한 사실이었다. 엔도는 인간이 겪는 모순과 고통이 바로 여기에 있다고 생각했다. 자신이 믿기에 가장 선하고 아름다운 행위임에도 그것이 동일하게 상대방에게 적용되지 않을 때가 많음을 알아야 한다고 생각했다.

주인공 로드리고가 결정적으로 후미에에 발을 올려놓는 계기가 된 것은 예수그리스도의 음성이었다. 고통당하는 로드리고를 가장 잘 알고 있다고, 무엇보다 밟히기 위해서 자신이 존재한다고 하는 그리스도의 음성은 로드리고로 하여금 비판당하는 자의 입장에 대한 새로운 해석을 하게 하였다. 지금껏 비판당하던 그 입장에 있던 자들 가운데도 하나님이 함께 계신다는 것을 깨닫게 된 것이다. 후미에의 순간은 서구 기독교가 비판하던 일본적 기독교 또한 하나님이 함께 하신다고 하는 엔도의 고뇌가 결실을 맺는 순간이다.

3.2.5 경계의 소거

엔도는 어린 시절 받은 기독교 교육으로 인해 옳고 그름을 명확히 구분하고 재단하는 것에 대한 문제의식이 있었고 이것이 작가생활로까지 이어졌다고 할 수 있다. 그러나 엔도는 오랜 작가생활을 하면서 이분법에 의한 사고방식이 인간이해에 도움이 되지 않음을 알게 되었고 이러한 이분법사고를 객관화시켜 보게 되었다. 그런데 흥미롭게도 엔도가 이러한 사고로부터 벗어나게 된 계기가 된 것은 인간의 마음 밑바닥에 작용하고 있는 "무의식의 힘"을 깨닫게 된 때부터이다.

> 그러나 소설을 써 나가는 중에 이렇게 사물을 지나치게 둘로 나눠서 생각하는 사고방식에 중압을 느껴 혐오하는 마음이 들게 되었다. 그것은 아마도 내가 인간의 마음 밑바닥에 있는 무의식의 힘을 깨닫기 시작했기 때문일 것이다. 우리가 바르다고 생각해서 했던 행위가 실은 타인을 괴롭히는 것이었던 일은 자주 있는 경우이다. 어머니의 사랑의 행위가 자식을 오히려 불행하게 하고 있는 경우도 사회에는 많다. 이런 모든 것은 우리 인간이 스스로의 의식에만 정신이 쏠려있고 의식을 비추고 있는 무의식의 움직임에 관해서는 무지한 탓으로 일어나는 결과이다.
> – 『마음의 야상곡』(1986)

여기서 우리는 엔도 문학을 이해하는 중요한 키워드 하나를 발견하게 된다. 그것은 바로 "인간의 마음 밑바닥에 있는 무의식의 힘"인 것이다. 무의식의 세계를 통해 엔도는 자신의 참된 모습을 발견하고 인간의 진실된 모습을 알아가려고 했다. 이러한 무의식의 세계에 대한 엔도의 생각과 그것이 또 어떻게 작품으로 승화되었는지를 살펴보는 것이 엔도문학의 본질에 한 걸음 가까이 다가서는 길일 것이다.

서구 기독교문학을 통해서 무의식의 세계에 대해 눈을 뜬 그는 서구 기독교 사고의 특징이라고 할 수 있는 이분법적 특징을 극복하였다. 하지만 그 과정은 그에게 몹시 힘든 것이었다. 그는 서구 기독교를 성립하고 있는 '이분법의 개념'을 다음과 같이 이해했다.

> 이분법이라면 어려운 것처럼 들리지만 간단히 말해서 모든 것을 두 가지로 나눠 생각하는 사고방식이다. 선과 악, 아름다움과 추함, 성과 속, 이성과 광기라는 것과 같이 둘을 전면적으로 대립시켜 그 대립에 의해 투쟁이나 인생이나 전진의 에너지를 얻어내는 발생법이다(이 사고 방식은 헤겔이나 마르크시즘에도 영향을 미치고 있다). 젊은 시절 나는 건방지게도 일본의 문학에는 이런 힘의 숨겨진 대립관념이 없기 때문에 안 된다는 등의 얘기를 하기도 하고 쓰기도 했었다.
>
> – 『마음의 야상곡』(1986)

그는 이러한 '이분법'이 결국 자신과는 맞지 않음을 깨닫게 된다. 선과 악이란 둘로 나눌 수 있는 성질의 것이 아님을 알게 된다. 선에는 악의 요소가 악에는 선의 요소가 함께 한다는 것이 그의 생각이다. 그가 깨닫게 된 선악의 개념에 대한 이해는 그의 작품 세계를 이해하는 중요한 요소이기도 하다. 60세가 넘어서 깨닫게 된 선악의 개념이해에 대해 그는 다음과 같이 말하고 있다.

> 그로부터 오랜 세월이 흘렀다. 나는 소설을 쓰기도 하고 읽기도 하는 행위를 통해서 다소는 인간을 알 것같이 되었다. 그리고 인간의 내부에 있어선 선도 악을 전혀 포함치 않고 있는 것이 아니고, 악에도 선의 가능성이 감춰져 있다는 것을 깨달아 알게끔 되었다. 아름다움과 추함의 대립이라든가 하쿠죠는 〈추의 미학〉이라는 소설마저 쓰고 있다. 성이 되는 것은 속을 출발점으로 하고 있기도 하고 그 양자에는 유비(類比)가 있음도 차츰 알게 되었다. – 『마음의 야상곡』(1986)

여기에서 엔도는 선악을 분리되는 대립의 개념이 아니라 같이 할 수 있는 공존의 개념으로 이해하고 있다. 대립을 싫어하는 그가 깨닫게 된 획기적인 개념이라고 할 수 있다. 선과 악이 대립하지 않으니 아름다움과 추함, 성과 속도 대립하지 않을 수 있는 여지가 생기는 것이다. 여기에 이르러 경계를 흐릿하게 하는 일본적 감성의 완성이 보이는 듯하다.

엔도의 『침묵』을 이러한 관점에서 이해해 본다면 어떻게 될까? 로드리고가 후미에를 밟는 것은 죄의 행위이지만 그 행위는 바로 그리스도 예수님이 원하는 선의 행위가 될 수도 있는 것이다. 결과적으로는 그 행위는 바로 예수님이 원하시는 행위가 되었다. 모든 사람이 죄라고 여긴 그 행위를 선악의 개념으로 구분하여 이해했다면 로드리고는 후미에를 밟지 않고 순교를 택했을 것이다. 엔도는 선악의 개념으로 인간을 재단해서는 안 된다는 점을 말한다. "서구 기독교에서 배운 이분법은 이미 소설가로서 '인간관찰'에는 도움이 안 된다고 확실히 말하는 버릇이 있게 되었다" 그의 말대로 우리가 한 인간을 이해함에 있어서 이분법적으로 평가하는 우를 범해서는 안 될 것이다. 그 행위의 이면에 숨겨진 복잡한 무의식의 세계를 생각한다면 나타난 행위 한 두 개를 가지고 사람을 재단할 수는 없는 것이다. 이런 측면에서 그의 인간이해는 어느 정도 깊이를 가지고 있다고 볼 수 있다. 그런데 과연 선과 악에 대한 개념을 이렇게 이해하는 것을 우리는 어떻게 받아들여야 할까?

엔도는 서구의 기독교를 극복해야 할 대상으로 보면서 일차적으로 이분법의 한계를 뛰어 넘으려 했다. 하지만 로마서만 읽어보아도 그가 말한 이분법은 기독교의 중요한 핵심인 것을 알게 된다. “선을 행하기 원하는 인간의 마음에 악이 함께 한다”고 한 바울은 선과 공존하는 악에 대해 이야기했지만 선과 악을 같은 성질의 것으로 보지는 않았다. 선과 악이 별개로 존재한다고 하는 이러한 기독교적 시각은 선이 악이 될 수 있고 악이 선이 될 수도 있다고 하는 엔도의 기본적 입장과 배치된다. 기독교의 기본교리는 이분법적 교리인 것이다. 빛과 어두움이 나뉘고 천국과 지옥이 나누는 것이 명백한 기독교의 교리이다.

엔도를 일본의 대표적 기독교작가라 부르는 이들이 많은데, 작품외적인 측면에서 그의 작품경향이 기독교의 교리적 입장과 배치되지는 않는지 생각해 보는 것은 과연 무의미한 일일까? 엔도는 어느 좌담회에서 자신의 이 작품은 교리의 문제가 아니라고 말했다. 과연 그러한가? 앞에서 언급한 그의 선악에 대한 개념은 선에도 악이 있고 악에도 선이 있다는 식으로 들린다. 선과 악이 근본적으로 다르지 않다고 하는 이러한 견해는 그가 불교의 용어를 빌어 설명하고 있는 선악불이(善惡不二)라는 말과 상통하는 것이다. 선은 선이고 악은 악이 라고 하는 명확한 이분법의 기독교 교리를 부정하고 선과 악이 같을 수 있다고 하는 개념을 조성함으로 엔도는 일본식 기독교의 완성을 이룬 것은 아닐까?

4. 나오며

지금까지 메이지 시대의 일본문학자로부터 현대에 이르는 엔도 슈사쿠까지의 일본문학자들을 통해서 일본문화의 풍토와 기독교의 상관성에 대해서 생각해 보았다. 아쿠다가와 류노스케를 비롯한 엔도 슈사쿠는 경계에 설 수 밖에 없는 일본적 감성을 온 몸으로 체감한 사람들이었다. 특히 엔도 슈사쿠는 경계에서 고민하며 평생에 걸쳐 일본적 기독교를 추구했던 사람이었고, 경계의 벽을 허문 그의 사상의 결과물이 바로 『침묵』이라고 할 수 있다.

본문 중에 언급한 일본적 감수성이 가장 잘 발휘된 작품 또한 『침묵』이라고 여겨진다. 일본적 감수성을 통한 기독교에의 접근은 너무도 세련되고 부자연스러운 것이 없다. 어떤 이는 로드리고의 입장에서 그의 심대한 사상을 평가하기도 하고 또 어떤 이는 페레이라의 입장에서 비평적 평가를 내리기도 한다. 문학작품에 대한 평가는 각자의 주관적 진실에 입각하여 여러 방면으로 할 수 있을 것이다. 하지만 이러한 문학적 진실이 현실의 기독교 신앙과의 관련성을 가지고 진지하게 논의된다고 할 때 그 진실의 모습은 어떤 형태를 띠게 될까? 엔도의 작품적 특성이 앞에서 살펴본 경계를 흐리는 일본적 미학의 전통적 테두리 안에 위치한 것으로 인정된다면, 그의 일본적 기독교를 수용하는 과정은 오늘날의 일본적 문화풍토가 서구적 기독교를 배척하는 논리와 맞닿아 있다고 하는 사실 또한 인정하게 될 것이다.

【주】

* 본고는 일본복음선교회가 주최한 2017 일본선교아카데미에서 「일본의 문화 풍토와 기독교」로 한 강연 내용을 수정 보완한 것임.

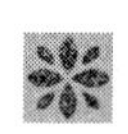

전쟁을 바라보는 일본 작가의 시선
- 엔도 슈사쿠(遠藤周作)의 작품을 중심으로 -

이 평 춘

1. 머리말

현대문학에 있어 정치이데올로기, 파시즘 등과 같은 이념적 색채를 띤 문학작품이 좀처럼 등장하지 않고 있다. 이러한 현상은 현대의 세계정세가 그만큼 정치적으로 안정되어 있기 때문일 것이다. 제1차 세계대전과 제2차 세계대전이 끝나고 68년이 지난 지금, 이란과 이라크의 전쟁이나 레바논과 이스라엘의 전쟁 등 소수국의 전쟁이 이어져오고 있기는 했지만, 세계를 혼란으로 몰아넣는 세계대전과 같은 위기는 일단 피해가고 있기 때문이다.

역사적 사건들이 한 개인의 삶에 얼마나 많은 영향을 주고 있는지는 설명이 필요치 않을 것이다. 한 개인의 삶도 그러 할진데, 예술가나 작가에게는 더욱더 극명히 나타날 것이고, 작가 스스로의 삶은 물론이거니와 작품전반에까지 총체적으로 영향을 주고 있음은 극명한 사실이다. 따라서 개인으로서는 극복할 수 없는 전쟁이라는 소용돌이에 휘말려 살아야하는 작가의 삶은 리얼리티가 극대화 되어질 수밖에 없다.

본 논문에서는 전쟁 중 태어나 유년기를 보내며 성장한 작가의 삶을 살펴보며, 작품 속에 전쟁이 어떻게 묘사되고 있는지를 열거한다. 그리고 전쟁을 수동적으로 수용하는가, 아니면 능동적으로 수용하는가에 따라 전쟁의 의미가 어떻게 규정되고 있으며, 작가는 자신이 체험한 전쟁을 어떤 시선으로 바라보고 있는지를 고찰하고자 한다.

2. 엔도 슈사쿠(遠藤周作)와 중국과 일본

2.1. 엔도 슈사쿠(遠藤周作)의 출생시점

엔도 슈사쿠(遠藤周作)는 1923년 3월 27일 도쿄 스가모(東京 巣鴨)에서 태어났다. 엔도가 태어난 이 시기는 일본이 청일전쟁[1)]과 러일전쟁[2)]에서 승리를 거둔 후이며, 제1차 세계대전[3)]이 독일의 항복으로 끝나고, 제국주의가 시작되어가는 시점이기도 했다. 일본과 유럽, 미국 등은 자본주의 경제를 독점적으로 펼치기 시작하였고 경제력의 판로가 필요하였기에, 많은 식민지를 만들어 세력을 넓히려 한 것이다. 일본이 조선을 침략하고 만주국을 세우면서 중국을 겨냥하며 동남아지역을 침범한 것도 그 이유에서였다.[4)]

엔도가 태어난 1923년과 유년기를 보낸 1930년대는 바로 이러한 역사적 소용돌이에 있었기에 역사적 환경을 숙명적으로 체험할 수밖에 없었다. 그의 출생시점인 1923년은 그의 부친인 엔도 쓰네히사(遠藤常

久)가 26세 때였고, 모친 엔도 이쿠(遠藤郁)는 28세였으며 위로는 형 마사스케(正介)가 있었다. 도쿄대학 법과를 졸업하고 야스다은행에 근무하던 아버지는 이러한 상황 속에서 전근지인 중국의 대련(大連)으로 가족을 이끌고 이주를 하게 된다. 이주를 시작한 시점은 엔도가 3살이었던 1926년 이었고, 부모의 이혼으로 일본 고베(神戸)로 귀국한, 1933년(10세)까지 약 7년을 대련에서 보내게 된다.

2.2. 이주지인 중국 대련(大連)과 일본의 관계

부친 엔도 쓰네히사(遠藤常久)가 대련으로 이주할 시기 중국은 일본인의 대외 사유에 있어서 매우 중요한 의미를 갖고 있다. 일부 일본인들은 중국과 일본이 불평등 조약을 강요받은 경험을 공유하고 있었기 때문에, 서양국가의 동아시아 지배에 공동으로 저항할 의무를 갖고 있다고 생각하였다. 그들은 반만(反満) 혁명에 고무되었고 중국이 기꺼이 이 과제에 착수하리라 믿었다. 다른 일본인들은 그것이 우선 일본의 의무라고 보았다. 중국은 너무나도 약해서 원자재 시장 및 공급원 이상의 것이 될 수 없다는 것은 분명하기 때문에, 일본이 그것을 이용하면 서양에 저항할 수 있는 능력은 보장될 수 있다는 것이었다. 즉, 일본은 서양세력으로부터 중국을 보호할 필요가 있고, 한편으로는 중국에서의 자신들의 유리한 입장을 보전하고, 중국인들이 그것을 수용하도록 설득할 필요가 있다는 것이었다. 1917년까지 이러한 보호는 중국에서 서양의 세력범위가 성장하는 것을 제한하고 영토분할을 방지하고자 하는 것으로서 인식되어왔다.[5] 1918년 말에는 일본군 4, 5개

사단이 아무르강 유역에서 군사행동을 취하고 있었고, 서쪽으로는 바이칼에 이르는 철도를 장악하고 있었으며, 니콜라예프스크(Nikolaevsk)에서 발생한 일본 민간인 학살에 대한 보복으로써 사할린까지 군사행동을 확대하였다. 그러나 일본군은 혼자 힘으로 장기간 군사부담을 지고자하지는 않았다. 1922년 10월 그들은 아무르강에서 철수하였고 1925년에는 사할린을 떠났다.

1920년대 말경 만주에서는 중국의 서로 다른 파벌들과 군벌들 간에 권력 투쟁이 벌어지기 시작하였다. 2년 전에 국민당의 주도권을 장악한 장 제스(蔣介石)는 1926년에 양쯔강 유역 이북의 관할권을 획득하기 위해 군사행동을 시작하였다. 1927년 봄에는 난징(南京)에 수도를 정하는 한편 그 해와 이듬해에 승리를 거듭하면서 베이징을 향해 자신의 권위를 확장시켜갔다. 그 결과 장 제스는 1921년 이래 만주에서 일본의 지지를 받아왔던 장 쭤린과 충돌하게 되었고, 이 대결로 인해 만주는 중국의 내란에 휩쓸리게 되었다.

일본은 국제적 평판이 악화되는 것을 막기 위해 가능한 모든 외교활동을 펼쳤다. 1931년 9월 21일 중국은 국제연맹에 호소하게 되었고, 1933년 2월 마침내 제네바협정에서 이 문제가 토의에 부쳐지자, 일본은 비난을 듣는 쪽보다는 국제 연맹을 탈퇴하는 쪽을 선택하였다.

이 시기의 외상이었던 우치다 고사이(内田康哉 1865~1936)는 이 결정을 설명하면서 잘못은 중국의 혼란에 있는 것이지 일본의 야심에 있는 것이 아니라는 주장을 하였다. 그는 세계가 "중국이 조직적인 국가가 아니라는 것, 중국의 내부 조건들과 외부관계들은 아주 혼란스럽고

복잡하며, 불합리한 예외적인 특성들을 많이 갖고 있다는 데 그 특징이 있다는 것, 따라서 국가 간의 일상 관계를 지배하는 국제법의 일반 원칙과 관례들은 중국에 관한 한 그 효력이 상당히 수정되어 있다는 것"을 인식해야 한다고 적고 있었다.[6] 그렇기 때문에 일본은 동아시아의 질서와 "지속적인 평화"를 향한 일본 자신의 길을 따를 작정이라고 하였다.

1931년 만주 점령이후 일본인들의 생활에는 유례없는 수준의 혼란이 발생하였다. 대외적으로는 거의 끊임없이 전쟁이 시작되었다. 1937년 여름까지 중국북부에서 단속적인 전투가 계속되었다. 그리고 전투는 대대적인 군사행동으로 확대되었고, 일본 전체에까지 영향을 미치게 되었다.[7] 그리고, 이 중일전쟁[8]이 결국 태평양전쟁[9]으로 이어져 갔다.

2.3 대련(大連)에서의 유년시절과 기억

엔도 쓰네히사(遠藤常久)의 전근에 따라 만주滿洲[10] 関東州 大連으로 이주를 시작한 것이 이 시대를 배경으로 하고 있으며, 당시의 대련은 일본의 조차지(租借地)[11] 이었다. 따라서 엔도 쓰네히사는 조차지인 대련으로 가족과 함께 이주를 하였고 이때 엔도 나이는 3살이었다. 그곳에서 유년기를 보내기 시작한 엔도에게 오로지 위로가 되어준 것이 구로(黒)라는 개였다. 엔도는 그 시기를 다음과 같이 회상하고 있다.

> 아버지와 어머니의 불화로 우울한 나날을 보내고 있던 나에게 위로가 되어준 것은 키우고 있던 '구로'라는 개였다. 온 몸이 새까맣고 혀만

이 검붉은 이 개는 지금생각해 보면 만주견임에 틀림없다. 구로는 내가 학교에 갈 때면 어디까지라도 따라왔기 때문에, 때로는 달리거나, 옆길로 숨지 않으면 안 되었다. 그러다가 내가 옆길에서 살짝 나타나면, 구로는 나를 비웃는 듯한 얼굴로 기다리고 있었다. 열심히 뛰어 학교에 도착해 1교시 수업을 하고 있을 때에도

"구로가 운동장에 있어"

라고 친구가 알려줘, 교실 창밖을 내다보면 구로는 운동장에 엎드려 있었다.

아버지와 어머니의 별거가 정해지고 나와 형, 엄마가 대련을 떠나야 할 날이 다가왔다. 그 아침 나는 대련항으로 떠날 마차에 탔다. 마차가 출발하자 구로는 아무것도 모르는 듯, 한동안 마차를 뒤 쫓아오더니, 이윽고 지쳤는지 길 가운데에 멈춰 서서 나를 바라보고 있었다. 나는 주먹으로 눈을 훔쳤다.[12)]

구로는 부모의 불화로 어두운 집안 분위기에서 엔도가 유일하게 의지할 수 있는 대상이 되었다. 대련시의 大広場초등학교에 입학한 후 집안일을 도와주는 '이'라는 중국인 소년과 구로만을 유일한 위로로 삼은 채 초등학교 5학년까지 다녔다. 이것이 유년시절 대련에서 7년을 보낸 엔도의 기억이다. 그리고 10살 때 부모의 이혼으로 귀국하게 된다.

2.4. 일본으로의 귀국

1933년 10살에 부모의 이혼으로 어머니를 따라 형과 함께 귀국하여, 고베시(神戸市)의 록코(六甲)초등학교로 전학해 12살에 동교를 졸업하면서 어머니에 의해 가톨릭교회에서 세례를 받게 된다. 세례명은 바오

로였다. 엔도의 청소년기는 천재에 가까운 형과는 대조적이긴 했지만, '엔도는 대기만성형이야' 라는 어머니의 격려를 받으며 사랑을 받았다. 17세에 나다(灘)중학교를 졸업하고 재수를 거쳐 1941년(18살)에 죠치대학(上智大学) 예과 갑류에 입학, 논문 「형이상적 신, 종교적 신」[13]을 발표하였다. 1943년, 게이오 대학 문학부 예과에 입학을 하게 되었지만, 부친이 원하는 의대에 입학하지 않았다는 이유로 부친의 집을 나와 아르바이트를 하며 지내야했고, 이 시기인 1944년 호리다츠오(堀辰雄)와의 교류가 시작되기도 한다.

1944년은 태평양전쟁이 절정에 이르는 시기이기도 했다. 일본은 미국 항공모함부대의 둘리틀 공습(1942년 4월 18일)[14]으로 주요 도시가 공습을 받았고, 이런 일련의 사태로 일본은 미국 항공모함 부대의 격멸과 태평양에서의 재해권 완전 장악을 위해 미드웨이 섬에 대한 공세에 나섰지만 미드웨이 해전에서 대패하면서 제해권과 제공권에 큰 공백을 갖게 되었다. 이후 미국은 망루 작전을 입안하여 남태평양의 섬들을 탈환하는 작전을 세우고 과달카날 섬을 필두로 반격을 개시하였다. 일본은 남태평양의 섬들에서 벌어진 육전 및 해전에서 참패하였고 전략적으로 매우 중요한 필리핀마저 상실하였으며 그 과정에서 벌어진 해전에서 보유 해군의 대다수를 상실하였다.

이러한 시기였기에 대학에서의 수업은 거의 이루어지지 않았고, 가와사키의 공장에서 일을 하는 날이 많았다. 그리고 이 시기에 문과학생들의 징병유예 제도가 철폐되었기 때문에, 본적지인 돗토리현 구라요시쵸(鳥取県 倉吉町)에서 징병검사를 받았으나, 폐에 문제가 있어

제1을종(第1乙種)으로 판정받아, 입대를 1년 연기 받게 된다.

1944년 10월에는 가미가제 특공대 제1진이 출격하였으며, 11월 B29가 도쿄를 처음으로 대공습하기에 이른다. 1945년 입대를 앞둔 엔도는 가루이자와(軽井沢)와 오이와케(追分)에서 지내고 있었다. 호리다츠오(堀辰雄)가 있는 오이와케에 갔던 날 밤에 도쿄에 대공습이 있었고, 도쿄로 돌아오자, 시나노마치(信濃町)가 불타버리고, 기숙사도 폐사되고 만다. 하여 아버지의 허락을 받고 다시 아버지의 집으로 들어간다. 이 시기에 게이오대학 문학부 예과를 수료하고 4월 게이오대학 불문과에 진학했으며, 여름방학에는 고베시(神戸市) 니가와(仁川)의 어머니 집으로 돌아왔다. 이때, 니가와(仁川)에 있는 가와니시(川西) 비행장공장을 B29가 폭격하는 것을 목격한다. 이 폭격 후 일본이 패전을 맞았기에, 1년 연기된 엔도의 입대는 이루어지지 않은 채 전쟁이 끝났다.

3. 『황색인黄色人』에 그려진 전쟁체험

일본이 패전 한 1945년은 엔도가 22살이던 때였다. 군 입대를 앞두고 전쟁터로 출전하기 전의 심리적 긴장 속에서 시간을 보내고 있던 그에게 전쟁은 남다른 경험으로 다가왔을 것이다. 그리고 폭격에 의해 불바다가 되어버린 도쿄의 모습은 처참하였을 것이고, 곧 입대를 앞두고 있는 그에게 폭격으로 쓰러져가는 많은 생명들은 남의 일 같지 않게 다가왔을 것이다.

이러한 그의 체험은 후에 작가가 되어 작품 속에 고스란히 그려지게 된다. 전후의 첫 유학생으로 프랑스 유학을 갔다가, 2년 반 만에 돌아온 후, 발표한 『황색인黄色人』[15]에는 그 전쟁의 모습이 그대로 묘사되어 있다. 패전, 유학, 그리고 『황색인』을 발표하기까지 10년의 세월이 흘렀다. 10년이 경과한 후에도 그 전쟁의 잔상이 하나도 지워지지 않고 남아있었고, 작품 안에 그대로 투사되었던 것이다. 이를 통하여 한 작가가 체험한 개인적 사건이 그의 작가로서의 생명에 얼마나 큰 영향을 주고 있는지, 문학적 색채에까지 영향을 주고 있음을 다음과 같이 알 수 있다.

> 가와니시(川西)의 공장에서 검은 연기가 정원으로 흘러 왔습니다. 불타오르는 소리, 뭔가 터지는 소리와 함께 무수한 사람들이 일시에 소리를 지른 것처럼, 울림이라고도 함성이라고도 할 수 없는 것이 멀리서 들여오고……. 나는 그때 얼굴을 땅에 대고, 그 고분 흙의 감미로운 냄새를 떠올리려고 했습니다.[16]

> 황혼, B29는 기이한토를 빠져나가 바다로 사라졌습니다. 무서울 만큼 조용합니다. 2시간 전의 그 폭격으로 인한 아비규환의 지옥과 같은 장면도 마치 거짓말처럼 조용합니다. 가와니시 공장을 삼켜 버린 검은 불길도 사그라졌지만, 뭔가가 폭발하는지 둔탁한 작열음이 유리가 없어진 창을 통해 희미하게 들려옵니다.

> 니가와(仁川)는 황폐해져 있었습니다…….
> 같은 한신(阪神)의 주택지라 하더라도 아시야, 미카케와는 달리 이

곳은 공기도 건조하고 땅 색깔도 하얘 묘하게도 외국의 작은 시골 마을과 비슷한 풍경을 하고 있었습니다.

"저건 뭔가요?"
나는 노인에게 물었습니다.
"징용된 공장 노동자지."
"가와니시(川西)공장에서 일하고 있어."

이것이 『황색인』에 그려진 전쟁의 모습이다. 이 묘사에서 그려진 전쟁의 모습은 10년 전 엔도가 고베에서 체험한 그 모습 그대로이다. 고베의 지명들조차 변형시키지 않고 그대로 사용하고 있으며, 전쟁에 노출된 인간의 모습이 그대로 그려지고 있음을 알 수 있다.

4. 능동적 수용의 시선

그런데, 이 작품에는 이토코의 약혼자인 〈사에키〉와 같이 전쟁에 출전하여 피를 흘리며 이념을 위해 전투에 참여하고 있는 사람과, 그렇지 않은 사람이 등장한다. 이러한 자세에 의해 전쟁의 의미가 규정되고 있음을 알 수 있는데, 두 유형의 사람들이 다음과 같이 그려져 있다.

'적기… 오사카만에… 간사이군 관구 방공사령부'
라는 젊은 남자의 상기된 목소리가 띄엄띄엄 들려왔습니다.

"방공호에 들어가는 게 좋겠어."

"뭐하고 있어? 적기가 가까이 왔는데"

멀리서 고사포 소리가 창에 전해져 왔습니다.

그 늦가을은 전쟁이 패전 쪽으로 기울어가고 있던 때였습니다. 밤마다 도쿄에서는 하얀 깨알같이 B29편대가 남쪽바다에서 나타나더니, 거리를 불태우고 사라집니다. 의학부 학생인 우리는 아침마다 새로운 시체를 치우거나 죽어가는 사람들 머리맡에 앉아 있는 것이 일과였습니다.

맑은 겨울날 요츠야 미츠케(四谷見附) 한조몬(半蔵門) 긴자(銀座)까지의 불에 그슬린 전주와 무너진 벽만이 군데군데 남아 있는 풍경이 보였습니다. 납빛 하늘아래에서는 누렇고 뿌연 모래 먼지가 바람결에 피어오르고, 폐허에는 고개 숙인 사람들이 발을 질질 끌며 걷고 있었습니다.

5. 수동적 수용의 시선

그러나 〈치바〉와 같이 전쟁을 방관자적인 입장에서 바라보며, 전쟁이 자신과는 아무 상관없다고 느끼고, 옆에서 죽어가는 사람을 보고도 어떤 슬픔도 비극도 느끼지 못하며, 그 사건들에 전혀 개입하지 않고, 관여하려 하지도 않는 무관심하고 냉담한 시선을 갖고 있는 인물이 있다. 전쟁의 비극조차도 그저 무심한 시선으로 바라보는 인물이다.

수많은 사람들이 죽어가고 있는 지금, 나에게는 사람들의 죽음이 지극히 당연하게 여겨집니다. 그리고 듀랑신부가 맡긴 이 일기를 읽어 봐도 단지 '아,그랬구나! 그러나 나와는 상관없는 일이야'라고 느껴질 뿐입니다.

해질녘 바다에 발을 담그고 미지근한 온도를 재듯이 나는 축축하고 나른한 육욕의 흐름에 몸을 맡겼습니다. 어딘가에서 사람들이 죽고, 상처입고 그리고 신음하고 있는 시각이었습니다. 당신이 비좁은 작은 방에서 그들로부터 심문 받고 있는 시각이었습니다. 나와 이토코는 침대에 누워 지친 눈으로 천정을 바라보며 꼼짝하지 않았습니다.

황색인인 나에게는 당신들과 같이 죄의식과 허무같은 심각하고 대단한 것은 전혀 없습니다. 있는 것이라곤 피로, 극심한 피로뿐, 나의 누런 피부색처럼 축축하고 무겁게 가라앉은 피로뿐입니다.

그 피로가 언제부터 시작되었는지는 모르겠습니다. 먼지가 조금씩 탁자와 책상위에 뽀얗게 쌓여가듯 나의 눈에도 뿌옇게 막이 덮이기 시작한 지 벌써 3년쯤 된 것 같습니다.

그 여름방학 나는 상당히 피곤한 상태였습니다. 몸뿐만이 아니라 마음 또한 상당히 지쳐 있었습니다. 어린시절, 당신이 갖고 있던 그림성서에서 본 금발과 금빛 수염을 한 그리스도, 그 백인을 소화할 기력조차 없었습니다.

전쟁에 이기든 지든 상관없었습니다.(p115)
"하느님이 있든 없든 상관없어."(p123)
'정말이지, 모든 것이 어찌되든 상관없다.'(p123)

심한 피로는 전쟁과 병때문인지, 아니면 내 자신의 본질적인 것인지 모르겠습니다. 하지만 생각해 보면, 어느 사이엔가 내가 당신의 가톨릭 신앙으로부터 떠난 것은 역시 오랫동안 느껴온 이 피로 때문이 아닐까요?

(손을 약간만 내밀면 된다) 하지만 왠지 움직이기 싫었습니다. 육체의 피곤만이 아니라 납처럼 무거운 무엇인가가 팔을 내리누르고 있어 버튼을 누를 어떤 힘도 생기지 않았습니다.

6. 마무리

톨스토이는 러시아의 대문호로 『전쟁과 평화』를 집필했는데, 이 소설을 쓴 이유에 대해서 밝힌 바 있다. 그 이유는 나폴레옹이 지휘하는 백만군의 청년들로 구성된 군대가, 왜 1812년의 시점에서 동유럽의 평원을 가로질러 러시아를 공격했는가를 나름대로 설명하기 위해서였다고 에필로그에서 밝히고 있다. 이처럼, 엔도도 자신이 체험한 전쟁 경험을 10년이라는 세월이 지난 뒤 『황색인』에서 그리고 있는데, 이는 어떤 허구도 없이 사실그대로를 그리고 있다.

1944년 10월 가미가제 특공대 제1진이 출격하여 전쟁의 막바지에 이르는 정황을, 작품 안에서도 1944년으로 묘사하고 있으며, B29가 11월에 도쿄를 대공습한 사건과, 하물며 고베시(神戸市)니가와(仁川)의 폭격후의 모습, 가와니시(川西) 비행장공장을 B29가 폭격하는 것을 목격한 정황을 이름조차 그대로 작품에 묘사하고 있다. 이는 전쟁 직후의 작품이 아니라 10년이란 세월이 흘렀음에도 불구하고 작가의 의식 속에 내재되어 있었음을 여실히 보여주고 있는 대목이라 하겠다.

그럼에도 불구하고, 〈전쟁〉을 이토록 냉담하고 방관자적 시선으로 바라볼 수 있다는 것이 실로 놀랍다. 그러면, 엔도의 이러한 방관자적인 시선은 어디서 유래하는 것일까. 이것은 엔도가 대련에서 보낸 유년시절과 역사적 시대상황, 20대에 실제로 경험한 전쟁을 통해서 형성된 것이란 추정이 가능하다. 만약 엔도가 징병검사를 무사히 통과해 폐전 전에 전쟁터로 출전을 했다면 어땠을까, 라는 추정을 해 보자. 그래도 이러한 냉담한 시선으로 전쟁을 바라볼 수 있었을 것인가. 그렇지 않았으리라고 본다. 입대 날짜를 정해 놓았음에도 불구하고, 일본의 폐전으로 실전에 참여하지 않은 채 전쟁이 끝났기에, 전쟁에 대한 리얼리티보다는 객관적 묘사 쪽을 선택했을 것이다.

『황색인』에 그려진 전쟁의 모습은 대부분 사실적 묘사에 그치고 있다. 전쟁을 통해 겪어야하는 사람들의 감정이 전혀 개입되어 있지 않다. 이는 전장에서 직접 전투하며 적군을 죽여야만 하고, 아군의 희생을 목격하며 겪는 심리적 갈등과, 비극을 구체적으로 체험하지 않았기 때문이었을 것이다. 이는 입영날짜는 잡혔지만, 결국 패전으로 인해 출전하지 않았기 때문일 것이라고 추론된다. 따라서 이 작품에 나타난 전쟁의 모습은 폭격을 맞은 피해자의 입장에서 그려지고 있고, "이기든 지든 상관없다", "나와는 상관없다"라는 방관자적인 시각을 갖게 된 것이다.

이는 본문 안에서 듀랑신부가 치바에게 말하는 "당신은 군대도 안 가고, 공장에서 일도 안 하면서 니가와로 돌아온 후 놀고 있습니다. 일본경찰은 그런 사람을 어떻게 할까요?"라는 내용에서도 시사되고 있다. 이는 동시대를 살았지만, 그 전쟁에 참여하며 꼭 이겨야한다는 필연성으로 투쟁을 했는가, 아니면, 투쟁하지 않았는가가 그 전쟁을 바라보는 시각에 절대적 영향을 주고 있음을 알 수 있는 대목이다.

『황색인』을 집필한 엔도의 입장에서는, 징병유예로 전투에 구체적으로 개입하지 않았기에, 전쟁을 단지 객관적인 사건으로 인식하는 수동적 시선을 갖게 된 것이다. 그러기에 "전쟁에 이기든 지든 상관없었습니다.(p115), '정말이지, 모든 것이 어찌되든 상관없다.'(p123) 는 냉담한 시선을 확보할 수 있었고 그것이 작품에 그대로 투영되었음을 알 수 있다. 그 때문에 전쟁의 모습은 전혀 감정적 이입이 되지 않은채로 사실적 묘사에 그칠 수 있었던 것이다.

【주】

1) 청일전쟁 : 1894년~1895년.

2) 러일전쟁 : 1904년~1905년. 대만을 청나라로부터 빼앗아 식민지로 만들고 조선을 지배하에 두는 것이 목적이었던 청일전쟁이 승리로 끝나자, 일본의 세력은 강화되었고, 조선왕조는 일본의 지배강화에 저항을 이어갔다. 일본은 조선을 지배하기 위한 다각적인 외교운동을 모색하면서 마지막에는 러일전쟁을 결단하였고, 그 승리에 의해 1910년 조선은 일본제국에 병합되어 식민지가 된다.

3) 제1차 세계대전 : 1914년 7월 28일~1918년 11월 11일.

4) 하라다 게이이치, 최석완 역(2012), 『청일 러일전쟁』, 어문학사, pp.299-300 참조.

5) W.C.비즐리, 장인성 옮김(1996), 『일본근현대사』, 을유문화사, p.206.

6) Nish, Japanese Foreign Policy, pp.299-300에 수록된 원문.

7) 본 내용은 W.C.비즐리, 장인성 옮김, 『일본근현대사』, 을유문화사, pp.205-217까지의 내용을 참고로 하였다.

8) 중일전쟁 : 1937년 7월 7일, 일본의 침략으로 중국 전 국토에 전개된 전쟁. 1931년 9월 18일의 만주사변도 일본이 중국의 동북지방을 군사적으로 재패하고 이 지역을 '만주국'이라 칭하며 식민지로 만든 것이다.

9) 태평양전쟁 : 1941년 12월~1945년 8월 15일. 일본이 미국과 서구 열강의 동남아 식민지를 공격하면서 시작되었다.

10) 중국의 동북지방.

11) 조차지(租借地) : 한 나라가 다른 나라 영토 안에 지역을 빌어, 일정기간 다스릴 수 있는 곳.

12) 엔도 슈사쿠(1975), 『엔도 슈사쿠 전집 제8巻』 부록 월보10, 「あの人、あの頃ー久世先生のこと、クロのこと」, 新潮社, pp.3-4.

13) 「形面上的神、宗教的神」, 「上智」, 上智学院出版部 第1号, 1941年 12月.

14) '둘리틀 공습'은 둘리틀 중령이 지휘하는 B25 미첼 경폭격기 편대가 항공모함 호네트호를 출발하여 일본을 폭격한 사건이다. 지미 둘리틀 중령(당시 계급)의 지휘하에 도쿄, 요코하마, 요코스카, 가와사키, 나고야, 고베, 요카이, 와카야마 등 일본 각지를 B25 폭격기 16대로 폭격하였다. 이 공습으로 사상자 363명, 가옥파괴 약 350동의 손해를 주었다. 피해는 크지 않았지만 일본 해군 상부에 준 충격은 매우 컸으며, 그해 6월 미드웨이 작전 실행의 계기가 되었다.

15) 엔도 슈사쿠(1955), 『황색인』, 「群像」 11월. 엔도가 유학에서 귀국한 후 발표한 『白い人백색인』(1955년 「근대문학」 5.6호)으로 아쿠타가와 상을 받았고, 6개월 후에 『黄色人황색인』을 발표하였다.

16) 『黄色人황색인』의 인용문은, 『황색인』의 한국어 번역판인 『신의 아이(백색인) 신들의 아이(황색인)』을 사용하였다. 이평춘 역(2010), 어문학사.

【참고문헌】

엔도 슈사쿠, 『遠藤周作文学全集』, 新潮社, 2000.
이평춘 역, 엔도 슈사쿠, 『신의 아이(백색인) 신들의 아이(황색인)』, 어문학사, 2010.
박승호, 『遠藤周作研究』, 보고사, 2002.
W.C.비즐리, 장인성 역, 『일본근현대사』, 을유문화사, 1996.
박진우 외, 『일본근현대사』, 좋은날, 1999.
가토 요코, 박영준 역, 『근대일본의 전쟁논리–정한론에서 태평양 전쟁까지–』, 태학사, 2003.
히라다 케이이치, 최석완 역, 『청일 러일 전쟁』, 어문학사, 2012.
후지무라 미치오, 허남린 역, 『청일전쟁』, 한림신서, 1995.
山本健吉, 「『白い人・黄色い人』解説」, 『白い人・黄色い人』, 講談社文庫, 1955.
山本健吉, 「『白い人・黄色い人』解説」, 新潮文庫, 1960.
佐古純一郎, 「『黄色い人』について」, 『佐古純一朗著作集4』, 朝文社, 1960.

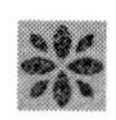

일본카톨릭의 역사와 카쿠레 키리시탄

조 사 옥

1. 시작하는 말

1543(天文12)년 포르투갈인 세 명이 오법봉왕도(五法峰王道)라고 하는 중국 사무역(私貿易)상인의 배로 타네가시마 니시우라(種子島西浦)의 후미진 해안에 도착했다. 그 사람들이 일본에 총포를 전하고, 서양(南蛮)의 배가 내항하는 계기를 만들었다. 그 6년 후인 1549년 프란시스코 자비엘[1)]이 가고시마에 상륙하여, 많은 일본인들에게 기독교와 유럽의 학문과 문물을 전했다. 그 이래로 1873년 키리시탄 금교령이 철폐될 때까지, 일본에서 카톨릭 및 그 신도를 가리키는 역사적 용어로서 '키리시탄'이라는 말이 사용되게 되었다. '키리시탄'의 한자로는 貴理志端, 幾利紫旦등으로 표기하기도 했지만, 일반적으로 吉利支丹이 통용되었다. 탄압시대에는 切支丹으로 바뀌었는데, 5대 쇼군(将軍) 토쿠가와 쯔나요시(徳川綱吉)의 '吉'을 피해서 이 한자로 쓰게 되었다고도 한다. 증오를 담은 문자로서는 鬼理死丹, 帰里死端 등으로 기록되었다.

자비엘이 일본에 온 후 30년이 지난 1579년, 발리냐노(Alessandro Valignano)[2)]에 의해 일본 포교제도의 기반이 확립되었다. 1587년 토요토미 히데요시(豊臣秀吉)가 갑자기 선교사 추방령을 내렸지만, 그 후에도 신도의 수는 증가일로를 걸었다. 1614년 에도막부에 의한 철저한 금교령[3]이 전국으로 공포되어, 배교자(棄教者)와 함께 많은 순교자를 내었다. 1635년 사청제도(寺請制度)[4]가 펼쳐져, 모든 일본인은 반드시 어딘가의 절에 소속된 단가(檀家), 즉 불교 신도가 될 것을 강요 당했다. 기독교 신앙만을 가지고 살아가는 것이 불가능하게 되었는데 바로 국민총불교도제도(国民総仏教徒制度)이다.

1643(正保元)년, 코니시 유키나가(小西行長)[5]의 손자인 코니시 만쇼 신부가 순교한 후, 키리시탄 지도자는 한 명도 남지 않고 다 사라져서 일본에는 신도들만이 남겨졌다. 1549년부터 1643년까지의 약 100년간을 '키리시탄 시대'라 부르고, 이후 1865년 오오우라천주당(大浦天主堂)에서 키리시탄을 발견하기 까지, 혹은 1873년 키리시탄 금교령이 철폐되기까지를 '잠복시대'라고 불러왔다. 카타오카 야키치(片岡弥吉)씨는 이 순교와 잠복의 시대에 지하에 잠복하고 있던 "이 시대의 키리시탄들을 잠복 키리시탄(隠れ キリシタン)이라고 부르고, 오늘날의 카쿠레(カクレ) 키리시탄과 구별하고 싶다"고 기술하고 있다.[6]

그러나 미야자키 켄타로(宮崎賢太郎)씨는 1644년부터 1873년 사이에 키리시탄이라는 것을 숨기고 불교도이기를 강요당한 잠복시대의 신도를 '잠복 키리시탄'이라 부르고, 1873년 이래로 신앙의 자유가 기본적으로 인정된 후, 막부말기(幕府末期)에 다시 도래한 카톨릭교회로 돌아간 사람들을 '부활 키리시탄', 그 후에도 잠복시대와 다를 바 없이 절이나 신사와의 관계를 계속 유지하며 현재에 이르고 있는 사람들을 한자

없이 일본의 가나(仮名)문자로만 표기한 '카쿠레(カクレ) 키리시탄'라 부르며 명확하게 구별하고 있다.[7)]

지금까지 문학연구 쪽에서는 이들을 통틀어서 한자표기를 병기한 '隠れ(카쿠레: 숨은) 키리시탄'이라고 불러온 경향이 있다. 현 시대에도 고토(五島)와 이키쯔키(生月) 등지에는 '카쿠레(カクレ) 키리시탄'이 남아 있다. 그러나 자유로운 일본에서 그들은 숨어 있지도 않은데 이들이 '숨은 키리시탄'이라고 불리는 것이 확실히 이상한 점은 있다. 미야자키 켄타로씨는 '隠れ(숨은) 키리시탄'이라고 쓰여 진 것을 보면, 지금도 그들이 신앙을 숨어서 계속 지키고 있다고 하는 잘못된 이미지를 계속 주게 된다고 지적하고 있다.[8)] 잠복시대의 키리시탄과 부활 키리시탄, 신앙의 자유가 주어진 뒤에 카톨릭으로 복귀하지 않은 사람들을 아울러, 隠れ(숨은) 키리시탄이라고 부르는 것은 문제가 있다고 본다. 현재에도 존재하고 있는, 기독교 신앙에서 완전히 분리되어 신도와 불교에 가까운 신앙을 가지고 있는 사람들까지 隠れ(숨은) 키리시탄이라고 부른다면 더욱 그러하다.

본고에서는 먼저 '잠복시대'에서 '부활 키리시탄'까지의 경위를 더듬어보고자 한다. 특히 우라카미 3차 키리시탄 검거 사건(浦上三番崩れ) 때의 잠복 키리시탄과 그 당시 순교자들이 가지고 있던 신앙에 대해 살펴보고 싶다. 또한 근대 일본을 대표하는 작가 아쿠타가와 류노스케(芥川龍之介)의 '키리시탄물(切支丹物)'속에 그려져 있는, 우라카미 3차 키리시탄 검거 사건을 배경으로 한 '잠복 키리시탄'들의 신앙 양상에 대해서도 고찰하고자 한다.

2. 우라카미 키리시탄 검거사건과 잠복 키리시탄

1643(正保元)년 코니시(小西) 만쇼 신부가 순교한 후, 키리시탄들에게 사제활동(司祭職活動)을 하는 신부는 한 사람도 없게 되었다. 가톨릭의 교황, 사교(司教), 사제(司祭)라고 하는 교계(教階)에서 벗어나서 키리시탄은 잠복하게 된다. 따라서 1643년을 잠복 시대라고 구분 할 수 있다. 하지만 1679(元禄11)년에도 오와리국 카타비라촌(尾張国帷子村)의 키리시탄 30~40명이 미노국 카사마츠(美濃国笠松)에서 참수된 사건이 있으므로, 이 시대도 순교의 시대에 포함 시키는 것이 가능하리라고 본다.

17세기 중기의 키리시탄 검거 사건(崩れ)의 경우, 시마바라 아마쿠사(島原天草)의 난으로 인해, 다시 한 번 키리시탄들의 위협을 인식한 막부종문개역(幕府宗門改役) 이노우에 마사시게(井上政重)의 지도하에 전국적으로 잠복 키리시탄들의 적발을 감행해 갔다.[9] 또한 에도막부는 쇄국 체제 강화를 위해 기독교 금교정책을 조직적이고 제도적으로 실시했다. '5인조(五人組)'에 의한 상호 연대 책임제, '후미에(踏絵)'[10]에 의한 심리적 신자 발견제도(心理的信者発見制度), '촉탁은제(嘱託銀制)'[11]에 의한 고소인 장려제, '배교 서적(転び書物)'에 의한 서약문 제출제(誓約文提出制),'사청제도(寺請制度)'[12]에 의한 국민 총불교도화척어(国民総仏教徒化脊御), 일족 감시제(類族改)에 의한 순교자 일족 감시제 등이다. 이에 대해 키리시탄 측도 콘프라리아(Confraria)를 이용해서 조직의 유지를 꾀했다. 콘프라리아는 박해가 시작되기 이전부터 신도들에 의해

운영되고 있던 신심 고양, 상호 부조, 자선 구제 활동 등을 목적으로 하는 조직이다. 선교사 부재인 잠복시대에 들어서자, 콘프라리아가 신앙유지를 위한 조직으로 바뀌었다.

1657년에는 '코오리 검거사건(郡崩れ)'이 발생하고, 오오무라번 코오리촌(大村藩郡村)의 잠복 키리시탄 608명이 검거되었다. 쿠즈레(崩れ)는 검거사건이다. 1659년의 '분고 검거사건(豊後崩れ)'에서는 220명이 붙잡혔다. 1661년에는 '오와리미노 검거사건(尾張美濃崩れ)'이 발생했다. 일련의 검거사건은 잠복 키리시탄의 색출이 목적이었기 때문에 막부와 그 지방의 관헌들은 하나의 키리시탄 사건으로서 중시하였고, 키리시탄들도 신앙을 분명히 하여 많은 처형자를 내었다. 순교시대의 마지막 획을 긋는 대 사건이었다.[13)]

막부(幕府)의 키리시탄 탄압개시 후, 나가사키(長崎)가 여러 번(藩)에서 박해 받던 키리시탄들이 모이는 피난처가 될 수 없게 되자, 적지 않은 키리시탄 무사들이 우라카미(浦上)로 도망쳐 와서 농민이 되어 신앙을 계속 지켜나갔다. 오인조 연좌제(五人組連座制),[14)] 촉탁은제(嘱託銀制)[15)] 등의 장려로 인해, 하나의 마을 또는 집락(集落) 전부가 키리시탄이 아니면 신앙을 지키기가 곤란하게 되었다. 우라카미는 거의 모든 마을 사람들이 표면상으로는 정토종 성덕사(浄土宗聖徳寺)에 소속된 단가(檀家)로서 불교도를 가장하면서, 기독교 신앙을 계속 지키고 있었다.

하지만 1790(寛政2)년 촌장(庄屋) 타카야 에이자에몬(高谷永左衛門)과 그 일족이 계획한 엔부쿠지(円福寺)에 88구의 석불을 건립하기 위하여 희사해줄 것을 부탁하였지만 많은 마을 사람들이 거부하였다. 이에 사토고 추우에몬(里郷忠右衛門) 등 19명을 키리시탄이라 하여 포박해서 감옥에 넣는 사건이 있었다. 그러나 증거 불충분으로 인해 '도리에 어긋난다'라는 이유로 4년 후인 1795년에 석방되었다. 역으로 타카야(高谷)씨와 그에게 매수되었던 나가사키 대관인(千代塚田郡兵衛)들의 악행이 드러나 각각 면직이 되었다. 이 사건에 관한 조서는 나가사키 부교쇼(奉行所)에서 '이종도(異宗徒)'로 취급되었다. 1842년 배교한 키리시탄들의 밀고에 의해, 키리시탄 지하 조직의 최고 지도자인 '장방(帳方)' 나카노고(中野郷)의 토시고로(利五郎) 등 4명이 붙잡혔지만, 어찌된 이유인지 석방되었다. '우라카미 2차 검거사건(浦上二番崩れ)'이다.

1856(安政3)년 '3차 검거사건'이 일어난다. 밀고에 의한 것이었다. 최고 지도자인 '장방' 키치조(吉蔵) 이하, 많은 지도적 인물들이 투옥되어 극심한 고문을 받았다. 이때의 고문으로 배교하여 불교도가 되어버린 사람들도 있다. 나가사키 부교쇼(長崎 奉行所) '이종일건(異宗一件)' '이종도(異宗徒)' 부책(簿冊) 속에 많은 사료가 있다. 1860년(万延1년 12월) 사건은 결착되고, 나가사키 부교(奉行) 오카베 스루가노카미(岡部駿河守)는 막부에 보고서를 제출하였는데, 그 속에 키리시탄종도(切支丹宗徒)라는 말을 피해서 '이종신앙자(異宗信仰の者)' '이상한 종교 신앙자(事変り候宗体)'등의 명칭을 사용하고 있다.

그러나 '장방' 키치조(吉蔵), 또한 장방(우라카미에는 두 개의 장이 있었지만, 대부분은 키치조의 장에 들어간다) 류헤이(龍平)의 서술은, 기독교의 간단한 교의와 '바스찬의 달력(バスチヤン日繰り)'에 의한 년간 행사에 대해 말하고 있어서, 잠복 키리시탄의 실체를 알 수 있는 실마리가 되고 있다. 이 3차 검거사건에서 키치조는 옥사하고, 자식인 리하치(利八)는 추방당하여 초대 마고에몬(孫右衛門)에서 키치조까지 7대에 걸쳐 계속된 장방(帳方)은 그 후 폐지되었다. 수방(水方)도 4명 중에 살아남은 것은 모토하라고지헤이(本原郷字平: 현재의 쯔지마치)의 도밍고 마타이치(ドミンゴ又市)뿐이었다.

3. 키리시탄의 부활과 카쿠레(カクレ) 키리시탄

1858(安政5)년 에도막부는 영 · 미 · 러 · 불 · 란 5개국과의 사이에 통상조약을 체결하고 쇄국을 풀어, 하코다테와 요코하마, 나가사키항을 열었다. 오키나와에서 일본에 대한 재 포교를 바라자, 개국을 엿보고 있던 파리외방선교회의 지랄신부는 요코하마에 상륙하여 요코하마천주당(横浜天主堂)을 세웠다. 나가사키에는 1863(文久3)년에 휴렛신부가 와서 오우라천주당(大浦天主堂) 건축에 착수하고, 다음 해에 프티장신부가 완성시켰다. 그 때 선교사의 도래를 기다리고 있던 우라카미의 '잠복 키리시탄'들은 막 완성된 오우라천주당을 찾아가 프티장신부에게 모습을 드러냈는데 무려 3만 명에 이른다. 이를 221년 만에 이루어진 '키리시탄의 부활'이라 부르고 있다.

사제와 재회한 '잠복 키리시탄'들은 더 이상 배교의 상징인 후미에(踏み絵)를 계속 밟으며 매년 기독교 신앙을 부정할 수 없게 되었다.

1657년 '코오리 검거사건(郡崩れ)'으로 죽은 바스찬에 의해 예언된 것이 성취되었다고 믿고 있었기 때문이다.[16] 바스찬은 처형되기 전에, 다음과 같이 예언하였고, 소토메(外海)의 사람들은 소중하게 이 예언을 전승하고 있었다.

1. 너희들을 7대까지는 나의 자식으로 보지만, 그 후에는 영혼의 구원이 곤란해진다.

2. 콘헤조로(고백을 듣는 신부)가 큰 흑선을 타고 찾아온다. 매 주라도 콘비산(고백)을 할 수 있다.

3. 어디에서든 큰 목소리로 키리시탄의 노래를 부르며 걸을 수 있는 시대가 온다.

4. 길에서 젠초(이교도)를 만나면, 상대방이 길을 양보해주게 된다.

따라서 키리시탄들은 7대 210년간 계속 기다렸던 것인데, 그 7대째에 바스찬의 예언대로 키리시탄의 부활이 이루어졌다.

따라서 그 '부활 키리시탄'들은 회심(다시 키리시탄으로 돌아감)을 관리에게 청원하였고, 1867(慶応3)년 최후의 대 탄압, '우라카미 4차 검거사건'이 발생했다. 다음 해 우라카미의 중심이었던 신도 114명이 쯔와노(津和野), 하기(萩), 후쿠야마(福山)의 세 번(藩)으로 유형을 가게 되고, 그 다음 해에는 나머지 약 3300명이 일본의 21개 번으로 나뉘어져 유형에 처해졌다. 1873(明治6)년 키리시탄 금제 팻말(禁制高札)이 제거되어 귀향했지만, 그 동안의 순교자는 664명에 이르고 있다.

1868(明治元)년에는 우라카미 뿐만 아니라, 나가사키현 고토(五島)

열도 전역에 걸쳐 박해가 행해졌다. 쿠가지마(久賀島)에서는 190명 정도가 한 채의 감옥에 갇혀, 많은 순교자를 냈다. '고토 검거사건(五島崩れ)'이다. 또한 1868년, 치쿠고 미하라군 이마무라(筑後御原郡今村)에서도 잠복 키리시탄의 적발이 있었다. 이와 같이 막부말기에서 메이지(明治)초기까지 잠복 키리시탄들은 존속하고 있었다.

일본에서 깊숙이 민중에게 기독교 신앙이 침투된 곳은 다 열심 있는 키리시탄 영주(大名)가 존재한 지역이다. 오오무라 스미타다(大村純忠)의 나가사키(長崎)를 포함한 오오무라(大村) 영내, 아리마 하루노부(有馬晴信)의 시마바라(島原)반도, 오오토모 소오린(大友宗麟)의 분고국(豊後国), 코니시 유키나가(小西行長)의 아마쿠사(天草)영내, 타카야마 우콘(高山右近)[17]의 셋쯔타카쯔키(摂津高槻)영내, 다테 마사무네(伊達政宗)[18]의 가신으로 케이초견구사절(慶長遣欧使節)로서 로마로 향한 하세쿠라 쯔네나가(支倉常長)의 센다이번(仙台藩)이다. 그러나 1873(明治元)년 금교령이 철폐되어 가톨릭으로 복귀한 사람들도 많이 있지만, 그 후에도 나가사키현(長崎県) 하의 고토 열도와 니시소노기 반도 소토메(西彼杵半島外海) 지방, 히라도섬(平戸島), 이키쯔키섬(生月島)처럼, 지금도 잠복시대 이래의 신앙형태를 계속 유지하고 있는 카쿠레 키리시탄(カクレ キリシタン)이라고 불리는 사람들이 있다.

현재 그들의 신앙 내용은 기독교와는 상당이 거리가 먼 것으로 변용되어 있다. 하지만 최근에는 소토메(外海)처럼 가톨릭적 종교 토양에 둘러싸인 지역에서는 조직 붕괴가 목전에 다가와 반대로 급속하게 가톨릭에 접근해가는 사람들도 있다. 1873(明治元)년의 금교령 철폐를 기회로 점차 가톨릭교회로 돌아간 그룹, 그때까지 관계를 가져온 신도(神道)와 불교에 흡수되어 간 그룹, 잠복시대의 신앙형태를 계속해온 그룹으로 나뉜다.

쇼와(昭和) 초기에 카쿠레(カクレ)의 조직이 존속하고 있었던 지역은, 나가사키 현 하의 나가사키 시내 이에노마치(家野町), 소토메(外海)의 싯쯔(出津)·쿠로사키(黒崎)·칸잔(樫山), 히라도섬(平戸島), 이키쯔키섬(生月島), 우쿠지마(宇久島)를 제외한 고토 열도, 아마쿠사(天草)의 이마토미(今富)였다. 카쿠레 키리시탄 연구자인 우라카와 와사부로(浦川和三郎), 타키타 코오야(田北耕也), 후루노 키요토(古野清人), 카타오카 야키치(片岡弥吉)등은 신도수를 다음과 같이 추측하고 있다. 네 사람이 조사, 연구를 행한 시기는, 우라와(浦和)가 다이쇼(大正)부터 쇼와(昭和) 초기에 걸쳐, 타키타가 쇼와 초기~쇼와 20년대, 후루노가 쇼와 20년대 후반~쇼와 30년대 전반, 카타오카가 쇼와 30년대였다. 우라카와는 2만 4천명, 타키타는 3만 명 미만, 카타오카는 2만 명으로 추정하고 있다. 즉, 다이쇼부터 쇼와 30년대까지, 네 명의 연구자는 카쿠레(カクレ)의 총인구를 2만에서 3만 명 미만으로 추정하고 있었다. 그러면 어느 범위까지를 카쿠레(カクレ)라고 인정할 것인가의 문제이다. 미야자키 켄타로씨는 "지금까지 조직이 존재하고, 그 조직 하에서 신앙 생활을 하고 있는 사람들을 카쿠레 키리시탄(カクレ キリシタン)으로서 인정한다"고 하는 입장을 취하고 있다.[19]

그러나 잠복 키리시탄이 가지고 있던 신앙의 내용도 재고하지 않으면 안 된다. 선교사와 사제가 일본에 한 사람도 없어졌을 때, 잠복 키리시탄은 어떠한 신앙을 갖고 있었는가 하는 것이다. 조직의 지도자 아래에서 교리를 전수해온 사람들도 있는가 하면, 점점 가톨릭 신앙에서 멀어져 형식만은 조금 비슷하지만, 신도(神道)와 불교가 혼합된 신앙을 가지고 있는 사람도 있었을 것이다. 마리아관음[20]을 가지고 구전(口伝)에 의해 마리아에게 기도해온 사람이 있는가 하면, 가톨릭 신앙에서 벗어나 가톨릭이라고는 전혀 생각할 수 없는 신앙의 양태도 나타나고 있는 것이 사실이다.

다음 장에서는, 실제로 잠복 키리시탄의 신앙을 그린 근대작가 아쿠타가와 류노스케의 「흑의성모(黒衣聖母)」 「줄리아노 키치스케(じゆりあの・吉助)」를 통해서 이 문제를 고찰해 가고자 한다.

4. 「흑의성모」에서의 마리아관음

카톨릭교회사가는 키리시탄 시대를 크게 셋으로 나누고 있지만, 문학자들은 키리시탄들의 신앙 양태에 관심을 가지고 그들을 소재로 하여 작품을 써왔다. 근대일본의 문학자 아쿠타가와 류노스케는 키리시탄을 소재로 하여, 이른바 키리시탄물(切支丹物)을 쓰고 있다. 그들은 무엇을 위해 순교했으며, 그 신앙의 성격은 어떠했는가에 관심을 보이며 그리고 있다. 또한 배교자는 왜 배교를 했는지에 대해서도 관심을 가지고 있다. 아쿠타가와는 역사에서 잊혀져 버린 배교자의 신앙의 양태까지 살핌으로써, 배교자 중에도 순교자보다 더 숭고한 아가페의 사랑으로 배교한 자가 있었다는 것을 제시하고 있다.

잠복 키리시탄을 모델로 그리고 있는 작품으로서 들 수 있는 아쿠타가와 류노스케(芥川龍之介)의 작품으로는 「줄리아노 · 키치스케」(1919년 9월)와 「흑의 성모(黒衣聖母)」(1920년 6월)를 들 수 있다. 「흑의성모」는 1920년 5월 1일 발행한 『문장구락부(文章倶楽部)』 제5년 5월호에 발표되어, 『야래의 꽃(夜来の花)』(新潮社, 大正 10년 3월 14일)에 수록된 작품이다. 초출(初出)과 『야래의 꽃(夜来の花)』에 수록된 작품과의 사이에는 약간 차이가 있다. 조각상 받침돌의 명문(銘文) '당신의 기도가 신들이 정해 놓은 바를 바꿀 수 있다고 바라지 말라'가 가필되어 있다. 에비이 에이지(海老井英次)씨는 "설명에 지나지 않는 한 문장이 후에 추가되어 있지만, 이 설명이 품고 있는 비아냥거림을 빠뜨리고 읽으면, 작품은 완전히 괴담이 되어버리는 연유로, 그 점을 아쿠타가와도 우려하여 추가한 것이다. 이 비아냥과 명문(銘文)을 조합하면 주제에 오해의 여지는 없으리라. 절대 · 영원 이라든가 〈피안적〉인 것을 인간에게 종속시켰다고 생각(착각)했을 때, 인간이 빠져드는 희비극을 할머니는 연기한 것이다"[21]라고 말하고 있다.

사토 야스마사(佐藤泰正)씨는 "단순한 신앙에 대한 비아냥거리는 조롱이 아니라, 신앙에 숨어있는 에고이즘에 대한 통렬한 물음이라고 보아야 할 것이며, 아쿠타가와의 이지주의적 재단과 비아냥이 섞인 조소라고 보이는 것이 실은 종종 인간의 에고이즘과 자기 기만을 묻는 윤리감에서 기인한 것임을 놓쳐서는 안 된다……. 또한 '헌신'에 대한 한편의 송가이기도 하였다"[22]고 서술하고 있다. 두 사람의 평가에서 알 수 있듯이, 「흑의성모」에 대한 평가는 두 가지로 나뉘져 있다.

중병에 걸려 있는 손자 모사쿠(茂作)의 죽음은 검은 옷을 입은 성모, 즉 마리아관음에 쓰여 있는 '신들이 정해 놓은' 것이었기 때문에 '움직이게' 할 수 없었다. 하지만 마리아관음은 할머니의 열심있는 기도를 들어 주었다. 자신의 수명이 남아있는 동안이라도 손자 모사쿠의 생명을 연장시켜 줄 것을 구한 할머니에게 마리아관음은 미소를 지으며 대답했다고, 손녀 오에이(お栄)에게는 보였다. 그러나 '성모는 흑단 옷을 입은 채, 역시 그 아름다운 상아 얼굴에, 어떤 악의를 품은 조소를 영원히 냉랭하게 띄우고 있다'고 한다. 게다가 '화를 바꾸어 복이 되게 하는 대신에 복을 바꾸어 화가 되게 하는 불길한 성모'라고 말하고 있다. '괴담'으로 보이는 가운데 키리시탄 역사와 마리아관음에 관심을 보이고 있는 아쿠타가와를 읽을 수 있다.

「줄리아노 · 키치스케」의 소재가 되었으며, 아쿠타가와 자신도 읽은 『일본 공교회의 부활』[23]에서, 키치조(吉蔵)가 가지고 있었던 것은 백자 본존(白焼本尊), 즉 백자 마리아관음이다. 「흑의성모」 속에서는 흑단 옷을 걸친 흑의성모라고는 하나, 그것도 마리아관음이다. 마침 키치스케와 동시대를 살아간 잠복 키리시탄들이 가졌던 신앙의 양태를 볼 수 있다. 마리아관음이라는 것은 주로 에도시대의 금교령에 의해 탄압을 받은 키리시탄들이 신앙의 대상으로 삼은 성모마리아를 본뜬 관음보살상(観音菩薩像)이다. 그 대다수는 중국에서 들어온 청자, 혹은 백자 자모관음상(白磁慈母観音像)이었다. 자모관음이라는 것은 중국 발상(中国発祥)의 관음보살상으로, 갓난아기를 안고 자애에 넘치는 조형으로

표현되어 있어, 나가사키의 우라카미(浦上)와 소토메(外海), 고토(五島) 등의 잠복 키리시탄은 이 관음보살상에 성모마리아를 투영했다. 그 형상은 지역에 따라 다양하고, 개중에는 보살상의 가슴에 십자가를 조각하거나, 일본국내 가마에서 구워진 것도 있었다. 이들 보살상은 잠복 키리시탄이 신과 성모마리아에게 기도를 할 때 사용되었다. 또한 잠복 키리시탄이 있던 지방에서도, 히라도(平戸) 등과 같이 마리아관음(マリア観音)이 사용되지 않았던 지역도 있다. 1873(明治6)년에 금교령이 풀리기까지 이러한 상태는 계속되었다.

「흑의성모」의 배경이 된 시대로서는, '흑선(黒船)이 우라가(浦賀)의 항구를 교란시킨 카에이(嘉永) 말년'이라고 하니까, 1853년 정도로 추정된다.[24] 이른바 막부말기(幕府末期)의 금교시대이며, 우라카미 3차 검거사건(浦上三番崩れ) 발생 3년 정도 전이라고 할 수 있다. 모사쿠(茂作)의 연명(延命)을 구한 할머니는 '잠복 키리시탄'일 것이다. 1644년부터 세어보면 200년 이상이 흘렀다. 흑단 옷을 걸친 흑의성모는 모사쿠와 할머니의 사후에도 살아남았던 니이가타현의 재산가 이나미(稲見)라고 하는 큰 부자의 것으로, '일가의 번영을 기원하는 종문신'이었다. 이를 이나미는 어느 해 상경하는 길에, 자신과 동기인 법학사이며 골동품 수집가인 타시로(田代)에게 그 집안에 대대로 내려오는 마리아관음을 주었다고 한다. 화자인 타시로는 12년 대학 선배이다.

이나미의 어머니인 오에이(お栄)는 역병으로 부모가 함께 돌아가셨기 때문에, 남동생 모사쿠와 함께 70이 넘은 할머니 손에 의해 키워졌다. 오에이가 10살이 되었을 때, 8살인 남동생 모사쿠의 생명이 위독해졌다.

그런 어느 날 밤, 오에이가 자고 있는 방으로 갑자기 할머니가 들어와서, 졸려 하는 데도 억지로 안아 일으키고, 다른 사람의 도움도 받지 않고 부지런히 옷을 갈아 입혔다고 합니다. 오에이는 아직 꿈이라도 꾸듯이 멍하게 앉아 있었습니다만, 할머니는 곧바로 그 손을 끌고 희미한 등롱으로 인기척이 없는 복도를 비추면서, 낮에도 좀처럼 들어가 본 적이 없는 토광으로 오에이를 데려갔습니다.

위의 글에서는 잠복 키리시탄인 할머니의 신앙을 읽을 수 있다. 손자인 모사쿠의 병을 고쳐달라고 기도하기 위해, 자신만이 아니라 어린 손녀 오에이까지 졸리는 아이를 안아 일으켜 토광으로 데려갔다. 이는 잠복 키리시탄의 신앙을 어린 오에이에게 전수하고 싶어 하는 뜨거운 마음이 할머니에게 있었던 것으로 볼 수 있는 부분이다.

토광 안에는 옛날부터 화재 예방에 신통력이 있는 신불인 이나리(稲荷)가 모셔져 있는 하얀 나무로 만든 신사(お宮)가 있었다. 할머니가 허리띠에서 열쇠를 꺼내 그 신사의 문을 열었는데, 낡은 비단 커튼 뒤에 서 있는 신체(御神体)는 바로 마리아관음(麻利耶観音)이었다. 할머니는 평소와 달리, 오에이가 울고 있는데도 개의치 않고 그 마리아관음 신사 앞에 앉아서, 공손히 이마에 성호를 긋고 무언가 오에이가 알 수 없는 말로 기도를 드리기 시작했다. 잠복 키리시탄들 사이에 전해져 온 포르투갈어 기도인 오랏쇼[25]였다. 거의 십분 정도 기도를 계속하고 나서 할머니는 조용히 손녀를 안아 일으켜 자기 옆에 앉혔다. 그리고는 오에이도 알 수 있게 일본어로 기도하기 시작했다. "부디 제가 눈을 감을 때까지 만이라도 좋사오니, 죽음의 천사의 칼이 모사쿠의 몸에 닿지 않도록 자비를 베풀어 주십시오."라는 기도였다. 70세가 넘은 할머니로서는 자신의 신앙과 기도의 대상인 마리아관음에게 손자 모사쿠의 생명을 연장 받고, 오에이에게 기독교 신앙을 가르치기 위해서, 평소와는 달리 오에이가 우는 것에도 신경 쓰지 않고 일본어로 기도했던 것이다.

그 때 오에이의 눈에는 '마리아관음이 미소 짓는 것처럼 보였다.' 더욱이 할머니는 만족한 듯 "자, 이제 저쪽으로 가자. 마리아님은 고맙게도 이 늙은이의 기도를 들어주셨으니까."하고 몇 번이고 반복해서 말했다. 결국 모사쿠의 열이 내려갔고, 할머니가 기뻐하고 웃으며 눈물을 흘리던 모습을 그 후에도 오에이는 잊을 수 없게 되었다. 이후 얼마간 누워있던 할머니가 먼저 돌아가시고, 그 십분 후에 모사쿠도 숨을 거두었다. '마리아관음은 약속대로, 할머니의 목숨이 있는 동안은 모사쿠를 죽이지 않고 그대로 두었'던 것이라고 화자는 말한다. 그 이래로 이 마리아관음, 즉 흑의성모가 오에이 '일가의 번영을 기원하는 종문신'이 되었다고 하는 것이다. 마리아관음, 흑의 성모의 미소를 보았고, 또한 할머니와의 약속을 지켜준 것을 소중히 여겨, 오에이는 키리시탄으로서의 길을 걸어갔을 것이다.

마리아관음 받침대의 명문에는 '당신의 기도가 신들이 정해 놓은 바를 바꿀 수 있다고 바라지 말라'라는 서양 문자가 쓰여 있다. 문학평론에서는 할머니가 마리아관음에게 기도하고 응답을 받았다는 것이

황당무계한 괴담이라고 비판 받아 왔다. 왜냐하면 아쿠타가와를 단순히 문학자로서 보고 있는 면이 강하기 때문이다. 그러나 아쿠타가와는 1873년 키리시탄 금교령이 철폐되기까지, 잠복 키리시탄으로서 살아온 할머니의 신앙의 모습을 그리고 있다. 눈에 보이지 않는 신 대신에 마리아관음을 토광에 숨기고, 포르투갈어 기도인 오랏쇼와 일본어 기도를 읊는 할머니의 신앙과 오에이에 대한 키리시탄 신앙의 전수에 주목하고 있는 것이다. 실제로 아쿠타가와는 나가사키 여행 중에 입수한 마리아관음을 소장하고 있었다.

5. 줄리아노 키치스케의 독자적인 신앙

아쿠타가와 류노스케의 「줄리아노 · 키치스케」는 1919(大正8)년 9월 1일 발행한 잡지 『신소설(新小説)』에 발표한 작품으로, 단편집 『영등롱(影灯籠)』에 수록되었다. 작품의 마지막에 '이것이 나가사키저문집(長崎著聞集), 공교유사(公教遺事), 경포파촉담(瓊浦把燭談) 등에서 여기저기 보이는 줄리아노 · 키치스케의 일생이다'라고 쓰여 있지만, 요시다 세이이치(吉田精一)씨가 '아쿠타가와의 위작 서명'이라고 말하고 있듯이 창작 기법 상의 위작이며, 실제로는 아나톨 프랑스의 단편 「성모의 곡예사(聖母の軽業師)」에 전거를 두고 있다는 사실이 히로세 토모미쯔(広瀬朝光)씨를 비롯한 연구자들에 의해 지적 되고 있다.[26]

아쿠타가와 류노스케는 1919년 5월초, 키쿠치 칸(菊池寛)과 함께 처

음으로 나가사키 여행에 나선다. 5일에 나가사키에 도착한 아쿠타가와는 6일에 오우라천주당(大浦天主堂)을 방문했다. 같은 날 잠복 키리시탄(隠れキリシタン) 탄압 자료를 소장하고 있는 나가사키 현립도서관을 찾아간 것을[27] 아쿠타가와의 「수첩2」에 수록된 메모에서 알 수 있다. 그 「견문(見聞き) 24」의 「나가사키도서관(長崎図書館)」에 기록된 직후에, '마리아와 그리스도의 러브 스토리를 믿는 신도의 전도'라는 구상 메모가 남겨져 있다. 나가사키 현립도서관이 소장하고 있는 책으로 나가사키 부교(奉行)가 올린 보고서의 조사에 기초한, 우라카와 와사부로 『일본 공교회의 부활』[28]이 있다. 이 책에서 볼 수 있는 '타카기 사쿠에몬 대관소 히젠국 소노기군 우라카미촌 야마자토 나카노고지 나가요도(高木作右衛門御代官所肥前国彼杵郡浦上村山里中野郷字長与道)' '농민' '키치조(키치조의 차남 키치고로의 세례명은 '줄리안노')'의 기사(記事) 등에 촉발되어, 아쿠타가와는 이 텍스트를 썼다고 생각된다.[29]

아쿠타가와의 「유혹(誘惑)」(『개조(改造)』 1927년 4월)의 '후기'에 '산세바스찬'은 전설적 색채를 띤 유일한 일본의 천주교도이다. 우라카와 와사부로(浦川和三郎) 저 '『일본 공교회의 부활(日本に於ける公教会の復活)』 제18장 참조.'라고 쓰여 있는 것을 보면, 아쿠타가와가 이 책을 읽은 것은 분명하다. 그 206페이지 '제17장 우라카미 검거사건(浦上崩れ)'의, 나가사키 현립도서관이 소장한, 나가사키 부교(長崎奉行) 오카노 쯔루가노카미(岡部駿河守)의 조사로 에도(江戸)에 보고한 문서에, '키치조(吉蔵)'가 구술한 내용이 기록되어 있다. 1856년 우라카미 3차 검거사건(浦上三番崩れ)이 밀고에 의한 것으로, '장방(帳方)'이었던 키치조

(吉蔵)와 많은 지도자들이 잡혀 고문을 당했다. 키치조는 신앙을 지켜내고 감옥에서 순교했다. 키치조는 초대 마고에몬(孫右衛門) 이래 7대로 이어진 '장방(帳方)'이었지만, 이때부터 '장방(帳方)'도 폐지되었다. '수방(水方)'도 세 명이 순교하고 도밍고 마타이치(ドミンゴ又市)만이 살아남았다.

『일본 공교회의 부활』에 난타난 잠복 키리시탄인 키치스케 일가의 신앙과, 아쿠타가와의 「줄리아노 키치스케」에 나타난 키치스케의 신앙내용을 비교하면 다음과 같다. 줄리아노 키치스케가 태어난 '히젠국 소노기군 우라카미촌(肥前国彼杵郡浦上村)' 농부들의 우라카미 검거사건에 대한 기술이 있다. '이종일건(異宗一件)'이라는 제목이 붙어 있다. 키치조를 조사한 바, 언제부터인지는 명확하지 않지만 선조대부터 나카노고(中野郷)에 살며, 쌀 서말칠되팔합(米三斗七升八合)의 수입이 있었고 여덟 가족이 살고 있다는 걸 알아냈다. 키치조는 정토종 무라우치 쇼토쿠지절(浄土宗村内聖徳寺)의 단가였지만, 선조때부터 전해져 믿어 온 한타 마루야(성 마리아)라고 하는 백자 입불상(仏立像) 하나(一体)와 이낫쇼(성 이그나시오)라는 청동 좌불상 하나, 류금(流金) 반지 모양의 물건에 새겨 넣어져 있는 지조우스라고 하는 불상 하나, 달력(暦), 서적 등을 소장하고 있었다. 그리고 부모들에게서 구전(口伝)된 '가라스사' '아베마리아' '하늘에 계신'이라고 하는 경문을 외며, 이국(異国)의 종교일 것이라고 느끼기는 했지만 신앙해 왔다. 또한 이 종교의 관례에 따라, 가족 일동 이명(家族一同異名)을 붙였다. 그 중에서 차남 키치고로(吉五郎)는 줄리안노였다. '줄리아노'와 비슷한 세례명이다.

그리고 한타 마루야, 이낫쇼라고 불러온 불상인 관음상(観音像), 반지와 같은 물건에 새겨져 있는 지조우스, 달력(暦), 만어체(蛮語体)가 섞여 있는 서적등은 난해하다. 전부는 알기 어렵다. 이상의 것들은 옛날부터 키리시탄 수업자가 도래(渡来)한 토지이기 때문에, 그 때 이후의 풍조가 자연스럽게 남아, '우매한 자들, 응괴신앙에 이르고(愚昧のもの共、凝塊信仰に及び)', 오래된 것을 전해 온 것이라고 말하고 있다.

이상은 보고서 내용이지만, 「줄리아노 · 키치스케」의 내용과 비슷한 점이 있다. 키치스케(吉助)는 키치조(吉蔵)와 같은 '히젠국 소노기군 우라카미촌(肥前国彼杵郡浦上村)' 출생이다. 이름에도 비슷한 곳이 있다. 특히 키치조의 차남 키치고로(吉五郎)는 줄리안노이지만, 그것도 키치스케의 세례명 줄리아노와 비슷하다. 키치스케는 유소년 때부터 '지방유지 사부로지(土地の乙名三郎治)'의 하인으로 일하지만, '천성이 우둔'하여, '소나 말처럼 천한 일'을 하고 있었다. 그는 18, 19세 때, 사부로지의 외동딸 카네(兼)를 연모했지만, 주위의 조롱을 견딜 수 없어 고향을 떠난다. 3년 후 키치스케는 마을로 돌아오고, 그 딸에 대해서는 기르는 개보다도 더 충직하게 모셨다. 어쩌면 『일본 공교회의 부활(日本における公教会の復活)』의 문장, '우매한 자, 응괴신앙에 이르고(愚昧のもの共、凝塊信仰に及び)', 오래된 것을 전해왔다고 하는 부분에서 아쿠타가와가 힌트를 얻어, 키치스케를 '천성이 우둔'하다고 쓰고 있는 것이라고 생각된다.

키치스케는 키리시탄종문(切支丹宗門)의 신도라는 것이 발각되어 대관소(代官所)로 끌려간다. 그곳에서 부교(奉行)가 신앙의 경위에 대해

물어와 이상한 이야기를 고백했다. 키치스케는 낯선 홍모인(紅毛人)에게 종문신의 '전수'를 받고, '성수를 받'아, 세례명 '줄리아노'를 하사받았다. 그 후 그 홍모인은 바다 위를 걸어서 모습을 감췄다고 하는 것이다. 예수 그리스도가 바다를 걸은 것을 연상케 하는 홍모인한테서 전수를 받은 가르침은 예수 그리스도가 마리아를 사랑하고, 키치스케와 똑같은 고통으로 괴로워하며 상사병이 나 죽었다고 하는 기묘한 이야기이다.

'3'에서는 키치스케가 높은 십자가에 달려 창으로 찌르는 책형(磔刑)에 처해진다. 키치스케가 하늘을 우러러 몇 번이고 큰 소리로 기도를 하고, 두려워하는 기색도 없이 '천인(非人)'의 창에 찔렸을 때, '일단의 기름 구름이 치솟았고, 이윽고 무시무시한 큰 번개비가 억수같이 형장에 쏟아졌다.'는 것이다.

아쿠타가와는 "일본의 순교자 중, 가장 내가 사랑하는, 신성한 우인(愚人)의 일생이다."라고 말하고 있다. 결국 키치스케의 신앙이 정통신앙과는 전혀 다르다고 하는 것을 아쿠타가와도 인식하고 있다고 봐도 좋을 것이다. '이종일건(異宗一件)'의 키치스케는, 선조때부터 전해져와 신앙해온 한타 · 마루야(성 마리아)라고 하는 백자입불상(仏立像) 하나와, 이낫쇼(성 이그나시오) 라고 하는 청동 좌불상 하나, 류금(流金) 반지 모양의 물건에 새겨 넣어져 있는 지조우스(지저스)라고 하는 불상 하나, 달력(暦), 서적 등을 소장하고 있었다.

그 중에서 본존을 한타 · 마루야라고 하며, 33세의 모습이고 '일월성을 만드셨다(日月星を作らせ給ふ)'라고 하는 까닭에, 정통적인 기독교 신앙과는 조금 거리가 있는, 잠복 키리시탄 신앙의 특징이 나타나 있는 것을 읽을 수 있다. 이러한 것들을 볼 때 잠복 키리시탄으로 우라카미 3차 검거사건(浦上三番崩れ) 때 순교한 키치조(吉蔵)의 신앙에서 힌트를 얻어, 아쿠타가와는 키치스케의 신앙을 그렸다고 여겨진다.

또한『일본 공교회의 부활』에서는, 부록 '우라카미, 소토메(外海) 지방의 신자간(信者間)'에 전해지던 기도문이 실려 있고, 그 중에 '탄생의 밤 기도'로서 "베렌국에서 태어나신 젊은 군주님, 지금은 어디에 계십니까, 칭송 드립니다"라는 기도의 말이 소개되어 있다. 이는 줄리아노 키치스케가 순교 할 때에 기도한 "베렌국의 왕자님, 지금 어디에 계십니까, 찬양 드립니다"라는 '간결 소박한 기도'의 원형이라 할 수 있다. 또한 아쿠타가와의 키리시탄물 중의 하나인 「유혹(誘惑)」의 서두에 "천주교도의 오랜 달력 한 장, 그 위에 보이는 것은 이런 문자이다. …… 출생이후 1634년. 세바스찬이 기술하다." 라고 쓰여 있는 것을 보면, 아쿠타가와는 세바스찬의 전설에 관심을 가지고 있었다는 것을 알 수 있다.

일본인 전도자 바스찬이 그 모델이다. 따라서 세바스찬은 288년에 순교한 로마의 군인 성 세바스찬을 세례명으로 한 것이다. 아무튼 바스찬은 지완이라는 신부의 제자가 되어 후쿠다촌 오에(福田村小江)에서 소토메까지 함께 전도했다. 그러나 코노우라(神の浦)의 '오치우도의 미즈(落人の水)'라고 하는 곳에 갔을 때, 지완은 자기 나라로 돌아간다고 하며 모습을 감추었다고 한다. 바스찬은 지완에게서 배운 달력(暦)을 다루는 법을 완전히 납득하지 못하고 있었다. 그래서 21일간 단식하고 고행을 하면서 "다시 한 번 돌아와서 가르쳐 주세요"하고 기도 했을 때, 어디에선가 지완이 돌아와서, 달력 다루는 법을 가르쳐 주었다. 그곳에서 바스찬과 작별의 잔을 나누고, 바다 위를 걸어서 먼 곳으로 사라졌다고 한다. 박해 속에서 바스찬은 마키노 산(牧野の岳の山)에 숨어서 키리시탄들을 지도하고, 코오리 검거사건(郡崩れ) 때에는 내해(内海)로 흘러 들어온 키리시탄의 사체(死体)를 인수하여 장사하는 일 등을 하고 있었지만, 싯쯔항(出津の浜)의 쿠로보시지에몬(黒星次右衛門)이라고 하는 사람의 밀고로 붙잡혀, 나가사키의 감옥에 갇혔다. 감옥에 갇힌지 3년 3개월, 78회의 고문을 받고 참수되었다고 전하고 있다.[30)]

지금까지 「줄리아노 키치스케」에서 바다 위를 걸어와서 키치스케에게 세례를 준 홍모인은 예수 그리스도라고 만 생각해 왔다.[31)] 물론 홍모인이 물 위를 걸은 것은 성서에서 그리스도가 바다를 걸어온 곳을 상기시키기 위해서이다. 그러나 『일본 공교회의 부활』에서 바다를 걸어온 바스찬에게 달력을 가르쳐주고 다시 바다를 건너가 버렸다고 하는 지완신부에 대한 것을 읽고 아쿠타가와가 썼을 가능성 쪽이 커졌다고 본다.

6. 맺는 말

이상에서 일본의 잠복 키리시탄의 역사와 그 신앙의 양태에 대해서 고찰하였다. 200년 이상 사제가 없는, 형식적으로는 일본인 전체가 절에 소속하는 단가(檀家)가 되지 않으면 안 되는 상황 속에서, 선조로부터 전수되어온 키리시탄의 신앙을 지키는 것은 대단히 힘든 일이었다. 따라서 일본의 잠복 키리시탄들은 눈에 보이지 않는 신을 신앙하기 위해, 눈에 보이는 자모불상(慈母仏像)을 마리아관음으로 하여 경배해 왔다.

『일본 공교회의 부활(日本人における公教会の復活)』 속에서, 우라카미 3차 검거사건(浦上三番崩れ) 때 그들이 가장 경배하고 있던 본존(本尊)은 반지에 새겨져 있는 예수 그리스도상보다도 마리아관음이었다. 이는 잠복 키리시탄의 신앙이 정통적인 기독교 신앙에 비추어 보았을 때 어디까지 기독교 신앙이라고 인정할 수 있을 것인가 하는 문제가 생겨난다. 또한 1873년 키리시탄 금교령이 철폐되어 신앙의 자유가 주어졌을 때, 부활 키리시탄으로서 카톨릭 조직에 돌아온 사람도 있지만, 가톨릭에 복귀하지 않고 카쿠레 키리시탄(カクレ キリシタン)으로서 남은 사람들의 신앙을 보면, 기독교라고는 생각할 수 없는 종교로 변모되어 있는 것도 사실이다.

따라서 본고에서는 이러한 현상이 문학 속에서 어떻게 그려져 있는지를 살펴보았다. 근대 일본을 대표하는 작가 아쿠타가와 류노스케(芥川龍之介)가 쓴 키리시탄의 역사와 잠복 키리시탄의 신앙에 관심을 가지고 키리시탄물(切支丹物), 즉 키리시탄을 소재로 한 소설 「줄리아노 키치스케」 「흑의성모」를 중심으로 고찰하였다.

「흑의성모」에서는 잠복 키리시탄인 할머니가 마리아관음에게 기도를 하고 있는데, 그 내용은 현재의 가톨릭 신앙자에게도 있을 수 있는 기도이다. 손녀인 오에이(お栄)도 키리시탄 금교령까지는 잠복 키리시탄으로서 살고 있었다. 마리아관음에게 기도를 올리는 할머니의 모습을 보면서 잠복 키리시탄의 신앙을 전수 받았던 것이다. 그 기도의 대상인 '흑의성모'는 아들 이나미(稲見)의 대까지 종문신(宗門神)으로서 모셔졌다. 혼자 남겨진 당시 10세였던 오에이의 기도 내용은 집안의 번영이었다.

잠복 키리시탄에게 있었던 마리아관음 신앙은 기독교의 일본화라고 볼 수도 있다. 결국 시간이 흐르면 기독교의 신앙이 일본의 문화 속에서 신도나 불교로 흡수되거나, 혹은 이들 종교와 상관 없는 독자적인 종교가 될 가능성도 있다고 하는 것을 역사와 문학 속에서 확인할 수 있는 것이다.

또한 「줄리아노 키치스케」의 신앙은 정통적인 기독교 신앙에서 보면 신앙과 거리가 멀다. 예수 그리스도가 마리아를 사랑해서 상사병으로 죽었다고 하는 신앙을 가지고 있고, 그 예수를 종문신으로 하고 있는 키치스케는 십자가 위에서 당당히 창을 맞았다. 잠복 키리시탄이 가지고 있는 신앙의 양태도 다양하다는 것이 그려져 있다.

【주】

1) 프란시스코 자비엘 : (1506-52)스페인 나발왕국 출생으로, 이그나시우스 로욜라와 함께 예수회를 창립하였다. 1541년 포르투칼국왕의 후원으로 리스본을 출발하여 인도에서 선교하다가, 1549년 7월 큐슈의 카고시마에 상륙하여 2년여 일본에서 선교하였다. 1551년 10월 인도로 귀환하였다가 다음해 중국선교를 위해 샹추안(上川)섬에 상륙하였지만 열병으로 사망하였다.

2) 발리냐뇨・A(1539-1605년) : 나폴리 출생으로 1566년 예수회에 입회하였다. 1570년 사제서품을 받고 1573년 동인도 순찰사에 취임하였다. 교회의 재정적인 기초를 확립하고 제교육기관의 설립, 견구사절의 파견도 지도하였다. 세 번째 내일하였을 때에는 나가사키에 체재하면서 일본교회의 기초를 확립했다.

3) 금교령은 1612년(慶長17年) 에도막부가 발령하였다. 1587년 토요토미 히데요시에 의한 바테렌추방령이 있었으나 실제로 기독교에 대한 강권적인 조치가 취해지는 것은 요시히데가 1596년에 내린 금교령부터로, 이때 26명의 외국인 신부와 신도들이 처형되었다(일본 26 성인). 다만 이는 주로 프란시스코회를 표적으로 한 것이었다. 일본에서 정책적으로 기독교에 대한 탄압이 시작되는 것은 1612년에 내려진 에도막부의 금교령 때부터이며, 메이지초기까지 계속되었다.

4) 에도막부가 종교통제의 일환으로 마련한 제도로서, 모든 일본인이 절에 소속하기를 의무화하여 기독교도가 아니라는 것을 사원에 증명하게 하는 제도이다. 따라서 주민 모두가 사청을 받는 사원의 단가가 되었기 때문에, 단가제도, 사단제도라고도 불린다.

5) 小西行長 : 키리시탄 영주(大名). 토요토미 히데요시의 명으로 조선에 출병하였다. 세키가하라 전투(関ヶ原戦)에서 토요토미 측 서군(西軍)에 속하여 싸우다가 패하여 할복을 명령 받았지만 키리시탄이라 자해를 거부하고 교토에서 참수되었다.

6) 片岡弥吉, 『かくれキリシタン』, 東京: NHKbooks, 1967.5.10, pp.10-13.

7) 宮崎賢太郎, 『カクレキリシタン』, 東京: 長崎新聞新書, 1967.1.20, p.231.

8) 앞의 책, p.24.

9) H・チースリク監修 大田淑子編, 『日本史小百科 キリシタン』, 東京: 東京堂出版, 1999.9.22, p.247.

10) 에도막부(江戸幕府)가 당시 금지하고 있던 카톨릭교회의 신도들을 발견하기 위해, 마리아와 예수상을 밟게 하여 키리시탄이 아니라는 것을 증명하게 했다. 후미에를 밟게 함으로써 다시 키리시탄으로 돌아갈 수 없다는 실망감을 주는 효과를 노린 것이다.

11) 에도막부(江戸幕府)가 범죄에 관한 밀고를 장려하기 위한 보상금제도이다.

12) 에도 막부가 종교통제를 위해 만든 것으로, 寺請証文을 받는 것을 주민에게 의무화하여 키리시탄이 아니라는 것을 사원에 증명하게 하는 제도이다. 주민은 어딘가의 절에 속한 단가(檀徒)가 되어야 했고 매년 조사를 받았다. 인구조사, 호적으로서도 사용되었다.

13) 片岡弥吉, 『かくれキリシタン』, 12.

14) 1637년 시마바라의 난을 계기로 막부는 한층 더 키리시탄의 감시를 강화하고 가혹한 처형과 검색을 행하였다. 상호감시와 밀고에 의해 5인조 안에 키리시탄이 발견되면 5인조 뿐만이 아니라 주변의 사람들과 그 일족도 벌을 받았다. 그러나 이 제도는 마을 사람 전체가 키리시탄인 경우에는 전혀 효과가 없었고 오히려 결속을 다지게 했다.

15) 촉탁은제(嘱託銀制)는 에도막부(江戸幕府)가 범죄에 관한 밀고를 장려하기 위하여 만든 포상금제도이다. 특히 키리시탄 적발을 위해서 내려진 소인보상제(訴人報償制)에 한정될 경우도 있다.

16) 오오무라(大村) 영내(領内)의 마을에서 선교사들이 추방되거나 순교하였을 때, 바스찬은 남아서 활동하고 있었다. 바스찬은 사가령(佐賀領) 후카호리촌(深堀村)의 히라야마고시마키(平山郷市巻)에서 태어났다. 후카호리(深堀)에는 성당이 있었기 때문에 필시, 그 성당에서 일하고 있던 사람일 것이라고 우라카와 와사부로(浦川和三郎)씨는 추정하고 있다. 타카호코섬(高鉾島)의 오키(隠岐)에서 공격을 받아 불탄 흑선에 승선했던 카피탄 지완의 제자가 되어 전도에 힘썼다. 전설적인 인물인 지완은, 1610년(케이쵸15) 아리마 하루노부가 나가사키 항 밖에서 침몰 시킨 포르투갈 선박 마드레 드 데오르호에 타고 있던 조안 드 아모리스신부거나, 혹은 아모리스가 배와 운명을 같이 하지 않고 살아났거나, 둘 중 하나일 것이라고 역시 우라카와씨는 추정하고 있다.(浦川和三郎, 『日本の公教会の復活』, 東京: 天主堂, 1915.1.25)

17) 타카야마 우콘(高山右近, 1552-1615) : 키리시탄 영주(大名). 토요토미 히데요시 휘하에서 계속 공을 세웠으나, 1587년 신부 추방령(伴天連追放命令) 때 키리시탄 포기를 명령 받고도 신앙을 고수하다 히데요시에 의해 면직되었다. 그 후에도 많은 영주들을 키리시탄으로 개종시키다가, 1614년 토쿠가와 이에야스의 명령으로 마닐라에 추방되어 사망하였다.

18) 다테 마사무네(伊達政宗, 1567-1636) : 근세초기의 센다이 번주(仙台藩主). 프란시스코회의 포교를 도와 소로테신부의 청을 받아들여 케이쵸 견구사절(慶長遣欧使節)을 스페인과 로마에 파견했다. 소로테, 하세쿠라 쯔네나가를 특사로 하여 카톨릭 포교활동과 연계시켜 스페인과 통상활동을 성사시켜줄 것을 기대하였으나, 통상조약체결에 실패하고 귀국하자 다테 마사무네는 일변하여 키리시탄 탄압을 개시했다.

19) 宮崎賢太郎, 『カクレキリシタン』, p.40.

20) 나가사키현(長崎県)의 소토메(外海)·우라카미(浦上)·고토(五島)지방에 잠복했던 키리시탄들이 관음상(観音像)을 산타 마리아상(像)으로 代用한 것이다. 그 중 대부분은 中国에서 온 백자 관음상(白磁観音像)이 많다. 그러나 산타 마리아의 이미지를 추구하여 잠복(潜伏) 키리시탄이나 혹은 카쿠레(カクレ) 키리시탄이 예배하던 흔적이 없으면 마리아관음이라고 할 수 없다.

21) 海老井英次「黒衣聖母」, 「芥川龍之介作品研究」, 東京: 八木書店, 1969.5.

22) 佐藤泰正「切支丹物－その主題と文体－倫理的位相を軸にして－」, 「国文学」, 學燈社, 1977.5.

23) 浦川和三郎, 『日本に於ける公教会の復活』前篇, 東京: 天主堂, 1915.1.25.

24) 흑선내항(黒船来航)이란, 1853(嘉永六)년, 매튜 페리대장이 이끌었던 미합중국해군 동인도함대(アメリカ合衆国海軍東インド艦隊)의 함선이 일본에 내항한 사건이다. 당초 쿠리하마(久里浜)에 내항했지만, 당시 쿠리하마의 항구는 모래사장으로 흑선이 정박할 수 없었기 때문에, 막부는 에도만 우라가(江戸湾浦賀)로 인도했다. 미합중국 대통령의 국서가 막부에 전달되어, 다음 해 미일화친조약을 체결하기에 이르렀다. 일본에서는 주로, 이 사건부터 메이지유신(明治維新)까지를 「막말(幕末)」이라 부르고 있다.

25) 포르투칼어로 된 기도문으로 당시 원어로 기도했다.

26) 広瀬朝光「芥川龍之介作'ジュリアの・吉助'の素材と鑑賞」, 「国文学」, 1961.3.

27) 須田喜代次「じゅりあの・吉助」, 関口安義編, 『芥川龍之介新辞典』, 東京: 翰林書房, 2003.12.18., p.285.

28) 浦川和三郎, 『日本に於ける公教会の復活』, 天主堂, 1915.1.25.

29) 須田喜代次「じゅりあの・吉助」, 関口安義編, 『芥川龍之介新辞典』, 東京: 翰林書房, 2003.12.18, p.285.

30) 片岡弥吉, 『かくれキリシタン』, pp.86-87.

31) 曺紗玉, 『芥川龍之介とキリスト教』, 東京: 翰林書房, 1996.9.

【참고문헌】

曺紗玉,『芥川龍之介とキリスト教』, 東京: 翰林書房1, 1996.9.
浦川和三郎,『日本に於ける公教会の復活』, 東京: 天主堂, 1915.1.25.
海老沢有道,『日本キリシタン史』, 東京: 塙選書52, 2004.9.20.
________,『キリシタンの弾圧と抵抗』, 東京: 雄山閣出版, 1981.5.20.
片岡弥吉,『かくれキリシタン』, 東京: NHKbooks, 1967.5.10, pp.10-13.
五野井隆史,『日本キリスト教史』, 東京: 吉川弘文館, 2006.5.10.
H・チースリク監修大田淑子編,『日本史小百科キリシタン』, 東京:東京堂出版, 1999.9.22, p.247.
宮崎賢太郎,『カクレキリシタン』, 長崎新聞新書, 1969.1.20, p.21.
海老井英次,「黒衣聖母」,『芥川龍之介作品研究』, 東京: 八木書店, 1969.5.
佐藤泰正,「切支丹物―その主題と文体―倫理的位相を軸にして―」,「国文学」, 學燈社, 1977.5.
須田喜代次,「じゅりあの・吉助」, 関口安義編『芥川龍之介新辞典』, 東京: 翰林書房, 2003.12.18, p.285.
広瀬朝光,「芥川龍之介作「ジュリアの・吉助」の素材と鑑賞」「国文学」, 1961.3.

아쿠타가와 류노스케의 『개화의 살인』 고찰

하 태 후

1. 서론

다음은 아쿠타가와가 연애의 파국 후인 1915년 3월 9일 친구 쓰네도교에게 보낸 서한의 일부로, 그의 문학의 밑그림 혹은 그의 정신세계의 원풍경으로 자주 인용된다.

> 에고이즘이 없는 사랑이 없다고 한다면 인간의 일생만큼 괴로운 것은 없다.
> 주위는 보기 싫다. 자신도 보기 싫다. 그리고 그것을 눈앞에서 보고 사는 것은 괴롭다. 더구나 사람은 그렇게 살아갈 것을 강요당한다. 일체가 신의 사역이라고 한다면 신의 사역이야말로 조롱거리다.
> 나는 에고이즘을 떠난 사랑의 존재를 의심한다.

아쿠타가와는 그의 생애에 많은 여성과 교제를 하였고, 그 몇 명에게는 연애 감정을 느낀다. 아쿠타가와의 연애 체험 중에서 첫사랑이자 그의 정신세계에 가장 많은 영향을 미친 여성은 요시다 야요이이다. 아쿠타가와의 야요이에 대한 생각이 연애로서 자각된 것은 1914년 2,

3월경이었던 것으로 보인다. 야요이에 대한 연정은 순수하였고 결혼까지 생각하게 하였지만, 아쿠타가와가의 양부모의 심한 반대에 부딪혀 1915년 초두에 파국을 맞기에 이른다.

파혼의 결과를 미요시 유키오는 '이 연애의 좌절은 아마 아쿠타가와 류노스케의 청춘이 조우했던 가장 인간냄새가 나는, 그리고 통한으로 가득 찬 〈사건〉이었다. 그는 연애가 성취되지 않았던 한보다도 사랑을 잃어버리기까지의 과정에서 나타난 인간 감성의 본래 모습에 보다 깊이 상처 입은 듯이 보인다'[1]고 해석한다. 파혼의 결과 아쿠타가와는 인간의 추함과 에고이즘을 처절하게 느꼈고, 생존의 삭막함을 맛보았으며, 이 때문에 더욱 순수한 사랑을 희구하게 된다.

연애 파국이 있던 해인 1915년 11월에 야나가와 류노스케란 필명으로 「제국문학」에 아쿠타가와의 준 처녀작인 『라쇼몬』을 발표하게 되며, 『코』, 『참마죽』으로 이어지는 소위 「곤자쿠 삼부작」을 완성한다. 이 작품의 주요 주제가 다름 아닌 에고이즘으로, 이는 「곤자쿠 삼부작」에서 끝나지 않고 그의 작품에 반복해서 나타난다. 그 한 예가 『개화의 살인』이다.

『개화의 살인』은 작자 자신도 '주오코론에 탐정소설을 쓸 약속을 했기 때문에 마지못해서 이상한 것을 쓰고 있다.'고 밝히고 있는 것처럼 이 작품을 탐정소설로 볼 수도 있지만, 작자는 오히려 '순수한 사랑' 속에 내포되어 있는 에고이즘의 척결이라는 점에 더 중점을 둔 것 같다. 따라서 작자도 이어서 '아무래도 재능을 파는 것 같은 기분이 들어 불안해서 좋지 않다. 게다가 탐정소설을 염두에 두고 쓰고 있으나 탐정소설이 되지 않을 것 같다(1918.6.19 마쓰오카 유즈류에게).'고 작품을 창작하는 심경을 피력하고 있다.

'「개화의 살인」 및 「개화의 남편」이라는 작품은 아이들의 꿈처럼, 「우스개」 같은 연애를 「진지」하게 연기할 수밖에 없었던 두 남자의 이야기이다'[2]고 마쓰모토 쓰네히코는 작품의 의미를 해석하고 있다. 하지만 과연 이 의견에 동의할 수 있을까. 따라서 본고에서는 『개화의 살인』 작품 속의 주인공 기타바타케에 의하여 은폐된 에고이즘이 경우에 따라서 어떻게 나타나는가를 추적한다. 이 작품에서는 아키코를 둘러싼 사랑의 집착이 세 번에 걸쳐서 나타난다고 할 수 있다. 첫 번째는 미쓰무라에게, 두 번째는 혼다자작에게, 세 번째는 자신이 사랑했던 아키코에게 나타난다. 이런 현상을 작품을 통하여 분석하고, 더불어 나쓰메 소세키의 『그 후』와 『마음』을 비교하여 『개화의 살인』과 이들 작품과의 같고 다름을 비교 검토한다.

2. 본론

2.1. 『개화의 살인』의 작품 구조

『개화의 살인』은 1918년 7월 15일 발행의 잡지 『주오코론』 제33년 제8호 임시증간 「비밀과 개방호」에 게재되어 이후에 『가이라이시』, 『희작삼매』, 『샤라의 꽃』, 『아쿠타가와 류노스케집』에 수록되었다. 『주오코론』의 소설 란에는 예술적 탐정소설이라고 칭하고, 다니자키 준이치로의 『두 사람의 예술가 이야기』, 사토 하루오의 『지문』, 사토미 돈의 『형사의 집』 등이 동시에 게재되었다. 이 호에 대해서 아쿠타가와는 1918년 7월 25일부 에구치 간에게 보내는 서한에서 '「주오코론」에서는 제일 사토미, 제이 사토다. (단지 이것은 소설부문에서다. 드라마에서는 구메가 있으니까.) 다니자키씨 등은 서툰 글로 단숨에 내갈겨 씨 자신도 아마 자신이 없을 것이라고 생각한다.'라는 감상을 토로하고 있다.

잡지 초출에서 『가이라이시』에 수록될 때는 본문에 약간의 이동이 생긴다. 잡지 초출에는 '혼다자작 각하 그리고 부인. 나의 마지막에 이르러 지난 삼년동안 마음에 응어리진……'으로 시작하여, '당신들에게 항상 충실한 종, 기타바타케 기이치로 드림.'으로 유서를 맺고, 이어서 '추백, 이 유서가 쓰인 당시는 아직 작위의 제도가 제정되지 않았다. 여기에 자작이라는 것은 혼다가의 후년의 호칭을 따른 것이다.'라는 한 문장이 첨부되어 있다. 그러던 것이 단행본 수록 시에는 이 부자연스러운 추백의 부분이 삭제되고 그 대신에 유서의 모두부에 '아래에 게재한 것은 최근에 내가 혼다자작(가명)에게서 빌려본 고 기타바타케 기이치로(가명) 박사의 유서다.……'로, 현행본에 있는 주기풍의 서문을 설치하여 추백 부분을 흡수하였다. 이 개고에 의해서 초출의 유서체에서 현행의 작자가 빌려본 유서를 베껴서 공표하는 체재가 되었다. 요시다 세이이치는 '문체는 메이지 개화기의 번역문학, 풍속문학의 문체를 모방하여, 내용보다도 문장이 볼만한 작품이다.'[3]고 평한다.

이 작품 역시 아쿠타가와가 즐겨 쓰는 액자구조의 작품이다. 보통의 경우 아쿠타가와의 작품은 액자 안에 들어 있는 '그림'보다도 이 액자 부분인 '서문'이나 '결어'가 작품을 반전시켜 의미를 부여한다. 그러나 『개화의 살인』에서는 '서문' 부분이 단지 이야기의 도입부로써의 역할밖에 하지 않는다는 점이 다른 작품과 사뭇 다르다고 할 수 있다. 작품은 크게 네 부분으로 나눌 수 있다. ①'아래에 게재한 것은……'으로 시작되는 서문, ②'혼다 자작 각하 그리고 부인……'으로 시작되는 본문, ③'나는 어릴 때부터 사촌 누이동생 되는……'으로 시작되는 첫 번째 살인 이야기, ④'그러나 이는 정말로 몇 달 뿐이었다.'로 시작되는 두 번째 살인 이야기이다.

이 작품에서 문제가 되는 문단은 ③과 ④이다. 앞에서도 서술한 바와 같이 아쿠타가와의 액자구조 작품에서는 항상 액자인 ①이 문제가 되는데, 이 작품에서는 전혀 그런 역할을 하지 못한다. 그 뿐만 아니라 ②의 경우에도 '내가 고백하려는 사실이 너무나 예상외라는 이유로 함부로 나를 왜곡하여 환자의 이름을 빌리지 말'라는 부탁과 '생애 유일의 기념비가 될 몇 장의 유서를 두고 미친 사람의 헛된 잠꼬대로 취급하지 말'라는 당부가 적혀 있을 뿐이다. 이는 앞으로 서술할 내용의 진실을 보장해 달라는 취지 외에 작품에서의 큰 의미는 없는 것으로 보아도 무방하다.

2.2. 첫 번째 살인

이 작품은 두 번의 살인사건을 저지르게 된다. 물론 첫 번째 미쓰무라는 확실하게 '그 환약'으로 독살하게 되고, 두 번째는 혼다를 같은 방법으로 독살하려 하다가 '정신적 파산'을 면하기 위하여 자신을 독살하는 자살의 방법을 택한다. 이같이 두 번의 살인을 하게 되는 동인을 작품 속에서 찾는다면 다음의 문장일 것이다.

> 나는 당시 열여섯 살의 소년이었고 아키코는 아직 열 살의 소녀였다. 오월 모일 우리는 아키코 집의 잔디밭 등나무 넝쿨 밑에서 즐겁게 장난치며 놀고 있었다. 아키코는 나에게 한쪽 다리로 오랫동안 설 수 있는지 물었다. 하지만 안 된다고 대답하자, 그녀는 왼손을 느려 뜨려 왼쪽 발가락을 잡고는 오른 손을 들고 균형을 잡아가며 한참이나 한쪽 다리로 서 있었다. 머리 위의 보라색 등나무 꽃은 봄의 햇살을 흔들며 늘어지고 그 밑에 아키코는 조각상처럼 꼼짝 않고 멈춰서 있었다.

마치 사진으로 찍은 듯한 한 컷이 지금까지 그녀를 '잊을 수 없'게 한 까닭이고, 그의 마음 속 깊이 그녀를 '사랑하고 있다는 깨달음'을 준 동기이며, 그 후에도 아키코에 대한 사랑이 '점점 격렬함'을 더해가는 이유가 된다. 그리고 작품에서는 '그녀를 생각하며 거의 공부는 전폐하게 되었어도 나의 소심함은 숨긴 마음을 끝까지 한마디도 토로하지 못했다'로 묘사되어 있는 것을 볼 때 기타바타케의 아키코에 대한 사랑은 첫사랑임과 동시에 또 짝사랑이기도 하다.

첫사랑과 짝사랑에 대한 특징을 고려하면서 이 작품을 읽는다고 하더라도 기타바타케는 왜 살인과 자살을 해야 했는지, 그리고 사랑의 상대였던 아키코는 왜 이 작품에서 전혀 얼굴을 드러내지 않는지 수긍이 가지 않는다. 그리고 이 작품이 기타바타케와 아키코의 사랑을 다루고 있으면서도 아키코의 존재감이 없다는 점은 이해하기 어렵다. 따라서 이야기의 주인공은 기타바타케, 미쓰무라, 혼다 세 사람을 축으로 전개된다.

어떠하든 간에 기타바타케가 살인과 자살을 하게 되는 동기를 부여하는 것은 다름 아닌 앞에서도 언급한 '등나무 넝쿨 밑에서 즐겁게 장난치'던 그 한 순간이다. 이 한 컷의 사진과 같은 장면이 앞으로 일어나게 될 모든 것의 원인을 제공하고 있다. 오랜 사귐도 아니다. 어쩌면 한나절, 그 중에서도 '왼손을 느려 뜨려 왼쪽 발가락을 잡고는 오른손을 들고 균형을 잡아가며 한참이나 한쪽다리로 서 있었'던 그 포즈가 전부이다. 그 이후 두 사람은 첫사랑이라고 할 만한 감정의 교류가 있었다는 정황은 어디에서도 찾아 볼 수 없다.

아무리 남자의 첫사랑의 심리가 첫사랑의 여자에게 집착하고, 후유증이 오래가고, 인생을 다 바치기도 한다고 하더라도, 작품에 나타나 있는 것처럼 깊이가 없는 어설픈 첫사랑, 더욱이 작품 전체를 볼 때 기티바타케가 아키코를 짝사랑한다는 정황이 여러 곳에서 나타나는데도 불구하고 기타바타케가 살인을 한다는 것, 그것도 두 번씩이나 살인을 한다는 작품의 구성에는 상당한 무리가 있다고 볼 수 있다. 그것을 요시모토 류메이는 '「개화의 살인」에서는 닥터 기타바타케의 짝사랑의 근대성이 여성을 과도하게 미화했기 때문'[4)]이라고 한다.

이 같은 경향으로 작품을 끌어갔다는 것은 작품의 구성상에 많은 문제점을 노출시킨다. 아쿠타가와는 이전의 소위 예술지상주의적인 작품에서도 이 같은 경향을 보인 적이 적지 않았다. '예술가는 무엇보다도 작품의 완성을 기하지 않으면 안 된다. 그렇지 않으면 예술에 봉사하는 일이 무의미하게 되어버리고 말 것이다'라고 『예술 그 외』에서 그의 예술관을 명확하게 밝힌 바 있다. 예를 들면 아쿠타가와의 소위 예술지상주의 작품인 『희작삼매』, 『지옥변』, 『봉교인의 죽음』, 『무도회』가 모두 이런 경향을 보인 작품이다.[5)]

이 작품에서는 살인사건의 동력이 되는 첫사랑의 강력함이 보이지 않는다. '흐림과 맑음이 일정하지 않은 감정의 하늘 밑에서 혹은 울고 혹은 웃고 망망하게 수년의 세월이 흘렀지만……'이라는 묘사로 볼 때 그가 유학을 떠나는 스물하나까지 6년 동안 사랑의 고백이 없는 짝사랑의 세월이 흘러갔다는 이야기가 된다. 짝사랑은 그야말로 남녀 상호간에 교감이 없는 상태이든지, 있다고 하더라도 서로 빗나간 경우를 말한다. 이런 상호의 교감이 없는 짝사랑의 상태에서 사랑으로 인하여 일어난 문제를 전개한다는 것 자체가 많은 문제를 내포한다.

그럼에도 불구하고 작품은 전개된다. 첫사랑을 방해하는 첫 사건이 가업인 의학을 배우러 런던으로 가라는 아버지의 명령이다. 가부장적 구조가 지배적이었던 메이지기의 사회상을 생각하면 아버지의 명령에 순종하지 않는 유학 거부는 아마 생각하기 어려웠을 것이다. 그러나 런던으로 떠나는 것이 단순히 아버지의 명령 때문이었을까. 일본이 구화정책에 온 힘을 쏟고 있던 당시의 상황을 생각한다면 런던 유학은 개인에게는 바로 출세를 의미하는 하는 것이다. 따라서 기타바타케의 유학은 자신이 쓰고 있는 것처럼 그렇게 순순한 것만은 아니라는 점을 간과해서는 안 된다.

'엄숙한 우리들의 가정은 그러한 기회를 주는데 인색함과 동시에 유교주의의 교육을 받은 나도 불순한 이성교제에 대한 비방을 겁내 끝없는 이별의 슬픔을 품은 채 책가방을 들고 훌쩍 영국의 수도로 떠난다'는 묘사에서 '불순한 이성교제'라는 단어는 매우 애매모호하다. 세상 사람들이 그렇게 본다는 것인지 아니면 자기 자신이 그렇게 생각한다는 것인지 알 수가 없다. 문맥으로 보아 유교주의 교육을 받은 기타바타케가 아키코와의 자유연애를 '불순한 이성교제'로 본다는 말이 되는데 이것은 자신의 논리와 감정의 모순을 드러내는 말이다. 게다가 이것을 여성의 입장에서 본다면 도무지 받아들일 수 없는 이야기가 된다. 아키코의 입장에서는 기타바타케가 자신을 사랑하는 것이 '불순한 이성교제'인데다가, 자신의 출세를 위하여 '영국의 수도로 떠난다'는 일방적인 통보는 기타바타케 자신의 입장만을 내세운 것이지 아키코 자신과는 아무런 의논도 양해도 없는 일방적인 것으로, 앞으로 두 사람의 관계를 꽃피워야 하겠다는 아무런 확신도 주지 않을 뿐 아니라 오히려 자신에게 모멸감마저 주는 처신이다. 아키코가 이를 받아들이고 순순히 남자를 따르겠다고 생각하는 것은 지나친 착각이다. 문제의 단서가 일어나는 시점은 실로 여기에 있다고 보아야 할 것이다. 그렇기 때문에 기타바타케가 영국에서 유학하는 삼 년 동안 아키코는 결혼하고 만다.

그 다음에 이어지는 '영국 유학 삼년간……'에서부터 '아버지 병원의 일개 애송이 의사가 되어 수많은 환자의 진료에 쫓겨서 따분한 의자를 떠나지 못하게 했다'는 실연자의 처절하면서도 안타까운 심정이 노정

되어 있지만, 이 또한 아키코와는 전혀 상관이 없는 자기연민의 묘사로 볼 수밖에 없다. 이 문장은 단지 기타바타케 자신이 살인 사건을 벌이지 않으면 안 되는 당위성을 부여하는 역할 밖에 하지 못한다고 보아야 할 것이다.

또 작품의 중간에 '여기에 이르러서 나는 실연의 위안을 신에게 구했다.'로 시작하여 '아키코의 행복을 하나님께 기도하고 감정에 북받쳐 흐느껴 운 것을 이야기해도 좋다.'로 끝나는 매우 이질적인 문장이 삽입되어 있다. 아마 '유학중에 귀의한 그리스도교 신앙'으로 이 문제를 해결하려 하였고, 또 이 신앙에 의한 치유는 어느 정도 효과가 있었다. 그래서 '만일 그들에게 행복한 부부의 모습을 발견한다면 내 위안의 마음이 점점 커져서 약간의 고민도 없어지리라'고 믿기도 하였다는 것이다. 여기서 헨리 타운젠드씨와 나눈 '신의 사랑을 논하고 그 위에 인간의 사랑을 논한' 그 내실이 무엇인가가 문제가 된다. 인간의 사랑(관능적 사랑)과 신의 사랑의 차이는 다음과 같이 설명할 수 있다.

> 관능적 사랑은 자신의 필요와 관심을 충족시켜줄 상대방을 선택하는데 상당히 선별적이다. 상대방의 일부가 되고 싶다고 느끼면 느낄수록 관능적인 사랑은 점점 더 서로를 소유하고자 할 것이다. 반대로 본성상 관능적이지 않는 기독교적 의미의 신적인 사랑이 (이타적인 사랑 바로) 그것이다. 신적인 사랑은 상대방만을 위한 전인격에 대한 사랑이어야 한다고 생각한다. 이기적이어서도 안 되고 차별적이어서도 안 된다. 다른 사람을 인격으로 사랑한다면, 그 사랑은 그 사람이 죽을 때까지 유지되어야 한다. 나아가 상호성에 의존하지 않기 때문에

질투하고 기만당하고 거절당할 가능성에서 자유롭다.[6)]

선교사 헨리 타운젠드씨와 나눈 '사랑'이야기는 기타바타케의 감정을 잠시 묻어두는 미봉책에 지나지 않았다. 사카이 히데유키는 '기타바타케 기이치로는 윤리적인 인간이기 때문에 위선자이다.'고 한다. 왜나하면 '〈신체성〉(자연)을 부정하고 극복해야할 악을 간과하는 기타바타케는 윤리적인 인간이고, 〈신체성〉의 분출을 막는 뚜껑으로서 그리스도교 윤리를 구한 것이다. 그러나 그리스도교 윤리는 그의 과잉한 〈신체성〉을 막는 데는 너무나도 무력한 것이었다. 그리스도교의 가르침에 따라 아키코에 대한 애욕이라는 그의 〈자연〉을 극복하고, 「육친적 애정」을 품는다고 하는 「사랑의 새로운 전향」을 얻었다고 기타바타케는 생각하고 싶었다. 그러나 그의 진실은 아키코에 대한 애욕이라는 그의 〈자연〉으로 향했던 것을 두려워하여 그리스도교라고 하는 명목에 자기의 〈신체〉를 숨긴 것에 지나지 않는다.'[7)]고 지적한다.

그렇기 때문에 그의 생각은 나중에 가서 변화하여 '결단코 신에 의지하지 않고 내 자신의 손으로 누이동생 아키코를 색마의 손에서 구조해야만 한다.'는 단계에 이르게 된다. 그 이유는 지금 아키코가 결혼한 상대인 미쓰무라가 '짐승'이고, '색마'라는 것이다. 이렇게 미쓰무라를 '짐승'이고 '색마'라고 단정 짓는 이유는 오직 하나뿐이다. 그것은 메이지 11년 8월 3일 료코쿠다리 근처의 요정에서 미쓰무라를 만났을 때 그는 '오른쪽에 기생을 안고 왼쪽에 동기를 거느리며, 듣기에도 거북한 외설적인 속된 노래를 크게 부르며, 오만하게 납량선의 갑판 위에서

흠뻑 취한' 멧돼지 같은 행동 때문이라는 것이다.

여기에서 기타바타케의 사고에 결정적인 문제점을 발견할 수 있다. 그것은 바로 사물을 이원 대립적으로 보고 있다는 것이다. 김정운은 '이분법은 존재가 불안한 이들의 특징이다. 자신의 위치를 정하고 반대편에 적을 만들어야 자신의 존재가 확인되는 까닭이다.'[8]고 한다. 확실히 문제는 미쓰무라나 그와 같이 살고 있는 아키코에게 있는 것이 아니라 기타바타케의 사고에 있음이 분명하다.

사카모토 마사키는 '유서를 통해서 나타나는 기타바타케박사의 인물상은 다양한 수준에서의 이원적 대립을 근저로 하여 조형되어 있는 점에 하나의 큰 특징이 존재한다. 기타바타케박사를 둘러싼 이원적인 상극은 유교주의와 그리스도교 신앙과의 모순에서, 쾌락 지향에 대한 금욕적 자세의 충돌, 자작에 대한 우의의 의식과 자신의 애정의 달성 원망과의 대립, 그리고 시대에 가득한 물질주의에 대한 정신주의의 상극까지 폭 넓게 간취된다.'[9]고 기타바타케의 사고의 특징에 이분법이 존재하고 있음을 지적한다.

위의 두 논자의 학설을 더하면 기타바타케가 미쓰무라를 짐승이니 색마니 하면서 비난하는 쾌락주의와 물질주의는, 신의 사랑과 그 위에 인간의 사랑을 논하는 금욕적 자세와 정신주의와는 차원을 달리하여 뚜렷이 구분할 수 있는 이분법적인 것으로, 이는 기타바타케의 존재가 불안하다는 것의 증명이 될 뿐 아니라, 가상적으로 미쓰무라를 반대편의 적으로 보고 있다는 것이 된다. 아직 이 시점에서 혼다자작은 수면 위에 떠오르지 않았기 때문에 적으로 간주되고 있지 않다.

'신에 의지하지 않고' 지신의 손으로 이키코를 구하겠다는 결심은 이내 곧 미쓰무라를 살해하는 실행의 단계로 옮겨지는데, 기타바타케는 살인의 동기를 '나는 믿는다. 살인의 동기는 발생 당초부터 결단코 질투의 정에 의한 것이 아니었으며, 오히려 불의를 벌하고 부정을 제거하려는 도덕적 분노에 있다는 것을.'이라고 하고 있다. 그리고 이어서 '이미 그가 존재한다는 것이 세상을 문란하게 하는 이유임을 알았고, 그를 제거하는 것이 노인을 살리고, 어린아이를 불쌍히 여기는 이유임을 알았다. 여기서부터 살해의 의지가 서서히 살해 계획으로 변화해 갔다.'고 한다. 기타바타케가 미쓰무라를 살해하는 동기나 살해 계획 모두가 철저히 자신을 기만하는 행위에 지나지 않는다.

기타바타케가 그의 행동을 '도덕적 분노'라고 하여 그리스도교의 신적인 사랑인 것처럼 이야기하지만 사실은 이는 '질투'라는 용어의 포장에 불과하다는 것은 그리 어렵지 않게 알 수 있다. 왜냐하면 인간의 사랑 혹은 관능적 사랑의 특징은 사랑하는 사람에 대하여 독점적이고 배타적인 관계 형성이기 때문이다. 따라서 기타바타케의 '도덕적 분노'의 실상은, 지인인 신문기자를 통하여 그들의 관계를 듣는 것처럼 사랑하는 사람에 대하여 강력하게 집착하고 몰두하는 것에 지나지 않는다. 정신의학적으로 말하자면 일종의 강박증이라고도 할 수 있다.

사실 미쓰무라와 아키코의 부부관계가 어떠한지는 제삼자의 입장에서도 조금은 알 수 있다. 그것은 사립탐정이나 다름없는 지인인 신문기자 여러 사람으로부터 들은 이야기에 지나지 않지만, 그들의 첩보에 의하면 '이 무뢰한 남편이 일찍부터 온량하고 정숙한 부인으로 일컫는 아키코를 대할 때는 노비와 다를 바 없다'는 것이다. 그러나 이 첩보를 그대로 믿는다고 하더라도 부부 사이에서 일어난 일의 호불호를 제삼자가 판단하는 것은 대단히 어려운 일이다. 이보다는 이런 사실들은 오히려 살인을 계획하는 기타바타케의 자기합리화에 지나지 않는다고 보지 않을 수 없다.

이 작품은 나쓰메 소세키의 『그 후』와 『마음』의 주제를 계승하였다[10]고 하는 주장에 충분히 동의할 수 있다. 그러나 '아쿠타가와가 「개화의 살인」을 쓸 때, 「마음」을 염두에 두었는지 아닌지는 알 수 없다. 「개화의 살인」과 자매편의 관계에 있는 「개화의 남편」을 보면 그 주제는 「마음」의 선생님이 말하는 「자유와 독립과 자신」이 메이지의 아쿠타가와에 의한 전개처럼 생각된다.'[11]고 할 수 있다.

우선 『그 후』에서는 '그 자신에게 특유한 사색과 관찰의 힘'으로 메이지 일본사회와 인간의 암흑을 발견하고 그들과의 접촉을 꺼리고 있는 다이스케와, 활동가로 현실사회에 참여하여 자신이 생각한대로 이룰 수 있다는 확증을 삶의 보람으로 여기는 히라오카가, 이 『개화의 살인』에서는 기타바타케와 미쓰무라로 대비를 보인다. 일찍이 어린애 같은 의협심으로 자신의 마음의 움직임을 억누르고 친구의 동생이었던 미치요를 히라오카와 결혼시킨다. 그러나 재회 후에 다이스케는 자신 속에 사랑의 불꽃이 존재한다는 것을 발견하고 미치요를 히라오카로부터 빼앗는다.

작품 『그 후』의 서두에서 자기만족으로 느긋하게 살던 다이스케는 소설의 말미에서는 상처투성이의 영혼이 되어 멀쩡한 정신에 광기가 흐르는 듯 보인다. 이것은 관능적 사랑의 발현이라고 할 수 있는데, 『개화의 살인』에서 기타바타케의 '도덕적 분노' 역시 사랑하는 사람에 대하여 강력하게 집착하고 몰두하는 광기의 일종이라고 볼 수 있다. 『그 후』와 차이점이라면 살인을 감행한다는 점이다. 그런 점에서 『개화의 살인』의 기타바타케가 그의 그리스도교 신앙에도 불구하고 더욱 관능적 사랑에 집착한다고 할 수 있다.

또 『마음』은 어떠한가. 『마음』은 상편 「선생님과 나」, 중편 「양친과 나」, 하편 「선생님과 유서」의 세 편으로 되어 있다. 죽음에 이르는 인간심리의 변화과정을 주제로 하고 있는 작품이다. 그런 면에서 『개화의 살인』의 기타바타케가 '정신적 파산'을 피하기 위하여 자살한다는 논리와 일맥상통한다. 『마음』의 중편 말미에는 임종직전의 아버지를 간병하고 있던 차에 선생님으로부터 두꺼운 편지가 배달된다. 그 첫머리에 "이 편지가 당신 손에 도달하는 순간 나는 이 세상에 없을 것이오"라는 말을 본 '나'는 역으로 달려가 도쿄행 기차에 뛰어든다. 이는 『개화의 살인』의 말미의 '혼다자작 각하 그리고 부인, 저는 이러한 이유로서, 당신들이 유서를 손에 넣었을 때는 이미 사체가 되어 침대에 누워 있을 것입니다.'라는 부분과 정확하게 일치된다.

하편인 「선생님과 유서」에서 선생님은 일찍이 부모와 사별하고 숙부의 도움으로 살아가는데 그 숙부에게 재산을 횡령당하여 타인을 믿을 수 없는 인간이 되고 만다. 그러나 도쿄에서의 학생시절에 만난 선생님도 역시 연인을 얻기 위해서 친구 K를 배신하는 처지가 된다. K는 자살하고 선생님은 기나긴 세월동안 죄의식에 시달리게 된다. 상편에서 내가 갖고 있던 불가해한 느낌이 하편의 선생님의 고백으로 눈 녹듯이 풀리는 등 추리소설풍의 수법을 취하고 있다.

하편인 「선생님과 유서」는 전체적으로 『개화의 살인』과 유사점이 많다. 특히 기타바타케와 미쓰무라와의 관계보다는 기타바타케와 혼다자작과의 관계가 선생님과 K와의 관계와 유사하다. 선생님과 K의 사이에 아무런 불순물이 끼어 있지 않은 것과 같이, 기타바타케와 혼다자작의 관계도 순수하다. 그러나 그 사이에 관능적 사랑이 개입될 때는 상황이 달라질 수 있음을 나타내 보인다는 점이서 같은 구성이라 할 수 있다.

'도덕적 분노'라는 이유로 아키코의 행복을 위하여 미쓰무라를 죽이겠다는 결의는 한층 굳어져, 익년 신토미자에서 미쓰무라에게 환약을 먹인 결과 미쓰무라는 귀로의 마차에서 병사하고 기타바타케는 축배를 든다. 그러나 그 축배가 그렇게 환희에 찬 축배였던가 하는 점에서는 반드시 그렇다고는 할 수 없다. "환희인가 비애인가, 나는 그것을 명확히 할 수 없었다. 단지 뭐라고 말할 수 없는 강렬한 감정이 내 전신을 지배하고 잠시라도 나를 편안히 앉아있지 못하게 했다. 테이블 위에는 샴페인이 있었다. 장미꽃이 있었다. 그리고 그 환약 상자가 있었다. 거의 천사와 악마를 좌우에 두고 기괴한 향연을 연 것처럼……." 기타바타케는 신을 의지하지 않겠다고 결심하였지만 그에게 남아 있는 죄의식은 그의 심상에 깊이 각인되어 있음을 알 수 있다.

2.3. 두 번째 살인

미쓰무라는 부검의에 의한 사인이 뇌출혈로 판명되고, 기타바타케는 이제 완벽하게 누이동생 아키코를 색마의 손에서 구조해낸다. 그러면 영국 유학 삼년간 꿈꾸었던 '장미꽃 미래 속에 다가올 우리의 결혼생활'은 가능해지는가. 그러나 그것은 그렇게 간단하지가 않다. 새로운 연적이 나타난다. 그 사람은 자신과는 너무 절친한 친구인 혼다자작이다. 그러나 미쓰무라를 살해하기 이전까지는 혼다자작이 미쓰무라보다 더 무서운 연적이라는 것이 수면에 떠오르지 않았다. 왜냐하면 미쓰무라의 살해는 명분이 분명하기 때문이다. 즉 색마에게서 이키코를 구출하는 것이다. 그러나 색마에게서 아키코를 구출하는 것의 심리의 근저에는 무엇이 작용하고 있는지 기타바타케는 잘 인식하지 못하고 있었다.

> 나는 이때 처음으로 혼다자작과 아키코가 이미 약혼 관계에 있었음에도 불구하고 미쓰무라 교헤이의 황금의 위세에 굴복되어 결국 파혼하지 않을 수 없었다는 것을 알았다. 내 마음이 어찌 분개함을 더하지 않을 수 있겠는가.

> 자작과 아키코 부부의 연을 이어주는 것은 그다지 어려운 일이 아니다. 우연히 미쓰무라에게 시집와서 아직까지 아이를 갖지 못하는 것은 아마도 하늘의 뜻이거나 아니면 내 계획을 돕기 위한 것 같은 느낌이 들었다. 나는 이런 짐승 같은 높은 벼슬아치를 살해하여, 친애하는 자작과 아키코가 하루빨리 행복한 생활로 들어갈 수 있다는 것을 생각하

면 저절로 입가에 머금은 미소를 멈출 수 없었다.

이런 생각이 기타바타케의 진심일까. 과연 혼다자작과 이키코의 행복을 빌었을까. 남녀의 사랑이 그렇게 '신의 사랑'처럼 될 수 있을까. 이런 와중에서도 '그날 밤 인력거를 타고 가시와에서 돌아오는 도중에 혼다자작과 아키코의 옛 언약을 생각하며, 일종의 말할 수 없는 비애를 느낀 것도 명확하게 기억하고 있다.'고 묘사하고 있다. 이는 곧이어 들어날 혼다자작과 자신의 사랑의 삼각관계를 예고하는 암시이기도 하다. 사실 이기적인 사랑은 이 삼각관계에서 명확하게 그 마각을 드러낸다.

미쓰무라를 살해한 데는 충분한 이유가 있었다. 그래서 미쓰무라의 살해 후에 그는 만족할 수 있었지만 그러나 그것도 오래가지는 않았다. 곧이어 기타바타케는 '행복한 수개월이 경과함과 동시에 점차 내 인생 중에서 가장 증오할 유혹과 싸울 운명에 접근했다. 그 싸움이 얼마나 더없이 가혹했는가. 어떻게 한발 한발 사지에 몰아넣었는가. 도저히 여기에 서술할 용기가 나지 않'을 지경에 이르고 만다.

'친애하는 자작과 아키코가 하루빨리 행복한 생활'로 들어갈 수 있기를 바라면서 미쓰무라를 살해하고는 이제 와서 10월 ×일 일기에 자작이 나를 돌려세워 놓고 아키코를 두세 번 만난 것에 대하여 심히 불쾌함을 드러내고 있다. 여기에 오면 기타바타케의 아키코에 대한 사랑이 짝사랑이었다는 것이 분명히 드러난다. 미쓰무라가 죽었으면 아키코가 사랑해야 할 사람은 당연히 기타바타케다. 그러나 지금 아키코의 혼담은 혼다자작과 이루어지지 않는가. 또 아키코도 기타바타케에 대한 사랑의 감정은 거의 가지고 있지 않은 것 같다.

또 11월 ×일의 일기에는 혼다자작과 함께 아키코를 방문하고는 '그러나 마음속에 오히려 멈출 수 없는 비애를 느끼는 것은 무슨 일인가. 나는 그 이유를 알 수 없어 괴로웠다.'고 한다. 이것은 소세키의『그 후』의 다이스케가 미치요를 히라오카에게 양보한 그 의협심의 실체가 무엇인가를 묻는 것과 맥을 같이 한다고 할 수 있다. 그리고 12월 ×일의 일기에는 자작과 아키코가 결혼할 의지가 있음을 알고 '다시 아키코를 잃어버릴 것 같은 이상한 고통에서 벗어날 수 없었다'고 한다. 이는 관능적 사랑이 가지는 명백한 소유의 욕망이다.

그리고는 6월 12일의 일기에는 작년 오늘 미쓰무라를 죽인 일을 생각하며 그 살인이 누구를 위한 살인인지를 되묻고 있다. '나는 누구를 위해 미쓰무라를 죽였는가? 혼다자작을 위해서인가, 이키코를 위해서인가, 그렇지 않으면 나를 위해서인가.' 자문은 할 수 있었겠지만 자답을 하기에는 아직까지 스스로 그 동기를 파악할 수는 없다. 더욱이 8월 ×일의 일기에는 '내 마음에는 거의 나 자신조차도 이해할 수 없는 괴물을 잉태하고 있는 것 같았다.'고 피력하고 있다.

11월 ×일의 일기에는 '자작은 결국 아키코와 결혼식을 올렸다. 내 자신에게 이루 말할 수 없는 분노를 느끼지 않을 수 없었다.'고 적고 있다. 미쓰무라를 살해하기 이전, 아키코와 미쓰무라가 결혼 생활 중이던 때는 '친애하는 자작과 아키코가 하루빨리 행복한 생활로 들어갈 수 있다는 것을 생각하면 저절로 입가에 머금은 미소를 멈출 수 없었다.'고 하던 기타바타케의 이 생각은 아키코와 자작의 결혼에 대하여 분노를 느낌으로 두 사람의 결합에 대한 희망이 스스로의 기만에 지나지 않았다는 것을 여실히 증명하고 만다.

여기에 의문점 하나를 더한다면 아키코의 생각은 조금도 나타나 있지 않다는 것이다. 아키코는 자신의 논리와 감정이 없는, 오로지 남자에 의해서만 그의 인생이 결정되는 수동적인 존재로 묘사되어 있다. 이는 페미니즘 비평가로부터 충분히 지적받아 마땅한 점이다. 설령 메이지라는 시대상황이 가부장적 남성 중심적이었다고 하더라도, 처음에는 아키코가 미쓰무리와 결혼하고, 그 다음에는 혼다자작과 재혼한다는 사실은, 여성이 연애를 통하여 결혼할 수 있었던 시대는 아니라고 하더라도, 아키코의 기타바타케에 대한 생각이 어떠하였는지를 전혀 알 수 없다. 그 뿐 아니라 오히려 처음부터 아키코는 기타바타케에게는 관심조차 없었다는 증거가 되기도 한다. 말하자면 기타바타케는 아키코를 짝사랑했을 뿐이라고 할 수 있다.

이전에 미쓰무라를 살해하는 데는 명분이 뚜렷하였다. 그것은 '불의를 벌하고 부정을 제거하려는 도덕적 분노'였다. 동기와 목표가 뚜렷하였다. 무찔러야 하는 적도 분명했다. 그렇기 때문에 의사로서 그를 살해하는 것은 간단했고, 살해 후에도 그는 만족했다. 그러나 혼다자작의 경우에는 아예 동기와 목표가 사라졌다. 자작을 살해해야 할 정당성을 어디에서도 찾을 수 없다. 그래서 12월 ×일의 일기에서 '나는 지난 밤 자작을 살해하는 악몽에 시달렸다. 종일 가슴의 불쾌함을 버릴 수 없었다.'고 하는 것은 바로 명백하게 드러나지 않는 적과의 불의의 싸움을 이야기 하는 것이다.

그리고 2월 ×일의 일기에는 '아아 나는 이제 와서 처음으로 알았다. 내가 자작을 살해하지 않기 위해서는 나 자신을 살해하지 않으면 안 된다는 것을'이라고 하고 있다. 이는 이미 이전에 미쓰무라를 살해한 그 수법으로 자작을 살해하고자 수없이 생각한 결과로 얻은 결론이다. 혼다자작를 살해해야겠다고 마음먹은 것은 다른 이유가 아닌 자신의 아키코에 대한 집착 즉 관능적 사랑이 가지고 있는 에고이즘 때문이라는 것을 분명히 인지하게 된다.

그런데 문제는 혼다자작을 살해하고자 하는 생각이 에고이즘 때문이라면 미쓰무라를 살해한 것은 정말 '도덕적 분노' 때문이었을까. '만일 나 자신을 구하기 위해 혼다자작을 죽인다면 어디에서 미쓰무라를 도살한 이유를 찾을 수 있겠는가.'에 생각이 미치게 된다. 그러나 그 답은 너무나 명백하다. '도덕적 분노' 운운 하는 것은 피상적인 이유에 지나지 않고 이를 천착해 들어가면 미쓰무라를 살해한 이유 역시 혼다자작을 살해하고자 하는 이유와 동일하게 근저에는 아키코에 대한 관능적인 사랑, 즉 에고이즘이 숨어 있었을 뿐이었다는 증명밖에 되지 않는다.

따라서 이어지는 문장에서 기타바타케는 '그를 독살한 이유가 내가 자각할 수 없는 이기주의에 잠재하고 있었다고 한다면 내 인격, 내 양심, 내 도덕, 내 주장은 완전히 소멸할 것이다. (중략) 나는 오히려 자신을 죽이는 것이 정신적 파산보다 훨씬 낫다는 것을 믿고 있다. 때문에 내 인격을 수립하기 위해' 오늘밤 자살을 한다는 것이다. 에비이 에이지는 이에 대하여 다음과 같이 풀이하고 있다.

> 기타바타케에게 미쓰무라의 살해는 스스로의 존재의식을 확인하기 위하여 불가결했다고 할 수 있다. 그러나 혼다의 존재로 인한 아키코와 자신과의 관계를 지순한 것으로 수립할 수 없다는 것을 알았을 때 거기에서 기타바타케의 불행은 시작된다. 혼다를 살해한다는 것은 일회성에서부터 반복되는 일상성 중에 그 자신이 둘러싸여져 있는 것이고, 그것은 미쓰무라 살해의 동기까지 에고이즘에 의해서 흐려지게 하는 것이 된다. 〈인격을 수립〉한다는 것은 그의 경우 이 같은 사태를 피하는 소극적인 방법일 것이다.[12]

또 신토 스미타카도 '정신의 유지와 파산이 길항하는 극을 아쿠타가와는 기타바타케 닥터에게서 그려낼 수는 없었다. 정신의 파산에 위축되어 육체를 죽음으로 몰고 가는 겁쟁이의 변명밖에 쓸 수 없었다. 여기에 〈인격의 수립을 위해〉 죽음을 선택하는 닥터의 훌륭함이 아니라, 이기라는 자신의 정체에 두려움을 느껴 죽음을 서두르는 딱한 남자의 모습이 있을 뿐이다.'[13]고 지적한다.

'에고이즘이 없는 사랑이 없다고 한다면 인간의 일생만큼 괴로운 것은 없다. (중략) 나는 에고이즘을 떠난 사랑의 존재를 의심한다.'고 실연사건을 거친 후에 아쿠타가와가 썼던 이 편지는 아마도 신의 사랑은 존재하지도 않고, 존재할 수도 없는, 오로지 관능적 사랑만이 존재하는 이 세상에서의 남녀의 관계를 가장 정확하게 표현 한 것으로 볼 수 있다. 여기에는 소세키의 『그 후』의 다이스케와 히라오카, 『마음』

의 선생님과 K와의 관계에서 적출되는 에고이즘의 문제가 그대로 나타나 있다고 보아도 무방하다.

시미즈 시케루는 '미쓰무라, 기이치로 공히 「메이지」적 인물의 표리일체라고 할 수 있는 두 측면을 각각 대표하는 인간상이라고 말할 수 있겠지만, 기이치로에 동정하면서도 이 두 사람을 함께 작품 속에서 죽이고 있는 점에 아쿠타가와에 있어서 「메이지」인에 대한 시니컬한 풍자적인 시각의 획득이 있는 것으로 생각할 수 있다'[14]는 평가는 소세키의 『그 후』와 『마음』에도 공히 통용될 수 있는 시대적 표출이라고 할 수 있다.

소세키의 『마음』에서는 K는 자살하고 선생님은 기나긴 세월동안 죄의식에 시달리게 되는데, 작품에서 K는 자살할 때에 무엇 때문에 자살한다는 이유를 밝히지 않는다. 선생님과 K가 아가씨를 사이에 두고 일어난 삼각관계 때문에 K가 자살한 것은 명명백백함에도 불구하고 K는 일체 이를 말하지 않고 선생님이 '나'에게 보낸 편지에 의해서 겨우 이것이 밝혀진다.

그런데 『개화의 살인』에서는 기타바타케 자신의 자살 이유를 혼다 자작과 아키코에게 직접 알리면서 '다만 죽음에 이르러 여러 저주받을 반생의 비밀을 고백한 것은 당신들을 위해 조금이라도 미련 없이 깨끗하게 하기 위함'이라고 하며, '기꺼이 당신들의 증오와 연민을 묻어둘 수 있다'고 한다. 그러면 이 편지를 받은 자작과 아키코는 무엇을 느낄까. 아마 자작과 아키코는 금시초문이라는 황망함을 감추지 않을는지도 모른다. 그렇다면 이 편지는 자신의 죽음을 담보로 하여 아키코에게 자신의 집착을 나타내 보이는 것이 된다. 그리고 자신의 죽음을 통해서 자작과 아키코를 평생토록 괴롭히는 일이 된다. 이것은 죽음 후에도 두 사람을 괴롭히는 이기주의의 극치를 보여주는 것이 된다.

따라서 이 작품에서는 사실상 세 번의 에고이즘이 나타나있다. 첫 번째는 '도덕적 분노'를 가장한 미쓰무라의 살해에서 너무나 분명히 나타난다. 두 번째는 자작과 아키코의 '행복한 생활'을 위장했지만 사실은 그것이 자신의 분노로 바뀌는 에고이즘으로 나타난다. 세 번째는 자신의 자살을 통하여 두 사람에게 '깨끗하게' 하기 위함이라고 하지만 이것 역시 두 사람에게, 특히 아키코에게 평생의 짐을 지워주는 에고이즘의 절정으로 나타난다.

> 기타바타케가 생각한대로의 이타본위의 깨끗한 행위였다면 아키코를 향하여는 고백할 수 없었을 것이다. 혼다와 아키코에게 고백하고 있는 점에 기타바타케의 자각할 수 없는 「이기주의」가 노정되어 있다. 형식적으로는 혼다부부에게 보내는 유서를 쓰고 있지만, 기타바타케가 자기의 「반생의 비밀」을 고백하고 싶었던 상대는 당연히 아키코에게였다. 아키코를 사랑하는 마음을 아키코에게 전하고 싶다는 것이 진실한 동기였음에 틀림이 없다.[15]

사카이 히데유키는 이 유서의 의미를 위와 같이 해석한다. 따라서 이 작품을 '나는 에고이즘을 떠난 사랑의 존재를 의심한다.'는 아쿠타가와의 문학의 밑그림 혹은 그의 정신세계의 원풍경이 반복해서 작품세계에 나타나며, 『개화의 살인』 또한 그 정신세계의 원풍경이 또 하나의 작품으로 나타난 경우라고 할 수 있다.

3. 결론

『개화의 살인』에서는 주인공 기타바타케가 두 번의 살인사건을 저지르게 된다. 첫 번째는 미쓰무라를 확실하게 독살하게 되고, 두 번째는 혼다자작을 같은 방법으로 독살하려 하다가 '정신적 파산'을 면하기 위하여 자신을 독살하는 자살의 방법을 택한다. 이같이 두 번의 살인을 하게 되는 동인을 작품 속에서 찾는다면 아키코와 '등나무 넝쿨 밑에서 즐겁게 장난치'던 그 한 순간이다. 이 한 컷의 사진과 같은 장면이 앞으로 일어나게 될 모든 것의 원인을 제공한다.

첫 번째 살인 이야기이다. 기타바타케는 열여섯 살 때, 사촌인 간로지 아키코에 연심을 품지만 소심한 탓에 심정을 털어놓지 못하고 아버지의 명령을 받고 가업인 의학을 잇기 위하여 런던에 유학하게 된다. 삼년간의 유학 중에 아키코는 은행장 미쓰무라 교헤이의 금권에 의해서 그의 처가 된다. 실연의 위로를 그리스도교의 신앙에서 구하기도 했지만 메이지 11년 8월 3일의 료고쿠다리의 불꽃놀이 때, 기타바타케는 미쓰무라와 자리를 같이하고 그 품성의 속악함을 알고 '불의를 벌하고 부정을 제거하려는 도덕적 분노'로 그를 독살한다.

기타바타케가 그의 행동을 '도덕적 분노'라고 하여 그리스도교의 신적인 사랑인 것처럼 이야기하지만 사실은 이는 '질투'라는 용어의 포장에 불과하다는 것은 그리 어렵지 않게 알 수 있다. 기타바타케의 '도덕적 분노'의 실상은 사랑하는 사람에 대하여 독점적이고 배타적인 관계 형성이 이루어지지 않음에 대한 분노이고, 지인인 신문기자에게 그들의 관계를 듣는 것은 사랑하는 사람에 대하여 강력하게 집착하고 몰두하는 것에 지나지 않는다.

두 번째 살인 이야기이다. 한편 자식이 없기 때문에 미쓰무라가를 떠난 아키코는 이전부터 서로 사랑하던 혼다 자작과 결혼한다. 행복한 친구의 모습을 보고 다시 자신의 마음속에 살의가 움터오는 것을 느낀 기타바타케는 '아아 나는 이제 와서 처음으로 알았다. 내가 자작을 살해하지 않기 위해서는 나 자신을 살해하지 않으면 안 된다는 것을'이라고 한다. 이는 이미 이전에 미쓰무라를 살해한 그 수법으로 자작을 살해하고자 수없이 생각한 결과로 얻은 결론이다. 혼다자작를 살해해야겠다고 마음먹은 것은 다른 이유가 아닌 자신의 아키코에 대한 집착 즉 관능적 사랑이 가지고 있는 에고이즘 때문이라는 것을 분명히 인지하게 된다.

그런데 문제는 혼다자작을 살해하고자 하는 생각이 에고이즘 때문이라면 미쓰무라를 살해한 것은 정말 '도덕적 분노' 때문이었을까. '만일 나 자신을 구하기 위해 혼다자작을 죽인다면 어디에서 미쓰무라를 도살한 이유를 찾을 수 있겠는가.'에 생각이 미치게 된다. 그러나 그 답은 너무나 명백하다. '도덕적 분노' 운운 한 것은 피상적인 이유에 지나지 않고 이를 천착해 들어가면 미쓰무라를 살해한 이유 역시 혼다자작을 살해하고자 하는 이유와 동일하게 근저에는 아키코에 대한 관능적인 사랑, 즉 에고이즘이 숨어 있었을 뿐이었다는 증명밖에 되지 않는다.

‘에고이즘이 없는 사랑이 없다고 한다면 인간의 일생만큼 괴로운 것은 없다. (중략) 나는 에고이즘을 떠난 사랑의 존재를 의심한다.’고 스스로의 실연사건을 거친 후에 아쿠타가와가 썼던 이 편지는 아쿠타가와의 문학의 밑그림 혹은 그의 정신세계의 원풍경으로 반복해서 작품세계에 나타나며, 『개화의 살인』 또한 그 정신세계의 원풍경의 또 하나의 바리에이션이라고 할 수 있다.

이 작품에서는 사실상 세 번의 에고이즘이 나타나있다. 첫 번째는 ‘도덕적 분노’를 가장한 미쓰무라의 살해에서 너무나 분명히 나타난다. 두 번째는 자작과 아키코의 ‘행복한 생활’을 위장했지만 사실은 그것이 자신의 ‘분노’로 바뀌는 에고이즘으로 나타난다. 세 번째는 자신의 자살을 통하여 두 사람에게 ‘깨끗하게’ 하기 위함이라고 하지만 이것 역시 두 사람에게, 특히 아키코에게 평생의 짐을 지워주는 에고이즘의 절정으로 나타난다.

아마도 이 작품에서는 신의 사랑은 존재하지도 않고, 존재할 수도 없으며, 오로지 관능적 사랑만이 존재하는 이 세상에서의 남녀의 관계를 『개화의 살인』이 가장 정확하게 표현 한 것으로 볼 수 있다. 여기에는 소세키의 『그 후』의 다이스케와 히라오카나 또 『마음』의 선생님과 K와의 관계에서 적출되는 에고이즘의 문제가 이 작품에도 그대로 나타나 있다고 보아도 무방하다.

【주】

1) 三好行雄(1976),『芥川龍之介論』, 筑摩書房, p.45.

2) 海老井英次(1990),『作品論 芥川龍之介』, 双文社, p.127.

3) 吉田精一(1958),『芥川龍之介』, 新潮社, p.122.

4) 吉本隆明(1977.5),「芥川龍之介における虚と実」『国文学』, 学燈社, p.30.

5) 하태후(2012.8),「아쿠타가와의『봉교인의 죽음』의 문제점」『일어일문학연구』 제82집 2권, 한국일어일문학회, pp.195-196.

6) http://www.reportworld.co.kr/report/data/view.html?no=276964&pr_rv=rv_relate_view (검색일: 2013.8.9.).

7) 酒井英行(1993),『芥川龍之介 作品の迷路』, 有精堂, p.145.

8) 김정운(2013.6.7.), [김정운의 敢言異說] 이분법은 나쁜 짓이다!,「조선일보」, p.A31.

9) 関口安義編(2003),『芥川龍之介新辞典』, 翰林書房, p.98.

10) 菊地弘編(2001),『芥川龍之介事典増訂版』, 明治書院, p.111.

11) 桶谷秀昭(1981.5),「芥川と漱石--明治の意味」『国文学』, 学燈社, p.30.

12) 三好行雄編(1981),『芥川龍之介必携』, 学燈社, p.97.

13) 進藤純孝(1978),『伝記芥川龍之介』, 六興出版, p.339.

14) 清水茂(1969.4),「芥川龍之介と明治」『解釈と鑑賞』, 至文堂, p.23.

15) 酒井英行(1993),『芥川龍之介 作品の迷路』, 有精堂, p.148.

다자이 오사무(太宰治)의 『갈매기(鷗)』론

- 벙어리 〈나〉와 씩씩한 '아내'를 통해 보는 중일전쟁 중의 양면성 -

●●●

홍 명 희

1. 들어가며

다자이 오사무(太宰治, 1909-1948: 이후 다자이로 표기함)의 『갈매기(鴎)』는 1939년 11월에 탈고,[1] 1940년 1월에 『지성(知性)』에 발표된, 중일전쟁을 배경으로 하는 작품이다. 선행연구에서는 주로 오쿠노 다케오(奥野健男 1998: 211)가 "중국에서의 전쟁, 출정병사에 대한 가책, 지금은 시대에 따라 흘러가는 군중의 한 명에 지나지 않는 자신. 그러나 다자이는 마음에도 없는 타협을 배제하고 예술가로서 살려고 한다."[2] 고 지적한 이래, 『갈매기』는 당시의 다자이가 예술가로서의 자부심을 직접적으로 나타낸 작품이라고 하여 작가론적[3]으로 논해져왔다. 와타베 요시노리(渡部芳紀 1984: 220)는 다자이의 예술가 의식을 전쟁 중이라는 시대상황과 관련지어, '기다리는' 자세로 '길거리 음악가'가 되려 하는 〈나〉의 모습에서 다자이가 전쟁이라는 혼란에 쓸려가지 않고 '예술'에 대한 열정을 잃지 않았다고 지적했다. 이것은 쓰루야 겐조(鶴谷憲

三 1994: 52)의 "다자이식의 '인생의 종군기자' 선언이며 자신의 예술관을 서슴없이 드러내었다"는 지적과 사토 다카유키(佐藤隆之 2008: 83)의 "국가가 전쟁체제에서 '무시무시한 속도로 내달리는 열차'에 군중을 싣고 달릴 때에 자신은 자신의 목표를 잃지 않고 예술가로서의 길을 매진하기로 선언"했다는 지적으로도 이어진다. 이렇듯 『갈매기』는 당시의 다자이가 전쟁 중이라는 시대상황에서 예술에 대해 어떠한 마음을 갖고 있었는가가 그려져 있다.

그런데 전쟁 중이라는 시대상황은 아래 본문의 〈나〉의 모습에 단적으로 나타나 있다.

> 나는 배급[4]으로 나온 초라한 도시락을 열어서 조용히 먹는다. (중략)
> 조국을 사랑하는 열정, 그것이 없는 사람이 있을까? 하지만 나는 그것에 대해 말할 수가 없다. (중략) 나는 사람들 틈에 섞여 전쟁터로 떠나는 병사들을 몰래 지켜보며 훌쩍훌쩍 울었던 적도 있다. 나는 병종이다. (중략)
> 나는 왜소하고 무력한 시민이다. 초라한 위문대를 만들어서 그것을 아내에게 들려 우체국으로 보낸다. 전선에서 정성스럽게 쓴 감사편지가 오는데, 그것을 읽으면 얼굴이 화끈거린다. 수치스러움. 말 그대로 '송구스럽기' 그지없다. (중략) 전선에 나가 있는 친구들에게 남몰래 비굴한 편지를 쓰는 게 고작이다.[5] (밑줄 인용자)

〈나〉는 '배급으로 나온 초라한 도시락'을 먹고, '전쟁터로 떠나는 병사들'을 지켜볼 수밖에 없는 '병종'으로 후방봉공(銃後奉公)인 '위문대'를 보낸다. 선행연구에서는 중일전쟁 중이라는 시대는 지적 되었지만,

예를 들면 인용한 본문의 '배급'이 언제부터 실시되었는지, 또한 '위문대'가 무엇인지 등에 대한 해석을 포함한 작품집필 전후의 시대적 배경이 명확하게 규명되어 있지 않다. 즉, 연구의 현재는 중일전쟁 중이라는 시대상황과 당시를 살아가는 〈나〉의 리얼리티가 분석되어 있다고는 볼 수 없다. 따라서 본고에서는 작품 내부의 〈나〉가 전시 하에 어떠한 마음으로 살아가는지를 명확히 하기 위해, 우선 2장에서는 작품의 외부, 즉 다자이가 『갈매기』를 집필했던 전쟁 중인 당시의 사회상황과 문단상황에 대해 고찰하고자 한다.

두 번째로 본고에서는 선행연구에서 거의 주목 받은 적이 없는 〈나〉의 '아내'와 '스시 가게의 여종업원'의 존재에 착목하여 그들과의 대조를 통한 〈나〉의 위치를 살펴보겠다. 특히 "이봐. 석탄은 아직 좀 있어? 구하기 힘들어진다던데."라는 〈나〉의 말에

> "괜찮을 거예요. 그냥 신문에서 그렇게 난리를 피우는 것뿐이에요. 떨어지면 그때 다시 어떻게든 되겠지요."

라고 대답하는 '아내'의 모습에서는 정부의 삼엄한 통제로 인한 전쟁의 어두운 이미지와는 달리 전쟁특수로 인하여 호경기를 살아가는 시민의 단면을 고찰하고자 한다. '아내'는 당국의 통제와는 다른 현실을 살아가고 있으며, 그러한 여성의 강한 직관을 가지고 있다.

세 번째로 작품의 성서와 기독교에 관하여 고찰하겠다. 쓰카고시 가즈오(塚越和夫 1998: 98)는 성서의 등장이 "시사적인 측면이 상당히 농후한 이 작품을 그것만으로 끝내지 않는 장치가 되었다"고 지적했

다. 〈나〉는 전시 하라는 외부의 압박에 괴로워하면서도 자신의 '예술'을 지키며 살아가는데, 〈나〉를 생의 방향으로 이끌어가는 배경에는 성서와 기독교에 대한 마음이 있다. 그것은 〈나〉가 자신의 소설을 쓰는 신조가 '회한'이며 죄의식이라 한 점, 또한 "하늘을 나는 새를 보라"로 시작하는 성구를 들어 "그리스도의 위로가 '보이기 위함이 아닌' 삶을 살아갈 수 있는 힘을 준 적이 있다. 하지만 지금은 도무지 부끄러워서 말할 수가 없다. 남몰래 말없이 가지고 있어야 신앙"이라고 한 점에서 명확하다. 본고에서는 잡지사 사람과의 대화 속에서 변화하는 〈나〉의 어조에 착목하여, 〈나〉의 기독교에 대한 마음을 살펴보고, 또한 〈나〉를 구원해 준 적이 있는 성구와, 남몰래 말없이 가지고 있는 참 신앙의 의미를 규명하고자 한다.

마지막으로 "소곤소곤 들려온다. 왠지 모르게 들려온다"라는 에피그래프에 대한 고찰을 더하여 당시의 작가 다자이의 마음을 총체적으로 이해하고자 한다.

본고에서는 이상에서 제시한 네 항목의 분석을 통하여 『갈매기』의 세계를 복합적이고 종합적으로 규명하고자 하는데, 결과적으로 작품이 중일전쟁 중이라는 시대상황과 밀접하게 관련된 다자이 중기의 중요한 소설 중의 하나임을 확인하고자 한다.

2. 『갈매기』의 시대상황

1939년 11월에 탈고, 1940년 1월에 발표된 『갈매기』는 중일전쟁 중을 살아가는 인물들이 등장하는 작품으로, 전쟁의 영향이 깊게 드리워져 있다. 2장에서는 작품내부의 시대상황을 명확하게 밝히기 위하여 작품의 외부인 중일전쟁 중의 사회상황과 문단상황에 대해 고찰하고자 한다.

2.1. 정부 통제 하의 1939년 전후

2.1.1. 통제 하의 사회상황

제1차 고노에 후미마로(近衛文麿) 내각은 1937년 7월의 노구교(盧溝橋) 사건으로 시작된 중일전쟁이 본격화됨에 따라, 동년 8월에 '국민정신총동원 실시요항'을 내각회의에서 결정하고 국가를 위해 자신을 희생하는 '국민정신총동원운동'을 실시하여 '거국일치(挙国一致)[6], 진충보국(尽忠報国), 견인지구(堅忍持久)'라는 슬로건 아래 국민들에게 전쟁협력을 재촉한다.

이어 정부는 총력전 수행을 위하여 국가의 모든 인적 · 물적 자원을 통제 운용할 수 있다는 '국가총동원법'을 1938년 4월 1일에 공포한다. 그것은 일본군이 1937년 12월 13일에 난징을 점령하였으나 전국(戦局)이 장기화 양상을 보였고, 그러한 상황 속에서 정부가 제 1차 세계대전을 교훈으로 총력전이 될 경우를 대비하여 계획해 둔 것을 실현화 시킨 것이다. 이로 인해 대부분의 노동력과 물자 및 자금은 전쟁에 동원되었기 때문에, 생활필수품은 배급제와 표제가 되어 국민 생활을 압박했다.

이후 정국은 1939년 1월에 성립한 히라누마 기이치로(平沼騏一郎) 내각이 5월의 노몬한 사건 발생을 겪으며 8월의 독·일·소 불가침조약 체결 전에 와해됨으로 혼란 속에 빠진다. 그러는 중에 국민정신총동원위원회는 여러 법안을 제도화하여 국민들에게 궁핍한 생활을 강요하고 전쟁 비판을 압살하며 희생을 정당화 한다. 예를 들면, 동년 6월에 생활 쇄신안으로 네온의 전폐, 여름 선물과 연말 선물(中元歲暮) 증답 폐지[7], 남학생의 장발과 여학생의 입술연지 및 파마 금지를 결정하고, 제 2차 세계대전이 시작된 9월 1일은 흥아봉공일(興亜奉公日)로 지정하여 국기게양, 신사참배, 금주금연, 근로봉사, 근검절약 등을 의무화하여 이후 매달 1일에 실시하도록 했다. 또한 유사시에 대비하여 일반 양복천을 카키색으로 통일하자는 움직임이 있었고, 1940년 8월 1일부터 "사치는 적이다!" 등의 표어[8]를 쓴 간판 1500개를 도쿄 시내에 세웠으며 긴자 등의 번화가에서는 기모노의 후리소데(振袖)나 양복과 하이힐 복장을 한 여성에게 '자숙 카드'를 전하기도 했다.[9] 1940년 9월에는 '도나리쿠미(隣組)제도'가 법제화 되었는데, 5-10 세대가 한 조가 되어 전쟁 중의 주민동원과 물자공출 및 통제물 배급, 공습 시의 방공활동을 하는 한편 사상통제와 상호감시를 했다. 그리고 옷의 절약, 즉 수입품인 면과 양모의 절약을 주도하는 한편, 11월에는 국민의복생활의 합리화와 간소화를 목적으로 일본국민 남성 표준옷인 '국민복'[10]이 육군성의 주도로 법제화 되었다.

한편, 사상과 언론의 통제가 계속 강화되는 중에 국민들에게 잠시나

마 위로를 가져다 준 것은 1940년 11월 10일에 행해진 황기 2600년 축하 행사라 할 수 있다. 제등(提灯) 행렬과 깃발 행렬 등 5일간 성대하게 열린 이 행사에 대하여 아카기 다카유키(赤木孝之 1993: 91)는 "이번 기회에 천황의 절대성을 철저히 고취하고 전쟁에 대한 협력을 강요"하며, '국민의 근로의욕'과 '전의 고양 사상' 고취를 부채질했다고 지적하였는데, 이렇듯 정부는 모든 것을 전쟁과 관련시켜 이용했다.

그러면 여기서 다시 작품 속의 전쟁과 관련된 사항을 정리하여 당시의 리얼리티를 확인해 보자. 〈나〉는 '배급으로 나온 초라한 도시락'을 먹고, '전쟁터로 떠나는 병사들'을 지켜볼 수밖에 없는 '병종'으로 후방봉공인 '위문대'를 보내는 사람인데, 특히 '위문대'와 '배급'에 관해 확인해 보겠다.

첫 번째, '위문대'에 관하여. 일본에서 해외 전지의 장병에게 보내는 '위문대'는 보통 가로 30센티, 세로 40센티 정도의 천 주머니 안에 부적, 약품, 담배, 비누, 통조림 등의 일용품과 위문편지를 넣었는데, 집에서 수건으로 만든 것 이외에 백화점 등에서 내용물을 포함한 기성품으로도 구입할 수 있었다. 그 시작은 러일전쟁 때 출정군인 가족위문 부인회, 애국부인회, 부인교풍회 등이 보낸 것[11]인데, 널리 사용하게 된 것은 만주사변 이후이다. 전국의 학교 및 직장에 할당된 것은 물론, 시읍면 당국이 부인회나 청년단의 협력 아래 반상회 등을 통해 각 가정에 분배한 것을 다시 군이 모아서 전지로 보냈다. 이것을 통해 위문대는 병사와 후방의 국민 모두가 전쟁 협력을 하도록 이끌어감과 동시에 지역사회가 전쟁 체제로 이행하는 계기를 만드는 역할을 담당했다.[12]

한편, 1937년 발발의 중일전쟁 전후의 위문대는 주로 후방의 여성들이 만들었다. 1939년 6월의 『군병(兵隊)』 제3호에 게재된 기타하라 도루(北川徹 1939: 26)의 아래의 글은 전지의 장병들이 위문대 속의 일용품과 그 속의 편지, 그리고 그것을 쓴 사람과의 관계 속에서 위로를 얻고 있었음을 알 수 있다.

> "전지에 있는 우리가 가장 기다리며 기대하는 것은 뭐니 뭐니 해도 고향에서 오는 편지와 위문대다. 우리 집에서 오는 것은 말할 필요도 없거니와 제 3자에게 오는 편지는 나처럼 늙은 사람조차도 마음이 설레는 것을 알 수 있다"

병사들은 위문대를 계기로 발신인과 편지를 교환하는 일도 있었다. 이노우에 도시카즈(井上寿一 2007: 31)는 "위문대는 여성이라면 어느 사회계층이라 하여도 또한 연령을 묻지 않고 후방에서 전선으로 동원하는 정치적 도구가 된다"고 지적한 후에 어느 군관계자가 여배우들에게 "위문대에는 여러분의 브로마이드와 격려의 편지를 넣어 주세요. 병사들이 가장 기뻐한다고 합니다"라고 한 말을 소개했다. 작품의 집필시기인 중일전쟁 중의 위문대는 일용품과 편지를 보내는 후방 여성의 존재를 통해 전장에 있는 젊은 남자 병사들에게 큰 위로를 주는 역할을 담당했다고 할 수 있다.

두 번째, '배급'에 관하여. 배급제도는 중일전쟁이 수렁에 빠지면서 전쟁 수행을 위해 군수품을 중심으로 생산력 확충을 강행한 결과, 일상생활의 필수품이 극도로 부족해짐으로 만들어졌다. 정부는 수출입품

등임시조치법(輸出入品等臨時措置法)과 국가총동원법에 의해 경제 통제를 했지만, 소비 부문의 통제를 더욱 강화하기 위하여 1938년 3월에 '면사(綿糸)배급 통제 규칙'과 6월에 '면제품의 제조 제한에 관한 건(件)'을 발표하여 면제품의 제조 · 판매를 규제했다. 또한 1939년에는 소위 9 · 18 정지령을 발표하여 국내의 모든 상품가격을 9월 18일 수준 이하로 억제했다. 그러나 일상생활의 물자가 이미 대량으로 부족한 상황 속에 있었기 때문에 암거래가 증가하고 그 가격 또한 급등했다. 그 때문에 정부는 돌연 생활 필수물자를 표제에 의해 배급하기로 했다.[13] 와다 히로부미(和田博文 2007: 172, 174)의 『싯토쿠 메이지· 다이쇼· 쇼와 풍속문화지(知っ得 明治・大正・昭和 風俗文化誌)』에 의하면 1939년 4월 12일에 쌀 배급제도가 공포되고[14], 1940년 4월 24일에 쌀, 된장, 간장, 성냥, 목탄, 설탕 등의 10개 품목이 표제(切符制)로 결정 되었으며, 이후 의류와 식량 등의 생활필수품까지 배급제와 표제가 되어 국민 생활을 압박했다. 1939년 11월에 탈고된 작품 내부의 시간은 당연히 배급제도에 의해 쌀을 지급받았을 것이기에 '배급으로 받은 초라한 도시락'을 먹는다.

2.1.2. 통제 하의 문단상황

이상의 전쟁의 영향은 사회의 모든 측면은 물론, 문학계에도 농후했다. 쓰즈키 히사요시(都築久義 2000)는 『갈매기』의 집필 및 발표 당시의 사회에 대해서 다음과 같이 말했다.

> 일화사변은 1년이 지나, 2년을 경과해도 전혀 해결의 조짐은 보이지 않고, 고노에 후미마로 내각이 와해(쇼와 14년 1월) 하고, 히라누마 기이치로 내각(동 8월)도 아베 노부유기 내각(쇼와 15년 1월)도 잇따라 무너져, 전국은 수렁화의 양상을 보였다. 문단에서도 전시 체제에 노골적으로 협력하여, 쇼와 13년 11월의 '농민문학간담회'를 시초로 잇달아 국책문학단체가 결성되었다.

당시에 이 '국책문학'의 활동은 매우 왕성하여 1937년의 중일전쟁 때부터 신문사, 잡지사가 모두 문학자를 전지에 파견했다. 그 배경에는 전장에서 일본을 향한 선전 수단으로 신문사와 통신사 기자뿐만이 아니라 작가, 음악가, 화가 등의 문화인을 종군기자로 동원한 군(軍)당국이 있었다. 1938년 8월 23일에 한구(漢口) 공략전에 소위 '펜 부대'의 파견을 결정하고, 9월에 기쿠치 칸(菊池寛), 요시카와 에이지(吉川英治), 사토 하루오(佐藤春夫), 니와 후미오(丹羽文雄), 오자키 시로(尾崎志郎), 구메 마사오(久米正雄), 하야시 후미코(林芙美子)[15] 등을 뽑아 전장으로 보낸다. 여기에 뽑힌 22명은 완전히 매스컴의 총아가 되고, 문단에서는 질투와 선망의 대상이 되었다고 한다.

또한 전시 하 통제 속의 문단상황은 『발금・근대문학지(発禁・近代文学誌)』에 잘 나타나 있는데, 특히 『갈매기』의 집필 및 발표 시기와 관련해서는 하나타 도시노리(花田俊典 2002: 101-102)의 지적이 단적인 예가 될 것이다. 1938년 3월 1일 발행 「중앙공론(中央公論)」은 이시카와 다쓰조(石川達三)의 『살아 있는 군인(生きてゐる兵隊)』이 적합하지 않은(不穏当) 부분, 즉 "연대본부에 방화한 중국인 청년을 사살하는 장면,

소련 국경에 이른 열차 내의 황군병사가 고향을 그리워하는 장면, 배 안에서 일등병이 부대장실 기밀서류를 훔쳐보는 장면, 행군 도중에 중국인 노파에게 물소를 강제로 징발하는 장면"으로 인해 2월 18일에 발매배포(発売頒布) 금지처분을 받는다. 또한 21일에는 각 경찰서에 압수되어 있는 잡지의 해당 페이지를 찢고 「삭제됨(削除済)」이라는 도장을 찍으라는 명령이 내려진다. 그리고 저자 이시카와 이외에 전 편집인 아메미야 요조(雨宮庸蔵) 등 5명이 4월 28일에 도쿄형사지방법원에 송치되어 사법처분으로 고소를 당했다. 이렇듯 당시에는 작가들은 물론 잡지와 출판사 관계자들까지 전시 하의 삼엄한 언론 통제를 받게 되었다. 한편, 다자이는 1937년 11월경에 탈고한 「사탄의 사랑(サタンの愛)」을 「신초(新潮)」의 1938년 신년호에 게재할 예정이었으나, 교정까지 끝낸 후에 내무성의 사전검열에서 "풍속 상 곤란하다"는 이유로 게재금지 처분을 받게 된다.[16] 다자이는 전시 하라는 시대의 긴장감 속에서 작가로서 표현에 대해 악전고투하며 살아갔을 것이다.

그리고 다자이는 '펜 부대'에 뽑히지 않았다. 작가로서 종군기자가 될 수 없고, 전선에서 활약하는 군인 또한 될 수 없었던 다자이[17]가 상처 받고, 사회와 세상에 대하여 부채와 열등감을 느꼈을 것은 상상하기 어렵지 않다. 『갈매기』의 〈나〉에는 당시의 다자이가 느꼈을 불명예감, 사회에 대한 부채와 열등감이 그대로 반영되어 있다고 할 수 있다. 〈나〉의 반복적인 비굴한 태도는 그러한 콤플렉스 때문이다. 3장 이후에서는 비굴한 〈나〉가 전시 하에 예술가로서 '기다리는' 자세로 살아간다는 것의 의미와 성구의 의미를 살펴봄으로써 작품 세계를 명확하게 풀어가고자 한다.

2.2. 1939년 전후의 밝은 시민들

1937년 7월의 중일전쟁 발발로 노동력과 물자 및 자금 등이 전쟁에 동원되어 국민 생활이 압박과 통제를 받는 암울한 상황의 뒷면이 실은 있다. 1937년부터 1940년까지의 중일전쟁 초기는 단기간이기는 하지만 전쟁으로 인한 호경기로 사람들이 오락과 부동산 투기 등에 눈을 돌릴 만큼 생활이 윤택해진 밝은 면이 있었다. 기노자 나오미(宜野座菜央見 2013: 8, 68)가 『모던 라이프와 전쟁』에서 지적하듯이, 중일전쟁하의 사람들은 '대중적 소비문화'로 나타난 '모던 라이프'를 계속 즐겼고, 따라서 관광과 소비가 기세를 잃지 않고 늘어났으며 영화산업도 계속 융성해졌다. 이노우에 도시카즈(2007: 27)는 『중일전쟁 하의 일본』에서

> 중일전쟁은 전선에서 비참한 희생을 강권하면서 동시에 후방에는 호경기(好景気)를 가져왔다. 노구교(盧溝橋) 사건 후의 적어도 3년간, 후방의 국민은 '전쟁은 벌이가 된다' '경기가 좋아진다'고 받아들였다.

고 지적하였는데, 그 증거로 오사카의 시민 소득이 1937년의 3억 7753만엔에서 1940년의 9억 6503만엔으로 증가한 것과 대중적인 음식점 매출이 연 32퍼센트 증가한 것을 예로 들었다. 즉, 무기, 탄약, 군복, 군용 식량 등의 군수산업과 관련 산업의 수요가 급증하여 그 노동자들

의 수요가 늘어나게 되었고, 또한 노동력 부족으로 인하여 인재 모집과 숙련공 스카우트가 횡횡하는 분위기 속에서 노동자들의 수입도 늘었다. 이로 인해 오락과 여가를 즐기는 사람들도 나타났는데, 영화관을 찾는 사람이 급증하고[18], 서민용 잡지 『킹』의 내용과 분량도 증가했다. 또한 대도시 주변의 온천지 여관을 찾는 관광객과 스키를 즐기는 사람들이 급증하여 국철이 붐비었고 고급식당과 백화점도 매출이 급증했다. 특히 백화점은 민생부분의 경기 확대를 상징하는 것이라 할 수 있는데, 이노우에 도시카즈(2007: 28)는 당시의 백화점 범람의 배경에 법률 개정과 더불어 국민의 소비의식 확대가 있었다고 지적한다. 그리고 당시의 신문에 대도시 교외의 토지분양 광고와 악덕 부동산 업자를 조심하라는 기사가 나올 만큼 부동산투기 붐까지 일어났다.

3장의 후반에서는 〈나〉의 '아내'의 모습을 통하여 전시 하의 통제 속에 전쟁 특수로 인한 호경기를 살아가는 시민의 단면을 지적하고자 한다.

3. 벙어리 〈나〉와 씩씩한 '아내'

3.1. 벙어리 〈나〉

앞에서 논한 것 같이, 국가 전체가 전쟁이라는 한 방향으로 향해 가는 중에 군인이 될 수 없는 〈나〉는 '조국을 사랑하는 열정'을 가지고 있어도 '천연덕스럽게 큰 소리로 그것에 대해 이야기할' 수 없는 자신에게 '벙어리 갈매기'를 느낀다. 말할 것이 없는 것이 아니라 말할 수 없는 것이다. '파도가 치는 방향대로 오른쪽으로 출렁 왼쪽으로 출렁 무력하게 떠도는' 것처럼, 〈나〉는 길가의 돌멩이를 차면서 목적 없이 흔들흔들 길을 방황한다. 걸으면서 "나는 병자인 걸까? 나는 무언가 잘못 알고 있는 것인가? 나는 어쩌면 소설에 대해 무언가 착각하고 있는지도 모른다"고 자문한다. 그러나 대답을 못한 채로 계속해서 걷는다.

이러한 〈나〉의 모습에는 전쟁이라는 시대가 초래한 인간의 폐쇄감이 잘 드러나 있다. 게다가 〈나〉는 '병종'이라는 낙인이 찍힘으로써 완전히 자신감을 상실해 버렸고, 군인들에게 강한 열등감을 갖고 있다. 그것은 〈나〉가 사람들 틈에 섞여 전쟁터로 떠나는 병사들을 몰래 지켜보며 훌쩍훌쩍 우는 모습, 또한 병사들에게 위문대를 보내고 그 병사들로부터 온 답장을 읽으며 강한 수치심을 느끼는 모습에 잘 나타나 있다. 특히 2장에서 확인한 것처럼, 중일전쟁 중의 위문대는 후방의 여성들이 전장의 남자 군인에게 보내어 격려와 큰 위로를 주는 것이다. 그런데 그 위문대를 군인이 될 수 없는 남자인 〈나〉가 보내고 있다. 여기서 〈나〉가 느낄 수치심은 상상하기 어렵지 않다. 또한 〈나〉의 열등감은 아래 본문에서도 현저하게 드러난다.

> 자, 병사들의 원고 이야기로 돌아가서, 나는 쑥스러운 것을 참고 편집자에게 간청을 한다. 간혹 그 원고를 잡지에 실어주는 경우도 있다. 가끔 신문에 실린 잡지 광고에 그 병사의 이름이 훌륭한 소설가들의 이름 옆에 나란히 적혀 있는 것을 보면, 육 년 전 처음으로 내가 쓴

> 소품이 한 문예잡지에 발표되었을 때보다 두 배는 더 기뻤다. 무척 감사한 일이라고 생각했다. 곧바로 편집자에게 거듭 감사 인사를 드린다. 그리고 그 신문 광고를 잘라내어 전선으로 보낸다. 나도 무언가 도움이 되었다. 이것이 내가 할 수 있는 최대한의 봉사다. 곧 전선에서 '만세입니다'라는 천진난만한 답장이 온다. 조금 지나면 그 병사의 아내로부터도 과분한 감사 인사가 적힌 편지가 온다. 후방국민의 봉사. 어때. 이래도 내가 데카당인가? 이래도 나를 악덕한 자라 할 수 있는가? 어떠냐.
>
> 그러나 나는 아무에게도 그 얘기를 할 수 없다. 생각해보면 그것은 부녀자가 해야 할 봉사이기 때문에, 내가 자랑스러워할 만한 일이 아니다. (중략) 이따금 이런 내 처지가 초라하게 느껴지면 불쑥 집을 나서서 하염없이 돌을 차면서 거리를 걸으며 나는 역시 병에 걸린 것인가, 나는 소설에 대해 착각하고 있는 것인가, 하는 생각에 잠겼다고 아니야. 그렇지 않아, 하고 이내 부정해본다.

〈나〉는 병사들이 쓴 글을 잡지에 실리도록 소개하는 역할을 '내가 할 수 있는 최대한의 봉사' '후방국민의 봉사'라고 말하고 "이래도 내가 데카당인가? 이래도 나를 악덕한 자라 할 수 있는가?"라고 자격지심과 피해의식이 가득한 말투로 사람들에게 묻는다. 그러고는 곧바로 '부녀자가 해야 할 봉사이기 때문에' 아무에게도 그 얘기를 할 수 없다고 말하고 '하염없이 돌을 차면서 거리를 걸으며' 고민한다.

그렇게 몸 둘 바를 모르는 〈나〉는

> 나는 지금 마치 무시무시한 속도로 내달리는 열차에 타고 있는 기분

> 이다. 이 열차가 어디로 향하고 있는지, 나는 알 수가 없다. 아무도 가르쳐준 적이 없다. 기차가 달린다. 칙칙폭폭 소리 내며 달린다. 지금은 산속, 지금은 해변, 지금은 다리 위, 다리를 건너는구나 하고 생각할 틈도 없이 다시 터널, 어둠을 뚫고 나와 넓은 들판. 모든 것이 빠르게 지나간다. 아아, 지나간다. 나는 멍하니 창밖으로 휙휙 날아가 버리는 풍경을 맞아들였다가 이내 다시 흘려보낸다. (중략) 나는 잠을 잔다. 베개 밑에서 들리는 질주하는 열차 바퀴의 굉음. 그러나 나는 자야만 한다. 눈을 감는다. 지금은 산속, 지금은 해변. 노래를 부르는 여자아이의 가련한 노랫소리가 열차 바퀴의 성난 굉음의 밑바닥에서 아련히 들려온다.

라고 쓰고 있듯이, 목적지를 모르는 '무시무시한 속도로 내달리는 열차에 타고 있는 기분'이라고 말한다. 〈나〉는 요란하게 굉장한 소리를 내며 달리는 열차를 타고 단지 멍하니 경치를 바라볼 뿐이다. 그리고 주목하고 싶은 것은 〈나〉가 '벙어리'라고 자각하였을 때, "지금은 산속, 지금은 해변, 지금은 다리 위, 다리를 건너는구나 하고 생각할 틈도 없이 다시 터널, 어둠을 뚫고 나와 넓은 들판."이라고 노래하는 불쌍한 어린 소녀의 목소리가 두 번 들려온다는 것이다. 이것은 무엇을 의미하는가? 2장에서 확인한 시간적 배경을 생각할 때, 이 노랫소리는 세상이 일치단결하여 전쟁을 수행해 나가는 중에 그 뒤에 남겨진 사람들의 목소리라고 읽을 수 있다. 〈나〉는 타인에게 소외당하는 아픔을 느끼고 있고 또한 세상에서 뒤처지는 괴로움을 실감하고 있기 때문에 사회적 약자의 목소리가 들려온 것이다.

그리고

일 년, 이 년, 시간이 흐르는 중에 우둔한 나도 조금씩 일의 진상을 알게 되었다. 사람들의 소문에 따르면, 나는 완전히 미치광이였다. 심지어 태어났을 때부터 미치광이였다고 한다. 그 사실을 알고 난 후부터, 나는 벙어리가 되었다. 사람들과 만나고 싶지도 않았다.

라고 쓰고 있듯이, 〈나〉는 오 년 전의 "반광란의 한 기간"으로 인해 세상에서 '광인'이라는 이야기를 듣게 된 후로 '벙어리'가 되었다.

이상과 같이 〈나〉는 전시 하에 군인이 되지 못하는 '병종'으로 강한 열등감과 수치심을 느끼며, 또한 오 년 전의 '반광란'으로 인해 세상에서 '광인'이라는 말을 듣게 된 슬픔과 고독을 갖고 있는 약자로 존재한다.

3.2. 씩씩한 '아내'

한편, 국가가 전쟁을 향해 달려가는 당시에도 많은 국민들은 씩씩하게 살고 있었다.

"어이, 돈 좀 줘. 얼마 정도 있어?"
"글쎄요. 사오 엔 정도 있을 거예요."
"써도 괜찮지?"
"예. 대신 조금만 남겨주세요."
"알았어. 아홉 시 정도까지는 돌아올게."

"이봐. 석탄은 아직 좀 있어? 구하기 힘들어진다던데."
"괜찮을 거예요. 그냥 신문에서 그렇게 난리를 피우는 것뿐이에요. 떨어지면 그때 다시 어떻게든 되겠지요."

작품 후반부에 등장하는 〈나〉의 '아내'는 전시 하에 쌀이 배급제로 지급되고, 물자 부족 속에 생활이 빈궁한 상황 속에서도 "돈 좀 줘"라는 〈나〉의 말에 불평 없이 돈을 건네주고, "석탄은 아직 좀 있어? 구하기 힘들어진다던데." 라고 불안해하는 〈나〉에게 동요하지 않고 태평한 모습을 보인다. '아내'는 안정된 생활과는 동떨어진 삶을 살면서도 불안해하거나 불평하지 않고 유연하게 살아가고 있음을 알 수 있다. 여기에서 보이는 '아내'의 모습은 이후에 다자이가 그려 가는 '생명력'이 강한 여성상으로 연결되는 점에 주의해야 할 것이다. 또한 아래의 본문에서도 〈나〉와는 달리 씩씩하게 살아가는 사람이 있음을 확인할 수 있다.

> "손님." 여종업원이 나를 부르며 내가 앉은 테이블로 다가왔다. 사뭇 진지한 얼굴이었다.
> "조금 이상한 말처럼 들리겠지만……." 여종업원은 그렇게 말을 꺼낸 후에 카운터 쪽을 슬쩍 돌아보며 주위를 살피더니 목소리를 낮추고 말했다.
> "저기……. 손님이 아시는 분 중에 저 같은 것을 받아줄 만한 분은 안 계시려나요?"
> 나는 여종원의 얼굴을 다시 살펴보았다. 여전히 웃음기 하나 없이 진지한 표정이었다. 원래 성실한 종업원이니 나를 놀리려는 것도 아닐 것이다.

〈나〉가 다니는 '스시 가게의 여종업원'은 그다지 친하지도 않는 〈나〉에게 '진지'하게 혼담을 부탁해 온다. '스시 가게의 여종업원'의 '진지'함은 후방을 지키는 몸이 독신으로 있는 것은 어울리지 않는다는 생각에서 나왔을 것이다. 이렇듯 '스시 가게의 여종업원'과 '아내'는 당시의 괴로운 상황을 유연하게 받아들이면서 씩씩하게 살아가려 하는 인간의 대표로서, 〈나〉와 대비되는 형태로 작품 속에서 빛을 발하고 있다.

그런데, 씩씩하고 태평한 '아내'의 모습에는 2장에서 논한 1937년 7월의 중일전쟁 발발 이후 국민생활이 압박과 통제 받는 어두운 상황과는 달리 전쟁으로 인한 호경기로 윤택해진 삶을 사는 시민들의 단면이 반영되었다.

우선 '아내'가 "그냥 신문에서 그렇게 난리를 피우는 것뿐이에요."라고 말하는 것은 현재의 삶과 거리감을 느껴서 하는 발언이라고 해석할 수 있다. 『쇼와의 역사 중일전면전쟁(昭和の歴史 日中全面戦争)』(1988: 108)에 의하면, 당시의 신문들은 전쟁에 대하여 매우 열광적으로 지지하며 후방의 미담을 열심히 게재했다고 한다. 또한, 후지이 다다토시(藤井忠俊1985: 179-186)는 『국방부인회(国防婦人会)』에서 오히려 호경기이기 때문에 국민의 정신에 대한 규제가 필요했다고 지적한다. 실제로 1939년 12월 22일자 「도쿄일일신문(東京日日新聞)」 석간에는 정부의 통제가 이루어지는 한편 인플레 경기를 타고 쇼핑하는 부인들로 엄청나게 붐비는 긴자를 보도하고 있다. 즉, "그냥 신문에서 그렇게 난리를 피우는 것뿐이에요."라는 '아내'의 말은 신문기사가 현재의 삶과는 거리감이 있다, 즉 세상의 호경기를 체감하고 있는 입장에서는 목탄의 수급사정의 변화를 보도하는 신문기사에 현실성이 느껴지지 않는다는 의미로 해석할 수 있다. 시민인 '아내'는 신문기사는 전쟁에 대한 지지를 배경으로 정부의 통제를 열심히 쓰고 있는 것뿐이라고 생각했기에 "난리를 피우는 것뿐"이라고 일축해 버린 것이다.

그렇게 생각하면 "떨어지면 그때 다시 어떻게든 되겠지요."라는 말은 시대의 흐름을 파악하지 못하는 안일한 발언이라기보다 현실을 살아가는 여성의 강한 직관으로 이해해야 할 것이다. 즉, 전시 하에 통제를 받고 있지만, 전쟁으로 인한 호경기에 그리 나쁘지 않다, 어떻게든 되었다고 경험상 알고 있는 말을 내뱉은 것이다. 여기에는 시국과 정부에 의해 일상적인 시민활동의 제약을 받는 평범한 시민이 택할 수 있는 길이 그려져 있다.

다자이는 정부의 언론통제 하에서 자유롭게 집필을 할 수 없었다. 2장에서 쓴 것처럼, 1937년 11월경에 탈고, 교정까지 끝내어 1938년 1월호에 게재예정이었던 「사탄의 사랑」이 내무성의 사전검열로 게재 금지처분을 받았다. 또한 1938년 3월 1일 발행 「중앙공론」은 이시카와 다쓰조의 『살아있는 군인』이 전시 하에 부적합한 부분이 있다고 하여 발매배포 금지처분을 받았다. 다자이는 일상을 살아가는 여성의 씩씩한 생활감각을 빌려 그러한 통제를 상대화하고 있다. 그것은 검열을 의식하면서 작가로서 표현에 악전고투한 다자이의 세상을 향한 반론 · 항의의 형태였다고 할 수 있지 않는가? 다자이는 당국의 검열에 걸려서 삭제, 또는 발표지가 발매금지가 되는 일이 없도록 시대의 긴장감 속에서 민감하게 반응하며 작가로서 표현에 대해 악전고투한 결과로, 당시의 시민의 단면을 조용히 아내에 투영하여 쓴 것이라 생각한다.

4. 〈나〉의 예술

> 으쌰 하고 작게 소리를 내며 길 한가운데에 있는 물웅덩이를 뛰어넘는다. 물웅덩이에는 맑은 가을하늘이 비치고 하얀 구름이 느릿느릿 흘러가고 있다. 물웅덩이는 참 예쁘구나, 하는 생각이 든다. 무거운 짐을 내려놓은 듯한 기분에 한 번 웃어보고 싶어졌다. 이 작은 물웅덩이가 있는 한 나의 예술도 의지할 곳은 있다. 이 물웅덩이를 잊지 말고 기억해두자.

3장에서 확인했듯이, 〈나〉는 설 곳을 잃고 소외감 속에서 살고 있었다. 그러한 〈나〉에게 힘이 되는 것은 '맑은 가을하늘이 비치고 하얀 구름이 느릿느릿 흘러가고 있'는 모습이 비치는 '물웅덩이'다. 그것은 다른 사람에게는 하찮고 가치가 없는 것일지도 모른다. 그러나 세상의 뒤에 남겨져 소외감을 느끼는 〈나〉에게는 눈부신 존재인 것이었다. 땅을 보며 돌을 찰 수밖에 없는 〈나〉를 구원해 준 것이 바로 이 '물웅덩이'인 것이었다.

> 하지만 예술. 그 말을 꺼내는 것도 참으로 쑥스럽긴 하지만, 그래도 나는 어리석은 일편단심으로 그 녀석을 구명해보려고 한다. 나는 그것이 남자가 한평생의 업으로 삼기에 충분한 것이라고 믿는다. 길거리 음악가에게는 길거리 음악가만의 왕국이 있기 마련이다.

자신이 목표로 하는 '예술'을 '길거리 음악가만의 왕국'[19]이라고 표현하는 〈나〉의 태도에서는, 예술가로서도 열등하다는 콤플렉스와 일종의 비굴함을 읽어낼 수 있다. 그러나 또한 〈나〉는 "나도 목숨을 바쳐 훌륭한 예술 작품을 남기고자 애쓰고 있지 않은가?"라고 말하는데, 이 말에서는 자신의 예술이 나라를 지키는 군인과 동등한 가치가 있다는 숨겨진 자신감을 엿볼 수 있다.

〈나〉는 '병종'으로 군인에 대하여 강한 열등감을 갖고 있다. 그러나 열등감을 불러일으키는 군인들이 전지에서 보내오는 소설 원고에 대하여 〈나〉는 '별로 좋은 작품이 아니다' '안 되겠다', 그들의 '감격을 느꼈다'는 '모두 진부하기 짝이 없는 나쁜 문학에서 배운 것'이라고 일도양단 하고 있다.

> 전쟁을 잘 알지도 못하는 사람이 전쟁에 대해서 쓴 어처구니없는 글이 국내에서 박수갈채를 받고 있는 탓에, 전쟁을 잘 아는 병사들까지 그 스타일을 모방하고 있다. 전쟁을 모르는 사람들은 전쟁에 대해 쓰지 마. 쓸데없는 참견도 때려치워.

전선의 군인의 소설은 '신을 바로 눈앞에서 보고 있는 듯한 영원한 전율과 감동'을 받아야 마땅한데, 내지의 문학자 때문에 '좋지 않은' 것이 되어 버렸다. 그것은 당시의 국책문학의 영향을 받았기 때문일 것이다. 그것에 '참을 수 없는 증오'를 느끼는 〈나〉는 예술을 추구하는 강한 의지를 가졌다고 말할 수 있다.

그리고 〈나〉가 비굴해질 수밖에 없는 또 하나의 이유인, 오 년 전의 '반쯤 미쳐서 지내던 시기'로 인해 세상에서 '광인'이라는 평가를 듣게 된 것도 〈나〉를 '벙어리'로 만드는 요인이었다. 그러나 〈나〉는 말한다.

> 나는 지금 사람이 아니다. 예술가라고 하는 일종의 기묘한 동물이다. 죽어버린 이 육체를 예순 살까지 부지하여 몸소 대작가가 되어보이고자 한다. 죽은 몸뚱이가 쓴 문장의 비밀을 밝히려 하는 것은 쓸데없는 짓이다. 망령이 쓴 문장을 흉내 내려 한들 여의치 않을 것이다. 그런 짓은 하지 않는 게 좋다.

사람이 아니게 된 〈나〉를 떠받쳐 주는 것은 '예술'이다. 이때만은 〈나〉는 '말할 수 없'는 것이 아니라, 굳이 '더 이상 말은 않으련다.' '말하고 싶지 않다.'고 의지적으로 침묵하는 모습에서 현재의 〈나〉를 살리고 있는 것이 '예술'이며, 〈나〉는 침묵함으로 〈나〉의 '예술'을 지키려 하고 있음을 알 수 있다. 자기를 향한 혐오와 자신감의 상실 속에서 방황하는 〈나〉가 가지는 유일한 자랑, 그것이 '예술'이었던 것이다. 그리고 작품 말미에

> 오늘 아침에 보았던 물웅덩이를 떠올려본다. 그 물웅덩이가 있는 동안만큼은, 하고 생각한다. 억지로 스스로를 그렇게 세뇌시킨다. 역시 나는 길거리 음악가다. 아무리 보기 흉하다 해도, 나만의 바이올린을 계속 켜는 것 말고 달리 방법이 없을지도 모른다. 기차의 행방에 대한 것은 지사志士들에게 맡겨두자. '기다리다'라는 말이 갑작스레 이마 위에서 커다랗게 반짝였다. 무엇을 기다리라는 것인가? 나는 모른다. 하지만 이것은 아주 귀중한 말이다. 벙어리 갈매기는 바다 위를 날며 그런 생각을 하면서도, 여전히 말없이 떠돌고만 있다.

라고 쓰고 있듯이, 〈나〉는 아침에 보았던 '물웅덩이'를 다시 떠올리며

'길거리 음악가'로서 '나만의 바이올린을 계속 켜는 것 말고 달리 방법이 없'다고 생각하기에 이른다. 여기에서 알 수 있듯이, '예술'이라는 것은 '물웅덩이'처럼 일상적으로 존재하는 것이며, 몸짓이 작은 꽃 한 송이에 맡겨진 소소한 것으로, 사회적 약자를 위한 '예술'이라고 할 수 있겠다.

이상과 같이 〈나〉는 설 곳을 잃은 소외감 속에 있으면서도 '목숨 다해 좋은 예술을 남기려고 노력하고' 있으며 전쟁문학이나 국책문학과는 달리 진정한 예술을 추구하는 강한 의지를 가지고 있다. 또한 광인, 즉 '사람이 아닌 자신'을 살리는 존재가 '예술'이라고 한다. 오다이라 고(大平剛 1995: 71)는 작품은 "'말'을 잃었다고 하면서 자기의 위치를 명확하게 말하고, 그 말이 범람하는 중에 '말'의 내실을 잃은 시대에 대한 비평을 한다는 반전을 숨기고 있다"고 지적하였는데, 전시 하라는 시대 속에 벙어리 갈매기가 된 〈나〉가 군인이 되지 못한 사람으로서의 열등감과 비굴함, 그리고 광인이었던 과거로 인한 슬픔과 고독을 반복하여 말하면서도 그 반대편에서 '예술'에 대한 강한 의지를 끊임없이 말하는 모습에 〈나〉의 조용한 힘을 읽을 수 있다.

5. 생을 향해 가는 〈나〉

〈나〉는 전시 하라는 외부의 압박에 괴로워하면서도 자신의 '예술'을 지키며 살고 있었다. 여기에서 중요한 것은 성서에 관하여서다.

성서에 대한 이야기를 하려고 했다. 나는 성서를 통해 구원받은 적이 있다고 말하려 했지만 너무 쑥스러워 입 밖으로 꺼낼 수가 없었다. 목숨이 음식보다 더 중하지 아니하며 몸이 의복보다 더 중하지 아니하냐. 공중의 새를 보라. 심지도 않고 거두지도 않고 창고에 모아두지도 아니하되. 들에 핀 백합이 어떻게 자라는가 생각하여 보라. 수고도 아니 하고 길쌈도 아니 하느니라. 그러나 내가 너희에게 말하노니 영화를 누리던 솔로몬도 입은 것이 이 꽃 하나만 같지 못하였느니라. 오늘 있다가 내일 아궁이에 던져지는 들풀도 하나님이 이렇게 입히시거든 하물며 너희는 어떻겠느냐. 너희는 이보다도 훨씬 더 뛰어나지 않느냐, 라는 예수의 위로가 나에게 '보이기 위함이 아닌' 삶을 살아갈 수 있는 힘을 준 적이 있다. 하지만 지금은 도무지 부끄러워서 말할 수가 없다. 남몰래 말없이 가지고 있어야 진정한 신앙이라 할 수 있지 않을까? 나는 '신앙'이라는 단어조차 입 밖으로 꺼내기 어렵다. (중략)

너를 고소한 자와 함께 법정으로 가는 도중에 어서 타협하여라. 그러지 않으면 고소한 자가 너를 재판관에게 넘기고 재판관은 너를 형리에게 넘겨 네가 감옥에 갇힐 것이다. 내가 진실로 너에게 말한다. 네가 마지막 한 닢까지 갚기 전에는 결코 거기에서 나오지 못할 것이다.(마태복음 5:25-26)[20] 내게도 또 한 번의 지옥이 오는 것인가? 하고 문득 생각한다.

첫째, 집에 찾아온 잡지사 사람과의 대화에서 〈나〉의 어조의 변화를 살펴봄으로써 〈나〉의 기독교에 대한 생각을 분석하겠다. 대화의 내용과 흐름을 일일이 제시하는 것은 생략하겠지만, "나는 인기가 없는 무명작가이기 때문에 그때마다 무척이나 송구스럽다." "나는 그렇게 대답하며 대충 얼버무린다." "그 뒤로는 상태가 점점 안 좋아진다. 횡설

수설하기 시작한다." "그런 질문을 받으면 나는 몹시 당황한다. 나는 과감한 말을 할 수가 없다." "나는 아무런 말도 할 수 없다." "나는 심하게 횡설수설하기 시작했다"라고 대단히 불안정한 모습을 보인다. 그런데 소설을 쓰는 신조가 있느냐에 대한 질문에 대하여 〈나〉는

> "있습니다. 회한입니다." 이번에는 명쾌한 말투로 그 즉시 대답할 수 있었다.

라고 있듯이, 명쾌한 말투로 즉시 '회한'이라고 대답하고, "목사 같은 느낌이 들어서 좀 그렇지만"이라고 덧붙이면서 죄의식을 고백한다. 잡지사 사람과의 대화에서 〈나〉는 처음으로 자신의 생각에 대한 자신감을 내보이며 어조는 명쾌하고 밝아진다. 비록 내용이 '회한'이고 자신의 죄의식을 인식한 것이었으나 확실히 감정이 고양되었던 것이 사실이며, 이어 성서를 통해 '구원받은 적이 있다'고 말하려 했으나 침묵하는 부분에서는 안정감까지 읽을 수 있다. 이렇듯 〈나〉는 '나를 조금이라도 출세시켜보려는 생각으로 내 상태를 살피러 온' 사람, 즉 〈나〉에게 호의적인 사람과의 대화에서조차 불안정했지만, 자신의 '회한' 즉, 죄의식을 말하면서 비로소 명쾌해지고 안정되는데, 여기서 〈나〉는 기독교에 경도(傾倒)해 있다고 볼 수 있다.

둘째, 〈나〉는 성서를 통해 "구원받은 적이 있다" 즉, '공중의 새를 보라'로 시작되는 성구를 들어 그리스도의 위로가 '보이기 위함이 아닌' 살아갈 힘을 준 적이 있다[21]고 말하려 하였으나 지금은 말할 수가 없으

며 말하지 않고 혼자서만 내밀히 갖고 있는 것이 참 신앙이라고 쓴다. 그러나 주목해야 할 것은 "그리스도의 위로가 나에게 '보이기 위함이 아닌' 삶을 살아갈 수 있는 힘을 준 적"이, 즉 성서에 의해 구원 받은 적이 분명히 〈나〉에게는 있었다는 점이다. '공중의 새를 보라'의 성구는 공중의 새와 들에 핀 백합을 하나님이 입히시기 때문에 더 귀한 너는 안심하라는 내용이다. 스스로도 그리고 타인에게 인간의 가치조차 인정받지 못했던 광인 시절에 이 성구가 살아갈 힘을 주었으리라는 것은 상상하기 어렵지 않다. 엔도 다스쿠(遠藤祐 2000: 254)는 〈나〉가 후자의 성구에는 일부러 '마태복음 5:25-26'이라고 표기한 것에 반해 전자의 성구에는 출전을 표기하지 않고 성서의 기술과도 일치하지 않는 것에 착목하였다. 그 이유로 "〈나〉의 마음 깊이 새겨져 있고, 그렇기 때문에 그 성구를 만났던 고난의 날을 생각하면 원전을 참조하지 않아도 바로 외울 수 있었다"고 지적하고, 또한 '공중의 새를 보라'는 성구인 동시에 "〈나〉를 근저에서 떠받치고 〈나〉를 살리는 의미에서 〈나〉 자신의 말이기도 했다"고 지적했다. 이처럼 성구가 〈나〉의 구원이 되고 앞으로도 버팀목이 될 것임에 주목해야 한다. 또한 현재는 전시 하에 군인이 되지 못한 사람으로서의 열등감과 비굴함, 그리고 광인이었던 과거로 인한 슬픔과 고독을 안은 〈나〉이지만 진정한 신앙인으로서 남몰래 말없이 가지고 있겠다는 말에서 조용한 힘을 읽을 수 있다. 엔도 다스쿠(2000: 257)는 "'남몰래 말없이 가지고 있어야 진정한 신앙이라 할 수 있지 않을까?'라고 자신에게 묻는 〈나〉가 있음을 잊어서는 안 된다"고 지적하고, 작품 결말부의 "'기다리다'라는 말이 갑작스레 이마

위에서 커다랗게 반짝였다."는 것은 〈나〉를 신이 직접 지켜보고 있기 때문에 "신의 의지가 '기다리다'라는 두 문자가 되어 현시한 것이다"라고 하였다. 〈나〉가 살아가기 위해서 찾아낸 '기다리다'라는 지침도 신의 인도라 생각할 수 있을 것이다. 즉, 〈나〉는 말하지 않고 가만히 기다리는 것에 신앙의 참 의미를 찾아낸 것이다.

마지막으로 '소곤소곤 들린다. 무언가 들린다'라는 에피그래프에 대한 고찰을 더하여 당시의 작가 다자이의 마음을 총체적으로 이해하여 작품을 논하고자 한다. 에피그래프에 대하여, 오쿠노 다케오(1998: 211)는 "분열성 성격의 다자이"의 "초자아의 명령"인 "환청"이라 지적하였고, 그것을 긍정한 형태로 쓰카고시 가즈오(1998: 87)는 "주인공 〈나〉에 대한 악평 즉, '인간 쓰레기' '반 미치광이'"라고 지적하였다. 그러나 성서의 삽입에 의해 명확해진 것은 『갈매기』는 전쟁이라는 시대의 압박이나 다자이의 작가로서의 갈등과 방황이 그려진 작품이 아니라는 것이다. 헤매면서도 어떻게든 살아가려는 사람들의 모습, 또한 그것에 공감하여 함께 생(生)을 향해 나아가려는 〈나〉를 그림으로써 괴로운 시대를 꿋꿋하게 살아가는 힘을 나타낸 작품이라는 것이다. 그리고 이 에피그래프는 생을 향한 다자이의 긍정적인 목소리로 읽을 수 있겠다. 중기의 다자이는 작가로서 주목 받지 못하는 상황 속에 있었으나, 모든 것이 멈춰진 것이 아니라 예술가로서의 가능성이 있다는 소리가 소곤소곤 들려온다는 것이다. 그리고 그렇게 '소곤소곤 들린다'는 말은 다자이 자신이 자신을 격려하는 소리로도 읽을 수 있다. 다자이는 그것을 증명이라도 하듯이 『갈매기』를 발표한 1940년에 소설 18편과 수필 23편을 써서 그의 생애에서 가장 많은 작품을 발표하였다. 사토 다카유키(2008: 83)가 지적하는 힘든 시대 속의 다자이의 강함을 확인할 수 있는 것이다.

6. 나가며

1939년 11월에 탈고된 다자이 오사무(太宰治)의 『갈매기(鴎)』는 중일전쟁 중이라는 시대상황을 배경으로 한 작품이다. 본고의 2장에서는 1937년 중일전쟁 발발 시기부터 작품을 탈고한 1939년 전후의 시대상황을 살펴보았다. 정부는 노동력과 물자 등 모든 것을 전쟁에 동원하고 생활필수품 등을 배급제로 하는 등 국민들에게 전쟁 협력을 재촉하면서 궁핍한 생활을 강요하여 일상생활에서의 많은 제한을 가하였다. 특히, 작품의 집필시기인 중일전쟁 중의 위문대는 전장에 있는 젊은 남자 병사들에게 일용품과 더불어 편지 등을 통한 후방의 여성의 존재가 큰 위로가 되는 역할을 담당했다고 할 수 있다. 〈나〉는 이러한 사회적 상황 속에서 군인이 되지 못한 '병종'으로 전장의 군인들에게 후방의 여성이 보내는 위문대를 보내며 강한 열등감과 수치심을 느끼고, 또한 오 년 전의 '반광란'으로 인해 세상에서 '광인'이라는 평가를 받은 슬픔과 고독을 갖고 있는 약자이다.

한편, 씩씩하고 태평한 '아내'상에는 1937년 7월의 중일전쟁 발발 후 국민생활이 압박과 통제 받는 암울한 상황과는 달리 전쟁으로 인하여 경기가 좋아져 윤택해진 삶을 사는 사람들의 단면이 반영되었다. '아내'는 전시 하에 쌀이 배급제로 지급되고, 물자 부족으로 인해 생활이 빈궁한 상황 속에서도 남편 〈나〉에게 불평 없이 돈을 건네고, 석탄 등의 물자부족에 대해 불안해하는 〈나〉에게 "괜찮을 거예요. 그냥 신문에서 그렇게 난리를 피우는 것뿐이에요. 떨어지면 그때 다시 어떻게든 되겠지요."라며 태평하게 동요하지 않는다. '아내'가 "그냥 신문에서 그렇게 난리를 피우는 것뿐이에요."라고 말하는 것은 현재의 삶과 거리감을 느껴서 하는 발언이라고 해석할 수 있다. 당시의 신문들은 정부의 통제 하에 전쟁에 대하여 대단히 열광적인 지지를 했지만, 실제로는 전쟁으로 인한 호경기로 백화점에서 쇼핑하는 부인들이 있었다. 즉, "그냥 신문에서 그렇게 난리를 피우는 것뿐이에요."이라는 '아내'의 말은 신문기사가 현재의 삶과는 거리감이 있다, 즉 세상의 호경기를 체감하고 있는 입장에서는 목탄의 수급사정의 변화를 보도하는 신문기사에 현실성이 느껴지지 않는다는 의미로 해석할 수 있다. 그렇기 때문에 "떨어지면 그때 다시 어떻게든 되겠지요"라는 말은 그러한 현실을 살아가는 여성의 강한 직관, 즉 전시 하에 통제를 받고 있지만 전쟁으로 인한 호경기에 그리 나쁘지 않다, 어떻게든 되었다고 경험상 알고 있기에 직관적으로 내뱉은 말인 것이다. 여기에는 시국과 정부에 의해 일상적인 시민활동의 제약을 받는 평범한 시민이 택할 수 있는 길이 그려져 있다. 다자이는 정부의 언론통제 하에서 자유롭게 집필을 할 수 없었지만, 일상을 살아가는 여성의 씩씩한 생활감각을 빌려 그러한 통제를 상대화하고 있다. 그것은 다자이의 세상을 향한 반론 · 항의의 형태였다고 할 수 있다.

〈나〉는 소외감 속에 있으면서도 국책문학과는 달리 진정한 예술을 추구하는 강한 의지를 가지고 있으며, 또한 광인 즉 "사람이 아닌 자신"을 살리는 존재가 '예술'임을 의식한다. 그리고 '성서'의 삽입에 의해 『갈매기』는 '전쟁'이라는 시대로부터의 압박이나 다자이의 작가로서의 갈등과 방황이 그려진 작품이 아니라, 헤매면서도 어떻게든 살아가려는 사람들의 모습, 또한 그것에 공감하여 함께 생(生)을 향해 가려는 〈나〉를 그림으로 괴로운 시대를 꿋꿋하게 살아가는 힘을 나타내려 한 작품이다. 작가로 꿋꿋하게 살아가려는 〈나〉를 그린 다자이의 모습에는 험난한 중일전쟁 중에도 꿋꿋하게 살아가려는 모습이, 그리고 시대에 대한 조용한 반항의 모습이 드러나 있다. 즉, 다자이는 『갈매기』에서 일상을 살아가는 여성의 씩씩한 생활감각을 빌려 정부의 통제를 상대화하고, 또한 남성세계인 전쟁을 비하하는 뜻에서 '광인' '벙어리'인 〈나〉를 그리고, 그리고 전시 하에 군인이 되지 못하는 〈나〉의 헤매면서도 어떻게든 살아가려는 모습을 통하여 시대를 향한 조용한 항의를 드러내었다.

【주】

1) 야마노우치 쇼시(山内祥史, 1999: 536)의 「年譜」에 의하면, 다자이는 "1939년 11월 25-26일경에 쓰기 시작한 『鷗』 30매를 11월 30일경에 탈고했다."

2) 선행연구 및 작품의 인용문은 한국어 번역이 없는 경우, 필자가 번역하였다.

3) 작품의 〈나〉가 과거에 정신병원에 입원을 했었고, 전지(戰地)에서 병사가 보내온 원고를 출판사와 교섭하여 잡지에 게재한 경위 등이 다자이의 실생활을 그대로 쓴 것이라는 점에 대하여, 塚越和夫(1998: 88)는 "사소설에 보이는 작가의 내부폭로 소설의 틀을 취하고 있다"고 지적했고, 한국에서는 김경숙(2013:16)이 동일한 지적을 했다.

4) "配給のまずしい弁当"에 대하여 『갈매기』(김재원 역, 2012: 196)에는 "열차에서 나온 초라한 도시락"이라고 번역되어 있으나, 본고에서는 전시 하라는 시대상황을 나타낸 표현 그대로인 "배급으로 나온 초라한 도시락"으로 번역하였다.

5) 작품의 한국어 본문은 『갈매기』(김재원 역, 2012: 195-212)에 의한 것이고, 일본어 원문은 『鷗』(『太宰治全集』1998: 153-169)에 의한 것이다.

6) 和田博文(2007: 168)에 의하면 1937년 8월에는 영화 앞에 '거국일치(挙国一致)' '후방을 지켜라(銃後を護れ)' 등의 슬로건이 삽입되었으며, 9월에는 외국영화 수입 제한을 실시했다고 한다.

7) 1939년 12월에는 백화점 연말 증답품의 판매와 배달을 폐지했고, 가도마쓰(門松)도 전부 폐지했다(和田博文 2007: 172).

8) 또한 "갖고 싶어하지 않습니다, 이길 때까지는(欲しがりません勝つまでは)" "부족하다 부족하다는 궁리가 부족하다(足らぬ足らぬは工夫が足らぬ)" "이루어라 성전, 흥해라 동아(遂げよ聖戦 興せよ東亜)" "성전이다 자신을 죽이고 나라를 살리자(聖戦だ己れ殺して国生かせ)" "석유 한 방울, 피 한 방울(石油の一滴、血の一滴)" 등의 전의앙양의 표어를 중일전쟁과 태평양전쟁 중에 만들었다.

9) 藤原彰(1988: 263).

10) 1940년 11월 2일에는 대일본제국 국민복령(大日本帝国国民服令)이 공포된다(和田博文 2007: 174).

11) 和田博文(2007: 90)는 '慰問袋'라는 명칭이 러일전쟁 중인 1904년 11월 18일의 관보(官報)에서 처음으로 보인다고 지적했다.

12) 功刀俊洋(1992: 600-601).

13) 芳井研一(1993: 730).

14) 11월 25일에는 백미 사용이 금지되었다. 당시 쌀을 배급할 만큼 쌀이 부족해진 원인은 전쟁의 군대를 위하여 대량의 식량이 착출된 것은 물론, 농촌의 일군이 전쟁에 동원되어간 것으로 인한 '노동력'의 부족, '비료의 부족'과 '가뭄'이다(藤原彰, 1988: 257).

15) '펜 부대'에 뽑힌 유일한 여성 작가 하야시 후미코(林芙美子)는 후방의 여성이 해야 할 것이 무언인지를 전하는 역할을 담당했는데, 전지의 병원에서 헌신적으로 일하는

간호사들의 모습을 인상적으로 전하면서 면 붕대가 부족하다는 사실을 들어 내지에서 '면을 사재기한 부인들과 면을 가지고 있는 부인들'에게 붕대를 만들어 전지에 보내야 한다고 쓰기도 했다(井上寿一, 2007: 84).

16) 「사탄의 사랑」은 이후「추풍기(秋風記)」로 제목을 바꾸어 『愛と美について』에 수록되었다. 다자이는 이후도 잡지 「文芸」의 1942년 10월호에 발표한 『花火』가 전시하에 불량한 내용을 썼다는 이유로 발매 직전에 삭제명령을 받았다(1946년 11월에 『日の出前』라는 제목으로 발표). 다자이는 1946년 4월에 발표한 『十五年』에서 『花火』의 삭제 명령을 받은 시기에 대해 "우리들에게 힘든 시대였다(私たちにとつては、ひどい時代であつた)"라고 회상하고 있다(山内祥史, 1999: 527, 548).

17) 山内祥史(1999: 545)의 「年譜」에 의하면, 다자이는 1941년 11월 15일에 '文士徴用令書'을 받고 17일에 혼고구청(本郷区役所) 2층 강당에서 문단의 사람들과 함께 신체검사를 받았다. 다자이의 '가슴에 청진기를 댄 군의는 바로 면제라고 정했다(胸に聴診器を当てた軍医は即座に免除と決めた)'고 한다. 병명은 '폐침윤(肺浸潤)'이었다. 한편 징용실격이 된 다자이가 그 사태를 작가로서 어떻게 받아들였는가에 대해 기무라 가즈아키(木村一信 2005: 121)은 당시의 다자이의 작품들을 들어 '징용에 합격하지 못한 집착(「徴用」に合格しなかったことへのこだわり)' '떳떳하지 못함(後ろめたさ)'을 가지고 '작아져 있을 수'밖에 없는 감각을 지적했다.

18) 有馬学(2002: 352)는 '당시를 모르는 사람은 놀라겠지만', 작가 고바야시 노부히코(小林信彦)에 의하면 '1939, 40년의 도쿄 시내는 아메리카니즘이 극에 달했다' '디즈니 만화와 타잔에 빠져 있었다'고 지적했다.

19) 『鷗』의 3개월 후에 발표한 『善蔵を思ふ』(「文芸」 1940년 4월. 『太宰治全集4』 1998: 288, 김재원 역 2012: 354)에 동일하게 '길거리 음악가'에 언급한 부분이 있다. 나는 그날 밤 가까스로 깨달았다. 나는 출세할 타입이 아니다. 포기해야 한다. 금의환향에 대한 동경을 깔끔히 버려야한다. 고향에만 뼈를 묻을 수 있는 건 아니다. 그렇게 느긋하게 생각하고 차분해져야만 한다. 나는 평생을 길거리 음악가로 살다 끝날지도 모른다. 어리석고 융통성이 없는 이 음악은 듣고 싶은 이만 들으면 된다. 예술은 명령할 수 없다. 예술은 권력을 얻음과 동시에 사멸한다. 이 시기의 다자이는 예술가로서 열등감과 비굴함을 가지면서도 실제로는 자신을 고무하는 〈나〉상을 쓰고 있다.

20) '너를 고소한 자와 함께 법정으로 가는 도중에'로 시작하는 마태복음 5:25-26은 『갈매기』보다 3년 빠른 『HUMAN LOST』(「新潮」 1937년 4월)에 등장한다. 『HUMAN LOST』는 파비나르 중독으로 인해 1936년 10월 13일부터 11월 12일까지 입원했던 다자이의 실생활이 소재가 되었는데, 작품은 침묵기(13-18일)→분노, 공격,욕설,저주의 시기(19-27일)→침정화(28일-12일)로 전개되는데, 위의 성구는 침정화 시기인 4일에 〈나〉가 '완벽한 패배'를 인정하고 '전과 같이 사람들에게 책임전가'를 하지 않으며 '소극적이지만 자신의 삶의 규범으로서 성구에 매달려 어떻게든 살아가려는 모습'을 나타내는 역할을 한다. (홍명희 2013: 134) 한편, 『갈매기』에서는 위의 성구와 5년 전에 광인 취급을 당해 정신병원에 입원한 것을 연결시켜 '또 한 번의 지옥'으로 표현한 것이다.

21) 아카시 미치오(赤司道雄 1987: 66)는 위에서 인용한 본문에서 구원에 대하여 말하고, 이어 '마태복음 25, 26이라는 심판'을 제시하는 것에서 당시의 다자이의 마음의 양극이 나타나 있다고 지적했다.

【참고문헌】

『鴎』(1998), 『다자이 오사무 전집(太宰治全集)』제4권, 筑摩書房, pp.153-169.
『갈매기』(2012), 김재원 역, 다자이 오사무 전집 3 『유다의 고백』, 출판사 b, pp.195-212.
김경숙, 「다자이 오사무 작품에 나타난 '나'에 대해서」「일본문화연구」 제47호, 동아시아일본학회, 2013, p.16.
홍명희, 「『HUMAN LOST』論—再生の意思とキリスト教との関わりを中心に—」「日本学報」第67号, 한국일본학회, 2006. → 「다자이 오사무 『HUMAN LOST』론—재생의 의지와 기독교의 관련을 중심으로—」『일본문학 속의 기독교』No9, 제이앤씨, 2013, p.134.
赤木孝之, 「昭和十五年」「国文学 解釈と鑑賞」, 至文堂, 1993, p.91.
赤司道雄, 「太宰治とキリスト教」「国文学 解釈と鑑賞」, 至文堂, 1987, p.66.
有馬学, 『日本の歴史 第23巻 帝国の昭和』, 講談社, 2002, p.352.
井上寿一, 『日中戦争下の日本』, 講談社, 2007, p.27, p.28, p.31, p.84.
遠藤祐, 「太宰治と聖書-一九四〇・四一年を中心に-」「太宰治研究」7, 和泉書院, 2000, p.254, p.257.
大平剛, 「鴎」神谷忠孝 安藤宏編『太宰治全作品研究事典』, 勉誠社, 1995, p.71.
奥野健男, 『太宰治』, 春秋社, 1973.3. → 『太宰治』, 文春文庫, 1998, p.211.
宜野座菜央見, 『モダン・ライフと戦争—スクリーンのなかの女性たち』, 吉川弘文館, 2013, p.8, p.68.
木村一信, 「開戦前後の太宰治—「徴用」失格を受けとめる—」山内祥史 笠井秋生 木村一信 浅野洋編『二十世紀旗手・太宰治—その恍惚と不安と—』, 和泉書院, 2005, p.121.
功刀俊洋, 「慰問袋」『日本史大事典』第1巻, 平凡社, 1992, pp.600-601.
佐藤隆之, 「太宰の強さ」「国文学」, 学灯社, 2008, p.83.
塚越和夫, 「「鴎」論」「太宰治研究」5, 和泉書院, 1998, p.87, p.98.
都築久義, 「戦時下の太宰治」「太宰治研究」8, 和泉書院, 2000, pp.1-15.
鶴谷憲三, 「鴎」東郷克美編 別冊国文学『太宰治事典』, 学燈社, 1994, p.52.
花田俊典, 「発禁本とその周辺をめぐる問題系 軍隊を書くということ—石川達三『生きてゐる兵隊』と火野葦平『青狐』」『発禁・近代文学誌』, 学灯社, 2002, pp.101-102.
藤井忠俊, 『国防婦人会』, 岩波書店, 1985, p.179-186.
藤原彰, 『昭和の歴史5 日中全面戦争』, 小学館, 1982. → 小学館ライブラリー, 1988, p.108, p.257, p.263.
山内祥史, 「年譜」『太宰治全集』13巻, 筑摩書房, 1999, p.527, p.536, p.545, p.548.

芳井研一, 「配給制度」『日本史大事典』第5巻, 平凡社, 1993.11, p.730.
渡部芳紀, 「「八十八夜」論－「俗天使」「鴎」「春の盗賊」にふれつつ－」『太宰治 心の王者』, 洋々社, 1984.
和田博文, 『知っ得 明治・大正・昭和 風俗文化誌』「国文学」, 学灯社, 2007, p.90, pp.164-175.

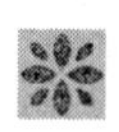

太宰治『逆行』と芥川『老年』における
スタンス・トライアングル
- 高齢者像を巡る発話意図の解釈と再構築について -

●●●

網 野 薫 菊

0. 背景

0.1. 「老人像」の系譜

高齢者を描いた外国文学作品としては「老人と海(ヘミングウェイ, 1951)」「白鯨(メルヴィル, 1851)」が代表的なものとして比較対照となってきた。国内においても芥川による『老年(1914年)』、太宰による『逆行(1935年)』という類似したモチーフをもつ二作品があり、描かれる老人像はいくつかの特徴を共有している。

『老年』においては房さんという料理屋の隠居を中心人物として、玉川軒に集う中洲の大将・小川の旦那等といった面々による房さんの最盛期と現在への評価や推測を描いていく。そして人生の最盛期に行ったこと(芸事・女性関係)が、老いてなお心にある様子が伏線として描かれ、それが現在における痴呆の様態に影響を与えている。

また『逆行』においては25歳を越しただけの「老人」の半生が作家であ

ること、酒と女性が好きだったことなどと中心として文脈化され、書き手の視点から「うそばかり吐いていた」と伏線が張られる。その後、その「うそ」の内容としてか蝶々が飛ぶという「老人」の幻想世界が悪夢さながら絢爛豪華に描かれた後に、臨終シーンにおいて「老人」は「遊びたい」と言ううそを吐き、その発話を巡る妻の反応が終結部において描かれる。

作品特徴としては『老年』においては芥川得意の遠景から近景へのズームイン、また周辺より主要人物へのズームインといった東洋的レトリック(Kaplan, 1996)が見られる。また室内装飾の誂えのよさ、華麗さと現在の老人の様子がさびの世界を対比的に強調した、独特の美も表現されている。

『逆行』においては『老年』に見られるような比較的時系列に沿った場面展開ではなく、伏線や仄めかしが入り組んだ複雑な構成をしており、読者は現代でいうミステリー小説のような解釈が求められる。また「生まれたこと、死んだこと」のみが真実で、あとはすべてうそという比較主義的立場によるニヒリズムが作品にある種の雰囲気を醸し出している。さらに作品自体が芥川へのオマージュとしての創造的複製とも言える。

0.2. 「老」の捉え方について

0.1で述べたように「老人性」を取り扱った外国作品としては『老人と海』『白鯨』が挙げられるが、双方は通常の隠居や引退後終の人生を過ごすといったステレオタイプを超えて、若い者以上の知力・体力を有する者として「理想的」な老人を描いている。

そこには荒々しい海の男の進化形としての、強くて賢い老人像が描かれており、痴呆は描かれない。また「老」に対するコンセプトもマイナスなものでなく、年齢を重ねると経験値が増えるといったプラスのイメージが描かれている。それは自然に対する人間の勝利といった作品が描かれた時代のリベラル層の思想が反映されたものとも言えよう。

一方、『老年』『逆行』といった二作品においては「痴呆」が主たる老いのモチーフとして描かれる。また人生の最盛期における行動習慣が、現在の痴呆状態にスナップ・ショットのように斑に現れる。またその最盛期の思い出としては両作品に現れる老人とも女性関係といった色めいたものであり、「白鯨」「老人と海」に描かれるような職業経験といった過去の蓄積ではない。また知力や体力といったイメージについては二人とも過去には芸事や作家といった一種の創作的職業についていたが、現在については痴呆症状のために目立って印象付けられてはいない。

表1：「老年」「逆行」における作品モチーフの比較

	精神	背景	対象	印象	視覚
老年	衰退 (痴呆・幻覚)	芸事の 名手	女性関係 (紫蝶)	軟派 情けない	華美・さび (鮮やかな緋の色・茶博多の帯)
逆行	痴呆をもって「老人」とする・幻覚	作家	女性関係	軟派 情けない	華美・さび (六色の蝶・あづきかゆ)

そこでは「老い」は過度の達成を求めるものではなく、むしろ少し情けなく恥ずかしいものも受け入れて自然なもととして描かれ、またろうそくの光のような滅びゆくものに特有のさびた美も感じさせる。

1. 先行研究

1.1. 認知症における談話分析文脈

談話分析においては制度的会話として多様な側面から発話分析が行われているが、「老年」「逆行」に描かれるような最盛期の個人的背景の表出については、Hamilton(2010)において"Snap shot"として同様の現象が報告されている。縦断的分析の対象となった当研究対象者の老人は、施設に入りその必要がなくなった現在においても、教会の茶事におけるこまごまとした準備を果たそうと焦る様子が観察されている。

老人とのコミュニケーション様態については、幼児や動物との相互行為と同一視されることが多いが、過去の習慣や大切な役割を担った人生経験があるという点において他と背景を隔しており、ふとした瞬間にこのように過去の完璧なフレームが蘇ることがよくある。

また“Subjectivity”という個々の主観を摺合せ、合意形成を行っていく過を“(Intersubjectivity”と呼ぶが、この合意形成や共話は実は本当の客観性や真実に限りなく似てはいても、実際の「真実」とは限らない、つまり集団によって発話者の意図や真実を再構築してしまう現象がOches(2002)で報告されている。そこでは自閉症の子供の行動を巡って、他の児童がその「健常者」主観をより集め、自閉症児の実際の行動と違った「間違いの事実」を作ってしまう過程がスタンス構築の立場から観察されている。

この言語学における“Intersubjectivity”、つまり間主観性は“Stance-triangle(Du Bois, 2007)”という相互行為的コンセプトによって語られており、談話分析における発話という客体の主観的に判断する際、その主観が間人的に合意形成過程を経て客体に近くなるメカニズムで説明されている。この「スナップ・ショット」と「主観の本人以外による再構築」という二点の現象は双方とも繰り返しに係るフレーム化・再フレーム化が関わってくる。

1.2. フレーム、再フレーム化(Framing, Reframing)

発話というのは常に単独では存在せず、先行する背景や発話の繰り返しやパラフレージングに相当するという考え方がある。例えばTannen(2006)では、フレームを間テクスト性やBakhtin(1981)のいう声の多重性やBecker(1995)のJarwa dhosok(古いテクストを現在の文脈に入れていく)"といった先行研究と同じ性質をもったものと位置付けている。

Individuals recall language they have heard in the past and adapt it to the present interaction, thus creating the context in which they are speaking. (Becker, 1995)

「各人が以前聞いた言葉を思い出して、現在の相互交渉の中に適応させることで、会話のコンテクストを作り出す。」

'Every conversation is full of transmissions and interpretations of other people's words" 'When we select words in the process of constructing an utterance, we by no means always take them from the system of language in their neutral, Dictionary form We usually take them from other utterances….' (Bahktin, 1981)

「他の人間の言説に対する解釈で会話は成り立っている。発言内容構成過程において言葉を選ぶときには他の先行発話に存在する言語システムから拝借しているものである…。」

つまり発話を位置づけるときはいつも以前の使われ方による意味から出てくるものであり、これは談話機能の一種として分析されてきた「繰り返し」や引用表現(Reported Speech)といった言語表現も関連するものであるというのがタネンの解釈である。「繰り返し」は単に音韻的なリズム・イントネーション・プロソディといったものに関するが、意味形成上の繰り返し(Repetition in sense-making)では、先行発話を含むコンテクストに基づき意味が形成されるものである。つまり語彙や文法などの言語形式面、表層的表現としての繰り返しは"Langauge"であり、ソシュールの言うところの意味と音とを関連付けるものである一方で、内容面の「繰り返し」は"Languaging"であり、意味理解、内容理解、意味付けなどの内容コンテクストをどう切り取っていくのか(フレーム化)に関わってくる。

1.1に挙げた「教会の茶事をしようとする患者」「ソフトボールで触っていないのにアウトにされた少女」は双方とも、以前提出されたあるテクストに対する理解や記憶(フレーム)を基に、新しいコンテクストを再構成していくものが「再フレーム化」である。ここでは、「過去に茶事の用意をしていた」「ソフトボールに触ったかどうか微妙な場面になった」という第一フレームが、それぞれ「痴呆になった本人」「自閉症児に対するステレオタイプ的見方を持つ周囲の子供達」によって、「現在老人ホームにいて茶事の用意をする必要はないが、再び用意しようとする」「ボールに触ったのでアウト判断する」という方法で再フレーム化された。

このようにある発話や行動を、新たな状況におかれた本人そして他人において判断されることは再フレーム化に当たると共に、ある発話や行動に対して、新たな状況(痴呆)にある本人、もしくは他の参加者の評価・判断・解釈が与えられるという点で、これから述べる間主観性とも関係するものである。

1.3. 間主観性を巡る過程(哲学分野)

間主観性は、元を辿ればフッサールやカント、さらにはギリシャのアゴラ哲学者に起源を持つ。松田(1984), 港道隆(2013)によると次のような各段階における性質を持つ。

① 主観性

最初から事物は特性等々を備えたある事物がその意味で存在しているその意味においてのみ存在することができる。そこでは意味をすでに意味として前提化してしまっている。

多様な実在的可能性を動機付ける認識、そして私たちはこの動機づけの連関を解きほぐしまなざしを向けると考えることが大切である。

またわれわれの認識の一切は「動機付け」の連関である。常に世界をわれわれ自身の何らかの動機・関心(Sorge)に相関して認識しているのだ。この段階はカントの言う「われ思う、ゆえにわれあり」に現れるような実存主義的思考段階でもある(フッサール)。

② 主観性の相互行為の結果としての客観性

各個人の自我意識によって認識される世界(客観的事物)は個別の世界であると同時に、『他者と共有する世界』でもある。主観と主観の間にある事象や現象を『言葉・体験・文字』によって共通認識(共通理解)することによって、『世界の客観性・実在化』が保障される(フッサール)。

間主観(相互主観性)とは、個人の意識(自我)と個人の意識が相互作用を及ぼし共通認識を成立させる『客観的認識の根拠』を指示していて、『自分の見ている世界』と『他者の見ている世界』の基本的同一性を担保するものとなっている(フッサール)。つまり客観＝合意形成、一般化への過程を経るものであり、またはエビデンスの形成手順とも言える。

③ 間主観性と相対主義のデメリット

この様な手続きで共同化において心理と仮象や客観性が決定される。しかしいわゆる客観主義のように視点のもつ普遍性へと傾きがちなこと、そのために自己理解が怠りにされ、そこから相対主義と実践の分離といった危機症状が生じる(フッサール)。「われわれ(わたしでなく)」が正常なものとして他を排していくこと、また「われわれ」をまず確保することが間主観性の現象学の課題である。

このように間主観性はあくまでも主観性の一種であり、形成された合意が真実かどうかは定かではない。以上により、主観性と間主観性、また脱間主観性について基本的定義を行うと次のようになる。

A, 主観性

自己世界をどのような仕方で経験しているのか、経験の事実性について問う。(自分の知識や経験等の範囲で、どのように物事や発話の意味を規定してしまっている。自己文脈の中における意味としてしか存在できず、むしろ自己世界の中にその事物や発話が位置づけられてしまう(前提化されてしまう)ことがある。)

B, 間主観性

そこ(自己世界)で気づかれた経験の視点拘束性と志向性とから、その拘束が克服されて「客観的世界」が構成される仕方へと問いかける。(自己世界と違う他者世界が存在し、事物や発話の意味はその他者世界で違ってみえることに対して「(モナドの)窓」を開くこと。それによって個別世界に住む者同士の普遍的人間としての共通性に対する相互交渉を行い、共通の客観性に向かって合意形成を行う。)

C, 脱間主観性

なぜ視点拘束性が克服されるべきか、その根拠へと問いかける。(そうやって間主観性を目指して合意形成が行われていくと、この「一般化」できると見なされたことが客観的真実となる。しかしあくまでもこれは「(モナドの)窓」を通したコミュニケーションの結果であり、その軌跡が一般化されるものと認められただけである。従ってその相互交渉の結果が「真実」、さらに皆にとっての「真実」として認められるかどうかは疑問である。さらに全体主義的絶対性と共に、自文化中心主義等の視野狭窄へと陥ってしまう。)

以上の哲学分野における概念をまとめた後、次からは言語学分野での間主観性を述べる。

1.4. 言語学における間主観性

1.1においては再フレーム化、1.2においては哲学分野の視点より、自己世界における意味づけや評価、他者世界におけるそれ、そしてその主観同士の相互交渉による主観再構築－間主観性構築を見てきた。さらに談話分析分野においては。主観性を確立することはスタンス・テーキングと呼ばれ、その機能面におけるカテゴリー付けについてより実際的側面から分析が行われてきた。この分野では、スタンス・テーキングは機能言語主義のもと実は隣接ペアや発話交換構造(Sinclair & Coulthard, 1975) 等の相互交渉などと同じように、細かく分解してその性質を分析できるもの、つまり構造主義的なメカニズムを持つものとして捉えられている。

Du Bois(2007)の相互交渉メカニズムでは"Object(発話や非言語などのメッセージそのもの)", "Subject(それを評価するメッセージの受け手)", Intersubjectivity(Alignment; 連携、または関係性の調整や方向付け)は次のように記述されている。

① 主観性(スタンス・テーキング)

"Object"を発話者により発信された言語・非言語的メッセージそのものとすると、それに対して評価や位置づけを与えるメッセージの受け手は"Subject"と定義される。Subject(メッセージの受け手であり主体的な評価者)が「主観を取る(Stance-taking)」過程においては、この"Subject(判断する受け手)"から"判断されるObject(発話・メッセージそのもの)"へ知的(Epistemic)・情的(Affectionate)評価が行われ、またそれを通して"Subject"(発話を判断する受け手)は自身の意見としての評価(Evaluation)や立ち位置(position)といったスタンスを獲得する(スタンス・テーキング)。スタンス・テーキングの具体的な語用論的機能カテゴリー(言語で達成される行動の種類)としては「査定(assessment)」「賞賛(appraisal)」などがある。またそれらのスピーチ・アクトを達成するために、実際の述部に見られる表現としては「ひどい(horrible)」「理想的な (ideal)」「卑怯な(nasty)」といった形容詞的表現が取られる。

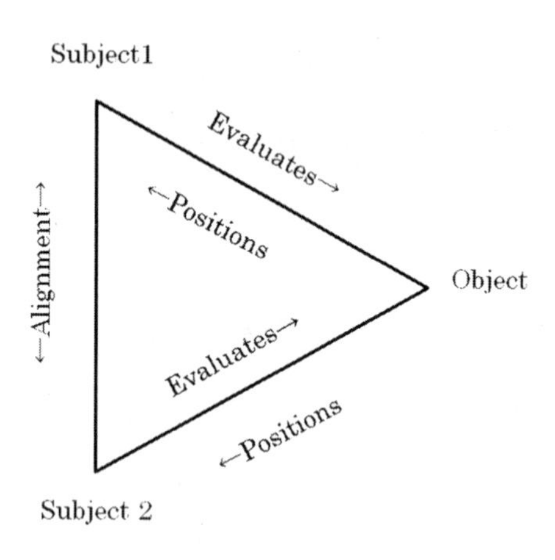

図1 : Du Bois(2007)による
Stance-taking triangle

② 間主観性

既出の"Subject1(メッセージの受け手・評価者)"による評価・立ち位置が次の"Subject2"により連携され、評価されるという、「声(メッセージ性)」の共同的構築過程により得られるものであり、そこでは"Subject"同士の複雑な相互交渉が行われ、理論付けされていく。この"Alignment(連携・足並みを揃える)"という過程においては、"Subject"各人のスタンス・テーキングや異なった評価・立場付けが相互交渉(ネゴシエーション)されていく。またこの"Alignment"においては、言語で明示的に表現されることもあるが、応答詞や頷き、頭を振るといった非明示的仄めかしによって示されることもあり、間主観性にはこれといった談話分析上の詳しい評価基準(Criteria)は存在していない。

こういった機能主義的分析の課題としては、間主観性のカテゴリーについて各ケースを分析して際限なく多様性を重視するのがよいのか、またなるべくカテゴリーを少なくして一般化的統合方向に向かうのがよいのかといった語用論につきものの議論がある。またその発話を聞いている"Listener(聞き手、読み手)"の立ち位置や存在はあまり談話分析上の基準においては分析範囲として明確になっていない(Engebretson, 2007; In Du Bois, 2007).

表2：間主観性(哲学)と言語学の関連性

談話分析	フッサール	Engebretson (In Du Bois, 2007)
メッセージ内容	『言葉・体験・文字』	Object
主体 / 主観	動機付け(Sorge) 心遣い・関心	Subject(with Evaluation, positioning)
主観性を持つ	経験の視点的拘束性と志向性 個人の経験値による思考	Stance-Taking
文脈・背景・スキーマ	事物がその意味で存在	Contextualization
共感・間主観性 合意形成	「世界」の基本的同一性 「モナドの窓」基準	Alignment (Calibrating the relationship between 2 stances)
客観性	世界の普遍性 数量的規定	機能言語学的分類
個別例/ ケーススタディ	現象の記述	記述
間主観性の問題	自文化中心主義 バイアス	How to interpret the variability of stance?

2. 研究課題および手法

研究視点としては、1.3で述べた言語学視点からの間主観性分析手法は、文学作品においても応用可能であると考える。「老年」「逆行」の二作品においては、老人の発話を巡る早とちりや再認識、また反応として涙を流す等の他の登場人物による反応や、「うそを吐いていた」といった作者による解釈などが起承転結の「転」部に現れるため、特に間主観性を巡る周辺理論は分析枠組みとして利用する価値があると考えた。

また二作品間においては、太宰の芥川作品に対するオマージュやレプリケーションといった見方が成立するのかといった仮説検証立場から、間主観性の理論の応用間主観性の応用的解釈として、従来の"Subject(評価者)"、"Object(発話内容)"として作中の登場人物や作者の間の主観性交換のみでなく、二人の作者による作品間における主観(スタンス)の交換過程("Alignment")といったものへの拡大が可能であるか試みようと考えた。研究手法としては1で述べた先行研究(1.1認知症談話における先行研究、1.2哲学分野における先行研究、1.3機能言語学における間主観性で述べた次の8点の視点を取り入れて分析を行いたい。

1) 「スナップ・ショット」のように過去のフレームが現在において再フレーム化されるような描写はあるかについての検討を行う。
2) 「痴呆」にある老人について、周囲による発話者本人の発話意図について再構築が行われるかについての検討を行う。

3) "Subject(受け手・評価者)によるスタンス・テーキング(評価付け)について、機能主義言語学的分析、またそのスタンスの知的・情的等のバリエーションについて分析する。

4) "Subject 1(第一評価者)"へ "Subject 2(第二評価者)"が"Alignment(スタンスの相互交渉)"を行う際には、その発話が"Object(発話)"そのものに対する評価ともなり得るのかについて、レイヤー的分析を行う。

5) "Alignment(スタンスの相互交渉)"による合意形成において、言語による明示的表現の他にも、非言語情報による仄めかし(非明示的)も含めたマルチモダルの立場から分析を行う。

6) "Object(発話、メッセージ)の発話者(Subject)とその発話そのもの(Object)を切り離すことは可能か。また作者・読者は第二、第三の"Subject"として主体的に発話を判断する者として分析の範囲になりうるのかについて検討する。

7) 登場人物以外にも、作品を描く作者・それを解釈する読者は間主観性のどこに位置づけられるのか。また"Alignment"は作品の登場人物がいる「ダイクティック(現場照応)」な場に限定されるのか。また時空を超えて作用することが可能か。

8) スタンス・テーキングなどの言語学理論は明快さとパターンを求めるものであるが、そもそも間主観性の第一段階となる「主観」というのは"Subject"本人にとっても明確なものであるか。

つまり参加者の各主観を比較的に描写することで、作者が読者に対して参加者間の間主観性を、暗示的に推論させる手続きについて質的分析を行う。

3. 実際の分析 —『老年』芥川龍之介—

ここからは実際に談話分析を行っていく。

3.1. 七段落目の会話部を巡る分析

「何をすねてるんだってことよ。そう泣いてばかりいちゃあ、仕様ねえわさ。なに、お前さんは紀の国屋の奴さんとわけがある……冗談云っちゃいけねえ。奴のようなばばあをどうするものかな。さましておいて、たんとおあがんなはいだと。さあそうきくから悪いわな。自体、お前と云うものがあるのに、外(ほか)へ女をこしらえてすむ訳のものじゃあねえ。そもそもの馴初(なれそめ)がさ。歌沢の浚いで己(おれ)が「わがもの」を語った。あの時お前が……」

「房的(ふさてき)だぜ。」

「年をとったって、隅へはおけませんや。」

小川の旦那もこう云いながら、細目にあいている障子の内を、及び腰にそっと覗きこんだ。二人とも、空想には白粉おしろいのにおいがうかんでいたのである。

この段落はかたりの部分が続いた後に現れる直接引用として、「　」内で表現された参加者による発話であり、誰が何について誰と話しているのか比較的明確なものである。

この会話を談話分析上の便宜のために、スクリプトとして記述し直すと次のようになる。

例文1)

01 房さん：何をすねてるんだってことよ。そう泣いてばかりいちゃあ、仕様ねえわさ。なに、お前さんは紀の国屋の奴さんとわけがある……冗談云っちゃいけねえ。奴のようなばばあをどうするものかな。さましておいて、たんとおあがんなはいだと。さあそうきくから悪いわな。自体、お前と云うものがあるのに、外(ほか)へ女をこしらえてすむ訳のものじゃあねえ。そもそもの馴初(なれそめ)がさ。歌沢の浚いで己(おれ)が「わがもの」を語った。あの時お前が……

02 中洲の大将：房的(ふさてき)だぜ。

03 小川の旦那：年をとったって、隅へはおけませんや。

(小川の旦那もこう云いながら、細目にあいている障子の内を、及び腰にそっと覗きこんだ。)

04 大将・旦那：(空想には白粉おしろいのにおいがうかぶ)

01における「何をすねてるんだってことよ。(中略)あの時お前が……」という発話は、中洲の大将と小川の旦那が房さんの部屋の近くを通った際に聞いたもので、房さんが発話主と考えられる発話内容(Object)であり、例文1)におけるスタンス・テーキングの対象である。

続く02における「房的(ふさてき)だぜ。」は第一評価者"Subject 1"である中洲の大将が"Object"である上記発話内容に対し評価を行ったもので、「房さんらしい」といった典型例(likelihood, Makino et al; 1986)を示す「判断や意見」に関する形容表現となる。ここでは何を典型例として房さんらしいのか、また房さんらしさのどの面を強調しているのか、また房さんらしさを表現するどの伏線と関係あるのかということが読者にとって定かではない。

しかし03の小川の旦那"Subject 2"による「年をとったって、隅へはおけませんや。」という評価により、女性関係でまだ盛んだという「房さんらしさ」の側面が取り上げられや、伏線として件の女性問題(駒形の紫蝶)が焦点の対象となっていることが読者にとってより明示的となる。つまり03における小川の旦那の発話は、房さんによる01の発話内容(Object)に対して「隅におけない」を評価すると共に、02における中洲の旦那といった"Subject 1"の発話内容に対し意見表明(賛成)や共同構築的明確化やいった"Alignment"を行っているのである。この構造は、続く04による作者によるかたりによる描写「二人とも、空想には白粉(おしろい)のにおいがうかんでいたのである。」でより明確となる。つまり02, 03の傍観者による01の房さんによる発言意図に対する「客観」や「真実に近い間主観性」の構築過程が明確化されるものとなった。つまり01における房さんの発話に対して、「女性を部屋に連れ込んで口説いている」といった「中洲の大将」の意識(自我)と「小川の旦那」の意識(自我)は、相互作用を及ぼしながら共通認識を成立させ、ここに間主観性は、「おしろいのにおい」といった比喩的表現により暗示的に表現されることとなった。

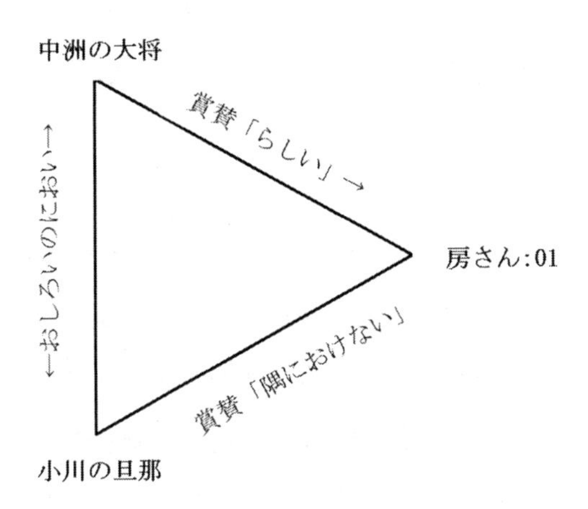

図2:「老年」におけるスタンス・トライアングル(ST)

3.2. 八段落目における直接引用部の分析

「　」で括られた房さんの二度の発話は、3.1で述べたように次のような発話外描写(作者によるかたり地の文; 工藤(1995))の後に行われる。

小川の旦那もこう云いながら、細目にあいている障子の内を、及び腰にそっと覗きこんだ。二人とも、空想には白粉おしろいのにおいがうかんでいたのである。

部屋の中には、電灯が影も落さないばかりに、ぼんやりともっている。(中略)女の姿はどこにもない。紺と白茶と格子になった炬燵蒲団の上には、端唄(はうた)本が二三冊ひろげられて頚に鈴をさげた小さな白猫がその側に香箱(こうばこ)をつくっている。猫が身うごきをするたびに、頚の鈴がきこえるか、きこえぬかわからぬほどかすかな音をたてる。房さんは禿頭を柔らかな猫の毛に触れるばかりに近づけて、ひとり、なまめいた語(ことば)を誰に云うともなく繰り返しているのである。

これは作者のかたりにより新たな文脈コンテクストが追加されていく部分であり、この文脈の追加により例文1)における01の房さんによる類似の発話(女性を口説く)自体に対する、中洲の大将・小川の旦那(S1, S2)の評価・解釈、および構築された間主観性が劇的に変わる物語のピーク、暗転部である。3.1にならい、この部分を談話分析上の便宜のため、次のように記述し直す。

例文**2)**

(中洲の大将、小川の旦那が部屋を覗き込む。中には女の姿はどこにもいない。代わりに猫に房さんが話しかけている。)

01 房さん：その時にお前が来てよ。ああまで語った己(おれ)が憎いと云った。芸事と……

02 中洲の大将・小川の旦那：(黙って、顔を見合わせる。)

01における房さんの発話部(Object)は例文1)01における発話と変わりなく女性を口説くといった内容であるが、「中を覗き込むと女の代わりに猫がいた」といった作者のかたりによる新文脈が追加されたために、例文1)で中洲の大将・小川の旦那によって構築された間主観性は客観に近いが真実でなかったことが分かる。02において「中洲の大将と小川の旦那とは黙って顔を見合せた。」という非言語情報により、二人の間主観性が間違いだったことに2人が気づき、新たな暗示的“Alignment”が生まれたことになる。つまり房さんは痴呆により女性を口説いているかのような幻覚に陥っている、もしくは若かりき日を思い出し、独り言をつぶやくこととなった。

つまり例文1)2)の01における房さんの発話にまつわる状況・文脈(哲学用語では動機付け・気遣い(Sorge))が作者の「かたり」により変化したことで、発話内容“Object”そのものも変化したこととなる。ここでは発話内容“Object”は、その周りの背景や文脈も含んだものという再定義が必要となる。(1.2において「自己文脈が物事や発話の意味を規定、もしくは自己世界の中に事物や発話が位置づけられてしまう(前提化されてしまう)ことがある。」と述べた。)なおこの例文2)においては中洲の大将・小川の旦那つまり“Subject”による房さんの01における発話“Object”への評価が明示されてはいず、評価の後の反応である「顔を見合す」という非明示的反応しか述べられていない。読者の解釈や再構築過程に期待することとなる。

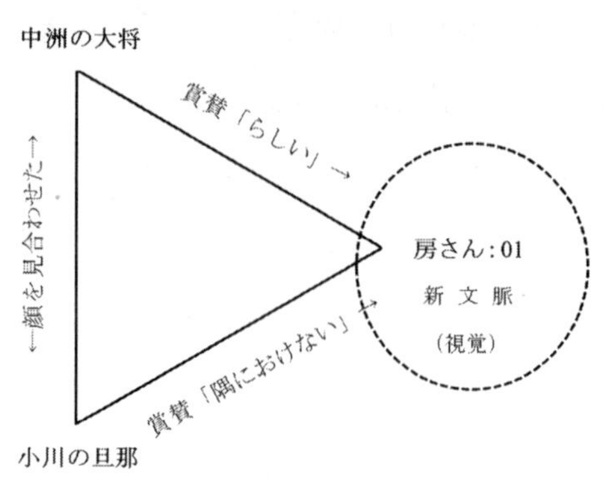

図3：「老年」における ST2

3.3. まとめ『老年』

ここでは1.2における1)-6)に述べた間主観性の分析視点に沿って、3.1−3.2における分析をまとめたい。

まず談話分析的視点について述べる。「スナップ・ショット」のように過去のフレームが現在に蘇る現象であるが、例1)例2)における房さんの発話は、現在女性を口説くものではなくて、過去の華やかだった女性関係(駒形の紫蝶)などが蘇った記述であろう。これは1.2における「以前提出されたあるテクストに対する理解や記憶(フレーム)を基に、新しいコンテクストを再構成していくものが『再フレーム化』である(Becker, 1995)」という定義に沿う上、茶事の用意をしようとする老女(Hamilton, 2010)と構造的に類似したものである。

また内容だけでなく、例文1)と例文2)はそれぞれ構造的に似通ったものがあり例文1)と例文2)における構造の差異は、「発話場面を実際に見ていない / 見た」であり、前者を第一フレーム、後者を第二フレーム

(再フレーム)として判定できるのではないか。それはBahktin(1981)において「発言内容構成過程において言葉を選ぶときには他の先行発話に存在する言語システムから拝借しているものである」という記述にも適合するものである。

さらにOches(2002)における自閉症児について「間違いの客観性」を構築する例が述べられたが、同様の構造が例文1)2)で見られる。つまり例文1)での評価・判断者・他参加者である"Subject"が、房さんの発話"Object"について、「女性を口説いている」という発話意図の構築(あるいは推測)を行っているが、これは果たして本人(房さん)の発話意図と合致したものであろうか。仮に痴呆症状としてもしく意図的に独り言を述べているのであれば、前者では本人は本当に口説いているつもり、後者では承知して独り言を言っているのであり、どちらにせよ中洲の大将、小川の旦那は発話者の発話意図とは別に「事実でない」発話意図を再構成していたとも言える。

また機能言語主義的分析としてスタンス・テーキングの種類に関しては、「房さんらしい」という形容表現により「査定」や「判断」が行われている。「隅におけませんや」では比喩的な動詞句を使うことにより「老齢にしては盛ん」という賞賛がなされ、「老人と海」「白鯨」で描かれるポストモダニズム的老人像が示されている。例文1)においては登場人物"Subject"による発話評価として明示的に示されているが、例文2)ではそうではない。猫に向かって話かける房さんを見た後の二人の発話はなく、ただ「顔を見合わせる」という「かたり」による非言語情報による非明示的仄めかしがなされている。つまり評価者である"Subject"の評価はあやふやなものであり、読者が推測を行うしかない状況である。ここに"Subjectivity(主観)"と異なってフォルムのはっきりとしない準主観性としての"Discursivity(推測)"に焦点が当てられている。

また作品においては、作者による地の文「かたり」「内的独白」により解釈の仕方や文脈の提示、非言語情報の提示が可能であるため、新しく文脈を示す・非言語情報を加える・他の五感(匂い)を評者する等による間主観性の提示が行われる。こういった実際の発話には叶わない文学ならではの表現方法により読者へのオリエンテーションや解釈の方向付けが自由自在になっているのが伺える。

4. 実際の分析 ―『逆行』太宰治―

さらに太宰の『逆行』においては評価する主体"Subject"として通常の登場人物の他にも、発話内容"Object"の発話本人である「(二十五を超しただけの)老人」そして作者を、"Object"を巡る評価や査定の"Subject"として位置付けることも可能である。後方照応が必要とされる様々な伏線の展開、登場人物・作者の語りが入り組んだ構造により、読者は作者の提示する視点の交換や矛盾した論理(嘘でなかったのは生まれたことと、死んだこと)に適応を強いられる。

4.1. 三段落目における間接引用部の分析

この段落は次のような作者のかたりによる文脈作りから始まる。

　この老人は、たいてい眼をつぶっていた。ぎゅっと固くつぶってみたり、ゆるくあけて瞼(まぶた)をぷるぷるそよがせてみたり、おとなしくそんなことをしているだけなのである。

次に老人"Object"である発話内容が接続助詞による間接引用「という」で表されている。

　蝶蝶が見えるというのであった。
　い蝶や、黒い蝶や、白い蝶や、黄色い蝶や、むらさきの蝶や、水色の蝶や、数千数万の蝶蝶がすぐ額のうえをいっぱいにむれ飛んでいるというのであった。わざとそういうのであった。

これを談話分析に適したスクリプトにすると次のようになる。

例文3)

01　老人：蝶蝶が見える。青い蝶や、黒い蝶や、白い蝶や、黄色い蝶や、むらさきの蝶や、水色の蝶や、数千数万の蝶蝶がすぐ額のうえをいっぱいにむれ飛んでいる。(上記は(現実でなく)「わざと」である。)

例文3では01に示すように、原文では接続助詞「という」による発話境界表示の前部分までが「老人」による発話"Object"となる。また( )で示された01の発話に関する現場描写として「わざと(そういう)」は、悪い意図を示す副詞であり「見えないのに関わらず / うそであるのに関わらず」等の前半文を予想される。この老人の発話自体を疑わしいものとして位置付けながらも、作者は次のような「かたり」を展開する。

> 十里(とおく)は蝶の霞(かすみ)。百万の羽ばたきの音は、真昼のあぶの唸(うな)りに似ていた。これは合戦をしているのであろう。翼の粉末が、折れた脚が、眼玉が、触角が、長い舌が、降るように落ちる。

この作者による「かたり」では例文3)01における老人による発話内容と類似しており、蝶々が飛ぶ世界自体が作者の視点からも事実として肯定され、より現実感のある描写として現在形で示される。あたかも読者が"Object"の内容を「客観的な真実」として解釈するように方向付けするかのようである。

図4に示すように、ここでは「蝶々が見える」という発話"Object"に対してスタンス表明するのは登場人物の中にはいない。ただ作者がかたりの部分で「わざとそういうのであった」というかたり部分が、「うそを吐いていた」という第一段落目の伏線と合致する。つまり他の参加者でなく、作品を描く作者自身が、評価者として「うそである」という評価を行っているのである。

一方で「十里(とおく)は蝶の霞かすみ。…」のくだりにおけるリアリティを伴うかたりは、老人の幻覚上の世界を再現するかのようであり、「瞼をぷるぷるそよがせてみたり」というかたりにより、老人の幻覚世界では確かに蝶が飛んでいるのだと思わせるものである。ここで時制に言及すると、「地の文」における「かたり」には時間軸に沿って事の次第を語るタ形、そしてまた目の前の出来事を生き生きと語る現場性を示すル形(メイナード泉子・K(2005))がある。つまり「蝶の羽ばたき」のくだりで、、「蝶の霞であろう」「落ちる」に使われるル形は、「蝶の霞」という体言止めとも合わさって、作者(かたり手)と読者(聞き手)が同時に位置する時間軸にいる錯覚を起こさせる。またここは「地の文」の中でも登場人物である老人の「内的独白」である、つまりゼロ引用節、もしくは後方照応であるとも考えられる。この部分でも「現場性を持つル形」が使われ、老人本人の言う世界には確かにこういった世界が展開されているという説得性を持つこととなる。

つまり作者は老人の発話内容について自分で「うそ」「わざと」と評価しながら、一方で「ほんとうの」「真実らしい」世界を構築し、老人・読者に共にそこに住まわせるという意図性を感じる。つまり老人は「蝶々が飛んでいる」という発話“Object”のメッセージ発信者であると同時に、そのメッセージを「真実」として自己評価している評価者(Subject)とも捉えられる。

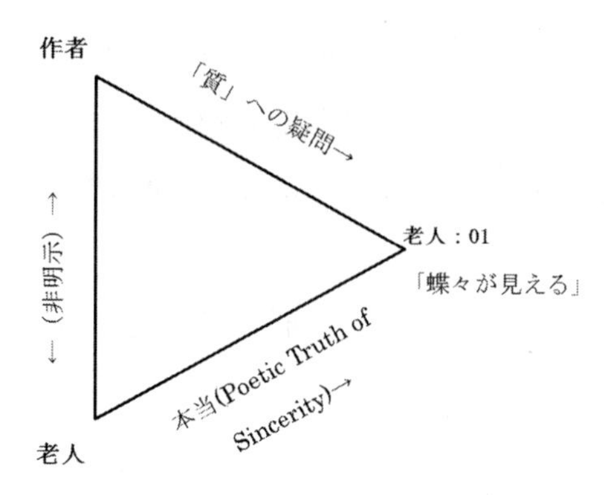

図4：「逆行」におけるST

4.2. 結び(五、六段落目)における間接引用部の分析

この部分は、第四段落目においてこの老人自身のプロフィールとして述べられた「臨終の老人が、あづきかゆ、を食べたいとつぶやくところの描写をなしたことがある」と文との整合性・反復性が感じられるため、実は老人の臨終シーンではないかと暗示させる場面である。

> あずきかゆは作られた。それは、お粥(かゆ)にゆで小豆を散らして、塩で風味をつけたものであった。老人の田舎のごちそうであった。眼をつぶって仰向のまま、二匙(さじ)すすると、もういい、と言った。ほかになにか、と問われ、うす笑いして、遊びたいと答えた。
>
> 老人の、ひとのよい無学ではあるが利巧な、若く美しい妻は、居並ぶ近親たちの手前、嫉妬(しっと)でなく頬をあからめ、それから匙を握ったまま声しのばせて泣いたという。

例文4)

01 老人：(目をつぶって仰向のまま、二匙すする。)

02 老人：もういい

03 登場人物(妻)：ほかになにか

04 老人：遊びたい。(薄笑いと共に)

05 妻：(頬をあからめた後、声をしのばせて泣く。)

例文4)では4.1に述べた"Subject"である老人・作者の他に妻という"Subject"が加わる。

03において「ほかになにか」と尋ねる登場人物はひらがな表記による女性性からも「ひとのよい無学であるが利巧な若く美しい妻」のイメージと重なり、05における発話者と同じ「妻」であろうと推測できる(後方照応)。

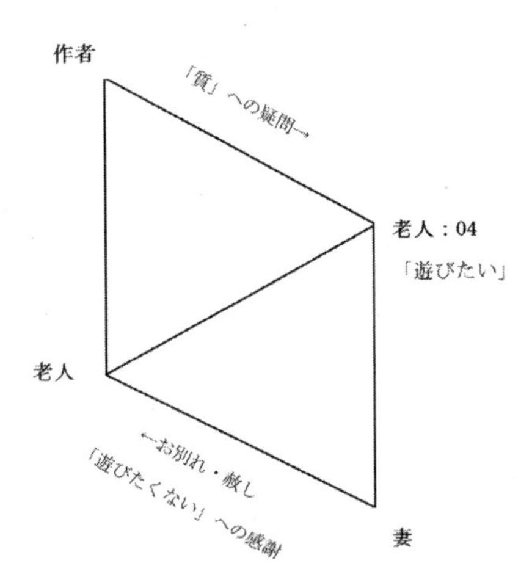

図5：「逆行」におけるST2

これから04における「遊びたい」という発話“Object”に対する、“Subject”としての三者におけるスタンス・テーキングを見ていきたい。

まず「作者」の評価については、第四段落における「臨終の老人が、あづきかゆ、を食べたいとつぶやくところの描写をなしたことがある」と、第一段落における「死ぬる間際まで嘘を吐ついていた。嘘でなかったのは、生れたことと、死んだこととであった。」という描写がある。それらがこの場面に遠隔的に作用し(後方照応)、臨終シーンであるここで、また嘘を吐くだろうという前提を読者に与える。またあづきかゆを食べたいと言ったのに、二匙するだけでいいということは「あづきかゆを食べたい」と言ったのも嘘だという見方もできる。つまり作者が読者を「嘘」へと誘導するこれだけのお膳立てをしたからには、04における「あそびたい」も嘘であると示しているに等しい。

一方、老人(Subject 2)と本人が喋った「遊びたい」という発話(Object)が分離可能とするならば、老人本人にとっては蝶々の一件と同じく、本気で遊びたいと考えており「ほんとう」という評価でもあるだろう。これは最盛期に執心したと記述があるものの一つであり、スナップ・ショットとして蘇った過去の行動習慣としても捉えられる。

また妻(Subject 3)において、妻本人の反応「泣く」の理由は読者の推測に委ねる部分が多分にある。臨終の間際最盛期の「老人」を思い出し、もうすぐ故人となる「老人」を偲んだとも言える。また「あそびたい」という言葉さえ嘘である可能性があり、裏返すともう遊びたくないという意図に捉えられる。それを老人の本気で「遊びたい」と思っている主観として理解したにせよ、あるいは「もう遊びたくない(妻のみ)」と解釈したにせよ、老人と妻との間で世界の共有化(Alignment)が行われた瞬間かもしれない。このように作者・老人・妻という三者三様の"Subject"による多様な解釈を提供する仕組みこそ、この作品の持つ表現性とも言えるだろう。

4.3. まとめ『逆行』

以上の4.1−4.2を、2節における1)-8)の視点で再検討する。まず談話分析先行研究における「スナップ・ショット」と類似記述としては、「ちがった女を眺めながらあくなき空想をめぐらす」という第一段落においてフレーム化された癖が、最終章では臨終間際における発話「あそびたい」という形で再フレーム化される。もちろん前者は「老人」となる前、また後者はなった後という取り巻く状況(文脈)が変化しており、この意味でも「繰り返し」とは違う「再フレーム化」と言えるだろう。」また「老人」の発話を巡る意図の再構成については、最初から作者は「嘘ばかり吐いていた」とかたっており、読者が老人発話を解釈する上で特定のオリエンテーションが行われている。つまり老人本人にとっては真実(Poetic Truth of Sincerity, Abrams, A.H.; 1953)でも真実でなくても、読者が老人発話"Object"について「真実でない」という解釈を行うように、つまり発話意図の再構成を行うように誘導されている。つまりグライスの公理(協調の原則)のb,「嘘と思うことは言わない」「真実を真のとおりに話す」という「質」に関連する原則から、老人による発話"Object"は逸脱するものとして意図的に提示してある。

また機能言語主義的なスタンス・テーキングの種類としては、『逆行』における例文3)4)とも“Subject”による明確な発話(会話文)による評価は示されない。例文3)においては、「蝶々が見える」という発話“Object”に対し、判断する主体“Subject”が他の登場人物以外にいるとしたら、作者と発話者本人(老人)とせざるを得ない。しかし他の登場人物でないに関わらず、作者と老人の判断・スタンスはなぜか明確である。前者(作者)は蝶々の飛ぶ世界を「嘘を吐いていた」として老人の発話行為そのものを否定するというスタンスを取る。対して後者は「蝶々が飛んでいる」と発話し、後方照応にて真実味を伴った幻想世界が描かれることからも「真実」というスタンスを取る。このように作者の描写次第で“Object”に対する“Subject”のスタンスが理解できることもあるのである。

次に作者・老人本人・妻という三者間における主観性の相互交渉について述べる。例文4)で、“Subject”としての妻は、幻覚の世界を見る老人の臨終状態そのものに対して「涙を流す」という反応を示す。これは過去のフレームを彷彿とさせる老人(の主観)に対し「ありし日を偲ぶ」という“Alignment”を行ったと言える。また老人が自分の発話を「嘘」と意識している(わざとそういう)とすると、その臨終間際のメッセージ(あそびたいは嘘ーあそびたくない)に対し泣くという非言語情報で感謝の意を示したとも言える。

5. 作品間の間主観性について

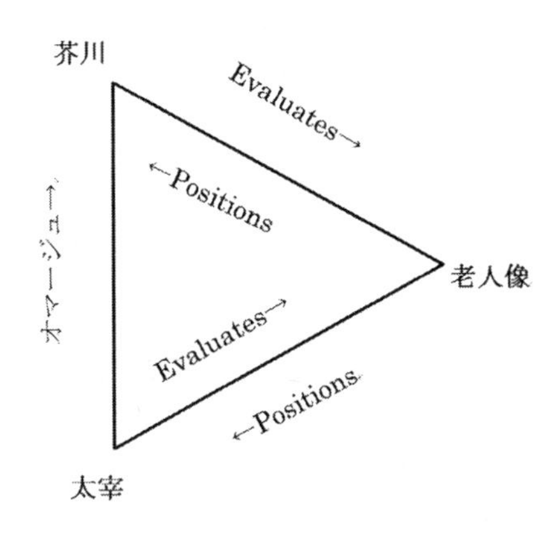

図6：作品間のST

0.2においてすでに述べたように、二作品にはモチーフの類似(痴呆を巡る主観と解釈・女性関係にまつわる最盛期の思い出と現在)等、情けなくも自然で粛々とした老いが描かれている。

両作品ともその老いにまつわる、周囲の人間による間違った発話意図解釈と合意形成、また本人にとっての「幻想世界」の現実性等が描写されている。また主観というのは実体があるのか、また判断を行う本人そのものも自己の主観というものを認識しているのか、あるいはただこういった見方・ああいった見方もできるのではという漠然とした推測、つまり「主観群」が存在しているだけなのだろうか。

さて、ここで二作品間における作者・芥川と太宰の間主観性“Inter-subjectivity”を考察する。第一には、この作品は太宰(Subject 2)から芥川

(Subject 1)作品への賛辞・オマージュであるという主観について、前述の談話分析的枠組みから少し外れて考察したい。まず『老年』で見られる「駒川の紫蝶」は『逆行』ではいっぱいにむれ飛ぶ「むらさきの蝶」として再フレーム化されている。芥川の処女作とされるのが『老年』であるという第一フレームから考えると、『逆行』において「老人が十八歳で始めて書いた小説」という件は第二フレームとも考えらえる。

0.1で述べたように両作品のモチーフについても痴呆・幻覚や、女性関係を対象とした再フレーム化、華美とさびの対比など類似が見られる。つまり類似した老人像を描くことで芥川(Sbuject 1)に対しての賛辞・賛成という"Alignment"を作る一方で太宰本人の"Object"「老人像」に対するスタンスを示している。つまり『老年』は『逆行』により再フレーム化されたんである。

また太宰にはこのモチーフのレプリケーションに限らず、他のフレームを再フレーム化する技法が多く見られる。『逆行』の中でも、自殺・情死を試みる「老人」、また病により幻想世界を見る「老人」の姿など、実は後の太宰自身を予見するのではというモチーフが出てくる。いわばここに描かれた「老人」の姿を第一フレームとすると、太宰が本人としてこの再フレームを生き切ったのではという不気味さが残る。また「老人が十八歳で始めて小説というものを書いたとき、臨終の老人が、あずきかゆ、を食べたいと呟くところの描写をなしたことがある。」というくだりは今まさにあずきかゆを食べたいという描写をしたばかりの太宰自身が、自己の臨終間際を書いているようなフレームと再フレーム化の効果を感じさせる。

La construcción de la memoria(by. Mila Kucher)

文学分野においてはAbrams, A.H.(1954)が“Mimetic Theories”にて、1つの事項と別の事項を結びつけるには「鏡」のような媒介物が必要となること、またテキストにおける“Subjectivity”と“Objectivity”の解釈は多義性と関係すると述べている。つまり太宰は様々な“Subjectivity” “Objectivity”を提示することで、作品の解釈における幅を拡げ、しいてはAbrams, A.H.(1954)のいうテキストの多義性(Promantic Polysemism)を達成しているのではないだろうか。

この複数の事項に渡る再フレーム化は「鏡の中の鏡の中の鏡の中の…私」という自己反復性が示されているとも言える。さらには「老い」というもの自体が、個人を超えて人間としての反復性を持っていることを考えさせる。すなわち他者の老いを第一フレームとするならば、自己の老いは第二フレームである。

6. 研究視点への考察 ―読者と"Universe"―

この節におけるディスカッションとして、解釈者として登場人物の他にも作者・読者の視点がどこに位置づけられるのか、また登場人物・作者・読者の“Alignment(主観の相互交渉)”において、時間や場所はどう作用するのかという視点について述べたい。

1950年代に読者の反応(response)を分析の対象として重視しようとする流れ(読者反応批評)が起こり、1) 作者とテキストと読者の三位一体説、2) テキストと読者の相互作用を重視するもの、3) 読者の主観を最も重視するものなどが提唱された(鈴木、1983)。ここで言われる“Response”とは、言語学用語でいうとスタンス・テーキングに該当し、また「三位一体」の相互作用というものは間主観性“Alignment”に該当するものだろう。4節の『逆行』の例文１)例文2)で示したように、作者は「かたり」を駆使することにより、時により“Object”の評価に“Subject”の一員として評価に参加してしまうこともある。また読者に対し意図的に解釈を操作しようともする。一方で、その評価する自分をスタンス・テーキングトライアングルの外より「作者」として俯瞰的に見ることもできる超越した存在でもある。(ここでは「超越」と表したが、Abrams, A.H.(1953)においては、テキストと作者・読者ならず「テキストと“Universe”」と表現してある。)

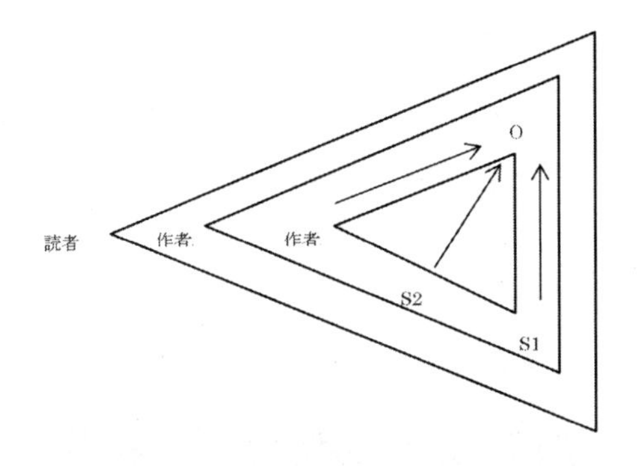

図7：STにおける作者と読者の位置

しかし読者はその作者の“Subject”としての参加も作者の物語を創作する過程も見届ける存在として、すべてスタンス・トライアングルの外より俯瞰する立場である。そしてその位置より“Subject”の一員として評価に参加したり、また他の登場人物の主観・作者の「かたり」によるテクニックに騙されたり、提示される多義性に視点をかき乱されたりしながら、“Subject”として自己の解釈を選び、自分なりの他参加者の主観への相互交渉“Alignment”を形作っていく存在である。

さらに多義性によるその推測こそが主観性の真の姿に近く、そこでは主観とはやまのはのようにくっきりとしたものではない。むしろぼんやりとしたフォルムを持った面・立体としての「主観群」であり、そこでは間主観的相互行為も「推測“Discursivity”」によって行われ、その推測の推測に対する推測はつまり間推測性“Interdiscursivity”様を呈している。

さらに一つの推測性が他の推測性へと窓を開けるのは、読者がその作品を読んだ時を起点とする時、つまり読む度に新たになる「現在」においてである。「事物は特性等々を備えたある事物がその意味で存在しているその意味においてのみ存在することができる。」読者が自己世界における背景・経験(文脈 / Sorge)を付け加えるに従って、その時々において読者の主観 / 推測の窓が新たに開かれていくのだろう。

ベラスケス『ラス・メニーナス』(1656)

【참고문헌】

■英文

Abrams, A.H.(1953), The mirror and the lamp: romantic theory and the critical tradition, Oxford University Press, New York.

Engebretson, Robert(2007), Stancetaking in Discourse: Subjectivity, Evaluation, Interaction. John Benjamins, Amsterdam. pp.140-157.

Grice,H.P.(1968), William James Lecturers, unpublished mimeo, 'Logic and Conversation' in Cole and Morgan(1975).

Hamilton, Heidi E.(2010), Narrative as snapshot: Glimpses into the past in Alzheimer's discourse. In: Anna Duszak and Urszula Okulska (eds.), Crossing Age in Language and Culture. Berlin: de Gruyter.

J.W. Du Bois(2007), The stance triangle, Stance-taking in discourse: Subjectivity, evaluation, interaction 164, pp.139-182.

J.W. Du Bois(2002a), Annual meeting of the American Anthropological Association, New Orleans.

Kaplan, R. B.(1966), Cultural thought patterns in intercultural education, Language Learning, 16, pp.1-20.

Ochs, E.(2002), Becoming a speaker of culture. In C. Kramsch(Ed.) Language acquisition and language socialization: Ecological perspectives, pp.99-120.

Sinclair, J. McH. & Coulthard R. M.(1975), Towards an analysis of discourse. Oxford, Oxford University Press.

■和文

工藤真由美,『アスペクト・テンス体系とテクスト一現代日本語の時間の表現一』ひつじ書房, 1995.

鈴木重吉, 読者反応の批評と精神分析批評. 立正大学人文科学研究所年報 21号,立正大学人文科学研究所, 1983, pp.26-34.

松田毅, フッサールにおける間主観性の現象学一他者認識と知の客観性の根拠一哲学11, 1984, pp.43-54.

港道隆,「世界」1, 甲南大學紀要, 文学編巻163, 2013, pp.209-233.

メイナード泉子・K,『談話表現ハンドブック』くろしお出版, 2005, pp.359-370.

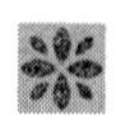

「神々と神と」論
――「神の世界」への旅と「異邦人の祈り」――

●●●

北田雄一

1.「一九四五年世代」と「英雄主義」

「神々と神と」は当時、病床に伏せっていた堀辰雄に代わって、雑誌『四季』の編集を任されていた、神西清の推挙によって『四季』五号(一九四七年十二月)に発表された。神西は「神々と神と」について「巻末言」で次のように述べている。

> 『神々と神と』というエッセイは、詩人リルケと『花あしび』の作者との対決を深くみずからの内部の問題としてえぐろうとしたものであるが、このテーマはさらにひろく一神論と汎神論をめぐる永遠の問題へまで転調されてゆく必然をもつ[1)]。

遠藤は「神々と神と」の中で、リルケの「能動的姿勢」を、堀が「受動的肯定」という形で「屈折」させて受容したとし、その背後に日本人が生得的に持っている「汎神論的血液」の影響を指摘している。神西は、遠藤がリルケと堀という二人の文学者の比較文学的な考察に留まるのではなく、「一神論」すなわちキリスト教と関わらせることで、自分の「内部の問題」として受け止め、掘り下げていることを評価し、遠藤の提出した課題が「一神論と汎神論をめぐる永遠の問題へまで転調されてゆく必然」を持っていると述べているのである。

武田友寿は「一神論」を「キリスト教」に「汎神論」を「日本的感性」に「永遠の問題」を「メタフィジックな存在感に発する存在劇をみつめること」にそれぞれ対応させ、批評家遠藤周作の出発点としている[2)]。遠藤自身が後に「神々と神と」は、「私の小説でも中心のテーマとなったものの最初の石」[3)]と位置付けているように、小説家に転身した後も引き継がれる問題を最初に提示したエッセイであると評価されてのである。

「神々と神と」は「N・H」すなわち作品内の冒頭近くで引用されている詩「瞬く星」の作者野村英夫に宛てた書簡形式の作品である。野村英夫とは、カトリック哲学者吉満義彦を代父に洗礼を受けた、カトリックの詩人である。

「神々と神と」は、野村から送られた「瞬く星」という詩とそれに添付されていた手紙に対する返信という性格を持つことになる。この作品の特徴として数えられるのが、語り手が「一九四五年の僕達若い世代」や「一九四五年の青年」という言葉を用いて、「世代」に属する一人として発言しようとしている、という点である。

一九四五年は、日本が敗戦を迎えた年として記憶されるが、遠藤はそれ以外にも二つの意味を含ませていると考えられる。一つは、本土空襲や徴用による工場労働、兵営における私刑といった出来事に代表される、陰惨な「死の日々」を集約した年という意味である。もう一つは、一九四五年は野村の代父であり、遠藤に人格的な影響を与えた吉満が亡くなった年だということである。

「瞬く星」が全文引用されているのは、この作品全体が「瞬く星」という詩の読解という形を取っているためであるが、では、遠藤は「瞬く星」からどのような主題を読み取っているのか。「神々と神と」では、「瞬く星」が三度に渡って引用されるが、その中でも注目に値するのが、二度目に引用した箇所である。「昨夜まで異邦の神々のやうに / 瞬いて見えたそれらの星が / あたかも祭壇の前に跪いた少女達のやうに / 今始めて全能者の大きな秩序の中に / つつましく瞬く」遠藤が「瞬く星」の中のこの箇所を取り上げたのは、野村のカトリックへの「改宗」という主題が鮮明に読み取れる箇所だからであろう。遠藤は「神々と神と」の冒頭に「改宗」を主題にした詩を配することによって、「神々と神と」という作品が、「改宗」という出来事と密接に関わっていることが示唆されているのである。

野村が、東京のカトリック高円寺教会で、吉満義彦を洗礼代父にして受洗したのは、一九四三年四月二五日のことである[4)]。「瞬く星」はその時の心境を託していると考えられるが、「瞬く星」が執筆された時期は、受洗日より後の一九四五年(昭和二〇年)末から一九四六年(昭和二一年)前半までの間だと推定されている[5)]。

受洗日から「瞬く星」執筆の間に、重要な出来事が起っている。遠藤の師であり、野村の洗礼代父である吉満が、一九四五年一〇月二三日、東京・小金井の聖ヨハネ会桜町病院で死去しているのである[6)]。吉満の死が、野村に「改宗」という出来事の意味を再び問い直させ、「改宗」

を主題にした「瞬く星」を執筆させたと考えられるのである。また、吉満の死は、遠藤に吉満以後の世代として、戦後の日本という状況に立脚してキリスト教を考えなければならないのではないか、という問題意識を与えたのである。だが、注意する必要があるのは、遠藤は「神々」つまり汎神論のみを超克の対象として認識しているのではないということである。

> そして貴方も私も今、神々を捨て、決意を超えて全能者の大きな秩序を愛そうとしています。

遠藤は克服の対象として汎神論だけではなく、「決意」という概念によって代表される「英雄主義」をも克服の対象として認識しているのである。それは「英雄主義」が、自分たちの属する世代を席巻する思想として認識されているからである。だからこそ、遠藤は、「一九四五年の僕達若い世代」に共通する課題として「英雄主義」「汎神論」「一神論」の三つの思想を提出しているのである。勿論、遠藤が志向するのは「英雄主義」及び「汎神論」を超克して「一神論」を信仰することである。

ここで問題となるのは、「一神論」＝キリスト教を信仰する遠藤が、「英雄主義」をどのような理由から超克の対象として認識していたのか、という点である。それを理解するには、遠藤の「英雄主義」観を明らかにする必要がある。遠藤が「英雄主義」の本質を抉り出すために取り上げたのが、ドイツの詩人、ライアー・マリア・リルケの「ドゥイノの悲歌」である。遠藤はその中でも「第九の悲歌」の中に「英雄主義」の本質を見る。

> つまり、第一に僕はドイノ（ママ）の悲歌から、高原の夜、星を見て不意に僕の唇を衝かせた言葉と、その時の星の悲劇的なヒロイズムのうつくしさと同じものを認めた事をお話申し上げたいのです。

遠藤が「ドゥイノの悲歌」の読解を通して見出したのは、「悲劇的なヒロイズムのうつくしさ」である。なぜ、「英雄主義」は「悲劇的」なのであろうか。それは、「英雄主義」がハイデガーの「決意」あるいはニーチェの「超人」思想と同様に、近代における「神なき人間」の「実存悲劇」を超克するために編み出された思想であるからである。それらの思想は、死を運命付けられている人間が、神による救済を拒絶し、あえてその死に向かって果敢に飛びこんで行く「英雄的」な態度を中核にしている。遠藤は、その「かなしくも、うつくしい英雄の孤高の姿」が、「一九四五年の青年」の心を打つと「英雄主義」の美しさを肯定的に述べている。しかし、遠藤が「英雄主義」の美しさに言及するのは「英雄主義」が、なぜ、自分の属する世代を魅了するのか、その理由を解明することにあり、それを賛美することが目的なのではない。重要なのは「英雄主義」の根底に「神にも酬われるのを拒む人間の無償の犠牲に対する憬れ」、神による救済を拒絶することで可能になる「無償の犠牲」、つまり「純粋な死」という観念に対する感傷的な陶酔を見て取っているという点である。ここに遠藤の「英雄主義」に対する批判的なまなざしを見て取ることが出来るだろう。

2. 〈一九四五年世代〉の共通体験としての『花あしび』体験

「英雄主義」の本質はリルケの「ドゥイノの悲歌」を素材にして追及されたが、「汎神論」はそのリルケが堀辰雄に「屈折」された後に受容されたという点から、追究が始められる。まず、その点から確認しておきたい。

遠藤はリルケの『マルテの手記』の中の「生は運命より高い」という一句を主題にした堀の『かげろうの日記』を取り上げる。マルテの手記の一節は「能動的生の肯定」という意味を担っているが、それを主題にしているにもかかわらず、堀の「かげろうの日記」では、「抗いがたい運命を前にして高貴な泪の跡を頬ににじませながら耐える」「受身の美しさ」を帯びた女性像として形象化されている。遠藤はこれを堀がリルケを「屈折」させて受容した結果だと捉えているのである。遠藤は堀がリルケを「屈折」させて受容したために、その文学世界が、能動的な「英雄の世界」ではなく、受動的な「神々の世界」へと通じ、『花あしび』に収録された作品群を生み出したのではないか、と述べている。

遠藤は、堀の屈折的リルケ受容を手掛かりに、堀文学の史的推移を描き出しているのであるが、そこから『花あしび』の中へと直接踏み込もうとはせずに、『花あしび』を読むことによって、自らに内在する「汎神論的血液」を覚醒させられたという体験を語り始めるのである。また、遠藤は自らの体験を〈一九四五年世代〉全体の体験として敷衍しようとしている点は見逃せない。

> 『花あしび』はその校正を青磁社に取りに行って追分に運んだので、僕にはひとしお懐かしい本ですが、あの『花あしび』はあの方だけのものでなく、貴方のものでもあり、僕たちのものでもあるのです。あの方が目覚めさせて下さったあの血液、あの神々の世界への郷愁（ハイムヴェー）があれほど魅力があり誘惑的であったのは……僕たち東洋人が神の子ではなく神々の子である故ではないでしょうか。万葉の挽歌や伊勢物語から始まった僕達の長い血統は神々の血統であり汎神論的であり、決して神の一神論的血液ではありませんでした。

『花あしび』体験は、遠藤一人の体験として語られているのではなく〈一九四五年世代〉共通の体験として語られている。『花あしび』体験によって引き起こされたのは、「東洋人」の宗教的感性である「汎神的血液」の覚醒であり、自分たちは「神々の血統」であって「神の血統」ではない、つまり一神論とは異質であり、全くつながりがない、ということに対する自覚である。また「汎神論的血液」は、その「魂の故郷」の方へと惹かれていく性質を有している。『花あしび』の世界に心動かされたのは、「汎神論的血液」が『花あしび』の中の「神々の世界」に反応したからである。遠藤はボードレールを始めとしたフランス文学者が、最終的にカトリックへと回帰していくのも、その内に流れる「一神論的血液」が「魂の故郷」である「神の世界」を慕う働きのゆえではないか、という仮説を立てる。この仮説の上に立つと、「汎神論的血液」の持ち主は「神々の世界」の方へ「一神論的血液」の持ち主は「神の世界」の方へ、その「血」の性質に従って自然に回帰する、ということになる。この仮説は

「汎神論的血液」を有しながら一神論＝キリスト教を信仰しようとする遠藤と野村にとって、極めて危険である。なぜならば、このままだと「汎神的血液」の働きによって、汎神論的世界へと引きずり込まれることは自明であり、「全能者の秩序を愛する」という本来の目的が果たせない可能性が不可避的に浮上するからである。

3.「神の世界」への旅と「異邦人の祈り」

遠藤の「血液」論の特徴的な所は、全ては「血」の性質によるのであって、主体の意志が介在していないということである。しかし、それは、意志の介在が不可能だということを意味してはいない。むしろ、「汎神論的血液」の持ち主が「神の世界」へ、言い換えれば「全能者の秩序を愛する」ためには、「血液」の働きに抗する意志の力が必要なのである。

だが「汎神論的血液」の持ち主が一神論＝キリスト教を信仰しようとする時、その前には様々な困難や苦しみが立ちはだかるのである。

> 然し考えるだけでなく感ずる事が僕たちに殆ど不可能でありました。神々の子であるこれらの人々の心理、言語、姿勢を感ずるためには、カトリシスムを知るだけではどうにもならないのだと僕は近頃そう考えてさえいるのです。

遠藤は「汎神論的血液」の持ち主が、カトリシズムを信仰しようとする場合に発生する困難について語る。カトリシズムの体系を構築するために用いられる用語、例えば、「第一原理」「秩序(オルドル)」「類比(アナロギア)」を知的に理解することは可能であっても、それらの用語を「肉感的」に理解することは困難であり、また、カトリシズムによる「思想的克服」を達成したとしても、「一神論的血液」の持ち主は、その血の働きによって「神の世界」に復帰するため、信仰の回復に達しうるが、「汎神論的血液」の持ち主はそうではない。「汎神論的血液」と「一神論」の間の異質感が残るのである。

さらに遠藤はカトリック哲学者ジャック・マリタンに依拠して「ミスティク」の概念を持ち出すが、「汎神的血液」の持ち主と「一神的血液」の持ち主のミスティクとでは性質が異なり「汎神論的血液」の持ち主のミスティクでは「神のミスティクの全てを把握することができない」と否定的に述べている。

遠藤はこのように「汎神論的血液」の持ち主がカトリシズムを信仰することの困難さを次々と挙げるのであるが、それでは、「汎神論的血液」の持ち主には、カトリシズムを信仰する可能性は残されていないのだろうか。

> 僕たちはミスティクを通してさえ、神にふれるためには、神の超自然的汎神論的恩寵(グラース)に依らねばならぬのです。

「汎神論的血液」の持ち主が神を「感じる」ためには、神の側からの「超自然的汎神論的恩寵」によるほかないのである。「超自然的汎神論的」とは「恩寵」の性質を指している。「超自然的」かつ「汎神論的」という意味であり、相反する要素が共存しているように見えるが、神の側から注がれる「恩寵」はその相反する要素の共存が可能であり、「一神的血液」の持ち主にも「汎神的血液」の持ち主にも平等に「恩寵」は注がれるということを意味しているのである。

「汎神論的血液」の持ち主が、神を実感的に把握するのは困難であるが、神の側からの働きかけは可能なのである。だからといって、神から「恩寵」が注がれるのを何もせずに待ち望むだけでいいと考えているのかといえば、そうではない。冒頭のエピグラフには次のような言葉が掲げられていた。

> 己が全能をつくすものに恩寵は拒否されぬ。

ここには、「己が全能をつくすもの」言い換えれば、「汎神論的血液」の持ち主がカトリシズムを信仰するために、全身全霊で持ってあらゆる手段を尽くすならば、神からの「恩寵」は必ずや注がれるであろうという、神に対する絶対的な信頼感が表明されているのである。

> 僕はただ、この手紙で「神の世界」への旅には、「神々の世界」に誘惑させられ苦しまされる事なしには行けないことを書きつけたかったのでした。

遠藤と野村は、「神々の世界」から「神の世界」へ、言い換えれば、カトリック者として信仰の道を歩もうとしている。しかし、彼らの「汎神論的血液」はその「魂の故郷」である「神々の世界」を慕い、そちらへ引き寄せられていく。「神の世界」へと至ろうとする意志と「神々の世界」を慕う「血液」の本能との相克こそが、彼らの「苦しみ」を生み出しているのである。しかも、「神の世界」を目指して「神々の世界」から離れれば離れるほど、「なつかしい血を喪うような悲しさ」を覚えねばならない。しかし、この「苦しみ」と「悲しさ」を超克するほかに「神の世界」への「旅」の成就はありえないのである。この「旅」は、一神論的な「神の世界」を志向しているという点で能動的であるが、無神論的な「英雄主義」の雄々しい能動性とは全く異なっている。

> そしてこの苦しみを何より御存知の貴方であればこそ、
> 私は愛するだらう
> とお歌いになり、「私は愛する」とお書きにならなかったのですね。あの美しい詩に心からお祝申し上げますと共に、あの『瞬く星』と言う題の下に、「異邦人の祈り」と言う言葉をつけ加えることを許して下さいますでしょうか。

遠藤は、野村が「瞬く星」に「私は愛する」と断定的に書かずに、「私は愛するだらう」と書いたことに注目し、後者を評価しているが、「私は愛する」と「私は愛するだろう」とは何が違うのだろうか。前者の断定的な口調は、リルケの「ドゥイノの悲歌」「第九の悲歌」の中の一節、「地よ!

私はお前を愛する!」という一句と対応する。つまり、遠藤は「私は愛する」という言葉に「英雄主義」の能動性と同質のものを見出しているのである。その一方で「私は愛するだろう」という一句は、神の秩序を信じるという意思表示であると共に、野村が「神の世界」への旅に付随する「苦しみ」や「悲しみ」を認識していることを示しているのである。遠藤は「汎神論的血液」の持ち主が、カトリシズムを信仰する際に生ずる様々な困難を認識しているという点で、野村の「私は愛するだろう」という一句を評価しているのである。

> あの美しい詩に心からお礼申し上げますと共に、あの『瞬く星』と言う題の下に、「異邦人の祈り」と言う言葉をつけ加えることを許して下さいますでしょうか。

最後に、遠藤は野村の詩「瞬く星」に、「異邦人の祈り」という言葉を付け加えて欲しいと願っている。「異邦人」とは言うまでも無く、「汎神論的血液」を宿した自分たちのことであり、「祈り」とは、「汎神的血液」のもたらす「苦しみ」やその「汎神論的血液」を失うことで生ずる「悲しみ」を潜り抜けて、「神の世界」へ至ることを熱望し、同時に神による「超自然的汎神論的恩寵」が注がれることに対する絶対の信頼感に立脚した行為のことなのである。

【주】

1) 神西清「巻頭言」(『四季』第五号 一九四七年一二月)。

2) 武田友寿「戦後文学史における遠藤周作」(『国文学解釈と鑑賞』第四〇巻七号 至文堂 一九七五年六月)五三頁。

3) 遠藤周作「出世作のころ」(『異邦人の立場から』一九九〇年七月 講談社文芸文庫 / 初出『読売新聞』一九六八年三月五日-一三日夕)。

4) 猿渡重達「野村英夫」(遠藤祐・高柳俊一・山形和美他責任編集『世界日本キリスト教文学事典』)四四二頁。

5) 小川和佑編「解題」(『野村英夫全集』一九六九年一二月 国文社)三七五頁。

6) 若松英輔「年譜」(『吉満義彦』岩波書店 二〇一四年一〇月)三三二頁。

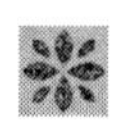

遠藤周作の『イエスの生涯』について

- 神学と文学の間で -

●●●

金 承 哲

1. はじめに

「イエス伝を記述することほど、人格的史的企図はありえない。」これは、アルベルト・シュヴァイツァー(Albert Schweitzer, 1875~1965)が彼の『イエス伝研究史』(*Geschichte der Leben-Jesu Forschung*)の中で述べた言葉である。なぜならば、「いずれの時代の神学においても、イエスの中にその時代の思想を見いだす」ことによってのみイエスを追体験することが可能であり、それゆえ、「イエスの生涯」を描写することは、イエスの中で「自己を再発見する」ことを意味するからである[1)]。こうしたシュヴァイツァーの見解は、福音書そのものが「史的イエス」についての客観的情報を伝える資料ではないというテキスト理解に基づいている。すなわち、福音書は、イエスの生涯を書き伝えるという歴史的関心によって成立されたものではなく、「イエスはキリストである」というキリスト教の信仰告白の真理を教会の宣教のために書き表したものである。

イエス伝についてのシュヴァイツァーの上記のような定義は、微妙なニュアンスの差はあるものの、アメリカの新約聖書学者のジョン・ドミニク・クロッサンの次のような発言においても繰り返される。(実は、クロッサンは、「史的イエス」の探求の不可能を唱えたシュヴァイツァーとは違って、むしろ「史的イエス」を積極的に探る。クロッサンは、米国の新約学者たちが中心となって「史的イエス」について研究する「イエス・ゼミナール(Jesus Seminar)の中心メンバーである。」)「私たちを困惑させるイエス像の多様性は、学問的に私たちを戸惑わせる。史的イエスについての研究は、実は神学をしているのにそれを歴史研究と表したり、(自分の)自伝を書きながらもそれを(イエスの)伝記と表したりするのではないかと疑われており、こうした疑いから逃れるのは非常に難しいだろう。」[2)]

シュヴァイツァーやクロッサンの上記のようなテーゼに――それぞれの発言の背景や目的には食い違いがあるものの――同意するならば、文学者としての遠藤周作が描き出した『イエスの生涯』(1973年)は、作者自身を、また作者が置かれている日本の精神的・霊性的風土を、イエスにおいて「再発見する」ための試みに違いない。そして、日本の精神的・霊性的風土をイエスにおいて「再発見する」とのことは、日本の精神的・霊性的風土の中にイエスを根ざすという結果を生み出す。こうした意味で、遠藤の『イエスの生涯』は、「日本で生まれたわたしのクリスト」を造形しようとした芥川竜之介の系譜につながるといえるだろう。芥川は『西方の人』の中でこう述べていた。

「日本に生まれた『わたしのクリスト』は必しもガリラヤの湖を眺めてゐない。赤あかと実のつた柿の木の下に長崎の入江も見えてゐるのである。従つてわたしは歴史的事実や地理的事実を顧みないであらう。(それは少くともジヤアナリスティツクには困難を避ける為ではない。若し真面目に構へようとすれば、五六冊のクリスト伝は容易にこの役をはたしてくれるのである。)それからクリストの一言一行を忠実に挙げてゐる余裕もない。わたしは唯わたしの感じた通りに「わたしのクリスト」を記すのである。厳しい日本のクリスト教徒も売文の徒の書いたクリストだけは恐らくは大目に見てくれるであらう。」

しかしながら、「歴史的事実や地理的事実を顧みない」と言った芥川とは異なり、遠藤は、欧米の聖書学的研究の成果を充実に踏まえながら「私のクリスト」を描き出そうとした。ここで、「遠藤神学」[3)]と呼ばれるに値するものが誕生するといえる。

遠藤の初期の評論「カトリック作家の問題」(1954年)から、『沈黙』(1966年)をへて、『深い河』(1993年)にいたるまでの創作活動によって形成された「遠藤神学」の要諦を示す作品、それが『イエスの生涯』である。『イエスの生涯』において描写されたイエス像は、日本におけるキリスト教の土着化(＝文化内開花)と、アジア的宗教性としての宗教多元主義的信仰を可能にするイエス理解を示している。それは、そもそも欧米神学における「史的イエス」の探求がそうであったように、伝統的・教理的に理解されたイエス(＝キリスト)のイメージとの激しい葛藤や闘争によって形成された信仰告白の結果である。

この小論では、『イエスの生涯』が遠藤文学全体において占める位置や意味合いについて簡略に述べた後、遠藤が『イエスの生涯』を著すに当たって多大に参考にしたと思われるドイツの新約聖書学者エテルベルト・スタウファー(Ethelbert Stauffer 1902~1979)について言及する。この小論は、いわば「遠藤神学」についての研究を深めていくための予備的考察である。

2. 「遠藤神学」における『イエスの生涯』の位置

①「距離感の自覚	②日本における信仰の可能性	③キリスト教の日本への土着化	④神の恩寵の普遍性と信仰の匿名性	⑤宗教多元主義とキリスト教
『誕生日の夜の回想』(1947) 『カトリック作家の問題』(1947) 『白い人』・『黄色い人』(1954)	『海と毒薬』(1958) 『私が・棄てた・女』(1964)	『沈黙』(1966) **『イエスの生涯』(1973)** 『悲しみの歌』(1977)	『侍』(1980)	『深い河』(1993)

① 「距離感」の自覚

周知のとおり、遠藤文学全体は、西洋と日本の間の「距離感」を自覚するところから出発する。遠藤は、いわゆる「砂漠の宗教」としてのキリスト教と汎神論的風土としての「日本の霊性」と「汎神的な美学」の間の「距離」を見逃さないところで、日本におけるキリスト教信仰の可能性が模索できると思っていた。「日本的汎神性」とは、「湿潤性」、「受動性」、そして「運命(自然・死)への聴従」をその内容とする。「日本的汎神性」への自覚が表われている幾つかの文章を引用してみよう。

「日本的感性は汎神的風土伝統を母体としてうみだされたものであるが故に汎神性のふたつの性格を持っている。第一にそれは一切の能動的姿勢を失っている。第二に吸いこまれることがただ一つのあこがれである事－－この二つである。」　(「誕生日の夜の回想」)

「もともと全は個の延長であるという怠惰な汎神性に育てられた日本的感性は一切の截然たる対比、区分を嫌った。対比、相違、区別の検証のある所ではおのずと距離がうまれ、距離は抵抗を生じ、そこから論理と運動とが発せられねばならぬ。人間と自然の間に存在論的差別を設けず、神々のなかにも人間性を敷衍しようとするように、外界と自己との境界線をすべて薄めてしまい動くことを何よりも恐れた日本的感性はあかるさを嫌ったのである。あかるい光の下、そこには光と翳が対比するからだ。日本的感性が好むもの、なべてのものがおぼろに、或いは灰色にぼかされた春雨や時雨の湿潤の風景である。」

(「誕生日の夜の回想」)

「物々と共に死によって生を吸収される事、死の中に或る愉しさを感じさえする事、それは東洋の神々の世界の一つの秘密である。」

(「堀辰雄覚書」)

「我々がカトリック文学の読む¹とき、一番大切なことの一つは、これら異質の作品がぼく等に与えてくる距離感を決して敬遠しないこ

> と。この距離感とは、ぼく等が本能的にもっている汎神論的血液をたえずカトリック文学の一神論的血液に反抗させ、戦わせると言う意味なのであります。
> (「神々と神と」)

神－人間－自然の間の峻厳なヒエラルキーと「存在の秩序」としての「自然の梯子」(scala naturae)という世界観に基づく欧米のキリスト教と、八百万の神、神々の世界としての日本の精神風土との間には、当然ながら簡単には埋められない「距離」がある。ゆえに、「ぼく等が本能的にもっている汎神論的血液をたえずカトリック文学の一神論的血液に反抗させ、戦わせる」という鮮烈な意識は、以降遠藤文学において原点となると同時に、そうした意識があったからこそ、遠藤は欧米のキリスト教からの「距離感」を乗り越えなければならないという課題を背負うことになったのである。

② 日本における信仰の可能性

欧米のキリスト教との「距離感」を熾烈に意識していた遠藤は、その「距離」を乗り越える道を探し、日本におけるキリスト教信仰の可能性を模索することになる。人間は神によって創造されたものであり、人間の一切の行動は「神の前で」(coram Deo)行われるという意識をもつ「白い人」とは違って、「汎神論的血液」の持ち主としての「黄色い人」は、霧のような朦朧な雰囲気の中に包まれ、「疲労感」を感じるだけである。とすれば、垂直的な神への意識がないところでは信仰は芽生えられないだろうか。そうした疑問について遠藤は、「私は他人の苦痛に無関心だった」と歎く戸田(『海と毒薬』)と、「この寂しさはどこから来るだろうか」と呟く吉岡(『私が・棄てた・女』)の口を借りて、他人の苦しみや不幸への無関心こそ罪であると述べている。そして、罪意識があるところに、救いへの可能性は芽生えてくる筈である。他人の苦しみや不幸に無関心だったと思うとき人に責めてくる自責感と「寂しさ」は、神に至る通路になるのである。

> 「もし、ミツがぼくに何か教えたとするならば、それは、ぼくらの人生をたった一度でも横切るものは、そこに消すことのできぬ痕跡を残すということなのか。寂しさは、その痕跡からくるのだろうか。そして、亦、もし、この修道女が信じている、神というものが本当にあるならば、神はそうした痕跡を通して、ぼくらに話しかけるのか。」『私が・棄てた・女』

③ キリスト教の日本への土着化

日本におけるキリスト教信仰の可能性を「他人の苦痛への無関心」というところで見出した遠藤がとった次のステップは、そのような罪から人を救い出してくれる神はどのような存在なのか、という問いを設定し、それに答えることであった。「他人の苦痛への無関心」という罪が赦されるのは、「他人の苦痛」を無限に、そして無条件に関心をもってくれる「母なるもの」によって可能になる。この「母なるもの」は、極めて平凡な日常の中に隠れて人を救いへと導く存在であり、ゆえに何の超越性を帯びていないまま人を超越に導く神的なものである。遠藤の自伝的物語である『母なるもの』のなかで書かれているとおりである。

> 「キリストをだいた聖母の絵――いや、それは乳飲み児をだいた農婦の絵だった。子どもの着物は薄藍で、農婦の着物は黄土色で塗られ、稚拙な彩色と絵柄から見ても、それはここのかくれの誰かがずっと昔描いたことがよくわかる。農婦は胸をはだけ、乳房を出している。帯は前むすびにして、いかにものら着だという感じがする。この島のどこにもいる女たちの顔だった。赤ん坊に乳房をふくませながら、畠を耕したり網をつくろったりする母親の顔だった。(中略)私はその不器用な手で描かれた母親の顔からしばし、眼を離すことができなかった。彼等はこの母の絵に向かって、節くれだった手を合わせて、許しのオラショを祈ったのだ。(中略)昔、宣教師たちは父なる神の教えを持って波涛万里、この国にやって来たが、その父なる神の教えも、宣教師たちが追い払われ、教会が毀されたあと、長い歳月の間に日本のかくれたちのなかでいつか身につかねすべてのものを棄てさりもっとも日本の宗教の本質的なものである、母への思慕に変わってしまったのだ。」

そして、こうした「母への思慕」が描き出した神とキリストこそ、日本人としての遠藤の「心の琴線にふれる」「イエスの顔」であった。遠藤は、自分にとってもう一人の「同伴者」であった井上神父の呼びかけに答えたとも言えるだろう。

> 「日本における「イエスの顔」「ヨーロッパの芸術作品にみられるイエスの顔には、それぞれの時代人たちの哀しみと希望と願いとがこめら

れているのだときいています。しかしこれは、たんに芸術作品だけに限らず、ひろく信仰生活も、典礼も、求道性spiritualityも、神学も、すべてがその時代の切実は思いのこもった『イエスの顔』なのだといえると思います。ひるがえって日本のキリスト教の現状を振り返ってみると、残念ながら私たちは、ヨーロッパからの借り物の『イエスの顔』しか持っていないと思うのです。それは私たちの切実な思いのこもった顔ではありませんから、私たち日本人の心の琴線にふれないのは当然のことだと思われます。日本人の心の琴線にふれる『イエスの顔』をさがして、一人でも多くの日本の人たちに、イエスの福音のよろこびを知ってほしい、そう願って、この『風の家』をはじめました。」[4)]

「遠藤の「『死海のほとり』と『イエスの生涯』は、初めて深く日本の精神的風土にキリスト教がガッチリ噛み合った、画期的な作品といえる」[5)]という井上洋治の評価については、異論の余地はないであろう。『イエスの生涯』において描き出されたイエスは「永遠の同伴者」としてのイエスであった。次のような箇所からは、遠藤の「日本人の心の琴線にふれた」イエスのイメージを窺うことができる。

ヨハネの抱く神のイメージは父のイメージである。怒りと裁きと罰のイメージでもある。それは旧約にさまざまな形であらわれる峻厳仮借ない神であり、おのれに従わぬ町を亡ぼし、民の不正に烈しく怒り、人間たちの裏切りを容赦なく罰する厳父のような神である。駱駝の毛皮を着、腰に革帯をしめた洗礼者ヨハネはこの厳しい父のような神の怒りを人々に予告したのである。(中略)その神は世界の終末と審判とを背景にして、怒り、罰する旧約的な神だったのである。

それが本当の神の姿だろうか。(中略)彼はナザレの小さな町の貧しさとみじめさとのなかで生きている庶民の人生を知っておられた。日々の糧をえるための汗の臭いも知っておられた。生活のためにどうにもならぬ人間たちの弱さも熟知されていた。病人や不具者たちの歎きも見ておられた。司祭たちや律法学者ではない。これらの庶民の求める神が、怒り、裁き、罰するものだけではないと彼は予感されていたのである。(中略)やがて彼がガリラヤの湖畔の丘で人々に言い聞かせるやさしい母のような神の母胎となるものでもあった。」

「湖畔の村々で彼がその人生を横切った数しれぬ不幸な人々。至るところに人間のみじめさが詰まっていた村々。その村や住民は彼にとって人間全体にほかならなかった。そしてそれら不幸な彼等の永遠の同伴者になるにはどうしたらいいのか。(中略)イエスは群衆の求める奇蹟を行えなかった。湖畔の村々で彼は人々に見捨てられた熱病患者のそばにつきそい、その汗をぬぐわれ、子を失った母親の手を、一夜じっと握っておられたが、奇蹟などはできなかった。そのためにやがて群衆は彼を『無力な男』と呼び、湖畔から去ることを要求した。だがイエスはこれら不幸な人々に見つけた最大の不幸は彼等を愛する者がいないことだった。彼等の不幸の中核には愛してもらえぬ惨めな孤独感と絶望が何時もどす黒く巣くっていた。必要なのは『愛』であって病気を治す『奇蹟』ではなかった。人間は永遠の同伴者を必要としていることをイエスは知っておられた。自分の悲しみや苦しみをわかち合い、共に泪をながしてくれる母のような同伴者を必要としている。」

「厳父のような神」から「やさしい母のような神」への変容は、遠藤の代表作ともいえる『沈黙』において絶頂に至るのは周知の事実である。

さて、「厳父のような神」から「やさしい母のような神」への変容は、遠藤の文学の特徴として膾炙されるものであるが、こうした変容は、ヨハネによる福音書に対する遠藤の格別な関心によって行なわれた。実は、このヨハネによる福音書への格別な愛情には、神学的に決して簡単ではない論争点が絡み合っているが、これについては、遠藤が『イエスの生涯』を著すに当たって大きく頼りにしたドイツの新約聖書学者のエテルベルト・スタウファーの思想を言及する際に論じることにする。

観点を少し広げて考えてみるならば、「母なるもの」への追求は、明治期のキリスト教思想家の内村鑑三(1861~1930)が求めていた「サムライとしてのキリスト」からの脱却を意味するものでもあった。「2Js」(Jesus and Japan)の一致の中で 「日本的キリスト教」を見出そうとした内村のキリスト教は、儒教的で知的なキリスト教であり、パウロの贖罪論的キリスト教に徹底したものであった。それは、「父なる神」の前での悔い改めと、それに伴伴う「赦し」を宣言する。しかし、皮肉なことに、内村の「父なる神」のキリスト教は、内村の影響でキリスト教に入門した多くの若き文人たちにとって、キリスト教を棄てる契機にもなった[6)]。そして、こうした「父なる神」からの脱却を試みたという点において、遠藤は日本のキリスト教の中の一つの伝統を忠実に繰り返していたともいえる。たとえば、有島武郎(1878~1923)は、内村の影響のもとで無教会の会員になったが、内村のパウロ的・贖罪論的キリスト教からヨハネの「愛のキリスト教」への転向を経験し、既存の教会から離れることになったのである。有島は、『惜見なく愛は奪ふ』(1917年)の中で、こう述べる。

「いつでも私に深い感銘を与へるものは、基督の短い地上生活とその死である。…彼は純粋な愛の事業の外には何物をも択ばなかつた。…彼はその無上愛によつて三世にわたつての人類を自己の内に摂取してしまつた。それだけが彼の已むに已まれぬ事業だつたのだ。彼が与へて与へてやまなかつた事実は、彼が如何に個性の拡充に満足し、自己に与へることを喜びとしたかを証拠立てるものである。「汝自身の如く隣人を愛せよ」といつたのは彼ではなかつたか。彼は確かに自己を愛するその法悦をしみじみと知つてゐた最上一人といふことが出来る。彼に若し、その愛によつて衆生を摂取し尽したといふ意識がなかつたなら、どうしてあの目前の生活の破壊にのみ囲まれて晏如(あんじよ)たることが出来よう。そして彼は『汝等もまた我にならへ』といつてゐる。それはこの境界が基督自身のものではなく、私達凡下の衆もまた同じ道を歩み得ることを、彼自身が証言してくれたのだ。」

有島は、1903年、海老名弾正の「オリゲネスとキリスト教」という講演を聞き、海老名が「アレクサンドラのロゴスの宗教」という部分でヨハネをほめるところに大きく感動される。とりわけ、ヨハネ8章の「姦通の現場で捕らえられた女」の話しを深く愛読していると記している。「私はヨハネよりキリストに来ており、狭い道から出て広くて広い花園に入っているような気がする」と感激したのである[7]。

④ 神の恩寵の普遍性と信仰の匿名性

遠藤は、『イエスの生涯』と『沈黙』を通して、日本という「汎神論的風土」に根を下ろしたイエスのイメージを描き出した。その後、日本の文化の中で開花したイエスのイメージは、「『汎神論的風土』のイエス」として変容を続けていく。それは、神が特定の名前を持つ神から、名前のない神、無名ながら人間の現実の中で働く神へさらに変容していくということを意味する。こうしたことは、受洗者に与えられる「洗礼の秘蹟」を内容とする『侍』の中で凝縮した形で行なわれた。『侍』の主人公の侍の長谷倉六右衛門は、単に自分の任務を成功させるために「形式だけの洗礼」を受けることにする。しかし「どんな形であれ洗礼を受けた者には、当人の意思を超えて秘蹟の力がはたらく」と遠藤は述べる。「一度まいた種は、まいた種でございます。神のお考えは我々人間には見通すことはできませぬ。」このように、「神はその存在をすべての人間の一人、一人の人生を通して証明される」と、遠藤は、神の普遍的かつ匿名的恩寵を述べていたのである。

> 「洗礼という秘蹟は、人間の意志を超えて神の恵みを与えます。…彼らが洗礼を受けたのが万が一、そのような不純な動機によるものであっても、主は決してその者たちをその日から問題にされないはずはない。彼らがその時、主を役立てたとしても、主は彼らを決して見放されはしない。」

目に見えない神の恵みは、侍の心境の中に変化を起して行く。それは、自分と何の関係のないと思っていたイエスが、徐々に侍の心に奥底にまで染みてくるという変化であった。

「その人、我等の傍らにまします。
その人、我等の苦患(苦悩)の嘆きに耳かたむけ、
その人、我等と共に泪(なみだ)ぐまれ、
その人、我等に申さるるには、
現世に泣く者こそ幸いなれ、その者、天の国にて微笑まん。

その人とは、力なく両手を拡げて釘(くぎ)づけにされ、うな垂れたあの痩せた男だった。侍はまたも眼を閉じ、エスパニャの宿所で、毎夜、壁の上から自分を見下ろしていたあの男の姿を思い浮かべた。今はなぜか隔たりを感じない。むしろ哀れなこの男が、囲炉裏のそばでつくねんと座った自分のそれに似ているような気さえする。」

やがて侍が処刑されるところで、イエスは侍を「お仕えになさる」「永遠の同伴者」になる。けれども、最後の最後まで、イエスは、「その人」、「あの男」、「あの方」と呼ばれ、その匿名性を脱ぎ捨てることはない。

「『ここからは…あの方がお供なされます。』
突然、背後で与蔵のひきしぼるような声が聞こえた。
『ここからは…あの方が、お仕えなされます。』
侍はたちどまり、ふりかえって大きくうなずいた。そして、黒光りするつめたい廊下を、彼の旅の終りに向って進んでいった。」

⑤ 宗教多元主義とキリスト教

日本に根を下ろしたイエスは、「神々の世界」としての汎神論的な日本の風土の中で、匿名な存在である。そして、遠藤にとっては、イエスが匿名性はむしろイエスの恵みの普遍性を意味する。「神は、存在するというよりは、働く」と、遠藤が『深い河』で述べているとおりである。匿名でありながら至るところではたらく神の恵み。これこそ、遠藤が『深い河』で到達した最終的なテーマであり、それによって、遠藤文学全体は締めくくられたといってもよいだろう。「深い河」は、すべての人々を、生きているものと死んでいくものを、無差別に受けてくれる恵みの場所である。

> 「人が死ぬために行く町。それが印度のベナレスである。…ヒンズー教徒はこの聖なる町に死ぬために来る。そして彼等が死んだ時、その死体は町のそばを流れる母なるガンジス河で焼かれ、その死体の灰は河に流されるのだ。私はヒンズー教徒ではない。難解にしても深遠なその教義の内容も全く知らぬ。にもかかわらず、私の体内には母なるガンジス河とベナレスの町とを見たいという欲望がどこかにある。私がベナレスに行ったのは、ひとつはその欲望の理由を探りたいためでもあった。」　　　　（「ガンジス河とユダの荒野」）

> 「ガンジス河を見るたび、ぼくは玉ねぎを考えます。ガンジス河は指の腐った手を差し出す物乞いの女も殺されたガンジー首相も同じように拒まず一人一人の灰をのみこんで流れていきます。玉ねぎという愛の河はどんな醜い人間もどんなよごれた人間もすべて拒まず受け入

れて流れます。」　(『深い河』)

さて、よく指摘されるように、『深い河』の誕生においては、イギリスの神学者のジョン・ヒック(John Hick)との出会いがあった。いわば「宗教多元主義の神学」を唱えるヒックの思想は、遠藤の『深い河』の創作において決定的な役目を果たしたのである。遠藤は『「深い河」創作日記』の中で、ヒックの著書との出会いについてこう述べる。

「数日前、大盛堂の二階に偶然にも棚の隅に店員か客が置き忘れた一冊の本がヒックの『宗教多元主義』だった。これは偶然というより私の意識下が探り求めていたものがその本を呼んだと言うべきだろう。…この衝撃的な本は一昨日以来私を圧倒し、隅々、来訪された岩波書店の方に同じ著者の『神は多くの名を持つ』を頂戴し、今、読み耽っている最中である。… 仕事場に行き読書と仕事だが、ヒックの衝撃的な本を読んだあとは何を開いても味けなく、仕方なしに大盛堂に残暑の汗をかきながら赴くが一冊も買いたい本なし。」

遠藤とヒックとの出会いについては、ヒック自身も言及している。ヒックは、自分の自伝の中で、遠藤のことについてこう触れている。

「間瀬啓允は『月曜会』での講話を遠藤から頼まれたことや、その講話を遠藤がとりわけ熱心に聞き入っていたことを伝えている。遠藤はその日の日記に、『ヒックの神学についての話。パネラーの間瀬教授と門脇神父の間にイエス論をめぐって激論。というより喧嘩。外は烈しい雨。司会者の私はヒックの考え方と従来のキリスト論の間に引き裂かれて当惑した』と記している。」[8)]

さて、ここで一つ指摘しておきたいことがある。『深い河』に登場する作中の人物の名前の中で、「水」と関係のある名前が目につく[9)]。アジア的・宗教多元主義的キリスト教へ進んでいく主人公の大津をはじめ、いつも彼のまわりから離れない美津子、亡妻の再生を望んでインドに行く磯辺、戦死した同僚の鎮魂のためにインドまで来た沼田などの名前がそうである。遠藤自身も述べているように、『深い河』の背景となったインドへの旅が「自分の無意識の中の旅」[10)]であったとすれば、上の作中人物たちの名前と「水」との関連性は、いわば作者の「無意識的次元」で起きた出来事の反映だとも推測される。さらに、『深い河』は言うまでもなく、遠藤の他の作品――『海と毒薬』、『死海のほとリ』――にも、「水」と関連する言葉がよく見られる。「水」がキリスト信仰においてもっとも重要な事柄、つまり「洗礼」と「聖餐」に関連するということを考えてみれば、遠藤の作品において「水」が担う役割の大切さが一層明らかになる。

3.『イエスの生涯』とE・スタウファーの思想

『イエスの生涯』に対する多くの先行研究は、『イエスの生涯』が遠藤の全創作活動の中で占める位置や、日本のキリスト教における意義を探求することに集中してきた。それに比べて、『イエスの生涯』を執筆するに当たって遠藤が参考にした神学的・聖書学的典拠についての研究は、それほど多く行なわれていない。この小論では、遠藤が『イエスの生涯』著した際に多大に参考にしたと思われる、ドイツの新約聖書神学者のエテルベルト・スタウファーとの関連性に注目したい。

菅原とよ子の報告によれば、遠藤が『イエスの生涯』の中で引用の典拠を記名する頻度がもっとも高いのがスタウファーである[11]。また、天羽美代子によれば、遠藤は『イエスの生涯』の準備期間にあたる1969年2月より翌年の2月の間の日記の中で、スタウファーの『イエス——その人と生涯』(本題はJesus: Gestalt und Geschichte)について言及している。日記には、スタウファーの存在について知ったという記録(1970年1月19日)と、その3日後の1月22日に、スタウファーの『イエス——その人と生涯』を読み始め、二日間で読了した(1970年1月22-23日)と書かれている。そして、スタウファーの『イエス——その人と生涯』を読み終わってから2日後の1月25日の日記には、「夜、キリストの生涯についてかなり詳細なノートをとる」と書いてある。こうしたことを基にして、天羽は、「スタウファーの『イエス——その人と生涯』との出会いがなければ、『イエスの生涯』は完成し得なかった」と主張する。その根拠として天羽は以下の点をあげている[12]。

㋐ スタウファーの『イエス——その人と生涯』は、イエスの登場と活動の時期に関してヨハネによる福音書に記されている時間設定に従っているが、遠藤の『イエスの生涯』においても同様である。また、遠藤が作品の中で引用する聖書箇所も、スタウファーが『イエス――その人と生涯』において用いる聖書箇所と重なるところが多い。すなわち、遠藤は、スタウファーと同様に、ヨハネによる福音書の記述に大きく依存している。しかし、遠藤自らも述べているように、ヨハネによる福音書は、マタイ・マルコ・ルカの共観福音書とは全く別のジャンルの書物であり、イエスについての「歴史的」理解とは異なる観点から記されたものである。とすれば、いくら遠藤が「事実のイエス」と「真実のイエス」を区分し「真実のイエス」に関心をもったとはいえ、いわば「事実性」から最も離れたヨハネによる福音書を主な典拠として用いたのはなぜだろうか。それは、上記のように、ヨハネによる福音書こそ、「愛」を強調する書物であるということを理由としてあげることができる。そして、実はこうした「ヨハネによる福音書」への集中というところに、キリスト教とユダヤ教の関係をめぐる問題が潜んでいるのである。

㋑ 遠藤は、イエスが旧約聖書の厳格な神のイメージを脱却して愛の神のイメージを抱いていたと書いている。「[イエスは]　暗い宿命を背負った旧約の世界が遂に終ったという感じにとらえられる」という表現も目立つ。こうした設定は、スタウファーの所説に非常に接近しているように思われる。こうしたことは、イエスと洗礼者のヨハネを克明に対比するところでよく現われる。スタウファーはこう述べている。

「イエスはパレスチナの同時代の人々と同じ『聖書』を読んだのであるが、しかもそれをまったく異なった目をもって読んだのである。彼は聖書の中に、規定や禁令や教理条項や教化的な物語を読みとったのではない。彼は生ける神を見いだしたのである。すなわち、悪しきものにも善きものでも太陽を昇らせ、義なる者にも不義なる者にも雨を降らせる神、自由、生命、美、偉大、情熱、豊かさ、惜しみなき心だけでなく、静寂、謙虚、かくれた栄光を愛する神、そして、不断の創造と慈愛の賜物とを愛する神を見いだしたのである。」[13)]

「洗礼者の逮捕の後、安息日のいやしとともに始まった、イエスの活動の高潮敵時期では、全てが全く違っている。今やイエスは、新しい神の告知、新しい宗教、新しい道徳を宣べ伝える。それはもはやまったく律法に束縛されず、したがって原理的に洗礼者ヨハネの伝承と断絶し、とりわけクムラン教団の律法主義とはすでに何の関係もないものとなった。…まさしくヨハネによる福音書5章で、すなわち、まさしくイエスの新しい決定的な活動が始まるとともに(つまりまさしく最初の律法との葛藤とともに)、イエスの告訴が始まったのである。…避けられぬ葛藤の劇的な展開としてのイエスの歴史を、実際に再構成する確実な糸口を得るのである。」[14)]

さらに、スタウファーは、イエスについての彼の記述を次のような文章で締めくくっているが、ここでも、イエスとユダヤ人たちの考え方の食い違いが生々しく強調されている。

「神の歴史的顕現は、ひとりの人間の姿、ひとりの誤りある人間、ひとりの死ぬべき人間の姿においてだけではなく、ひとりの人間的な人間の姿において、新しい人間性と兄弟性において、まったく新しい人間性の定められた姿において、成就するのである。神ご自身が、人間が故郷を失い、力を失い、権利を失っている世界に、新しい人間像を打ち立てるために、人となられたのである。広い歴史の領域において、どんな人間よりも人間的な人間になられたのである。神ご自身が、神のみ名によって告知されていた律法、人間と人間性とを殺す律法を粉砕されたのである。律法の人々はこの攻撃にたいして応答せずにはいかながった。彼らは、律法の世界には、神の、活動的で、すばらしく、創造的で、解放的な人間性の顕現を受け入れる余地がないという証拠を、カヤバの審問において最後的に提出したのである。十字架につけよ、十字架につけよ!」[15]

こうした引用文からも明らかになるように、スタウファーがイエスを理解するに当たって用いた図式は、イエスとユダヤ教(の指導者)との対立、キリスト教とユダヤ教との葛藤という構図であった。遠藤の『イエスの生涯』においても、こうした構図がほぼそのまま用いられている。

㋒ 遠藤は、イエスが一般民衆の期待と尊敬を集めるが、裏切られるということを強調するが、これもスタウファーの想定をそのまま受けた結果であった。そして、スタウファーは、「奇跡を行なうものとしての『無力さ』に対する軽蔑は、きわめてユダヤ的なものである」[16] と、書き加えている。

㋓ イエスが民衆の誤解やユダヤ教の指導者たちの思惑によって翻弄され、十字架に処刑されたことを強調する点も、遠藤とスタウファーの間の親近性を見出すことができる。スタウファーの「一貫して典型的な反ユダヤ的な注釈」は、そもそも「イエス伝承の脱ユダヤ化」(Entjudung der Jesusüberlieferung)を目指したスタウファーにとっては、当然の帰結でもある[17)]。

しかし、スタウファーだけではなく、実はキリスト教の2000年の歴史において、イエスとユダヤ教(の指導者)との間の葛藤は、異様ともいえるほど、クローズアップされてきた。しかし、ユダヤ教(の指導者)に対する聖書の描写は、ユダヤ教に対して敵対的であった教会によって登場されたという事実は否定し難い。というのは、反ユダヤ教的な態度は、イエスから由来するものではなく、イエスの生涯とメッセージを解釈した当時の教会及び福音書から由来するということを意味する。米国の新約聖書学者のクロッサンが論証するように、イエスはユダヤ人によってではなく、ローマの勢力によって「革命的な扇動家」(a revolutionary agitator)という嫌疑で殺されたという歴史的事実は、上記のことを裏付けてくれる。イエスは「農民で、ユダヤ的シニック」(a peasant Jewish Cynic)であったというクロッサンのテーゼは、イエスを反ユダヤ教的な立場から受け取ってきた従来の考え方を修正するように求めている[18)]。要するに、初期のイエス運動(Jesubewegung)はユダヤ人から起きたものであり、聖書に記されているイエスのメッセージ――神への愛と隣人への愛、和解のメッセージなど――は、ユダヤ教のラビが通常的に唱える内容であった。しかし、イエスの死後、イエスのメッセージが徐々に非ユダヤ人の間に広がり、教団が作られ、その教団が置かれていた社会的・政治的な状況によって、ユダヤ教からの「距離」が強調されるようになったのである。とすれば、「イエスとユダヤ教の間の分裂というフィクションこそ、反ユダヤ教的なプロジェクトの結果である」という指摘は妥当であると言わざるを得ない[19]。

4. 今後の研究のために

上記の天羽氏と菅原氏の報告とおり、スタウファーの思想が遠藤の『イエスの生涯』の誕生に多大な影響を与えたとすれば、いわば「遠藤神学」について論じるために、スタウファーの思想についてのより詳細な研究が必要である。この小論では、そうした研究の必要性を提案することにとどまらざるを得ない。

ただし、ここでは、遠藤が『イエスの生涯』につけた「あとがき」に注目したい。「あとがき」で遠藤は次のように記している。

> 「小説『沈黙』を書き終えて以後、数年の間私は日本人につかめるイエス像を具体的に書くという課題を自分に課した。したがってこの本に描かれたイエスの生涯には――多くの聖職者、神学者の不満は承知しながら――ユダヤの旧約の完成者としてのイエスの姿はない。次にこの本はイエスの生涯を小説家として書いたものであるから聖書におけるその使信についての神学的解釈もない。これらは本書の意図をはみ出たものであり、私の力の及ぶところではないからである。
>
> 本書の結末にものべたように、私はこのイエス像がそのすべてに触れたなど少しも思ってはおらぬ。聖なるものを表現することは小説家

にはできぬ。私はイエスの人間的生涯の表面にふれたにすぎぬ。ただ日本人である私がふれたイエス像が基督教に無縁だった読者にも少くとも実感をもって理解して頂けるものであったならば、この仕事は無駄ではなかったような気がする。」　　　　　　　(傍点は引用者による)

ここで遠藤は、「ユダヤの旧約の完成者としてのイエスの姿」と「日本人につかめるイエス像」は相容れないと言いながらも、その具体的な理由については書いていない。その理由について考究することによって、遠藤の文学ないし「遠藤神学」がもつ意味合いもより鮮明に浮かんでくると思われる。

【주】

1) アルベルト・シュヴァイツァー,『イエス伝研究史(上)』(『シュヴァイツァー著作集 第17巻』(遠藤彰・森田雄三郎訳), 白水社, 1960年, 44-45頁。

2) John Dominic Crossan, *The Historical Jesus: The Life of a Mediterranean Jewish Peasant* HarperSanFrancisco, 1991, p.xxviii.

3) 柘植光彦,「イエス像--『遠藤神学』の円環が閉じた時」『国文学』9号(1993年), 75-79頁。

4) 井上洋治,『風の中の想い』, 日本基督教団出版局, 1989年, 19頁。

5) 井上洋治,『日本とイエスの顔』, 日本キリスト教出版局, 1990年, 66-67頁。

6) 参照。武田清子,『土着と背教--伝統的エトスとプロテスタント』, 新教出版社, 1967年。

7) 参照。増子正一,「有島武郎研究--自由主義的神学との関係」『キリスト教学』, 立教大学キリスト教学会, 23(1981), 57頁。

8) ジョン・ヒック,『ジョン・ヒック自伝--宗教多元主義の実践と創造』(間瀬啓允訳)トランスビュー, 2006年, 412頁。

9) ヴァン・C・ゲッセル,「集いの地に行きたい-『深い河』考」『遠藤周作とSyusaku Endo』, 春秋社, 1994年, 203頁。

10) 遠藤周作「学会記念講演」, 上掲書, 82頁。

11) 菅原とよ子「『無力』なイエス像形象のための選択--遠藤周作『イエスの生涯』におけるE・スタウファー『イエス--その人と歴史』の引用のあり方」『九大日文』17(2011年)66-81頁; 同著者「遠藤周作『イエスの生涯』における引用典拠」『キリスト教文学研究』25(2008年)90頁以下。

12) 天羽美代子「遠藤周作『イエスの生涯』における＜イエス像」造形過程の一考察--スタウファー『イエス--その人と歴史』の影響について」『高知大国文』35(2004年)53頁以下。

13) E・スタウファー『イエス--その人と歴史』高柳伊三郎訳, 日本基督教団出版局, 1962年, 87頁。

14) 前掲書, 116-117頁。

15) 上掲書, 269頁。

16) 上掲書, 128頁。

17) Tobias Nicklas, "Vom Umgang mit biblischen Texten in antisemitischen Kontexten" *Hervormde Teologische Studies* 64/4 (2008), S.1914.

18) 参照。John Dominic Crossan, *Who Killed Jesus?: Exposing the Roots of Anti-Semitism in the Gospel Story of the Death of Jesus* Harper SanFrancisco, 1996.

19) Rubeli-Guthauser, „Christlicher Antijudaismus: Ein Bogen vom Christentum zur Schoa. Der christliche Gottesmordvorwurf" Gerhard Naser hg., *Lebenswege Creglinger Juden. Das Pogrom von 1933.* Verlag Eppe, 1999, S.16.

【출전】

『キリスト教文藝』28(二〇一二年)(1)~(21)

「殉教、その光と影」殉教が超えるべき問い
- 遠藤周作『沈黙』 -

山根道公

1. はじめに

今日は、「殉教、その光と影」をテーマにした講座で、遠藤周作の『沈黙』をめぐってお話ができる機会をいただき、大変うれしく思っています。

遠藤周作の『沈黙』の世界的評価については、資料にあるように、世界的に有名なキリスト教作家のグレアム・グリーンが、『沈黙』を「20世紀最高の小説の１つである」と賞賛しています。遠藤はノーベル文学賞の候補にもなった世界的な作家です。

今年は遠藤周作没後20年で、『沈黙』刊行50年の記念の年です。『沈黙』刊行50年は、日本でも国際的にも注目され、『沈黙』刊行五十年を前に、英語圏の研究者十五名による『沈黙』の論稿を集めた『Approaching Silence』という本が海外で刊行され、その「結語」は、マーティン・スコセッシ監督によって記されています。そして、スコセッシ監督の映画『沈黙』もこの記念の年の秋に公開される運びです。また、長崎にある

遠藤周作文学館でも、遠藤周作学会が共催し、8月19日には『沈黙』をめぐるリレー講演と国際シンポジウム「『沈黙』は世界でどう読まれたか」を、海外の遠藤文学の翻訳を行っている研究者らと共に開催します。今日通訳をお願いしている李平春先生にもそのシンポジウムで発表いただきます。

そうした『沈黙』刊行50年の記念の年に、韓国のキリスト者の皆さんにとって大切な聖地にある記念の教会にお招きいただき、『沈黙』をめぐってお話できることを、大変意義深く、光栄に感じています。

2. 遠藤が『沈黙』に込めた思い

それでは、まず、遠藤周作がどのような思いを込めて『沈黙』を書いたか、説明しましょう。資料の遠藤の略年譜の1960年にあるように、遠藤は『沈黙』を書く前に、結核再発で3年近く死と向き合う病床体験をしています。その間、様々に苦しむ人たちと出会いながら、なぜ、人間に苦しみが与えられ、その現実に対して神が沈黙しているのか、神に問い続けています。その切迫感の中で、3百年以上前に迫害の中で死と向き合っていた日本の切支丹について書かれた資料を集め、濫読します。そうした中で2度の手術が失敗し、手術死の危険の高かった3度目の手術を受ける時には、何としても生き延びて自分が本当に書きたかった小説を書きたいと強く願います。そして、手術では出血多量で心臓が止まりますが、数秒後には動き出し、死のふちから生還します。そして手術は成功し、体力が回復したところで、資料①『沈黙の声』にあるように「この小説を書きあげることが出来たら、もう死んでもいい」というほどの思いで、3百年以上前の迫害下の切支丹時代を舞台に、自分のこれまでの人生の課題をすべて込めて書き上げたのが『沈黙』です。ですから、『沈黙』は歴史小説の形をとっていますが、切支丹時代に実際にあった史実を凝縮し再構成して、そこに遠藤自らの信仰の課題である、弱い人間と神との関係をめぐる魂のドラマを描いた小説です。

3.『沈黙』の背景となる日本の切支丹の歴史

ここで『沈黙』の背景となる日本の切支丹の歴史を簡単に説明しますので、資料の日本の切支丹の歴史をみてください。1549年、フランシスコ・ザビエルによってキリスト教が伝えられ、ポルトガル船との貿易も始まり、九州、特に長崎を中心に広まり、切支丹大名や武将も増えていき、最盛期には40万とも、60万とも言われるほどの信者の数になります。それに対して、時の権力者の豊臣秀吉はそれを危険視し、1587年には禁教令を出し、1597年には見せしめに、長崎の西坂で司祭や信徒26人を処刑します。日本における最初の殉教で、海外に伝わって賞賛され、後に聖人に列せられ、日本26聖人と呼ばれます。

その翌年には秀吉が亡くなり、その後は、1614年に徳川幕府が全国に禁教令を発布し、宣教師や主だった日本人切支丹を国外追放します。

1622年には、同じ西坂で、55名が火刑と斬首にあう、元和の大殉教が行われます。宣教師とそれをかくまった信徒の一家が処刑され、その中には韓国人の一家も入っています。この殉教も海外に伝わり崇敬され、福者に列せられます。

この後、弾圧はさらに強まり、雲仙地獄での熱湯による拷問をはじめ、それでも耐えた神父や信徒たちは、西坂で処刑されます。そこで今度は、穴吊りの拷問が行われるようになります。「穴吊り」とは、汚物の入った穴に逆さに吊るされ、痛みは持続し、意識は朦朧となり、引き上げてくれと合図したら、棄教したことになるという拷問で、殺さず、棄教させるための拷問です。また基督や聖母を描いた聖画を足で踏ませる踏絵もはじまり、潜伏宣教師と信徒を徹底的に捜査し、検挙し、拷問にかけ、1639年までに2000人を超える殉教者が出たといわれます。

4. 殉教の地、長崎の西坂で弱者と想う

『沈黙』は遠藤が、殉教の地にたたずんで、まさにその光と闇を考える所から生まれたとも言える作品です。皆さんは、そこで信仰を棄てない者に火あぶりの刑が行われた殉教の地に立ってその光景を思い浮かべた時、何を感じ、何を考えるでしょうか。

遠藤は、略年譜の1943年に「キリスト教徒が敵性宗教を信じる非国民

と弾圧されるなかでそれを隠す二重生活に苦しむ」とあるように、戦中に自分の弱さを噛みしめる体験をしています。ですから、自分が、肉体の恐怖や死の恐怖に打ち勝つ強い信仰をもって火あぶりの刑を受ける殉教者の側にいるとは到底思えない。自分は、殉教できないで刑場を取り巻く群衆の側にいる人間だと考えます。そして、そうした強い信仰をもつ殉教者に畏敬と憧れをもちながらも、そのような強者になりえなかった挫折者、裏切者の悲しみや苦しみを考えます。そしてそうした黙殺されてきた弱者を歴史の闇の中から生きかえらせ、その声を聞きます。そしてそれこそが文学者だけができる仕事だと考えます。この④のエッセイにあるように、挫折した後も懸命に祈る彼らの姿を想うと、遠藤は自分の頬にも泪が流れると言います。この殉教できなかった弱者の祈りに神はどう答えるかが、遠藤の切実な問いであり、今回、この講演で『沈黙』をめぐって考えたい中心的テーマです。

(1) それでは、『沈黙』に入りますので、資料の『沈黙』を1から見てください。ロドリゴという主人公のポルトガル人宣教師は、同僚のガルペと共に、キリスト教禁制となった日本に潜伏を企て、マカオまで来て、キチジローという日本人に出会います。ロドリゴたちは、「死さえ怖れない」殉教者の日本人ばかりが西洋に伝えられていたために、ちょっとした暴力にも震えあがる臆病な性格のキチジローを見て、本当に日本人か、と疑うほどですが、そのキチジローの案内で日本に上陸し、隠れて信仰を守っている信徒たちに迎えられます。

(2) そして②のように、キチジローは3人兄妹で、切支丹の取調べを受け、兄と妹は踏絵を拒絶して、投獄され、火あぶりの刑となります。キチジローだけは役人に脅かされて、棄教すると叫び、放免されます。そして火あぶりの日には、刑場を取り巻いた群衆の中にキチジローはいましたが、兄妹の殉教を見ることができずに消え去ったという暗い過去があったことを、ロドリゴは知らされます。ここには、まさに、殉教の光と闇があります。殉教できた者は栄光の光に迎えられますが、性格の弱さのために殉教できなかった者の中には、その後の人生を暗い過去を背負って劣等感や自己嫌悪の苦しみの闇のなかで生きねばならなかった者もいたのです。

(3) そうしたキチジローに対して、ロドリゴは、③のように、「マタイの福音書」10章32・33節のイエスの言葉「人の前にて我を言いあらわす者は、我も亦、天にいます我が父の前にて言い顕わさん。されど人の前にて我を否む者は我も亦、天にいます我が父の前にて否まん」をいつも考えるように命じ、「意志の弱さと一寸した暴力にも震えあがる臆病さを治すのはお前の飲んでいる酒ではなく、ただ信仰の力だ」ときびしく説教します。福音書の中には、イエスの様々な言葉があります。父性的な厳しい言葉も確かにあれば、逆に、苦しみや悲しみを背負っている弱者に対して限りなく優しい母性的ないつくしみの言葉もあります。ここでロドリゴがあげたイエスの言葉は、そうした中で最も父性的な厳しい言葉であるでしょう。信仰の力によって自分の弱い性格を克服したいと願っているのは誰よりもキチジローでしょう。しかし、そう願ってもできないからこそ苦しんでいるキチジローのつらさや悲しさをロドリゴは全く理解しないで、上から命じています。

この後、役人に気づかれ、ロドリゴは山中に逃げます。そこでキチジローと会い、水を求めます。キチジローは水を汲みに山を下り、そこで役人に脅かされ、ロドリゴが上にいることを密告します。そしてロドリゴは、捕えられ、自分をユダに裏切られた基督に重ね、自分を裏切ったキチジローをユダに重ねます。

(4) キチジローは、連行され牢に入れられるロドリゴの後を追い、ロドリゴの牢舎を訪ね、④にあるように、「まるで母親にまつわりつく幼児のように」告悔を聞いてくれと哀願します。ここには、苦しんでいるキチジローが心の底で何を求めているかが暗示されています。それは、幼児をありのままに受けとめてくれる母親のような存在です。しかし、ロドリゴは、それに気づくことなく、義務的に告悔を聞いて許しの秘跡を与えますが、「私はあなたを信じられない」と突き放します。

しかし、④の後半にあるように、ロドリゴは、その後で、基督は襤褸のようにうす汚れたキチジローのような人間こそ探し求められていたことを思います。「魅力のあるもの。美しいものに心ひかれるなら、それは誰だってできることだった。そんなものは愛ではなかった」とあるのは、そんなのはエロスの愛で基督の愛、アガペーの愛ではないという意味でしょう。「色あせて、襤褸のようになった人間と人生を棄てぬことが愛」という言葉は、遠藤周作独自の愛の定義です。相手がどんな状態になっても棄てないことが愛だという遠藤の裏側には、自分の母親が、愛を誓ったはずの夫に棄てられ、自分を決して棄てない神の愛を見出していった母のことを思う気持ちがあったでしょう。ロドリゴはその愛を頭では学び、知っていましたが、キチジローに対してその愛を実践することはできません。そんなロドリゴに基督の顔が近づき、うるんだ、やさしい眼でじっと見つめます。このうるんだ眼は決して愛を実践できないロドリゴを責める眼ではなく、そんな至らない人間をやさしくつつむ母性的な愛と許しのまなざしといえるでしょう。基督と自分を重ねていたロドリゴは、キチジローに対して基督のように愛をもてない、至らなかった自分を基督の愛のまなざしにつつまれる中で、恥じます。

(5) ロドリゴは処刑の前日に行われる見せしめのため長崎市中を引き回された後、奉行所の真っ暗な狭い牢に押し込められます。そこで死の差し迫る恐怖の中で鼾と思って笑って聞いていた声が、ロドリゴが棄教しないために穴吊りにされて苦しんでいる信徒のうめきだと知らされ、精神的苦悩の極限にまで追い詰められます。そしてロドリゴは踏絵に導かれます。踏絵は、基督や聖母の像を踏ませることで切支丹でないことを証しさせるもので、司祭が踏めば、棄教の証しとなるものです。ロドリゴがその踏絵の前に立つのが、⑤の場面です。

ここで「そのお顔は我が魂にふかく刻みこまれ、この世で最も美しいもの、最も高貴なものとなって私の心に生きていました」とあるように、ロドリゴにとって踏絵の基督の顔は心に生きている基督の顔と重なるものでした。

「黎明のほのかな光。光はむき出しになった司祭の鶏のような首と鎖骨の浮いた肩にさした」とあるのは、今までロドリゴは自分の弱い心を、司祭としての自尊心と義務というよろいによって守っていたのがはぎ取られ、むき出しになったロドリゴのありのままの弱い心に、神の恩寵といえる、新しい夜明けの光が差し始めたことを示しているでしょう。

そしてロドリゴが踏絵に足をあげて、痛みを感じた時に、踏絵の基督のまなざしが訴えかけます。「踏むがいい。お前の足の痛さをこの私が一番よく知っている。踏むがいい。私はお前たちに踏まれるため、この世に生れ、お前たちの痛さを分つため十字架を背負ったのだ。」と。ロドリゴが強い殉教者の側ではなく、キチジローと同じ、踏絵に足をかける弱者として苦しみの極限に立たされたときに、基督が弱者の苦しみにどのように関わる存在か初めて体験的に知るのです。それは、決して以前にロドリゴがキチジローに「私を否む者は、私もお前を否む」というような厳しく責めるような姿勢ではなく、「いいんだよ、おまえの苦しみは私が一番わかっているから」とやさしく訴える、弱い人間の苦しみを共に分かつ母のような愛と許しの基督の姿であったわけです。

そして「司祭が踏絵に足をかけた時、朝が来た。鶏が遠くで鳴いた。」と描写されます。

ここには聖書の中のペトロの裏切りが重ねられています。資料の「ルカ福音書」の聖書引用の①②を見てください。①では、基督はペトロたちが自分を見捨てて逃げ去っていくことを、予告し、さらに基督はペトロに「わたしはあなたのために、信仰が無くならないように祈った。だから、あなたは立ち直ったら、兄弟たちを力づけてやりなさい。」とまで優しく語りかけます。基督は弱さゆえに自分を見捨てるペトロを責めることなく、許し、さらに信仰がなくならないようにペトロのために祈っているのです。ここで注目されるのは、弱さから基督を見捨てるような裏切りをたとえしてしまっても、信仰をなくさないで、立ち直っていくことを、基督は願っている点です。そして、ペトロ本人よりもペトロの弱さがわかっていて、「一緒に死んでも良い覚悟」と言うペトロに、「あなたは今日、鶏が鳴くまでに、三度わたしを知らないと言うだろう。」と予告します。

②のようにペトロが基督を3度知らないと言う裏切りは、踏絵を踏む裏切りに相当するでしょう。そして、そこで鶏がなき、基督はその弱さゆえに自分を裏切ったペトロにまなざしを向けます。ペトロの弱さを誰よりも本人よりもよく知っている基督のまなざしは、決してその弱さを責めるようなものではなく、お前の弱さは私が一番わかっていると、いつくしむようなやさしいまなざしであったでしょう。それゆえに、ペトロはその愛と許しのまなざしに出会って、自分を恥じ、激しく泣いたのでしょう。

ロドリゴに「踏むがいい」と訴えた踏絵の基督のまなざしは、まさにこの聖書の箇所の基督のまなざしを重ねられているわけです。

(6) ロドリゴは、この踏絵によって公的には棄教神父と扱われ、幽閉生活を送ります。そして、5年ほど経った、この作品の最後の場面が次の⑥です。

「夜、風が吹いた」と描写され、この最後の場面が始まりますが、この「風」はギリシャ語ではプネウマ、聖霊をも意味します。ここで資料の『ヨハネ福音書』の引用の⑧⑨にあるように「聖霊が、あなたがたにすべてのことを教え、わたしが話したことをことごとく思い起こさせてくださる。」「真理の霊が来ると、あなたがたを導いて真理をことごとく悟らせる」。そのような聖霊がロドリゴにそそがれ、ロドリゴが真理を悟る場面だと考えられます。

ここでもキチジローが罪の許しを求めてロドリゴのもとに来ます。ロドリゴは「私たちの弱さを一番知っているのは主だけなのに」と考えます。そして、キチジローが踏絵に足をかけたことを告悔したとき、ロドリゴは自分もその踏絵に足をかけたことを追想します。

ロドリゴの心に刻まれ、生きている基督の顔の哀しそうな眼差しが、実際に踏絵を踏んだ時よりも詳しくロドリゴに言います。「(踏むがいい。お前の足は今、痛いだろう。今日まで私の顔を踏んだ人間たちと同じように痛むだろう。だがその足の痛さだけでもう充分だ。私はお前たちのその痛さと苦しみをわかちあう。そのために私はいるのだから)」と。この「今日まで私の顔を踏んだ人間たち」の中にキチジローも入っています。そして、基督はそのキチジローの痛みと苦しみをわかちあうためにも私はいるのだとロドリゴに言うわけです。

そしてここで初めてロドリゴが今までずっと苦悩してきた信仰上の疑問「主よ。あなたがいつも沈黙していられるのを恨んでいました」と吐露します。すると、基督は「私は沈黙していたのではない。一緒に苦しんでいたのに」と答えます。ロドリゴは、信徒たちが迫害を受け、苦しみ、死んでいく姿を目の当たりにしながら、なぜ神は目に見える現実を変えるような力ある業を示すことなく、何もしないで沈黙しているのかと恨んでいたわけですが、神は何もしないで無関心でいたのでなく、苦しむ者の心に寄り添い、一緒に苦しんでいたのだというわけです。すなわち、ロドリゴが神は力ある業を行い正義を示す力強い神であると思っていた間は、神は沈黙しているとロドリゴには思えたわけですが、ロドリゴ自身がキチジローと同じ踏絵を踏む弱者として苦しむ位置になった時、神は苦しむ人間の苦しみを分かち合うというあり方で、人間と関わっていたということを知っていくのです。

そしてキチジローに「強い者も弱い者もいないのだ。強い者より弱い者が苦しまなかったと誰が断言できよう」と言います。殉教した強い者も、殉教できなかった弱い者もそれぞれに苦しみ、その苦しみに神は寄り添ってくださっているのだというのです。そしてキチジローに「安心して行きなさい」と告げます。

そして最後にロドリゴの信仰告白がなされます。「今までとはもっと違った形であの人を愛している。」というのは、ロドリゴは日本への潜伏を前に、基督の「励ますような雄雄しい力強い顔」に心ひきつけられるとあるように、力強い父のような基督を愛する形から、ロドリゴの弱さを誰よりもわかり、その苦しみを分かち合ってくれる母のような基督を愛する形になったことを語っています。そして「私がその愛を知るためには、今日までのすべてが必要だったのだ。」とは、その母のような基督の愛を知るために、殉教を覚悟して日本に潜伏することも、キチジローに裏切られて捕まることも、信徒たちの迫害を前に神に問うことも、耐え切れず踏絵を踏んだことも、そうした挫折もすべて無駄ではなく意味があり、必要であったというのです。

そして「私はこの国で今でも最後の切支丹司祭なのだ。」というのは、今もキチジローのように殉教できず踏絵を踏んで、弱い自分に苦しんでいる切支丹がいる限り、そうした信徒に、基督はそうした弱い人間を見捨てることなく、その苦しみを共に分かち合ってくれる母のような愛と許しの存在であることを伝える司祭が必要であり、自分がその役割を担う司祭なのだとロドリゴが使命感に目覚めた言葉であるでしょう。

そしてこの作品の最後を結ぶ「あの人は沈黙していたのではなかった。たとえあの人は沈黙していたとしても、私の今日までの人生があの人について語っていた。」という言葉には、資料の『私にとって神とは』の①に「神はいつも、…その人の中で、その人の人生を通して働くものだ、…そのとき神を感じます。このことを私は『沈黙』の最後に主人公の口を通して書きました」とあるように、ロドリゴが自分の今日までの挫折の人生を振り返りながら、そこに神の働きを感じとっていることが示されています。さらに資料②に「聖霊によって神の存在を感得」とあるように、ロドリゴは聖霊によって苦しみを共に分かち合ってくれる母のような基督の存在を、自分の人生が語っているのを悟るのです。

さらに資料の聖書の『ルカ福音書』の③、「使徒言行録」④、⑤，⑥にあるように、あのイエスを裏切る挫折をした弱きペトロは、復活の基督に出会い、聖霊を受け、復活の基督を伝える証人となっていきます。

ところで、殉教は当時、ポルトガル語でマルチルと呼ばれ、証人という意味でした。殉教というのは、そこに神の力が共に働いて行われ、命を捧げて神の存在が証しされるものですから、殉教が神の証人というのはまさにふさわしい言葉でしょう。

しかし、殉教者のみが神の証人であるわけではありません。弱さゆえに殉教できないで挫折しながらも懸命に神を愛する信仰を持ち続けたロドリゴの人生も、神を証しているといえるでしょう。そしてさらに、大切なことは、そうしたロドリゴの人生が証しするのは、弱い者の苦しみを誰よりも知っていてそれを分かち合ってくれる愛と許しの母のような神の存在であると言う点です。

『沈黙』はこの本文の物語がここで終わった後に、「切支丹屋敷役人日記」というちょっと読みにくい漢文調の日記が載せられています。韓国語に訳されている『沈黙』には、この部分が省かれていると聞いて、驚いています。作者の遠藤周作自身、この部分が大事なので是非飛ばさないでしっかりと読んでほしいと読者に要望しています。実際に何が書かれているかというと、資料の最後に載せているように、その後、ロドリゴは江戸に出来た切支丹屋敷に幽閉されるのですが、そのときにキチジローがロドリゴの召使となって付き従っているのです。さらに、キチジローは信仰を持ち続け、その屋敷の仲間たちにも伝え、秘かに信仰集団が出来ていることが暗示されています。すなわち、ロドリゴの人生が証しする、弱い者の苦しみを誰よりも知ってそれを分かち合ってくれる愛と許しの母のような神の姿がキチジローに伝えられ、キチジローはそれによって救われ、秘かにその信仰を守り続け、さらにそれを仲間に伝えるまでになっていたわけです。これは、その後、日本において2百年以上続く秘かに信仰を守り続ける、隠れ切支丹の信仰と通じるものといえるでしょう。

5. おわりに

最後に、「殉教、その光と闇」「殉教が超えるべき問い」というテーマに対して、遠藤周作の『沈黙』がどう答えたかまとめます。キリスト教の歴史の中で殉教者には神の証人として特別な賞賛の光が与えられ、殉教できなかった挫折者はその歴史の闇に埋もれて沈黙させられています。遠藤は、小説『沈黙』で、そうした挫折者に声を与え、そうした弱い挫折者に、神はどう関わるのかと問います。そして、神は挫折者の苦しみを誰よりも知って寄り添う存在であることを示し、弱い者が挫折を繰り返しながらも、神を愛する信仰を失わないで懸命に最後まで生きる限り、その人生は、母のような愛と許しの神の存在を証しする人生となることを語っているといえるのです。

資料の聖書の引用の最後に載せた「伝道の書」の「生まれるに時があり、死ぬるのに時があり、…神のなさることは皆その時にかなって美しい」との言葉の通り、人それぞれに神から与えられた死ぬ時があり、殉教した者も挫折した者も死ぬ最後まで、神を愛する信仰を全うしたなら、その人生は神を証ししているにちがいないでしょう。

ちょうど今年が没後二十年になる、遠藤周作という作家の人生も、両親の離婚、戦中のキリスト者として受ける迫害、死と向き合う大病など、何度も人生の挫折を味わう中で、殉教などできない臆病で弱い人間であるという事実をかみしめながら、懸命に神を愛する信仰を生き抜き、作品を書くことで、弱い人間の苦しみの同伴者となってくれる母のような愛の神の存在を、私たちに証ししてくれた人生であったといえるでしょう。

【資料】

楊花津木曜講座「殉教、その光と闇」第3回(於・韓国キリスト教100周年記念教会)

殉教が超えるべき問い

― 遠藤周作『沈黙』 ―

●●●

【遠藤周作略年譜】

1923年…東京に生れる。3歳、父の転勤で満州大連に移る。

1933年…10歳、父母離婚、神戸の伯母を頼り、母と兄と帰国。熱心な信者の伯母の勧めで母とカトリック教会に通う。

1935年…12歳、母受洗、母を喜ばせるために受洗、洗礼名ポール。母は音楽教師をしながら厳しい祈りの生活を始め、周作も将来司祭になろうと一時は本気で考える。

1943年…20歳、慶応義塾大学文学部予科に入学。戦局苛烈のため勤労動員の工場で働き、キリスト教徒が敵性宗教を信じる非国民と弾圧されるなかでそれを隠す二重生活に苦しむ。

1948年…慶応義塾大学仏文科卒業、その二年後に戦後最初のカトリック留学生に選ばれ、現代カトリック文学研究のため渡仏。

1953年…30歳、肺結核のため帰国。母郁、脳溢血で突然の死去。

1954年…31歳、初めての小説「アデンまで」発表、翌年発表の「白い人」で芥川賞受賞。

1957年…34歳、「海と毒薬」で二つの文学賞受賞、文壇的地位確立。

1960年…37歳、肺結核再発、二度の手術失敗。手術死の危険の高かい三度目の手術を受け、数秒心臓が止まるが死の淵から生還する。三年におよぶ死と向き合う病床体験の中で、なぜ、人間に苦しみが与えられ、その現実に対して神が沈黙しているのか、神に問い続け、その苦しみを共に分かちあうキリストのまなざしに出会う。また、その切迫感の中で、三百年前に迫害の中で死と向き合っていた日本のキリシタンについて書かれた資料を集め、濫読する。

1964年…41歳、初めて長崎を訪れ、黒い足指の痕がついた踏絵を見る。その後も小説の取材に何度も訪れ、殉教地をめぐる。

1966年…43歳、『沈黙』刊行。

1973年…50歳、『死海のほとり』、『イエスの生涯』刊行。

1980年…57歳、『侍』刊行。

1993年…70歳、『深い河』刊行。

1996年…73歳、死去。

【『沈黙』の世界的評価】

・1969年に英訳され、現在は二〇か国以上で翻訳され、ピエトゥシャック賞など海外の文学賞を受賞。世界的に有名なキリスト教作家のグレアム・グリーンは『沈黙』を「20世紀最高の小説の1つである」と賞賛。ノーベル文学賞の候補にもなった。

・アメリカのカトリック系の大学が相次いで遠藤に名誉博士号を授与し、その理由として『遠藤周作とShusaku Endo』の中で、遠藤の描く女性的な苦しむイエス像が、西洋の男性的で勝利の栄光に輝く神という見方に挑戦を突きつけることで、カトリックに計り知れない貢献をしている点を挙げている。

・アカデミー賞受賞監督のマーティン・スコセッシは、『沈黙』英訳本の序文で「この本を初めて手にしてからもう二十年近くになる。それからというもの、この本を数えきれないくらい読み返した。この本は、私が生きる糧を見出させてくれた数少ない芸術品の一つである」と述べている。

・今年は、『沈黙』刊行50年の記念の年。英語圏の研究者十五名による『沈黙』の論稿を集めた『Approaching Silence』が昨年に刊行され、その「結語」は、マーティン・スコセッシ監督によって記されている。さらに、同監督の映画『沈黙』もこの記念の年に公開の予定。

・一昨年には、韓国日本基督教文学会と遠藤周作文学会共催で、国際シンポジウム「『沈黙』をどう読むか－特殊と普遍」が仁川大学において行われ、今年は、長崎市遠藤周作文学館で、遠藤周作学会が共催し、八月一九日に『沈黙』をめぐるリレー講演と国際シンポジウム「『沈黙』は世界でどう読まれたか」を、海外の遠藤文学の翻訳を行っている研究者らと開催。

【『沈黙』の背景となる日本のキリシタンの歴史】

・1549年、フランシスコ・ザビエルによってキリスト教が伝来。ポルトガル船との貿易も宣教師が仲介となって行われ、九州から全国に広まり、キリシタン大名や武将も増えていき、最盛期の信徒数は40万または60万と言われ、当時の日本の人口から考えると驚異的な数。

・1587年、豊臣秀吉は禁教令を出し、1597年には見せしめに、長崎の西坂で司祭と信徒26人を処刑。日本における最初の殉教で、海外で知られ、後に聖人に列せられ、日本26聖人と呼ばれまる。

・1598年、秀吉が亡くなり、1603年、徳川家康が江戸幕府を開き、1614年に、全国に禁教令を発布し、宣教師や主だった日本人キリシタンを国外に追放。以降、潜伏宣教師と信徒を徹底的に捜査、検挙し、拷問にかけ、1639年までに2千人を超える殉教者が出る。

・1622年、西坂で、55名の宣教師、信徒が殉教(元和の大殉教)。

その中に韓国人アントニオ、アントニオの夫人マリア、アントニオの3歳の息子ペトロもいた。この大殉教も、海外で知られ、福者に列せられる。

・1627年、雲仙地獄で熱湯責めによる拷問が始まり、殉教者が出る。責め苦に耐えた神父や信徒たちは、西坂で殉教。

・1628年頃より絵踏み始める。

・1633年、穴吊りの拷問により、イエズス会日本管区の代理責任者クリストファン・フェレイラ神父、棄教。

・1637年、島原の乱、起きる(~38年)。

・1639年、ポルトガル船の来航禁止。

・1643年、ジョゼッペ・キャラ神父ら、日本に潜入し、すぐに捕まり、江戸に送られ、井上筑後守の巧みな誘惑によって転び、小日向の切支丹屋敷に収容される。

【『沈黙』に込められた過半生の問題】

①『沈黙の声』(プレジデント社、一九九二年)

『沈黙』を書いたのは、ちょうど病気の後だった。(中略)

手術の前には、「この体ではもう小説は書けないのではないか」と思っていたのが、三度目の手術が成功して命が助けられたわけだ。

「この小説を書きあげることが出来たら、もう死んでもいい」そんなきもちがどこかにあったから、やはり書きおわったときの満足感はたいへんなものだった。(中略)

『沈黙』には、自分の過半生をすべて打ち明けなければならないという問題が含まれていた。日本人でありながらキリスト教の家庭に育ち、自分の肉体が自分の信じてもいないものへ放りこまれた人間の、いわば異文化体験である。しかも当時キリスト教は敵性宗教だったから、まわりからは白眼視され、また警戒もされていた。(中略)そういう時代に育ってみると、やはり自分の問題をもっとも投影しやすいのは切支丹時代だと気づくのである。私は病院のベッドで自分の過半生をなぞり、昔の日本人がどうしてキリスト教を信じたのかと考えて切支丹時代の文献が読みたくなったのである。

②『人生の同伴者』(春秋社、一九九一年)

切支丹時代というものと、われわれのキリスト教信者における戦争時代とが当然、重なります。(中略)警察へ連れて行かれたり、キリスト教信者であるというために学校なんかでも意地悪をされたり、教会のなかに憲兵が入り込んできたりした時代を経てきているんです。だから身近な問題として切支丹時代に接近できたということは、やっぱり戦争体験があったからだとおもいます。

③「挫折は生きる意味を教える」(『お茶を飲みながら』小学館一九七九年)

この時、彼は自分が本当はどんな人間であったかを初めて知ることができる。自分が決して強者ではなく正義の人ではなく、選ばれた人間でも優越者でもなく、世間にはイツワリの顔をみせているが、本当はイヤなイヤな人間だという事実と向きあうことができる。これは人生における第二の出点になる。自分は弱虫であり、その弱さは芯の芯まで自分につきまとっているのだ、という事実を認めることから、他人を見、社会を見、文学を読み、人生を考えることができる。(中略)優越感しかなくて人生を生きる人間には宗教とは何かが遂にわかるまい。

【殉教の地・長崎の西坂の丘で、殉教者＝強者になれなかった弱者を想う】

④「一枚の踏絵から」(『切支丹の里』人文書院一九七一年)

二十六人の殉教者たちは文字通り、教えに殉じた人たちである。肉体の苦痛、死の恐怖、肉親への愛着、現世への執着、それらも彼等の不屈な信念を決して覆しはしなかった。彼等は信仰の力と神の恩寵に支えられながら燃えるような勇気で胸を焦がしつつ、おのが魂を天国の栄光に返したのである。(中略)

けれども私はこうした強かった殉教者に畏敬と憧れとをもちながら、またこの強者になりえなかった転び者、裏切者を考えた。転び者、裏切者の殉教者にたいする言いようのないコンプレックスについて考えた。そのコンプレックスのなかには私と同じような羨望と嫉妬と時にはまた憎悪さえまじっていたであろう。殉教できなかった者のなかには生涯その負い目を背中に重く背負いながら、生きていったものもあろう。(中略)

いずれにしろはじめて西坂の講演にのぼったあの雨の日、私はその丘にたって強い者と弱い者とのそれぞれを思った。そしてそれは私にとって、やがて書くであろう小説の視点－カメラアイズをきめる問題に発展していった。(中略)

もちろん、強かった人、殉教者については数多くの伝記や資料が我々の手に残されている。これらの人々の崇高な行為にたいして教会も賛美を惜しまぬからからである。

だが、弱者－殉教者になれなかった者、おのが肉体の弱さから拷問や死の恐怖に屈服して棄教した者についてはこれらの切支丹の文献はほとんど語っていない。(中略)一方、迫害者側の文献にも弱者は無視されている。

こうして弱者たちは政治家からも歴史家からも黙殺された。沈黙の灰のなかに埋められた。だが弱者たちもまた我々と同じ人間なのだ。彼等がそれまで自分の理想としていたものを、この世でもっとも善く、美しいと思っていたものを裏切った時、泪を流さなかったとどうして言えよう。後悔と恥とで身を震わせなかったとどうして言えよう。その悲しみや苦しみにたいして小説家である私は無関心ではいられなかった。彼等が転んだあとも、ひたすら歪んだ指をあわせ、言葉にならぬ祈りを唱えたとすれば、私の頬にも泪が流れるのである。私は彼等を沈黙の灰の底に、永久に消してしまいたくなかった。彼等をふたたびその灰のなかから生きかえらせ、歩かせ、その声をきくことは一それは文学者だけができることであり、文学とはまた、そういうものだと言う気がしたのである。

『沈黙』(新潮社一九六六年)

【1、澳門でのロドリゴとキチジローとの邂逅】

支那人たちの大半は、我々の教えにも耳を貸さぬとのことです。その点、日本はまさしく、聖フランシスコ・ザビエルが言われたように「東洋のうちで最も基督教に適した国」の筈でした。(中略)

「本当に日本人ですか、あなたは」

さすがにガルペが苦々しくたずねますと、キチジローは驚いたようにそうだと言い張りました。ガルペはあの多くの宣教師たちが「死さえ怖れない民」といった日本人の姿を余りに信じていたのです。一方では海水が踝をひたし、五日間に亘ってこの拷問を加えられても節操を歪めなかった日本人がいます。しかし、キチジローのような弱虫もいるのです。そんな男に、我々は日本到着後の運命を委せねばならない。

【2、キチジローの背負う過去】

事情が少しずつわかってきました。やはりキチジローは一度ころんだ切支丹でした。八年前、彼とその兄妹はその一家に恨みをもった密告者のため密告を受け切支丹として取調べを受けたのです。キチジローの兄も妹も主の顔を描いた聖画を足で踏むように言われた時、これを拒絶しましたが、キチジローだけは役人が一寸、脅しただけで、もう棄教すると叫びだしました。兄妹はすぐに投獄され、放免された彼はついに村に戻らなかったのです。

火刑の日、刑場をとり巻いた群集のなかに、この臆病者の顔を見たという者もありました。野良犬のように泥だらけになった彼の顔は兄妹の殉教を見ることさえできず、すぐ消え去ってしまったというのです。

【3、ロドリゴのキチジローへの父性的な基督の言葉を示す説教】

私は彼に告悔をすすめ、彼は素直に自分の昔の罪をすべて告白しました。

彼にはあの主の言葉をいつも考えるように命じました。

「人の前にて我を言いあらわす者は、我も亦、天にいます我が父の前にて言い顕わさん。されど人の前にて我を否む者は我も亦、天にいます我が父の前にて否まん」

キチジローはそういう時、叩かれた犬のようにしゃがんで自分の頭を手でうちます。この性来、弱虫男には、勇気というものがどうしても持てなかったのです。性格そのものは本当に善良なのですが、意志の弱さと一寸した暴力にも震えあがる臆病さを治すのはお前の飲んでいる酒ではなく、ただ信仰の力だと私は手きびしく言ってやりました。

【4、キチジローを愛せないロドリゴを許す基督のまなざし】

いいや、主は襤褸のようにうす汚れた人間しか探し求められなかった。(中略)魅力のあるもの。美しいものに心ひかれるなら、それは誰だってできることだった。そんなものは愛ではなかった。色あせて、襤褸のようになった人間と人生を棄てぬことが愛だった。司祭はそれを理屈では知っていたが、しかしまだキチジローを許すことはできなかった。ふたたび基督の顔が自分に近づき、うるんだ、やさしい眼でじっとこちらを見つめた時、司祭は今日の自分を恥じた

【5、踏絵を踏むロドリゴの苦しみを分つ母性的な基督のまなざし】

踏絵は今、彼の足もとにあった。小波のように木目が走っているうすよごれた灰色の木の板に粗末な銅のメダイユがはめこんであった。それは細い腕をひろげ、茨の冠をかぶった基督のみにくい顔だった。黄色く混濁した眼で、司祭はこの国に来てから始めて接するあの人の顔をだまって見おろした。

主よ。長い長い間、私は数えきれぬほど、あなたの顔を考えました。特にこの日本に来てから幾十回、私はそうしたことでしょう。トモギの山にかくれている時、海を小舟で渡った時、山中を放浪した時、あの牢舎での夜。あなたの祈られている顔を祈るたびに考え、あなたが祝福している顔を孤独な時思いだし、あなたが十字架を背負われた顔を捕われた日に甦らせ、そしてそのお顔は我が魂にふかく刻みこまれ、この世で最も美しいもの、最も高貴なものとなって私の心に生きていました。それを、今、私はこの足で踏もうとする。

黎明のほのかな光。光はむき出しになった司祭の鶏のような首と鎖骨の浮いた肩にさした。司祭は両手で踏絵をもちあげ、顔に近づけた。人々の多くの足に踏まれたその顔に自分の顔を押しあてたかっ

た。踏絵のなかのあの人は多くの人間に踏まれたために摩滅し、凹んだまま司祭を悲しげな眼差しで見つめている。その眼からはまさにひとしずく涙がこぼれそうだった。

「ああ」と司祭は震えた。「痛い」

司祭は足をあげた。足に鈍い重い痛みを感じた。それは形だけのことではなかった。自分は今、自分の生涯の中で最も美しいと思ってきたもの、最も聖らかと信じたもの、最も人間の理想と夢にみたされたものを踏む。この足の痛み。その時、踏むがいいと銅版のあの人は司祭にむかって言った。踏むがいい。お前の足の痛さをこの私が一番よく知っている。踏むがいい。私はお前たちに踏まれるため、この世に生れ、お前たちの痛さを分つため十字架を背負ったのだ。

こうして司祭が踏絵に足をかけた時、朝が来た。鶏が遠くで鳴いた。

【6、踏絵から五年後に、聖霊に導かれ真理を悟るロドリゴ】

夜、風が吹いた。耳をかたむけていると、かつて牢に閉じこめられていた時、雑木林をゆさぶった風の音が思い出される。それから彼はいつもの夜のように、あの人の顔を心に浮べる。自分が踏んだあの人の顔を。

「パードレ。パードレ」

くぼんだ眼で記憶にある声の聞える戸を見つめると、

「パードレ、キチジローでございます」

(中略)

「聞いて下され。たとえ転びのポウロでも告悔を聴問する力を持たれようなら、罪の許しば与えて下され」

(裁くのは人ではないのに……そして私たちの弱さを一番知っているのは主だけなのに)と彼は黙って考えた。

「わしはパードレを売り申した。踏絵にも足かけ申した」

キチジローのあの泣くような声が続いて、「この世にはなあ、弱か者と強か者のござります。強か者はどげん責苦にもめげず、ハライソに参れましょうが、俺のように生まれつき弱か者は踏絵ば踏めよと役人の責苦を受ければ……」

その踏絵に私も足をかけた。あの時、この足は凹んだあの人の顔の上にあった。私が幾百回となく思い出した顔の上に。山中で、放浪の時、牢舎でそれを考えださぬことのなかった顔の上に。人間が生きている限り、善く美しいものの顔の上に。そして生涯愛そうと思った者の顔の上に。その顔は今、踏絵の木のなかで摩滅し凹み、哀しそうな眼をしてこちらを向いている。(踏むがいい)と哀しそうな眼差しは私に言った。

(踏むがいい。お前の足は今、痛いだろう。今日まで私の顔を踏んだ人間たちと同じように痛むだろう。だがその足の痛さだけでもう充分だ。私はお前たちのその痛さと苦しみをわかちあう。そのために私はいるのだから)

「主よ。あなたがいつも沈黙していられるのを恨んでいました」

「私は沈黙していたのではない。一緒に苦しんでいたのに」

「しかし、あなたはユダに去れとおっしゃった。去って、なすことをなせと言われた。ユダはどうなるのですか」

「私はそう言わなかった。今、お前に踏絵を踏むがいいと言っているようにユダにもなすがいいと言ったのだ。お前の足が痛むようにユダの心も痛んだのだから」

その時彼は踏絵に血と埃とでよごれた足をおろした。五本の足指は愛するものの顔の真上を覆った。この烈しい悦びと感情とをキチジローに説明することはできなかった。

「強い者も弱い者もいないのだ。強い者より弱い者が苦しまなかったと誰が断言できよう」司祭は戸口にむかって口早に言った。

「この国にはもう、お前の告解をきくパードレがいないなら、この私が唱えよう。すべての告解の終りに言う祈りを。……安心して行きなさい」

怒ったキチジローは声をおさえて泣いていたが、やがて体を動かし去っていった。自分は不遜にも今、聖職者しか与えることのできぬ秘蹟をあの男に与えた。聖職者たちはこの冒涜の行為を烈しく責めるだろうが、自分は彼等を裏切ってもあの人を決して裏切ってはいない。今までとはもっと違った形であの人を愛している。私がその愛を知るためには、今日までのすべてが必要だったのだ。私はこの国で今でも最後の切支丹司祭なのだ。そしてあの人は沈黙していたのではなかった。たとえあの人は沈黙していたとしても、私の今日までの人生があの人について語っていた。

【踏絵の場面と関連する聖書の言葉】

『ルカによる福音書』(『新共同訳聖書』より引用)

① ペトロの離反を予告する 22章31~34節

「シモン、シモン、サタンはあなたがたを、小麦のようにふるいにかけることを神に願って聞き入れられた。しかし、わたしはあなたのために、信仰が無くならないように祈った。だから、あなたは立ち直ったら、兄弟たちを力づけてやりなさい。するとシモンは、「主よ、御一緒になら、牢に入っても死んでもよいと覚悟しております」と言った。イエスは言われた。「ペトロ、言っておくが、あなたは今日、鶏が鳴くまでに、三度わたしを知らないと言うだろう。」

② イエス、逮捕されるペトロ、イエスを知らないと言う 54~62節

人々はイエスを捕らえ、引いて行き、大祭司の家に連れて入った。ペトロは遠く離れて従った。人々が屋敷の中庭の中央に火をたいて、一緒に座っていたので、ペトロも中に混じって腰を下ろした。するとある女中が、ペトロがたき火に照らされて座っているのを目にして、じっと見つめ、「この人も一緒にいました」と言った。しかし、ペトロはそれを打ち消して、「わたしはあの人を知らない」と言った。少したってから、ほかの人がペトロを見て、「お前もあの連中の仲間だ」と言うと、ペトロは、「いや、そうではない」と言った。一時間ほどたつと、また別の人が、「確かにこの人も一緒だった。ガリラヤの者だから」と言い張った。だが、ペトロは、「あなたの言うことは分からない」と言った。まだこう言い終わらないうちに、突然鶏が鳴いた。主は振り向いてペトロを見つめられた。ペトロは、「今日、鶏が鳴く前に、あなたは三度わたしを知らないと言うだろう」と言われた主の言葉を思い出した。そして外に出て、激しく泣いた。

『ヨハネによる福音書』

③ 弟子の足を洗う13章 1~10節

さて、過越祭の前のことである。イエスは、この世から父のもとへ移る御自分の時が来たことを悟り、世にいる弟子たちを愛して、この上なく愛し抜かれた。夕食のときであった。既に悪魔は、イスカリオテのシモンの子ユダに、イエスを裏切る考えを抱かせていた。イエスは、父がすべてを御自分の手にゆだねられたこと、また、御自分が神のもとから来て、神のもとに帰ろうとしていることを悟り、食事の席から立ち上がって上着を脱ぎ、手ぬぐいを取って腰にまとわれた。それから、たらいに水をくんで弟子たちの足を洗い、腰にまとった手ぬぐいでふき始められた。シモン・ペトロのところに来ると、ペトロは、「主よ、あなたがわたしの足を洗ってくださるのですか」と言った。イエスは答えて、「わたしのしていることは、今あなたには分かるまいが、後で、分かるようになる」と言われた。ペトロが、「わたしの足など、決して洗わないでください」と言うと、イエスは、「もしわたしがあなたを洗わないなら、あなたはわたしと何のかかわりもないことになる」と答えられた。そこでシモン・ペトロが言った。「主よ、足だけでなく、手も頭も。」イエスは言われた。「既に体を洗った者は、全身清いのだから、足だけ洗えばよい。あなたがたは清いのだが、皆が清いわけではない。」イエスは、御自分を裏切ろうとしている者がだれであるかを知っておられた。それで、「皆が清いわけではない」と言われたのである。

④ 裏切りの予告13章 21~30節

イエスはこう話し終えると、心を騒がせ、断言された。「はっきり言っておく。あなたがたのうちの一人がわたしを裏切ろうとしている。」弟子たちは、だれについて言っておられるのか察しかねて、顔を見合わせた。イエスのすぐ隣には、弟子たちの一人で、イエスの愛しておられた者が食事の席に着いていた。シモン・ペトロはこの弟子に、だれについて言っておられるのかと尋ねるように合図した。その弟子が、イエスの胸もとに寄りかかったまま、「主よ、それはだれのことですか」と言うと、イエスは、「わたしがパン切れを浸して与えるのがその人だ」と答えられた。それから、パン切れを浸して取り、イスカリオテのシモンの子ユダにお与えになった。ユダがパン切れを受け取ると、サタンが彼の中に入った。そこでイエスは、「しようとしていることを、今すぐ、しなさい」と彼に言われた。座に着いていた者はだれも、なぜユダにこう言われたのか分からなかった。ある者は、ユダが金入れを預かっていたので、「祭りに必要な物を買いなさい」とか、貧しい人に何か施すようにと、イエスが言われたのだと思っていた。ユダはパン切れを受け取ると、すぐ出て行った。夜であった。

⑤ 聖霊を与える約束14章 25・26節

わたしは、あなたがいたときに、これらのことを話した。しかし、弁護者、すなわち、父がわたしの名によってお遣わしになる聖霊が、あなたがたにすべてのことを教え、わたしが話したことをことごとく思い起こさせてくださる。

⑥聖霊の働き16章 12・13

言っておきたいことは、まだたくさんあるが、今、あなたがたには理解できない。しかし、その方が、すなわち、真理の霊が来ると、あなたがたを導いて真理をことごとく悟らせる。

【遠藤の実感する聖霊の働き】(『私にとって神とは』光文社一九八三年)

⑤ 神はいつも、だれか人を通してか何かを通して働くわけです。私たちは神を対象として考えがちだが、神というものは対象ではありません。その人の中で、その人の人生を通して働くものだ、と言ったほうがいいかもしれません。あるいはその人の背中を後ろから押してくれているものだ、と言ったほうがいいかもしれません。私は目に見えぬものに背中に手を当てられて、こっちに行くようにと押されているなという感じを持つ時があります。そのとき神を感じます。このことを私は『沈黙』の最後に主人公の口を通して書きました。

⑥「聖書をどう読むか」の章で弱虫の弟子が強虫の使徒になったと言いましたが、弱虫が強虫になるところで、なんでそうなったかといったら、聖霊がによって神の存在を感得してそうなったというわけです。…霊というのは…本当に心や全身の底を動かす力、全身を変えてくれるような力…

⑦三年間の大病をしなかったら『沈黙』なんていう神を考える小説も書けなかったかもしれません。そう思うと、目に見えない力が働いていると思わざるを得ません。それが私にとっての聖霊の働きです。

【『沈黙』末尾の「切支丹屋敷役人日記」の意味】(笠井秋生『遠藤周作論』双文社一九八七年)

ロドリゴはこの〈母の宗教のキリスト〉を切支丹屋敷内で秘かに伝え、彼の忠実な弟子となったキチジローがそれに協力し、そこに一つの強固な信仰集団が形成された。もし、こうしたことを示唆せんとして、作者が「切支丹屋敷役人日記」を作品の末尾に付したのであるならば、『沈黙』の読み方もおのずと変ってこよう。(中略)

こうしたロドリゴのキチジローに対する心情の変化は、言うまでもなく、ロドリゴのキリスト像が人間の痛みや苦しみを共にする〈母の宗教のキリスト〉へと転換していったことに基づいている。とすれば、ロドリゴにおけるキリスト像の〈父の宗教のキリスト〉から〈母の宗教のキリスト〉への転換という主題は、弱者救済の意味をも担っていたことになろう。その理由を、「切支丹屋敷役人日記」が垣間見せるキチジローのその後の生きざまが語っている。キチジローがロドリゴの中間となり、切支丹屋敷内での伝道者ロドリゴの協力者になりえたのは、つまり、弱者から強者へと変身できたのは、彼の心の中にも、ロドリゴが伝える〈母の宗教のキリスト〉が抱かれたからではないだろうか。

【주】

* 본고는 〈한국 양화진 목요강좌〉(「순교, 그 빛과 그림자」 제3회 한국기독교100주년 기념교회, 2016년 6월 23일)에서 강연한 원고이다.

田山花袋の〈小説作法〉における「科学」・「宗教」の問題

山本歩

1. 課題設定

〈科学〉と〈宗教〉――本来は必ずしも対立関係にないこの2者は、我々の認知の中で頻繁に対比されてしまう。問題は、そのような対比のうちに、我々が何を託しているのか、である。

本稿は、田山花袋の〈小説作法〉言説を整理することを大きな目的としている。すなわち、創作を志す者に対し、指導・指南する言説についての研究である。そうした言説は、作家のどのような思想の枠組みから立ち上がってくるものなのか。花袋における〈科学〉と〈宗教〉の問題を取り上げながら論じてみたい。それはまた、〈科学〉/〈宗教〉という図式に文学者が仮託するものを考察する端緒にもなるだろうし、対立のあわいから止揚の可能性を探し出す足掛かりになるやも知れない。

田山花袋は〈自然主義文学〉の旗手として位置づけられ、リアリズム・客観描写の発展に寄与した作家と言える。花柳小説(愛欲小説)を経て、晩年は仏教への接近も見せた花袋に、一見してキリスト教との接点はない。しかし岡田美知代宛書簡に「一度は若き煩悶」のために「神の御前に跪かづかん」[1]としたことを述べたように、キリスト教を看過してきたわけでもない。むしろ代表作『蒲団』(1907年＝明治40 9月)においては「基督教信者」という登場人物像が文学者・竹中時雄と対比構造を為している[2]。花袋が「宗教」に言及するとき－－それが良い意味であれ悪い意味であれ－－そこには仏教と共に、多分にキリスト教への意識が見られる。

さて、花袋の活動を広い視野で捉えたとき注目に値するのは、懸賞小説の選者、小説の教育者としての経験である。

特に1906年(明39)、「文章世界」主筆就任以後、投書の選考は花袋の終生の仕事となった。〈小説作法〉的な言説も、『小説作法』(1909年＝明42 6月、博文館「通俗作文全書」第24篇)以後、大きくは『インキ壷』(1909年＝明42 11月、佐久良書房「文芸入門」第2篇)、『花袋文話』(1912年＝明45 1月、博文館)、『毒と薬』(1918年＝大正7 11月、耕文堂)、松陽堂版『小説作法』(1925年＝大14 4月、「文芸及思想講習叢書」第8巻)とたびたび発行されることとなる。

ここで注目するのは、1909年に刊行された単行本『小説作法』[3]、そして1917年1月~7月の「青年文壇」に「新小説作法」として連載され、翌年11月に『毒と薬』に収録された「小説新論」である。

『小説作法』凡例では、作者自ら「著者の随感録」と述べている。しかし、自身の「経験」をもって「初学者」に対し「観察描写の方法」を教えるという志向性は強く、改稿の度合い[4]からも、単なる「随感録」に留まるものではない。冒頭では「小説には作法などと謂ふことは無い」(一編一)

と断言されているが、小説における〈作法〉の機能性には否定的ながら、真摯に試みる姿勢が見られるのである。だが無論、自然主義文学を称揚する言辞も多々用いられる。自然主義運動の中心人物となった花袋の、地歩を固めるためのレトリックと言えよう。それは、「昔の文芸」すなわち硯友社文学や浪漫主義、あるいは家庭小説などと、「新しい文芸」すなわち自然主義文学を、対比させる形で顕れることとなる。その過程で、書き手は〈科学と宗教〉を持ち出すのである。一方、8年を経て書かれた「新小説作法」＝「小説新論」も、「長年」「投書を見て来てゐる」(一)経験から、〈小説作法〉を論じたものである。ここでも「『小説作法』などゝ言ふことは、さう大して重きを置くべきではない」(一)としながらも、経験則を交えた〈作法〉言説が展開される。小林一郎がこの作を、『小説作法』を「分り易く書きなおし」「問いなおし、統一を与えようとしたもの」[5]と述べたように、総体としてやはり「事実」を基盤とした『自然らしさ』や『自然に迫る』ことが中心概念となる。小説におけるリアリティの重要性を、自然主義という立ち位置を離れてむしろ、より確固たるものと捉えているのである。

さて、花袋において、自然主義から離れたこの時期は、「『宗教』接近」期[6]と捉えられてきた。「小説新論」においても、そうした創作観の変化が如実に反映されている。つまり、『小説作法』において取り入れられた「科学」性に対し、「宗教」が重用されているのである。

2つのテクストを貫く1つの観念、それは〈科学と宗教〉の対置である。この2つが〈作法〉を論じる上でどのように作用したのかを考察してみたい。そして結論から言えば、二つの概念を対立と捉えない視座に立つべきだということを論証したいのだ。

まず、『小説作法』において「宗教」が否定的に捉えられている様を、確認していこう。

2. 『小説作法』の文脈構成

『小説作法』中では、「昔の文芸」/「今の文芸」が繰り返し対比されている。それに伴い、創作態度もまた二分されることとなる。例えば「実行」/「観察」、「想像」/「事実」といった具合で、それらを総括するならば、「昔の文芸」は理想的あるいは作為的であり、「今の文芸」は虚飾を排したリアリズムであると言えば足りる。こうした語彙の蓄積は、「昔の文芸」を貶め、「今の文芸」を称揚するための、単純化の意図を持って行使されていると思われる。とはいえ、語彙が行使されるプロセスを探ることは、花袋の〈作法〉伝達の方向性を探るためには有益であろう。

ここで特に言及したいのは『小説作法』の「第一編三　懺悔録と小説」である(以下、『小説作法』引用部は特に注釈のない場合、「第一編三」からの引用とする)。様々に言辞を尽くして「昔の文芸」と「今の文芸」を比較する『小説作法』において、ここでは「宗教」と「科学」の2語が対立的に用いられる。ただあらかじめ述べておけば、この2語に関しては単純に「昔」「今の文芸」に当てはめることはできない。

文脈を確認しておこう。あらかじめ、「第一編二」において、「人格」問題が論じられていたことが引き金となってくる。「実行上、人格を重んずる人は、理想といふものに必ず捉へられる」とあり、文芸において「実行」を目的化し、作者に高潔な「人格」を求める者は、「理想」主義者として排除される(こうした言説は無論、いわゆる「実行と芸術」論争が反映されたものである)。第一編三において、「一新聞記者」の批評に『作者自己の閲歴を暴露すること』とあったことを取り上げ、これは「懺悔録と小説の区別を知らぬから起る」のだと述べた。その上で次のように、『蒲団』の受容に対する感想を述べる。

私が『蒲団』を書いた当時、いろいろな批評を受けたが、作者の懺悔録だとして見た人が大分多かつた。これだけの懺悔をしたのは豪いなどと賞められたこともあつた。ある宗教界に居る老嬢は、『始め読んだ時には、何だか作者の尊い心があるやうな気がしたが、二度よみ三度よむ中には、段々さうした考がなくなつて了つて、何だかつまらなくかつがれたやうな気がした』と言つた。これは宗教界に居る人から見たらさうだらうと思ふ。

受容の様態を語る中で、畢竟『蒲団』は「懺悔録」としては「つまらな」い作、ということになるのだが、それにより『蒲団』＝「懺悔録」の図式が破られる。『蒲団』と「懺悔」の切り離しは、次のような「懺悔」への批判と結びつく。

懺悔をする人は、過去の懺悔をするに当つても現在の自己の利益といふものを打算して考へてゐる。生存上不便な懺悔をするものではない。だから懺悔録に本当の事実が顕はれてゐると思ふのは大間違である。

と、「懺悔」に打算や虚偽を見出し、それに対し「今の文芸」は「人生の縮図」であり、「現象は外面内面の別に拘らず、詳しくこれを前に披瀝して見なければならぬ」とする。こうして導き出されるのが「宗教的よりも科学的といふ立場である」という言辞である。

少なくとも文脈上は以下のようになる。『蒲団』は「宗教的」な「懺悔」ではない、そして「今の文芸」は「昔の文芸」に比べより「科学的」である、と。すなわち、「昔の文芸」が必ずしも「宗教的」なのだと明言しているわけではない。

しかしながら、それでも暗に「昔の文芸」=「宗教的」なのだとする帰結がこの箇所にはある。また実際は、「人格を作品に一致させて見る」こと、「懺悔録と同じレベル」で小説を読むことは、読者の問題なのであって、「昔の文芸」の作家および作品の問題ではあり得ない。強いて言えばそのような解釈共同体を築いたという意味合いにおいて作家批判にはなるものの、いずれにせよ作為的な書きぶりであろう。このように、「昔」を批判し「今」を正当化する結論を導き出す文章構成が、『小説作法』を形成していると言える。

文脈上そうではない、にも関わらず「昔」=「宗教的」、「今」=「科学的」という形に読めてしまうという点を、『小説作法』の文体的特徴として押さえておきたい。

3.『小説作法』における〈科学〉

さて、では「科学的」とはどういうことなのか。ここで「科学者」の例とされるのは「チヤールスダアヰン」である。Charles Robert Darwinは言わずと知れた『種の起源』[7](1859年)の著者である。花袋にとってダーウィンが愛着深いのは、二葉亭四迷(長谷川二葉亭)の研究対象としての印象ゆえであろう。『インキ壷』の「二葉亭四迷君を思ふ」項に次のようにある。

> 『長谷川君といふ人は、君、豪い人だよ。人生観などといふものは、それは立派なものだ。文芸では駄目だと謂ふので、ダルヰンを此頃研究してるよ。』
>
> 高瀬文淵君がかう言つて私に話した[8]。

同様の記述が『東京の三十年』[9]の中にも見える。具体的知識よりも、まず新規な何ものかとして花袋は受容したと思われる。

とはいえそれは花袋のみではなく、渡辺正雄氏が述べるように、日本で出版された進化論者関係書籍は「その大部分がスペンサー哲学やソーシアル・ダーウィニズム関係のものであって、生物進化論の立場から著されたものはわずかしかな」[10]かった。すなわち進化論という概念は、少なくとも明治20年代の間は、「生物学上の議論としてよりも、『科学』に裏づけられた新しい世界解釈、それも『生存競争と自然淘汰』、『優勝劣敗・適者生存』という単純な公式として受け取られ、とくに社会的な問題に向けられていったのである」[11]。そのような状況下から10年が経過し、進化論ならびに生物学の科学知識――Darwin、Haeckel、Huxley等の研究――は、例えば丘浅次郎らによって紹介・普及が進められていた[12]のであるが、花袋の認識はやはり「世界解釈」という地点に留まっているようだ。だが一応、指摘できるのは、明治10年代に「生存競争・自然淘汰」「優勝劣敗・適者生存」が焦点化され、「キリスト教や自由民権論を攻撃する武器となり」、「『富国強兵』を正当化し、国家主義を基礎づける理論」[13]へと展開していった国内の動きに対し、花袋の方は欧米で「最大の論点」となった「人獣同祖説」に興味を示している、ということであろうか。どちらにせよ「宗教者をして顔色なからしめた」(一編三)というイデオロギー転換は意識されているとは言え、社会的影響力にはさほど興味を向けず、人間観として取り入れたということが言えよう。

具体的知識の記述がないままに、恐らく1909年、花袋にとっての「科学」偏重はピークを迎えている[14]。その一因として、Émile Zolaの影響を挙げておきたい。『小説作法』の思想もまた、Zolaの『実験小説論』(1880年)[15]からの影響が色濃いものだ。

Zolaは医学者Claude Bernardの「実験医学研究序論」(1865年)に依る形で、小説を「作家が観察を助けとして、人間の上に試みる真の実験」と見做した。すなわち小説表現を、観察した事象の披瀝ならびにその展開の「推理」の場とし、医学における「実験」と同一視したのである。

花袋のZola評価は、『小説作法』の時点では既に「叙述としては進んだものではない」(四編二)と断じている。しかし「観察」という手法は有効なものとして活用され続けており、それを旗印とする『小説作法』には、やはりZolaの大きな影響を見るべきであろう。だからこそ、『小説作法』には「研究」や「解剖」という語彙も頻出するのである。こうした語彙を用いる正当性は、Zolaによって担保されている。

『小説作法』において、「科学」観の根底を成すのは、「解剖」「研究」という態度である。それは兼ねてより旗印にしていた「観察」と共鳴している。すなわち、外面の「事実」を通してその内部を理解しようとする手法である。

「醜と美とは裏表があつて、それがしつくりくツついてゐて、一方離せば其真相が出なくなる」と例示が為されるが、「裏表」の一体化に「真相」があると言うとき、その「真相」を見るためには、「表」の凝視による「裏」の掘り起こしが要求されているのだ。

この場合、「表」と「裏」は、〈外〉と〈内〉と言い換えてもよい。すなわち内面 / 外面の別を言うのだと捉えればわかりやすい。客観的に〈外〉を「観察」し〈内〉を読み取ろうとする態度こそが「科学的」創作なのである。とすれば、対置された「宗教的」文学態度も自ずと推察できる。

4. 批判対象としての〈宗教〉イメージ

『小説作法』における〈宗教〉イメージを確認し、その含意を明らかにしよう。

まず「懺悔」への懐疑的態度について、今一歩踏み込んで論じておきたい。先述のように、『小説作法』の文脈上、「懺悔」という語彙は、『蒲団』に対する一般的な評価にまつわるものとして登場した。『蒲団』発表当初、1907年10月「早稲田文学」の「『蒲団』合評」[16]において、島村抱月は「赤裸々の人間の大胆なる懺悔録」と賞賛した。「懺悔録」という観点で抱月以上に『蒲団』を称揚したのは、同月の「新声」に掲載された「『蒲団』を読む」[17]という記事である。評者である「一記者」は次のように述べる。

> それ十九世紀後半は自然科学の時代也、知識の時代也、自己意識の時代也、(略)読者は今や作を通じて作者の『全生命』を窺はんとす、実際生活の『真実』を聴かんとす、作者も亦其真摯なる反省と内観とより来るヒユーマニチーの影を尤も卒直に、尤も忌憚なく表白せんとす、此意味に於て今は自白の時代也、懺悔の時代也、

これは海外文学史を想定しているのであろうが、「十九世紀後半」の「大作の多くは、作者の自叙伝」というのが「一記者」の見方なのである。「懺悔」とはここでは「真摯なる反省と内観」により「真実」を表白するもので、それこそ「自然科学の時代」に相応しい文学形式だと主張される。「科学」と「懺悔」はこの場合、目的と手段の関係である。

このような認識への反駁が、先に引用した「懺悔録に本当の事実が顕はれてゐると思ふのは大間違である」ということになる。自己告白を目的化した発言や文章は、本質的に他者を意識し、「現在の利益といふものを打算」するものだと花袋は考えていた。

『蒲団』評における「懺悔」観に対する、反「科学」的・「虚偽」的「懺悔」観の提示。このような転換は、先に述べたが「今の文芸」を正当化する端緒となっている。改めて述べれば、Zolaに基づく「科学」的創作、「観察描写」を主眼とする自然主義的創作法を進歩的なものと定位するには、まず「宗教」を連想させる「懺悔」という語彙を除外せねばならなかったし、除外し「宗教」を貶めることで、非「懺悔」的文芸を「科学」と紐付けすることが必要だったのである。つまり対立的図式を用い、「今の文芸」＝自然主義的文芸を、読み手において確立させる意図を持った論理展開だと言える。いわば、「科学」も「宗教」もここでは、その展開を促す歯車に過ぎなかったのだ。

既に見てきたように、『小説作法』は事物に「裏」と「表」、〈内〉と〈外〉があるという認識のもと、論理展開を図っている。そしてそのような認識において「科学」は〈外〉側の「観察」から〈内〉側を解明するところが意義深いと位置づけられた。したがって対置される「宗教的」なるものは「本当の事実」＝〈内〉を隠蔽する何ものかということになる。例えば次の箇所を見てみよう。

> 宗教者が声を大きくして、信仰が何うの、理想が何うの、愛が何うのと言つて居る間に、着々実験の上に実験を重ねて、人間の如何なるものであるかといふ真相を明かにした。

「声を大きくして」〈内〉から〈外〉へ表出される「信仰」「理想」「愛」。そうした語彙は〈内〉の「真相」を包み隠すものとして捉えられる。「声」＝

言葉によって〈内〉を均一化するもの、と言い換えてもよかろう。ここでは、形而上的な語彙を〈外〉側に露出することは、〈内〉側の隠蔽と見なされたのだ。「裏面に複雑な心理を包んだ『現象のあらはれ』それを精細に綿密に描くのが小説の領分」とあるように、常に「裏面」を意識することこそ「観察」者に求められる。〈外〉から〈内〉へ向かう「科学」の方がより「事実」的であるのだと、ロジックが固定されていると理解しておこう。

こうして、〈内〉〈外〉の問題、「裏表」の問題を踏まえたとき、「懺悔」なる語彙の取り扱いが明らかになってくる。「昔の文芸」が同レベルとされた「懺悔」を、〈外〉の「虚飾」とし、そこから〈内〉の記述－－事象の「裏」を描くという仕事を奪うことによって、その先に展開する花袋の「観察」論は強化される。「観察」は語彙それ自体では、「表」を見る行為でしかない。そこで、「研究」とか「解剖」とかいう〈内〉に踏み込むことを意識させる語彙と組み合わせることが必要となる。〈外〉を「虚飾」する「懺悔録」＝「昔の文芸」が、遂に踏み込むことのなかった〈内〉＝「裏」に踏み込む「新しい文芸」。そのような「新しい文芸」像を形作るために、〈内〉と〈外〉の逆転が求められたのであろう。

いずれにせよ、『小説作法』の〈宗教〉イメージは浅薄かつ表面的なものだと言わざるを得ない。

元より、島薗進氏が述べたように、明治期の日本の「宗教」とは、「国体」すなわち「神社神道」を上位概念とし、それが根底となった「現世の秩序に対して分裂的で従属的な何か」[18]であった。神社神道が「宗教」ではなく、調和的なるもの＝「国体」と見做されたとき、1890年の「教育ニ関スル勅語」が実質的に神社神道の教典であったにも関わらず、「『教育』『道徳』『国体』と『宗教』が対立したり、支え合ったりするという図式が人々の脳裏に焼きつけられ、さらに力をまして定着することにな」ったのである。「宗教」なる用語が基本的に、社会に不調和であり、より上位の観念体系に「適応すべき」ものとして認知されていたことは、明治期の「宗教」イメージを捉える際に忘却すべきではないだろう。ここで『小説作法』の書き手は明らかに、19世紀末日本におけるreligionの歪んだ受容を継承している。他方、宗教界では原田助が『信仰と理想』において「科学は自然界に於ける神の経綸を研究するのである、夫が霊界の真理と衝突すべき筈はない」[19]と述べて〈科学と宗教〉の融和を説いているのであるが、いずれ〈科学と宗教〉の問題に言及せねばならない時勢であった。〈科学と宗教〉についての極端な書き振りは、Zolaを通してこの問題を、いささか性急に反映したものと言えよう。

そうした背景を踏まえるならば、『小説作法』で驚くほど簡単に「宗教」が卑下されたことも理解できる。「懺悔」から引き出されていることからもわかるように、そのイメージは「虚偽」的、「美しい理想」で事実を隠匿するという程度のものである。本質的に他者を意識したとき、そこには「打算」によって「虚偽」が生じてしまう。つまり、内面はそのまま言語化されるのではなく、過程で「虚偽」「虚飾」を含んでゆくのである。

ただ先に表面的と述べたのは、別の意味もある。書き手は(その実態を把握せぬままに)儀式や説教といった宗教の表現手段にのみ着目している。後述する「小説新論」において「神秘」への接近が表明されることを考慮に入れれば、この点は重要である。

中村元の「宗教」＝religionの訳語についての研究[20]を援用するならば、つまり「宗」という字が「究極の」「言語表現を超えたもの」、「教」は「言語」による「説明」であるとするならば、書き手は「宗」の部分に関心を払っていない。彼が嫌ったのは「教」という表現形式と言える。ここでは未だ「宗」＝言語化できない「神秘」は想定されていないと考えるべきだろう。

花袋という人物の経歴に目を移せば、必ずしも「科学」信者、「宗教」蔑視者ではなかった。

> この派の写実はモーパツサン等が十年前極力つとめたるものとは異りて、人生の短所弱点をも描くと共に、その最奥にして最極なる人性の秘密を描くことを忘れず。モーパツサンは人間を明かに紙上に出して、それを飽まで客観的に描写したるに止まりたれど、今の革新派は具象的なる一箇の主観ありて、理路明かに幽玄界に大胆なる足跡を付けんとせり。(傍線ママ)[21]

これは『小説作法』の八年前に発表された「西花余香」にある一節だが、ここでは象徴主義文学に注目している。Maupassantによる人間描写の努力を過去のものと見て、「幽玄界」に踏み込もうとする象徴主義者たちに興味を寄せているのであり、花袋は自然主義的リアリズムとの間で揺れているのだ。およそ1902年(明35)まではこのような状態で、そこを通過した1903年(明36)の「露骨なる描写」以後の断定的な文体は、本来、地歩を獲得する戦略的なところが大きかったと思われる。

以上、『小説作法』における〈科学と宗教〉に言及した。では、〈科学と宗教〉という二分法がその後の花袋において、どのように展開したのか。それを眺望すべく、8年を経て書かれた「小説新論」に言及しよう。

5.「小説新論」の場合

8年を経た「小説新論」においては、「事実」重視の姿勢に変化が見られる。ここでの歴史叙述は「科学者らしい態度」をとった「自然派」には「欠陥」があったとするものである。「欠陥」とはここでは「生物として冷静に取扱ふ人間が神でなく、矢張人間であつたこと」(六)とされている。人間の限界性が考慮に入れられていることのみ理解し、先へ進もう。

書き手は「事実」を描くことの重要性を繰り返すのだが、それに続いて次のような箇所を挿入せざるを得なくなっている。

> しかし、この事実といふことに対して疑ひを挟んだ議論も沢山出た。しかし、その多い議論の中で一番価値のあるのは、事実の奥に横つてゐる、科学でも何うすることも出来ない神秘な境にまで入つて行つて、事実にさう絶対の権威を持たせるのは危険だと言った議論であつた。成ほど、事実と言つても、現はれた事実そのものだけが総てゞはない、人間には分らないことが沢山にある。深く入れば入るほど『自然』はわからない。或は人間は死にまで到達して、そこで始めて『自然』がわかるやうなものかも知れない。だから、真に迫ると言つても、無論、それは程度の問題である。昔の文芸よりも、今の文芸の方

が、『真に迫る』程度がすぐれてゐるだけだと言へばさうも言へる。これが則ち自然主義の後に象徴主義あり、神秘主義ある所以である。ユイスマンスが『En Route』から猶奥深く入つて行つたのもそれである。モウパツサンが狂死したのもそれである。メエテルリンクなどの運命観、自然観などの出て行つたのもそれである。ハウプトマンが始めに『日出前』や『さびしき人々』を出し、後に『沈鐘』や『ヒツパ、タンツト』や『ハンネレ』を出したのもそれがためである。イプセンが『社会の柱』などから『ロスメルスホルム』や『我等蘇生の日に』に進んで行つたのもそれがためである。(八)(傍線は引用者)[22]

書き手は、Huysmansらの後期作品から、自然主義文学の発展として「科学でも何うすることも出来ない神秘な境」を発見した。自然主義の目指す「事実」の一段上のレベルを仮設し、人生の果てに、「死」に到達してようやく理解できる何かがあるのだという着想を持つに至っている。そのため、「小説家」の理想像として、「かくれた神秘の洞穴の中に邁進して行く勇ましい行者」(五)という比喩も用いられることとなる。「小説新論」の末尾部分はこうした「象徴」「神秘」「神」の強調に終始している。

前に事実を説いた。

そしてその上に、乃至はその奥に、神秘な深奥な境が、千古斧鉞の入らないやうな深林が、人間の知識や感情では何うしても入つて行くことの出来ないやうな境があることを言つたが、さういふ境であるにも拘らず、作者はよくそこに入つて行つては、その扉を叩いて見る。

開かない扉を……乃至はそこに入れば死に面せなければならない扉を……。

この境をも小説作者は常に深く考へて見なければならない。

大抵、事実に深く浸ると、其処まで行かなければならないやうに、作者は段々なつて来るのであるが、此処は所謂象徴の境、神秘の境、神の運命の境と言つたやうなもので、客易(ママ)にこれを窺ふことが出来ない。

自然主義、享楽主義、人道主義の上にこの深い深い象徴主義! (十)

繰り返すが、花袋は1901年の段階で、象徴主義文学に既に触れている。再び「西花余香」を引けば、

フローベル、ゾラ等の唱へし自然主義も今は大に趣を易へたるが如し。平凡主義は一変して空想神秘主義となり、更に作者の万有神説的主観を加味して、愈革新の色を帯来れり。戯曲家には仏のメテルリンク、ヒースマンス、独のハウプトマン、フルダア、ハルベ、小説家には仏のブルジエー、瑞西のエドワルロー、独のズーダマン等何れも一騎当千の勇将にして、その旗幟の鮮かなる、殆ど人をして目を聳たしむるの概あり。(傍線ママ)[23]

メテルリンク(=Maeterlinck)、ヒースマンス(=Huysmans)、Hauptmannなど、先に挙げた「議論」=象徴主義文学の例示となる作家を、この時点で評価していた。それがここでは「神秘」をキーワードとして咀嚼されているのだ。

花袋が「神秘」や「宗教」を志向したこの時期の代表的な作品に、『ある僧の奇蹟』[24]がある。『座談会明治文学史』において勝本清一郎はこの作品に、仏教のみならず明治10年代のキリスト教リバイバル運動の影響を見ている。また、「奇蹟」や「贖罪」の解釈において、ユイスマンスのカトリック的傾向とは断絶があると暗に批判している[25]。これに対し、小林一郎は、「宗教性というものを芸術性に絡ませようとした」[26]結果だと述べて、宗旨も、教義も、こだわっていないと述べている。結局、ここに至ってなお「宗教」観は漠然としているのだが、自然主義の失敗を実感した花袋は、象徴主義を模倣し、小説に「宗教性」を取り入れようとしたわけだ。

では『小説作法』に見えるような姿勢をかつて花袋が取っていたとして、それは間違いや無駄足だったのだろうか。実際、島村抱月や岩野泡鳴が、1906年(明39)から1907年の時点で既に自然主義から象徴主義への移行を論じようとしていたことに比べれば、些か遅い歩みだったと言うべきかも知れない。

しかし、「科学」偏重によってもたらされた「解剖」や「研究」という創作態度なくして、「神秘」への志向もなかったと思われる。「小説新論」に戻り、「解剖」「研究」ないし「観察」の使用例を羅列してみよう。

- しかし、青年時代にも、小説家志願者はつとめて実際の生活に忠実に、正しい解剖と観察とをする必要はある。自己の生活、父母同胞、乃至は親類、自己の周囲、眼に映るものははつきりと徹底して観察をするといふ性情を養ふやうにしなければならない。 (一)

- 何うも世間風俗の観察が十分に行きさうで、中々いかない。言葉などでも飲み込めない。しかし難しいからと言つて放つて置いては、猶々出来ないから、写生なり何なりして、精々とその状態を研究するやうになる。 (二)
- しかしそれから比べると、ゴンクウルの『陥穽』などは深く入つて行つたものだ。全体は外面で行つてゐて、そして深く内面に入つてゐる。 (四)

「外面」の「観察」「解剖」「研究」により「内面」を解きほぐす指向性は依然存在する。「科学」に距離を置いても、小説を論じるにあたって用いる語彙は同一なのである。そして、このような「研究」的態度と、連続性を持つものとして、象徴や神秘にもまた、接触が試みられていることには注意すべきであろう。

「神秘」は人の目視できる現象の最奥に存在する。「事実」の「奥」にある「境」に、作家は向かっていく。『小説作法』から「小説新論」に至ってなお、「表」から「裏」へという「観察」観、「研究」的態度は変化していない。

Maupassantの努力と象徴主義の誕生を完全に切り離していた「西花余香」の頃と比較すれば、「小説新論」には自然主義の成果を象徴・神秘と紐付けしようとする姿が確認できよう。「自然派の巨匠が一生をそれに捧げて懊悩し、苦悶し、絶望した結果は、効果なしには終わらなかつた」(十)とあるように、「神秘」への到達は、自然主義文学者たちの功績とされる。元自然主義者としての、単なる我田引水というよりは、自己の現在地からなんとか外界を「研究」しようとする態度のあらわれと言ってよい。

「虚偽」「虚飾」、あるいは形而上的なテーマが小説の基盤となることを嫌ったために、『小説作法』では「宗教的」なるものが忌避された。しかし、八年を経て、「神秘」は〈探究〉される対象として、意義が見出されたのである。このような形で「神秘」を受容するためには、遅い歩みであっても、自然主義への没入が必要だったのではないか。

6. 〈小説作法〉における〈科学と宗教〉の意義・変遷

ここまで理論の読解を重ねてきたが、本稿は飽くまで、これらを〈小説の作法〉言説として扱うものである。従来のように、『小説作法』や「小説新論」を単に評論として受容してしまうとき、損なわれる観点があると考えるからである。それは例えば、各々のテクストが、「小説に作法など」「無い」という地点から出発し、それでも後身の育成のために何がしか方策を練らねばならなかったという成立背景である。出版社、あるいは時代の要請による〈小説作法〉という課題をクリアするために書き手は葛藤したはずだ。本稿はここで、〈作法〉を論じるにあたって、〈科学と宗教〉がいかに貢献したかという視座に立とう。

〈作法〉とは本来、その対象を可能にするための言説であるはずだ。しかし『小説作法』冒頭部で「小説に作法などと謂ふことは無い」と述べた花袋は〈小説作法〉の不可能性を承知してもいた。それでも出版社からの、あるいは時代からの要請をクリアするために、幾らか論理的・

体系的な支柱が求められた。そのとき、折からの〈科学時代〉がもたらしたものこそ、「解剖」や「研究」という語彙であった。『小説作法』において、〈科学〉への偏重が〈作法〉の成立を促したことは確かと言える。

『小説作法』において、〈科学〉は技術的観点から導入された概念なのだ。もちろんそれは具体的なメソッドとは言えない。しかしそれは確かにHow(如何に)を志向したものだった。

Zolaの『実験小説論』を考慮したとき、注目すべきなのはその根幹にあたる「我々は常に事物の何故にを知らず、如何にしてしか知り得ないのである」(傍点ママ)というBernardの発想である。

> 「たとへモルヒネとそのアルカロイド属が何故に眠らしめるかを知り得ないとしても、我々はこの睡眠の機構を知り、モルヒネとその諸原質とが如何にして眠らしめるかを知り得よう。何となれば睡眠は作用物質が、これによつて変化を受けるある種の有機的元素と接触することによつてのみ初めて起るのだから。」(略)これらの考察はすべて厳密に実験小説にも適用できる。哲学的思索に踏み迷はず、観念論者の仮説を未知の征服によつて徐々に置き換へるためには、実験小説は事物の如何にしての探求に踏みとゞまらねばならぬ[27]。

Zolaの〈作法〉言説は、「知り得」ることのみ書くべきとする。すなわち、小説内に生じる事象の根本ではなく、出来事や感情の動きをプロセスとして描写すべきことを告げている。

「実験小説」がその「未知の征服」によって社会的利益を及ぼすと考えている点において、Zolaは「科学」との接続によって小説を意義づけようとしている。対して花袋は、極力小説から社会的意義と言えるようなものを排そうとしている。「真実なる研究」があれば「読者に取つては、非常に利益を得る」(一編三)とあり、必ずしも全的に「利益」を忌避しているわけではない。が、軽重の問題で言えばZolaに対し、花袋はより社会への帰属を軽視し、小説の創作法を追及しようとしている。

〈外〉から〈内〉へ、「表」から「裏」へという探究は、探究そのものに意味があるのであり、恐らく「裏」の内実を問いたいのではない。「観察」を深め、「『現象のあらはれ』」を「精細に綿密に」描くことこそ「新しい文芸」である。「研究」や「解剖」は、それ自体意義を持つ。花袋が「初学者」に向けて主張したかったのは、プロセスを描くことを極めよ、ということだったのではないか。「信仰」や「理想」、「愛」という大きな帰結先――「何故に」の領域を有する「宗教的」な考えでは、その主張は言い表せなかった。「科学」「研究」「解剖」の語彙を用いて、例示が可能となったのである。

では「小説新論」においてはどうか。「小説新論」における「神秘」の「扉」という着想は、曖昧模糊とし、ある意味では〈作法〉論者としての限界を提示している。結局、書き手自身もそうした境地に到達できてはいないからだ。ただ、書き手は読者に「我々は、お互に開けない、或は永久に開けないかも知れない扉に向つて痛苦を忍んで進まなければならない」と呼びかけている。「神秘」を前にしたとき、書き手と「小説修行者」は平等となる。少なくとも書き手は共に歩む、共に挑戦するというスタンスを提示している。このスタンスは、『小説作法』にはなかった要素だ。

また、書き手は次のように、「他と共鳴する」ことを「芸術の生命」と主張している。

> であるから、自然なもの、真なもの、法則に近いもの、リズムに近いものは自己であつて、そして又他であるのである。従つて自然なものが、一番他と共鳴するのである。そこに芸術の生命があり、根本がひそんでゐるのである。
>
> (略)兎に角、我々作者は一生かかつて、その『自然らしさ』に向つて突進してゐるのである。この点は、芸術と宗教とはよく似てゐる。禅や止観などにもさういふ処がある。さういふ努力精進の約束がある。
>
> (三)

自己と他者は「一自然」という点で同じ法則を持つはずであり、それ故に自他の「共鳴」――真理・普遍性、あるいは、同意という感覚を生み出すこと――が可能である。このスタンス自体は『小説作法』から変化していないのだが、ここでは、その普遍性に向って「努力精進」する点において「芸術と宗教はよく似てゐる」と述べるのである。これはまた、〈科学〉という概念とも通底していよう。〈作法〉言説において書き手は他者との「共鳴」こそ「芸術の生命」だと教えようとしたのだ。

つまり、見取り図はこのようになる。〈科学〉も〈宗教〉も、恐らく小説に求められる「共鳴」の要素・機能を有する点において、花袋を惹きつけた。この意味で、あれほど「宗教」を軽視していた最初の『小説作法』もまた、〈宗教〉的なるものへ繋がる可能性を秘めたものだったはずだ。ただその時点においてはむしろ、〈科学〉の持つ合理性や再現性が最大化され、〈作法〉言説の成立に貢献していた。やがて「小説新論」に至り、神秘的・宗教的な境地が進むべき道として提示されることとなる。〈科学〉は方法を、〈宗教〉は目的意識を提供したのだ。目的意識といってもこの場合、最終到達地点というよりは、「神秘の境」にこそ他者と「共鳴」し得るものがある、と考えるべきだろう。つまり、「神秘」への到達は「共鳴」とほぼイコールであるという点において、目的意識たり得るとするのが厳密な言い方だろう。

〈作法〉とは、多元的な意味を持つ言葉である。『小説作法』においては技術(テクニック)の問題が重視されていたと言える。だが技術だけではなく、規範となる概念が必要になることもあろう。そこで「小説新論」において「神秘」が持ち出されたのだと考えられる。こうも言い換えられよう。いかに、どこへ向って歩んでいくべきかを、指し示そうとする限り、技術と規範は共に重要である、と。

花袋は〈科学と宗教〉のどちらに対しても、結局は確固たる信仰者ではなかった。彼は、両者をイデオロギーとして受容したに過ぎない、と言うこともできる。しかし、作家のこのような受容を批判しても意味はない。むしろ、なんとか確固たる〈作法〉を構築しようとしたとき、そのどちらもが一助になったのだと見なすのが建設的である。

〈科学と宗教〉、今日になってなお対立するものとして置かれがちな2項が、1つの軸(この場合は小説創作)に際し、時期と比重をずらしながら、共に貢献と言える役割を果たしたことは、注目すべき事実である。

【주】

1) 田山花袋岡田美知代宛書簡〔書簡文 明治37年4月と推定〕(館林市教育委員会文化振興課『「蒲団」をめぐる書簡集』(1993年＝平成5 3月 館林市)所収)。

2) 山本「田山花袋『蒲団』における「基督教信者」表象」(「キリスト教文学研究」第32号(2015年＝平27 5月 日本キリスト教文学会)。

3) なお、『小説作法』の一部は「文章世界」に掲載された記事が初出となっている。1907年4月の「明治名作解題」／1907年5~8月、10~11月の「文章講壇」／1907年10月の「小説作法」「叙事文作法」／1909年4~5月の「文章講話」がそれに当たる。

4) 改稿および加筆状況については、山本「『小説作法』における『忍耐と修練』」(「日本文藝研究」第63巻1号 2014年＝平26 3月 関西学院大学日本文学会)に付録した。

5) 小林一郎『田山花袋研究－「危機意識」克服の時代(二)－』(1982年＝昭和57 6月 桜楓社)116頁。

6) 上記の小林一郎、あるいは沢豊彦『田山花袋と大正モダン』(2005年＝平17 3月 星雲社)等でも、花袋の大正期文芸を「宗教小説」の枠組みで論じている。

7) Charles Robert Darwin、原題は *"On the Origin of Species by Means of Natural Selection, or the Preservation of Favoured Races in the Struggle for Life."*

8) 『インキツボ』は1909年(明42)11月、佐久良書房より「文芸入門」第2編として刊行。こちらは「文章世界」の記事をほぼ改稿なくまとめたもの。

9) 1917年(大6)6月、博文館よりほぼ書き下ろし。「上野の図書館」の章に「長谷川はえらいよ。(略)ダアウインなんかよく研究しているぜ。あの男は立派な文学者だ」と、やはり文淵の言葉としてある。なお、中村光夫『二葉亭四迷伝』(1958年＝昭33 12月 講談社)によれば、二葉亭がダーウィンについて書き遺したものはなく、内田魯庵の「二葉亭四迷の一生」(『思ひ出す人々』所収 1925年＝大14 6月 春秋社)が参照されている。

10) 渡辺正雄『日本人と近代科学─西洋への対応と課題─』(昭和51年(1976)1月岩波書店)111頁。

11) 同上。

12) 丘浅次郎の『進化論講話』(1904年＝明37 5月 開成館)は進化論を大衆向けに解説したものだった。増版を重ね、1925年(大14)の時点で「新補十三版」が出て居る。

13) 前掲『日本人と近代科学─西洋への対応と課題─』112頁。

14) 1900年(明33)12月「中学世界」(3巻5号)に掲載された「人類の始原」は、少年読者に向けて地球の誕生・生物の発生・人類の進化を「科学的に」書くという記事だった。しかし、ここでは未だ「創世記」を持ち出したり、人類を他の生物を優越するものとして「大自在力の神に謝せねばならぬ」と記すなど、根本で神秘性を志向している。つまり言辞の上でそうした語彙を排除したのも、1903年(明36)の「露骨なる描写」以後と考えるべきだろう。

15) Émile François Zola *"Le Roman expérimental"*。本稿執筆にあたっては河内清訳『実験小

説論』(1939年＝昭14 5月 白水社)を参照した。

16) 「『蒲団』合評」(「早稲田文学」 1904年＝明40 10月 早稲田文学社)。

17) 一記者「『蒲団』を読む」(「新声」 1907年 10月 隆文館)。

18) 島薗進「日本における『宗教』概念の形成──井上哲次郎のキリスト教批判をめぐって──」(山折哲雄・長田俊樹編『日文研叢書一七 日本人はキリスト教をどのように受容したか』 1998年＝平10 11月 国際日本文化研究センター)73頁。

19) 原田助『信仰と理想』(1909年＝明42 12月 警星社)19頁。

20) 中村元「『宗教』という訳語」(「日本学士院紀要」第46巻第2号 1992年＝平4 2月 日本学士院)60頁。

21) 田山花袋「西花余香」(『小説作法』巻頭「雑文集」に収録)(初出＝「太平洋」 1901年＝明34 6月17日 太平洋社)。

22) 言及されている作品を記しておこう。
ユイスマンスが『En Route』……Joris-Karl Huysmans *"En Route"*(「出発」)1895.
『日出前』……Gerhart Hauptmann *"Vor Sonnenaufgang"*, 1889.
『さびしき人々』……同右 *"Einsame Menschen"*, 1891.
『沈鐘』……同右 *"Die versunkene Glocke"*, 1897.
『ヒツパ、タンツト』……ママ 同右 *"Und Pippa tanzt!"*(「そしてピッパは踊る」), 1906.
『ハンネレ』……同右 *"Hanneles Himmelfahrt"*(「ハンネレの昇天」), 1893.
『社会の柱』……Henrik Johan Ibsen *"Samfundets støtter"*, 1877.
『ロスメルスホルム』……同右 *"Rosmersholm"*, 1886.
『我等蘇生の日に』……同右 *"Når vi døde vågner"*, 1899.

23) 前掲「西花余香」。

24) 『ある僧の奇蹟』の初出は「太陽」(1917年＝大6 9月 博文館)。初刊は『山上の雷死』収録(1921年＝大10 12月 蔵経書院)。

25) 柳田泉・勝本清一郎・猪野謙二『座談会 明治・大正文学史(2)』(2000年＝平12 2月 岩波書店)306~308頁(初出＝『座談会 明治文学史』 1961年＝昭36 6月 岩波書店)。

26) 前掲『田山花袋研究─「危機意識」克服の時代(二)─』211頁。

27) 前掲『実験小説論』56-57頁。

芥川龍之介「河童」論

‐ 死と生をめぐるシンパシーの連鎖 ‐

●●●

吉 川 望

1. 課題設定

「河童」(昭和二年三月「改造」)は長らく、作者芥川龍之介の自死直前の絶望感からなる作品だと解釈されてきた[1)]。しかし中には、作中の狂人「僕」が、河童世界や河童たちへの懐かしさ、親しみを語っていることに着目し、芥川のわずかな希望が垣間見えるとの見方を示す研究も存在する[2)]。

本稿は、後者の立場、すなわち「河童」を憂欝や嫌悪のみではなく救いへの希望をも孕んだ作品とする立場から論じるものである。その際に起点としたいのは、高橋龍夫氏の次のような指摘である。

> そもそも、精神病院の「第二十三号」を「可なり正確に写」し出そうとする行為そのものに、聞き手の「僕」には「第二十三号」に対して強い関心があったと考えるのが自然であろう。ここには狂人への関心と、狂人の語ることに対する共感が介在していたはずである[3)]。

高橋氏は、聞き手である筆記者が、狂人「僕」の話に対して強い関心と共感を持って接していることを指摘する。そしてさらに、「話し手の『僕』へと心理的に同化しつつある」とも述べる。

氏のこの部分の論述は、筆記者の河童への共感を作者芥川のそれだとした上で、芥川が「自らの精神危機を親しむる河童に託した」とまとめられており、「河童」を悲観に満ちた作とする立場に与するものだと分かる。しかし、狂人「僕」への筆記者の共感が描かれているとするならば、この共感の構図には別の、本稿の立場に引き付けた見方をすることも可能である。すなわち、両者を絶望のうちに一致する二人とするのではなく、一方の苦しみを他方が受けとめる関係とする見方である。この捉え方においては、作品を絶望感に収束しないものとして、救いへの希望を孕むものとして読み解くことができるのではないか。

従来の、作品に絶望を読み取る論において、あるいは、わずかな希望が描かれているとする論においても同様に、一貫して固定的だったのは、「僕」の狂気と聞き手の正気を対置的に捉える視点である。その視点にあっては、狂人の「僕」の話は、あくまでも妄想の中の虚しいもの、実世界を動かし難いものとして相対化されざるを得なかった。しかし、狂人の「僕」に対する筆記者の共感を確認し、さらに二者を〈語り・受けとめる〉関係として捉えるならば、そこに、狂気と正気、虚と実の壁を越えて他者に受容されること、思いが聞き留められることによる救いの可能性が示唆されていると見えてくる。

〈語り・受けとめる〉関係は、実は狂人の「僕」と聞き手の間にのみ見出せるのではない。「僕」自身がまず、河童らの語るところを聞き、河童世界を受けとめる存在となっていると思われる。「僕」が関心を持ち、切り取って語ったものに対して、聞き手である筆記者の関心と共感が示されていくのである。つまりは、河童たちから「僕」、そして「僕」から筆記者へという感受の連鎖の構図が見通せるのだ。こうした〈シンパシーの連鎖〉は、作中の狂人「僕」自身は必ずしも明確に認識しない。河童世界について「誰にでもしやべ」り、語り終えれば必ず、聞く者に暴言を投げつけて拒絶の態度を示すところからは、「僕」が、他者への期待と疑心のせめぎ合いを内に抱えていると読み取れる。しかし作品全体においては、〈シンパシーの連鎖〉の存在は、繋がりの心強さやあたたかさによる安らぎが浮かびあがるものであるはずだ。

よってまず次の二章では、作品分析の課題の一つとして、この狂気の枠を越えた〈シンパシーの連鎖〉を論証することによって、救いへの希望が他者との繋がりの中に提示されていることを明らかにしていきたい。当然ながらそこでは、同時にシンパシーの中身も明確にしなければならない。そもそも、正常な者が狂人に対して共感を抱くということがあるとすれば、それは語られる内容の真偽よりも感覚の切実性においてであろう。言い換えれば、不可思議な河童体験については、感覚的真実として受け止めるよりほかに、聞き手の共感は成立しないはずである。つまり確認すべきは、筆記者が「僕」の話を感覚的真実として受け止める真摯な姿勢で向き合っていること、そして、「僕」の語りの内的動機となっている河童体験の核心部分についてであると言える。

一方で、このような作品構造から汲み取れる救いだけではなく、「僕」

当人の苦しみからの根本的な脱却について、作品がいかなる方向を示しているかも検討する必要があるだろう。そこでもう一つの課題として、三章で、河童の国の宗教に着目し、それを語る「僕」の描かれ方について考えたい。

河童の国の宗教である生活教に関して、先行研究では、長老の「わたしも実は我々の神を信ずる訣に行かないのです」という言葉や大寺院の無気味さなどを根拠に、否定的に描かれていると多く解釈されてきた[4)]。しかし、足立直子氏は、この長老の言葉が「しかしいつかわたしの祈祷は、——」と続いていることに注目し、「神を信じることができない長老でさえ、『祈祷』には何かしら望みを託している」ことを指摘した。そして芥川文芸に流れる〈祈り〉のモチーフを踏まえつつ、「『祈祷』から〈信じる〉存在への可能性を微かに描き出そうとしている」と論じた[5)]。

作品が、宗教による救いの可能性を捨てないものであることは、この足立氏の論からも理解できる。そこで今、さらになすべきは、その宗教による救いへの距離感を、より微細に確認することであろう。よって、具体的には、「僕」の生活教に対する理解のあり方と生活教からの影響の表れを探ることで、作品が宗教による救いの実現をどの程度に指し示しているのかを、明らかにしていくこととしたい。

2. 〈シンパシーの連鎖〉とその内実

先の高橋龍夫氏は、狂人「僕」に対する聞き手の強い関心と共感を見出す根拠について、次のように述べている。

> おそらく、聞き手の「僕」は、他の誰よりも話し手の「僕」に多大な関心を抱いており、だからこそ、わざわざ「或精神病院」まで行って世間的には狂人とされる話し手の「僕」の話を「可なり正確に写し」、しかも手記のような形で世間に公表しようとしたのではないか。(略)もしくは、世間的な体裁など考慮する余地もないほど「第二十三号」の話に惹かれていたために、取材の経緯を書くこともしなければ、結末で話し手の「僕」に同化しそうになっているのだともいえる[6)]。

つまり高橋氏は、筆記者が、世間的な視線をはばからずに狂人である「僕」の話に向き合っていく点を重視している。たしかに、筆記者の報告には読み手に配慮した経緯の説明やまとめが十分でなく、短兵急にのめりこんで抜け出さないかのような、話自体への関心が際立っている。ではさらに、狂人の話を写しとる筆記者の態度が、話し手「僕」の真意、真情を汲み取ろうとするものであることはどこに指摘できるだろうか。

少し長くなるが、狂人「僕」を紹介する「序」の全文を掲げてみてみたい。

> これは或精神病院の患者、――第二十三号が誰にでもしやべる話である。彼はもう三十を越してゐるであらう。が、一見した所は如何に

も若々しい狂人である。彼の半生の経験は、——いや、そんなことはどうでも善い。彼は唯ぢつと両膝をかかへ、時々窓の外へ目をやりながら、(鉄格子をはめた窓の外には枯れ葉さへ見えない樫の木が一本、雪曇りの空に枝を張つてゐた。)院長のS博士や僕を相手に長々とこの話をしやべりつづけた。尤も身ぶりはしなかつた訣ではない。彼はたとへば「驚いた」と言ふ時には急に顔をのけ反らせたりした。……

僕はかう云ふ彼の話を可なり正確に写したつもりである。若し又誰か僕の筆記に飽き足りない人があるとすれば、東京市外××村のS精神病院を尋ねて見るが善い。年よりも若い第二十三号はまづ丁寧に頭を下げ、蒲団のない椅子を指さすであらう。それから憂鬱な微笑を浮かべ、静かにこの話を繰り返すであらう。最後に、——僕はこの話を終つた時の彼の顔色を覚えてゐる。彼は最後に身を起すが早いか、忽ち拳骨をふりまはしながら、誰にでもかう怒鳴りつけるであらう。——「出て行け! この悪党めが! 貴様も莫迦な、嫉妬深い、猥褻な、図々しい、うぬ惚れきつた、残酷な、虫の善い動物なんだらう。出て行け! この悪党めが!」(序)(傍線引用者、以下同じ)

ここで筆記者は、「僕」の半生に触れるのをやめ、現在の「若々し」くかつ憂鬱げにしゃべり続ける様子を仔細に説明する。これは、筆記者の関心のあり方を端的に示している。筆記者は、眼前の彼の態度や風貌を注視することで、語りの内側にある心の動きを知ろうとしているのだ。また筆記者には、「僕」の河童世界への強固なこだわりが強く印象づけられている。「僕」が、今後も自分にだけではなく誰にでも同じように話し、最後には怒鳴りつけるということを繰り返すであろうと確信し、その様をまざまざと思い描いているのがその証左である。年よりも若く見えることを殊更に伝えるのも、それが特別な熱情ゆえのものであることを言わんとするものだろう。

すなわち筆記者は、狂人「僕」の、河童世界を信じる熱情に覆われ、押え難く語りを反復しつづけるありように引き付けられ、見詰めているのであり、そこには、なぜこの人はそれほどに語るのかという「僕」の真意、真情を問う視線があると言える。そして、このような筆記者の視線にこそ、狂人である「僕」の語りを真摯に受けとめ得る聞き手の感性を、見出すことができるのだ。

では、このような筆記者が、感覚的真実として受けとめる「僕」の河童体験の内実とはどのようなものか。以下で、確認していくこととしたい。

現在の「僕」は、事業に失敗し、その為に河童の国へ帰りたいと願い、家を抜け出して巡査につかまったと、自身について話している。また、精神病院にいながら自らの狂気を認めない「僕」は、狂人として扱われるという尊厳を奪われた状態にあることを強く意識している状態である。つまり「僕」の河童世界についての語りは、このような人間世界おける不遇さ、生き難さの感覚に基づいてなされていると言える。

また「僕」は、娑婆苦を逃れようと自殺したトックについて「僕はこの詩人のやうに厭世的ではありません」と言い、発狂したペップについて「見舞いに行つてやりたい」と言っている。彼らに比べ自分をましなところに位置づける言葉の背後には、河童たちと苦しみを同じくしているという認識がある。「僕」が河童体験を語らざるを得ないのは、まさに、娑婆苦の現実をいかに生きるかという自らの苦悩を、河童たちの中にも見出して共感するからだと言えるだろう。

河童たちと「僕」が思いを共にしていることは、次のような場面からも確認できる。

- するとトツクはため息をしながら、突然かう僕に話しかけました。
  「僕は超人的恋愛家だと思つてゐるがね、ああ云ふ家庭の容子を見ると、やはり羨ましさを感じるんだよ。」
  「しかしそれはどう考へても、矛盾してゐるとは思はないかね?」
  けれどもトツクは月明りの下にぢつと腕を組んだまま、あの小さい窓の向うを、——平和な五匹の河童たちの晩餐のテエブルを見守つてゐました。それから暫くしてかう答へました。
  「あすこにある玉子焼きは何と言つても、恋愛などよりも衛生的だからね」(五)
- するとマツグは椅子を離れ、僕の両手を握つたまま、ため息と一しよにかう言ひました。
  「あなたは我々河童ではありませんから、おわかりにならないのも尤もです。しかしわたしもどうかすると、あの恐ろしい雌の河童に追いかけられたい気も起るのですよ。」(六)

これらの箇所で、トックやマッグが意を籠めた調子で語るのは、「僕」だけに漏らす本音である。「僕」は、河童たちの不品行な超人ぶりを目にしては「得々と」「示し合つている」などと皮肉をもって語り、彼らの恋愛についても、人間と「余程趣を異にしている」と距離を置いた眼差しを向けていた。そうした河童の生き方を懐疑的にみるあり方のために、「僕」はトックやマッグの漏らす本音を聞き取ることができたのであろう。

つまり、余所者である「僕」に告白する河童たちは、日頃河童世界に馴染まぬ思いを抱く河童なのであり、「僕」とこれらの河童とは、感覚的な部分で価値観を共有しているのだ。「善悪を絶した超人でなければならぬ」という芸術家としての理想や、雌を退け孤高を貫き徹す生き方は、河童世界の常識からはずれたものであり、実際には自身の欲望とのせめぎ合いの中で達成し難いものである。そこで生じる、いかにすれば納得して生き抜くことができるかという問いかけが、生き難さを根底に抱える「僕」に向かってなされ、暗黙のうちに分かち合われているのである。

河童たちに対する「僕」の共感は、告白を聞く際の態度にも表れている。先の二つの引用箇所でもそうであるように、「僕」は常に、打ち明けられた本音に対しては何ら批評や感想を述べることをせず、答えの出ない問いをただそのまま、無言のままに受けとめている。一方で「僕」は、河童世界のあり方についてしばしば疑問を投げかけ、ゲエルの話に対しては「嘔吐を吐」くという拒絶反応を起こしたと言うのであり、同意できない場合にはそれなりの意思表明をする人物だ。さらには、プウ・フウ新聞の記者たちへの「同情」を「無言」の態度に表したと自ら語ってもいる。これらのことに照らせば、河童たちの告白に対する無言の態度とは、自覚的な共感の所作だと理解することができるのである。

このように河童たちと相通じる価値観を持ち、告白を受けて娑婆界の生き難さについて共感を抱く「僕」は、「娑婆界を隔つる谷へ」と書き遺したトックの自殺によって、さらにそれを生と死の狭間での葛藤としてより切実に捉えていく。

> 裁判官のペツプは巡査の代りに大勢の河童を押し出した後、トツクの家の戸をしめてしまいました。部屋の中はそのせいか急にひつそりなつたものです。僕等はこう云ふ静かさの中に－－高山植物の花の香に交つたトツクの血の匂いの中に後始末のことなどを相談しました。
>
> (十三)

ここでは、閉ざされた部屋の中で、ごく限られた河童たちとともに親密にトックの遺骸を囲んだこと、そこで静謐な安らかさと甘美さを感じたことが語られている。トックの死を仲間の死として、また、ある種魅惑的なものとして捉えたことが分かる。

その一方で見過ごすことができないのは、「僕」が、この甘美な死のさなかに、他の河童たちとトツクの「後始末」を相談したと言っていること、またトックの遺児のために涙を流したと語っていることである。

> 僕は雌の河童の代りに子供の河童をあやしてやりました。するといつか僕の目にも涙のたまるのを感じました。僕が河童の国に住んでいるうちに涙と云うものをこぼしたのは前にも後にもこの時だけです。
>
> (十三)

「涙をこぼしたのは」「この時だけ」とあることから、ここでの思いがいかに身にしみるものだったかが窺える。

「僕」は、トックの自殺によって、死が娑婆苦からの解放になることのリアリティを感じたが、同時に、遺される者の突き当たる現実をも痛感したのだ。

「僕」は、このような死への誘惑と留まるべき生の狭間での葛藤を、河童世界における純粋体験として共感をもって語るのであり、対する聞き手の筆記者は、眼前の語りの中にあるその感覚的真実の痛切さに目を据え、受けとめていく。河童から「僕」へ、「僕」から筆記者へという語り受けとめる関係には、このような〈シンパシーの連鎖〉が成立していると述べることができる。

3. 救いのありかとしての宗教

トックの自殺を目の当たりにしたことで、死への誘惑となお娑婆苦を生きねばならないことの葛藤を思い知った「僕」は、多くの河童たちが拠り所とする生活教という宗教を、どのように捉えたのだろうか。

生活教の長老は「僕」に、まずは礼拝の対象である祭壇の「生命の樹」を説明し、次に、壁龕を廻って死への誘惑と闘いながら苦しい生を生き抜いた聖徒の像を紹介していく。この案内に対して「僕」は、長老の言葉を「古い比喩」のように聞いて「かう云ふ説明のうちにもう退屈を感じ出し」たといい、疲れの表情を露わにしてもいる。「生命の樹」も聖徒の像も、「僕」の心にはさほど意味を持って聞こえなかったのだ。

一転して注意をひかれ出す様子が明らかなのは、次の箇所からである。

> 「どうか我々の宗教の生活教であることを忘れずに下さい。我々の神、――『生命の樹』の教へは『旺盛に生きよ』と云ふのですから。……」
>
> (略)
>
> 僕は長老の言葉のうちに詩人のトツクを思ひ出しました。詩人のトツクは不幸にも僕のやうに無神論者です。僕は河童ではありませんから、生活教を知らなかったのも無理はありません。けれども河童の国に生まれたトツクは勿論「生命の樹」を知つてゐた筈です。僕はこの教へに従はなかつたトツクの最後を憐みましたから、長老の言葉を遮るやうにトツクのことを話し出しました。 (十四)

生活教の教えを説明する長老の言葉を、突如遮って問いかけるこの様子からは、トックの死を悼み共感する「僕」に、「旺盛に生きよ」という教えが、「比喩」ではなく、彼を絶望から救い得たかもしれないものとして響いたことが窺える。

「僕」はいかなる信仰にも無縁の無神論者である。「生命の樹」に視線を向けず、トックや自分と等しい葛藤に悩んだ聖徒の生き様を聞いても何の感銘も同調も示さなかった「僕」の感覚とは、根本的には、聖徒たちの拠り頼んだ神なる存在とそれへの信仰というものが、腑に落ちないためであったと考えられる。右の箇所での意識変化からは、「旺盛に生きよ」という教えの言葉を介することで、「僕」がそれらをより分かりやすく受けとめたことが分かる。さらに、この後、長老が、「トツクさんは不幸にも信仰をお持ちにならなかつたのです」と言うの対して、「僕」は、「トツクはあなたを羨んでゐたでせう。いや、僕も羨んでゐます」と応じる。この言葉は、生活教の「旺盛に生きよ」を、もし信じられたならばトックは生を全うできたであろうにという思いと、またそれは自分にも救いになり得るものだという思いが表れている。

- 「我々河童は何と云つても、河童の生活を完うする為には、……」
  マツグは多少羞しさうにかう小声でつけ加へました。
  「兎に角我々河童以外の何ものかの力を信ずることですね。」(十三)
- 「わたしも実は、——これはわたしの秘密ですから、どうか誰にも仰有らずに下さい。——わたしも実は我々の神を信ずる訣には行かないのです。しかしいつかわたしの祈祷は、——」
  丁度長老のかう言つた時です。突然部屋の戸があいたと思ふと、大きい雌の河童が一匹、いきなり長老へ飛びかかりました。
  (略)
  「あれではあの長老も『生命の樹』を信じない筈ですね。」
  暫く黙つて歩いた後、ラツプは僕にかう言ひました。が、僕は返事をするよりも思はず大寺院を振り返りました。大寺院はどんより曇つた空にやはり高い塔や円屋根を無数の触手のやうに伸ばしてゐます。何か砂漠の空に見える蜃気楼の無気味さを漂はせたまま。…… (十四)

傍線部にみられるマッグと長老の口吻からは、彼らもまた、信仰が救いのありかだと理解しながら、それに対し迂遠であることを自覚していることが窺える。信仰を証した聖徒が掲げられ、救いのありかは明示されている。そのことを、教義を知るとともに自らに引き付けて察知した「僕」は、右のようなマッグや長老の自覚的な言葉を、単なる不信の告白とは聞かなかったはずである。すなわち、「あれではあの長老も『生命の樹』を信じない筈ですね」というラップの言葉に対して、それを肯定も否定もせず「思わず大寺院を振り返」った態度は、宗教への疑念や諦めではなく、河童たちが救いを願いながら身を委ねきれずに抱く神への隔たりの思いを、自分自身のものとする態度だと読むべきであろう。

寺院は、距離をもって眼差した先に「蜃気楼の無気味さを漂わせ」て聳えて見えている。無神論者であった「僕」にとって、生活教は、はじめて死への誘惑を退けて生きる救いのありかとして察知されたが、それはまさに、蜃気楼のように、実体に触れ得ないままなお存在感が感じられるという存在なのである。

しかし、さらに「僕」の意識の内側を探れば、そこには、表層の意識とは異なって、生活教の教えである「旺盛に生きよ」がわずかに根を下ろしていることが確認できる。

――椰子の花や竹の中に
仏陀はとうに眠つてゐる。

路ばたに枯れた無花果と一しよに
基督ももう死んだらしい。

しかし我々は休まなければならぬ
たとひ芝居の背景の前にも。

(その又背景の裏を見れば、継ぎはぎだらけのカンヴアスばかりだ。!)――

けれども僕はこの詩人のやうに厭世的ではありません。河童たちの時々来てくれる限りは、――ああ、このことは忘れてゐました。あなたは僕の友だちだつた裁判官のペツプを覚えてゐるでせう。あの河童は職を失つた後、ほんたうに発狂してしまひました。何でも今は河童の国の精神病院にゐると云ふことです。僕はS博士さへ承知してくれれば、見舞ひに行つてやりたいのですがね…… (十七)

この作品末尾の場面で「僕」は、「仏陀はたうに眠つてゐる」「基督ももう死んだらしい」という、宗教を否定したトックの絶望の遺詩を朗読する。そして続いてペップについて連想し、かつてトックの自殺について「何しろあとのことも考えないのですから」(十三)と批判的だった彼が、職を失うという苦境に立ち、今や発狂していることを語る。二者のありようをこのように対照して示すところからは、「僕」が、宗教を選ばなければ死に至り、死を選ばなければ狂気に至るという生の瀬戸際の状況を、宗教を起点として鮮明にイメージしていることが理解できる。つまり、「僕」の意識の内側では、宗教が生を全うするための重要な要素として捉えられているのである。

そして重視すべきは、そのような「僕」が、ペップに対して「見舞いに行つてやりたい」と言っている点である。狂気に陥りながらも生に留まるペップを励まそうとする姿は、言わば聖徒のごとく「旺盛に生き」るべきことを伝えようとするものだ。トックやペップよりもましな状態であると自認する「僕」の生の内実とは、死にも狂気にも進まず、ただ「旺盛に生きよ」を知らぬ間に内面化することによって、またそれを他者への共感性の中で表出する地点において、踏みとどまっているというものなのである。つまりは、宗教が意識の根底でリアリティを持って根付き、「僕」の危うい生を辛うじて支えていると言える。

ここで改めて問題となるのは、「僕」が実際にはすでに狂気の内にいるということであろう。我知らず狂気に陥っていることによって、「僕」の意識の底にある宗教は彼の生にとってやはり十全なものとはなっていないことが明かされている。一方、それだけに、彼の苦闘の切実性は一層浮き彫りになる。末尾で、筆記者があらためて彼の狂人であることを注釈するのは、「僕」の感覚的真実が聞く側に強く伝わることを示す効果をもたらしている。

こうして、「僕」が、河童たちへの死と生をめぐるシンパシーを語り、聞き手である筆記者が、それを何ら寸評を加えない「僕」に等しい所作で写しとって公表し、さらに読み手に向かって「尋ねて見るが善い」と誘うとき、そこには「僕」の感覚的真実を受けとめて新たに〈シンパシーの連鎖〉に加わる存在が現れる可能性もまた、暗示されていると言えるだろう。

4. まとめ

「河童」執筆中の昭和二年二月には、斎藤茂吉宛書簡に「錯覚」に悩まされているとの記述があり[7]、また佐々木茂索宛書簡の中にも、友人の内田百閒から「病的」な神経を指摘されて過敏に反応する芥川の様子がある[8]。当時の芥川が、自らの精神の異常に対して不安を強く感じていたことは明白で、またそれには、狂人だった母からの遺伝を自己存在を脅かす問題として恐れつづけていた経緯があることは、あらためて言うまでもない。だが、そのような中でこの作品では、狂気が、語りの真実性こそが聞き手に汲み取られる設定において、生き難さを和らげる側面で用いられていることは注目できる。すなわち死の回避、現実の神経から離脱することによる自在さの獲得、他者からの受けとめといった側面である。芥川は、つづく「歯車」で自己存在が毀れゆく恐怖を描く。「河童」では、その一歩手前にあって、どのように救いを見出しうるかを探っていたと言えるだろう。

「河童」執筆の背景においては、宗教に関しても芥川の切実な模索があったことが窺える。生活教の教義「旺盛に生きよ」は、トックの詩の粉本「ミニヨンの歌」も収められたゲーテの作品、『ヴィルヘルム・マイスターの修業時代』に登場する「生きんことを意へ」(第八巻第五章)を元にしたものと思われる[9]。そして、この「生きんことを意へ」の「河童」への用い方に、芥川の宗教への思いが透けて見えるのだ。

中世キリスト教の禁欲主義を裏返しにした[10]「生きんことを意へ」という言葉自体、生活教の教義「食へよ、交合せよ、旺盛に生きよ」とは根本的に等しいものとみなせるが、また、『修業時代』で主人公ヴィルヘルムがこの言葉に出会う場面と、生活教の寺院で「僕」が「旺盛に生きよ」という教義を知る場面には類縁性がみとめられる。ヴィルヘルムは、館の主人であり高い品性を備えた憧れの貴婦人に広間に招じ入れられる。その広間には、壁龕がいくつもシンメトリカルに設けられ、壁や天井には絢爛たる装飾とともに数々の寓意的人物の姿が描かれている。そして、そこに置かれた大理石像の前で、彼は「生きんことを意へ」の言葉を見出すのである。

> 戸口に対した正面には、一つの立派な石棺の上に上品な男の大理石像が褥に凭れて据ゑられてゐた。彼は手に巻物を持つて、静かにそれを注目してゐるやうに見えた。巻物は、その中に書いてある文句が容すく読み得られるやうな位置に向けられてゐた。その中には、「生きんことを意へ、」と書いてあつた(傍点原文)[11]。

ヴィルヘルムは、広間を眺めまわり「何といふ生気が溢れてゐることでせう」と感嘆し、「全人格に訴へ迫るやうな、他の何物かが実在するやうに」感じる。ここでの「生きんことを意へ」は、長い人生修業を終えようとするヴィルヘルムに、逞しい生の意欲を持って進むべきことを思わせる啓示のようなものとして表されている。

「河童」での「旺盛に生きよ」は、同じく生を肯定して生き抜くことを教えるものでありながら、それが明確に宗教の教義とされている点、そしてその受けとめられ方において、対照的である。すでに見たように、その教えは、「僕」に隔絶感を伴いながらも拠り所として感得され、意識の根底に痕跡を残すものとなっている。芥川にとってのゲーテが、「人生上のたくましい生き方」の点で引け目を感じつつ強く憧れる存在であったことは、関口安義氏によってはやくから指摘されているところである[12]。芥川は、確固たる生の指針を与える啓示としての「生きんことを意へ」に感銘を受けつつ、作品においてはそれを、直ちに生の意欲を掻き立てるものとしてではなく、意識の根底で生を支える宗教の言葉として位置づけたのだ。このような経緯のうちに、宗教による救いというものを考え、ねがう芥川の姿が見出せる。

あらためてまとめるならば、芥川の、こうした生き難さからの救いについての模索は、「河童」において以下のように結実した。まずは、生活教の教えを内面化し、それを仲間への共感性において表すことで辛うじて生に踏みとどまる「僕」の真情として。そしてさらには、その真情を狂人が語り、他者が痛切さを聞き取るというつながりの構図に浮かびあがる、安らぎとしてである。すなわち、「河童」とは、死を目前に見据えて危機的な精神状態にある芥川が、狂気の枠組みを用い、また宗教を生の瀬戸際での拠り所と捉えながら〈シンパシーの連鎖〉を描く中に、死と生をめぐる葛藤からの救いを希求する思いを形象化した作品であると、結論づけることができる。

【주】

* 本文引用は『芥川龍之介全集第一四巻』(岩波書店、平成八[一九九六]年一二月)に拠った。本稿は、第四十回日本キリスト教文学会全国大会(於梅光学院大学、二〇一一年五月一五日)での発表をもとに加筆修正したものです。会場でご教示下さいました諸先生方に感謝致します。

1) 「河童」に絶望を読み取る論の流れは、芥川の「河童はあらゆるものに対する、——就中僕自身に対するデグウから生まれました」(吉田泰司宛書簡(昭和二〔一九二七〕年四月三日)という言説に拠るところから生じてきたものである。

2) 平岡敏夫「「河童」の構造」(『芥川龍之介－抒情の美学－』大修館書店、昭和五七〔一九八二〕年一一月、四五九頁)、羽鳥徹哉『現代のバイブル－芥川龍之介『河童』注解』(勉誠出版、平成一九〔二〇〇七〕年六月、四〇七~四〇八頁)など。両者ともに、芥川が脱稿に際し、「聊か鬱懐を消した」(佐佐木茂索宛書簡(昭和二〔一九二七〕年二月一六日)と述べていることを論拠の一つとしている。

3) 高橋龍夫「病・老い－「河童」における狂気の行方」(「国文学解釈と鑑賞別冊　芥川龍之介－その知的空間」至文堂、平成一六〔二〇〇四〕年一月一日、二四八頁)。

4) 菊地弘「芥川龍之介「河童」論覚え書－芸術的良心と「近代」－」(昭和六二〔一九八七〕年三月、三六頁)、久保志乃ぶ「芥川龍之介『河童』」(『芥川龍之介作品論集成　第六巻　河童・歯車－その晩年の作品世界』(翰林書房、平成一一〔一九九九〕年十二月、一一九頁。初出は、「虹鱒」六号、平成三〔一九九一〕年八月)など。

5) 足立直子「「河童」論－〈信〉と〈狂気〉を境として」(「国文学解釈と鑑賞」第七五巻二号、ぎょうせい、平成二二〔二〇一〇〕年二月、一四九頁)。

6) 高橋龍夫(前掲論文、二四八頁)。

7) 昭和二年二月二日斎藤茂吉宛書簡(『芥川龍之介全集第二〇巻』岩波書店、平成九〔一九九七〕年八月、二七八頁)。

8) 昭和二年二月一一日 佐々木茂索宛書簡(前掲書、二八〇~二八一頁)。

9) 「ミニヨンの歌」は第三巻第一章に収められている。大正一四〔一九二四〕年六月の南幸夫宛書簡に、ゲーテ全集について、聚英閣版と大村書店版(一四年より刊行、『修業時代』は昭和二年三月刊行の第九巻に収録)を比較して後者を推薦する記述がある。稲垣孝博氏は、「この時期強くゲーテに関心を持っていた芥川がこの後次々と刊行されていく『全集』の各巻を読まなかったとは考えにくい」とする。また、稲垣氏は、芥川がゲーテ作品を読んだ最も古い形跡が、大正二年にあると指摘している(「芥川「西方の人」とゲーテの『ディヴァン』」「都留文科大学研究紀要」五六号、平成一四〔二〇〇二〕年、一五八・一六一頁)。以上のことからも芥川が「河童」執筆時に『修業時代』を読んでいた蓋然性は高いと言える。

10) 『ゲーテ全集7』「訳注」(潮出版社、平成一五〔二〇〇三〕)年五月、五六二頁)。

11) 『ゲーテ全集9』(大村書店、昭和二〔一九二七〕年三月、三四二頁)。

12) 関口安義「芥川龍之介のイエス論－「西方の人」「続西方の人」(『芥川龍之介実像と虚像』

洋々社、昭和六三〔一九八八〕年一一月、二三四頁。初出は、原題「『西方の人』『続西方の人』考」「都留文科大学研究紀要」第一二集、昭和五一年〔一九七六〕年九月)。

초출일람

■ 엔도 슈사쿠 문학연구 | 김은영

『인문학연구』 통권 110호, 충남대학교 인문과학연구소, 2018.3.

■ 唐代 小説『杜子春伝』과 芥川의 童話『杜子春』 | 김정희

唐代소설『杜子春伝』과『杜子春』『아쿠타가와 류노스케 문학에 나타난 소재 활용 방법 연구』, 崇實大学校 東아시아 언어문화연구소 문화총서 8권, 제이앤씨 출판사, 2016.

■ 경계의 미학과 기독교 수용 | 박상도

일본복음선교회가 주최한 2017 일본선교아카데미에서「일본의 문화 풍토와 기독교」로 한 강연 내용을 수정 보완한 것임.

■ 전쟁을 바라보는 일본 작가의 시선 | 이평춘

韓日軍事文化硏究 第17輯, 韓日軍事文化學會, 2014.4.

■ 일본카톨릭의 역사와 카쿠레 키리시탄 | 조사옥

曺紗玉「潜伏キリシタンと芥川の切支丹も」,『日語日文学研究』, 韓国日語日文学会, 2013.11, pp.243-261.

■ 아쿠타가와 류노스케의『개화의 살인』 고찰 | 하태후

아쿠타가와 류노스케의『개화의 살인』 고찰, 일본어문학 제64집, 일본어문학회, 2014.2, pp.361-382.

초출일람

■ 다자이 오사무(太宰治)의 『갈매기(鴎)』론 | 홍명희
「일어일문학」 66, 대한일어일문학회, 2015.5.

■ 太宰治『逆行』と芥川『老年』におけるスタンス・トライアングル | 網野薫菊
Stance-taking in *Dazai "Gyakko"* and *Akutagawa "Ronen"*; Reconstructing the real intention behind the elderly characters' utterance International Journal of Linguistics and Literature(IJLL), vol7, Issue 6, pp.71-99, 2018.

■ 「神々と神と」論--「神の世界」への旅と「異邦人の祈り」-- | 北田雄一
박사논문 『엔도 슈사쿠(遠藤周作)의 유학--비평가에서 소설가로--』, 2016.2.

■ 遠藤周作の『イエスの生涯』について | 金承哲
『기독교문예(キリスト教文藝)』 28, 2012.

■ 「殉教、その光と影」殉教が超えるべき問い | 山根道公
양화진 목요강좌 「순교, 그 빛과 그림자」 제3회 한국기독교100주년 기념교회에서의 강연원고(2016년 6월 23일).

■ 芥川竜之介「河童」論 | 吉川望
「キリスト教文学研究」 第29号, 日本キリスト教文学会, 2012.5.

필자일람

- 김은영 | 충남대학교 일어일문학과 강사
- 김정희 | 숭실대학교 일어일문학과 경임교수 역임
- 박상도 | 서울여자대학교 일어일문학과 교수
- 이평춘 | 연세대학교 학부대학 객원교수
- 조사옥 | 인천대학교 일어일문학과 교수
- 하태후 | 경일대학교 자율전공학부 교수
- 홍명희 | 인천대학교 일본연구소 연구원
- 아미노 가오루(網野薫菊) | 규슈대학(九州大学) 대학원 언어문화연구원 공동연구원
- 기타다 유이치(北田雄一) | 오사카산업대학(大阪産業大学) 강사
- 김승철 | 난잔대학(南山大学) 인문학부 교수
- 야마네 미치히로(山根道公) | 노틀담청심여자대학(ノートルダム清心女子大学) 교수
- 야마모토 아유무(山本歩) | 쇼케이대학(尚絅大学) 현대문화학부·문화언어학부 조교
- 요시카와 노조미(吉川望) | 간세이가쿠인대학(関西学院大学) 강사

한국일본기독교문학연구총서 11

일본문학 속의 기독교 XI

발 행 일 2019년 7월 29일

편　　자 한국일본기독교문학회
저　　자 김은영 · 김정희 · 박상도 · 이평춘 · 조사옥 · 하태후 · 홍명희
아미노 가오루 · 기타다 유이치 · 김승철 · 야마네 미치히로
야마모토 야유무 · 요시카와 노조미
발 행 인 윤석현
발 행 처 제이앤씨
등록번호 제7-220호
주　　소 서울시 도봉구 우이천로 353 성주빌딩 3층
전　　화 02) 992-3253
전　　송 02) 991-1285
전자우편 jncbook@daum.net

ISBN 979-11-5917-143-7 93830 정가 25,000원